COMO
TIGRES
NA
NEVE

COMO TIGRES NA NEVE

JUHEA KIM

Tradução de Alessandra Esteche

Editora Melhoramentos

Dados Internacionais de Catalogação na Publicação (CIP)
(Câmara Brasileira do Livro, SP, Brasil)

Kim, Juhea
  Como tigres na neve / Juhea Kim; tradução de Alessandra Esteche. – São Paulo, SP: Editora Melhoramentos, 2022.

  Título original: Beasts of a little land.
  ISBN: 978-65-5539-508-2

  1. Ficção coreana I. Título.

22-127579   CDD-895.73

Índices para catálogo sistemático:
1. Ficção: Literatura coreana 895.73

Eliete Marques da Silva – Bibliotecária – CRB-8/9380

Título original: *Beasts of a Little Land*

Copyright © 2021 Juhea Kim
Publicado originalmente por acordo com Ecco, um selo da HarperCollins Publishers
Direitos desta edição negociados pela Agência Literária Riff Ltda.

Tradução de © Alessandra Esteche
Preparação: Maria Isabel Diniz Ferrazoli
Revisão: Elisabete Franczak Branco, Luis Girão e Paula Silva
Diagramação: Estúdio dS
Capa: Allison Saltzmann
Adaptação de capa: Carla Almeida Freire
Ilustrações de capa: © Jasmijn Solange Evans (tigre)
e Museu do Palácio Nacional da Coreia (paisagem)

Toda marca registrada citada no decorrer deste livro possui direitos reservados e protegidos pela de lei de Direitos Autorais 9.610/1998 e outros direitos.

Direitos de publicação:
© 2022 Editora Melhoramentos Ltda.
Todos os direitos reservados.

1ª edição, 3ª impressão, fevereiro de 2024
ISBN: 978-65-5539-508-2

Atendimento ao consumidor:
Caixa Postal 169 – CEP 01031-970
São Paulo – SP – Brasil
Tel.: (11) 3874-0880
sac@melhoramentos.com.br
www.editoramelhoramentos.com.br

Siga a Editora Melhoramentos nas redes sociais:
 /editoramelhoramentos

Impresso no Brasil

*Para minha mãe, Inja Kim, e meu
pai, Hackmoo Kim*

어머니와 아버지께 드립니다

QUANDO OS TIGRES FUMAVAM CACHIMBO...

Prólogo
O caçador
1917

O céu estava branco e a terra preta, como no início dos tempos antes do primeiro nascer do sol. Nuvens deixaram seu reino e desceram tão baixo que pareciam tocar o chão. Pinheiros gigantes pairavam e espreitavam no éter. Nada se mexia nem emitia som algum.

Quase indistinguível nesse mundo obscuro, um cisco de um homem caminhava sozinho. Um caçador. Agachado sobre uma pegada fresca, ainda macia e quase quente, ele farejou na direção de sua presa. O cheiro forte de neve encheu seus pulmões, e ele sorriu. Logo, uma poeira leve facilitaria o rastreio do animal – um leopardo grande, imaginava, pelo tamanho da pegada.

Levantou-se em silêncio como uma sombra entre as árvores. Os animais se movimentavam sem nenhum ruído, estavam em seu domínio, mas as montanhas também pertenciam a ele – ou melhor, ele, como os animais, pertencia às montanhas. Não porque elas fossem generosas ou acolhedoras, pois nenhum lugar naquela floresta era seguro para homens ou animais. Mas ele sabia *ser* quando estava em uma colina, respirar, caminhar, pensar e matar, assim como um leopardo sabe ser um leopardo.

O chão estava quase todo coberto por agulhas de pinheiro castanho-avermelhadas, e as pegadas eram raras e esparsas. Então, ele procurava arranhões em troncos de árvores ou lugares onde as moitas pareciam quase imperturbadas, talvez apenas alguns pelos presos à ponta de um galho quebrado. Estava chegando perto, mas ainda não tinha avistado sua presa nos últimos dois dias. Havia muito que sua provisão acabara, bolinhos de cevada temperados apenas com sal. Passara a noite anterior no tronco aberto de um pinheiro, olhando para a lua branca crescente para não adormecer. Mas a fome e a fadiga deixavam seus pés mais leves e seus pensamentos mais claros, e ele decidiu que pararia quando caísse morto, mas não antes disso.

Não vira carcaças deixadas para trás até então. Coelhos, veados e outros animais menores secavam no inverno, e era tão difícil para um leopardo quanto para as pessoas. Em algum momento o animal seria obrigado a parar, e então o mataria. Ambos precisavam de comida e descanso, mas ele estava determinado a seguir por mais tempo que sua presa, pelo tempo que fosse necessário.

Chegou a uma clareira, um círculo de pinheiros jovens amontoados a certa distância de um cume rochoso. Foi até o topo e olhou para as montanhas ao redor em sua penugem invernal verde-cinzenta. Os lençóis de nuvens, soprados pelo vento, rasgavam feito seda ao tocar as colinas. A seus pés, uma queda no abismo branco selvagem. Estava satisfeito por ter sido levado até ali. Leopardos amavam penhascos rochosos, e era muito provável que houvesse um covil ali.

Algo macio e frio tocou seu rosto com delicadeza. Ele olhou para o céu e viu os primeiros flocos de neve. Agora teria mais pegadas para seguir, mas também teria de encontrar o animal mais rápido e descer a montanha antes que a neve engrossasse. Segurou o arco com mais firmeza.

Se seus instintos estivessem corretos, e o leopardo estivesse logo abaixo em seu covil na colina, não precisaria continuar procurando. Mas teria de esperar bem ali até que o animal voltasse a sair, o que poderia acontecer em uma hora, ou três dias. A essa altura, a neve já teria coberto sua cabeça, estando ele em pé. Ele teria se tornado neve, rocha e vento, suas entranhas alimentariam o leopardo e seu sangue nutriria os pinheiros jovens, como se ele nunca tivesse existido lá embaixo como um humano entre humanos.

Naquela vida, era um soldado do Exército Imperial, escolhido a dedo entre os melhores arqueiros da nação. Ninguém o superava com uma espingarda ou um arco. Chamavam-no Tigre de PyongAhn,[1] em razão de um velho ditado sobre as personalidades de cada província. É claro, havia animais ferozes em todas as montanhas e florestas no pequeno território, que até mesmo os antigos chineses chamavam de País dos Tigres, porém o nome combinava mais com ele do que com os fazendeiros do Sul. Vinha de um povo caçador, que sobreviveu onde a terra era íngreme e rigorosa demais para o cultivo.

Seu pai também fora um soldado sob o magistrado de Pyongyang. Sempre que deixavam de pagar o exército, ele partia para as montanhas. Com frequência trazia animais menores – veados, lebres, raposas e faisões –, mas às vezes javalis, ursos, leopardos e lobos.

Quando ele era criança, seu pai matou um tigre sozinho, e seis dos homens mais fortes da aldeia tiveram de ajudá-lo a carregar o animal montanha abaixo. O restante dos aldeões o cercaram em solidariedade enquanto as crianças corriam à frente da multidão, aplaudindo. A pele de um tigre valia mais que o salário anual de um soldado. Seu corpo pesado foi repousado na praça da aldeia sob o ginkgo, e as mulheres repentinamente prepararam um banquete – era este o talento delas –, e todos se refestelaram com o vinho leitoso de arroz[2] e a comida.

Mais tarde naquela mesma noite, no entanto, sentado com as pernas cruzadas no piso de pedra quente, seu pai ficou sério. Nunca mate um tigre a menos que seja necessário, disse o pai, com firmeza.

Mas, pai, agora estamos ricos. Vamos poder comprar todo o arroz de que precisamos, argumentou ele. O toco de vela cintilava modestamente, sem desafiar a escuridão que protegia a todos como uma colcha grossa de inverno. A mãe e as irmãs mais novas costuravam ou dormiam no outro cômodo, e ouvia-se apenas o murmúrio de corujas à caça.

O pai apenas olhou para ele e disse, Você caça lebres e faisões desde criança.

Sim, pai.

É capaz de derrubar um faisão voando a cem metros de distância.

Sim, pai, disse ele, orgulhoso. Já não havia arqueiro melhor em toda a aldeia, exceto o pai.

Acerta uma flecha em uma árvore a cento e dez metros de distância, e depois acerta outra exatamente em cima da primeira.

Sim, pai.

Então você acha que é capaz de matar um tigre?, perguntou o pai. Ele queria responder Sim, e achava mesmo que era capaz. Mas o tom do pai ao fazer a pergunta já adiantava que a única resposta certa era o silêncio.

Me mostre seu arco, disse o pai. Ele se levantou e trouxe o arco e colocou-o no chão entre os dois.

Você não será capaz de matar um tigre com este arco por melhor atirador que seja, o pai disse. Não é forte o bastante a longa distância, e um tigre não é um faisão. Este arco só tem força suficiente para ferir um tigre se você atirar de uma distância de dezoito metros ou menos. Para que seja fatal, treze metros ou menos. Você sabe com que rapidez um tigre percorre treze metros?

Ele admitiu sua ignorância com silêncio.

Um tigre tem cerca de três metros do nariz à ponta da calda, e é capaz de saltar a árvore da aldeia se quiser. Para um tigre, saltar sobre esta casa é como saltar uma poça na sua direção ou na minha.

Se atirar no tigre cedo demais, vai apenas feri-lo levemente e deixá-lo ainda mais feroz. Se atirar tarde demais ou errar, o tigre estará em cima de você antes mesmo que pisque. Um tigre percorre quinze metros em um segundo.

Mas, pai, ele disse. O senhor matou um tigre hoje.

Eu já disse, só mate um tigre se não tiver escolha. Ou seja, apenas quando ele tentar matá-lo primeiro. Do contrário, nunca vá atrás de um tigre, entendeu?

As lembranças do caçador se reúniam lentamente como a neve caindo ao seu redor. Ele se escondeu atrás de uma pedra, de frente para o penhasco. Seus sentidos estavam entorpecidos pela neve, que fazia espirais em seus olhos e nariz, e se acumulava sobre suas mãos nuas. Estava caindo mais forte do que imaginara – e daquela altura, vendo claramente as nuvens soprando do leste, via que não ia parar. Percebeu que devia ter descido a montanha no instante em que sentiu o cheiro da neve, quando parou diante daquela pegada úmida.

Detestava ver seus filhos tão quietos dentro de casa, sem forças até mesmo para conversar. Tinha prometido que voltaria trazendo comida. Se ao menos tivesse conseguido um veado ou um coelho, teria voltado para casa e visto o rosto feliz dos filhos se iluminar como lamparinas. Em vez disso, encontrou apenas a pegada do leopardo e foi tentado pela possibilidade de sua pele, mais valiosa que meio ano de colheita.

Será este o dia de minha morte?, se perguntou. De repente ficou muito cansado, perdeu toda a tensão que o mantinha ereto. Então imaginou que a neve parecia uma tigela fumegante de arroz branco, que comera menos de cinco vezes em toda sua vida.[3] Não ficou irritado – riu, como se o riso fosse apenas um vento passando por seu corpo magro. Queria pensar um pouco mais em alimentos que gostaria de comer antes de morrer, como costelas assadas com molho de soja e cebolinha, e um caldo de rabada tão rico em tutano que gruda na boca. Tinha comido esses pratos em uma festa. Mas essas fantasias não eram tão fortes ou sedutoras quanto outras lembranças que agora o dominavam.

A primeira vez que viu Sooni, caminhando de braços dados com as irmãs, indo coletar absinto e brotos de samambaia no vale. Ela tinha treze anos, ele, quinze.

Sooni, com uma camisa de seda verde e uma saia de seda vermelha, bordadas com flores, e um enfeite de cabeça de pedrarias – a vestimenta das princesas, que as pessoas comuns podiam usar apenas uma vez na vida, no dia de seu casamento. O casamento era tão sagrado aos olhos dos deuses e dos homens, que a filha de um humilde arrendatário, nascida e criada em roupas de cânhamo não tingidas durante todos os dias de sua vida, podia se vestir como a mais nobre das mulheres apenas por um dia. Ele mesmo vestia o traje oficial de ministro, uma túnica azul com um cinto e um chapéu feito de crina preta. Os aldeões o provocavam em voz alta, Como olha para a noiva! Parece que não vai dormir esta noite. Sooni mantinha os lindos olhos baixos, mesmo ao caminhar. Duas matronas a acompanhavam, uma de cada lado, para que caminhasse com leveza sob as vestes pesadas. Ficaram frente a frente no altar, ofereceram um ao outro uma taça de vinho claro, beberam, e foram ligados um ao outro para sempre.

Quando a noite caiu e eles ficaram sozinhos no aposento conjugal, ele tirou com delicadeza as muitas camadas de seda do traje de princesa, usado por todas as noivas da aldeia havia gerações. Sooni estava tímida, diferente da alegria habitual, e ele estava bastante nervoso. Mas depois que ele apagou a vela, e acariciou seus ombros macios e beijou sua pele de luar, ela o envolveu entre as pernas e ergueu o quadril. Ele ficou chocado e grato por ela também desejá-lo. A alegria de ser um com ela era inimaginável. Era o oposto de estar no alto das montanhas, a felicidade mais intensa que conhecera até então. Ao passo que este era um êxtase de altura, frio e solidão, aquele fora um êxtase de profundidade, calor e união. Ele a envolveu em um dos braços e ela aninhou a cabeça entre seu ombro e seu peito. Está feliz?, perguntou ele. Queria poder ficar assim para sempre, sussurrou ela. Mas também estou muito feliz porque não teria nenhum arrependimento se morresse agora mesmo. Nem mesmo ficaria com raiva.

Eu também, disse ele. Também me sinto exatamente assim.

O caçador sentiu que estava caindo em um monte macio e nebuloso de lembranças. Era tão doce se libertar do presente e repousar entre as sombras do passado. Deslizar para a morte não era tão ruim – era como entrar pela porta do mundo dos sonhos. Fechou os olhos. Quase via Sooni chamando por ele, Meu marido, meu querido, estava esperando você. Venha para casa.

Por que você me deixou, disse ele. Sabe o quanto tem sido difícil para mim?

Estive sempre ao seu lado, disse Sooni. E das crianças também.

Quero ir com você, disse ele, e esperou que ela o levasse.

Ainda não, mas logo, disse ela.

Seus olhos se abriram e ele percebeu que estava ouvindo um barulho. Uma respiração suave que vinha da beira do penhasco, de onde emanava uma névoa gelada que parecia incenso. De modo instintivo ele preparou o arco sabendo que, mesmo que pegasse a presa, provavelmente não conseguiria descer a montanha. Só não queria acabar como comida de leopardo.

Ele sentiu, mas não viu, o leopardo subir o penhasco, a silhueta do animal serpenteando através da bruma. Arfou e baixou o arco quando a criatura finalmente se revelou, a metros dele.

Não era um leopardo, mas um pequeno tigre.

Do nariz até a ponta da cauda, tinha o comprimento de seus braços bem abertos – do tamanho de um leopardo adulto. Era grande demais para ser chamado de filhote, mas jovem demais para caçar sozinho. O tigrinho olhou para o caçador com olhos curiosos, contorcendo as orelhas circulares cobertas de pelo branco. Suas íris amarelas tranquilas não pareciam ameaçadas ou ameaçadoras. Era quase certo que nunca tinha visto um humano, e parecia um pouco confuso com a estranha aparição. O caçador segurou o arco com mais força. Era, percebeu, a primeira vez que via um tigre ao seu alcance.

Caçados pelos japoneses em todas as colinas e vales, os tigres agora viviam nas profundezas das montanhas mais selvagens. O preço por sua pele, ossos e até sua carne subira, o que nunca fora o motivo pelo qual eram caçados, mas agora eram uma iguaria da moda na mesa dos japoneses ricos. Eles acreditavam que comer carne de tigre lhes conferia seu valor, e davam banquetes em que oficiais adornados com dragonas e medalhas, e senhoras de classe alta usando vestidos europeus, experimentavam pratos feitos inteiramente de partes de tigre.

Com aquela caça, ele conseguiria comprar comida suficiente para três anos. Talvez até um pedaço de terra. Seus filhos estariam salvos.

Mas o vento uivou em seu ouvido, e ele baixou o arco e flecha. *Nunca mate um tigre a não ser que ele decida matá-lo primeiro.*

Ele se levantou, o que fez o tigrinho recuar ligeiro, como um filhote da aldeia. Antes mesmo de o animal desaparecer na névoa, o caçador virou e iniciou a descida em meio à neve espessa. Em algumas horas, a neve já se acumulara até a metade de sua canela. O vazio que deixava seus pés mais leves agora o arrastava para mais perto da terra a cada passo. Um crepúsculo cinzento e sem cor caía sobre as árvores trêmulas. Ele começou a rezar para o deus da montanha, Eu abri mão de sua criatura, por favor, permita que eu desça.

A nevasca parou ao anoitecer. Estava na metade da descida, quando suas pernas cederam e ele caiu de joelhos na neve. Estava de quatro como um animal; quando até seus cotovelos cederam, se encolheu no branco reluzente da neve fresca ao luar. Então pensou, Eu deveria estar olhando para o céu, e se virou de barriga para cima. A lua sorria-lhe gentilmente: na natureza, era a coisa mais próxima à misericórdia.

– **Estamos andando em círculos** – disse o Capitão Yamada.

Os outros à sua volta pareciam assustados, não só porque o que ele disse era verdade, mas também porque ele ousou dar voz a essa calamidade na presença de seu superior.

– Estas árvores estão ficando mais espessas deste lado, então para aquele lado deve ser o sul. Mas perceba que estamos indo na direção contrária já há uma hora! – Capitão Yamada exclamou, sem conseguir esconder seu desprezo.

Aos 21 anos, ele já agia como quem estava acostumado a dar ordens e opiniões sem ser questionado, um hábito que tinha origem em sua família muito influente. Os Yamadas eram uma ramificação cadete de um antigo clã samurai, e seu pai, o Barão Yamada, era amigo do Governador-Geral Hasegawa.[4] Os Hasegawas e os Yamadas contratavam ingleses para educar seus filhos, e Genzo tinha viajado pela Europa e pela América com um primo Hasegawa, antes de voltar para assumir seu posto. Foi assim que se tornou capitão tão jovem, e era por isso que até mesmo seu superior, o Major Hayashi, tinha o cuidado de não ofendê-lo.

– Não podemos continuar assim, senhor. – Capitão Yamada finalmente direcionou seu comentário ao Major Hayashi, e o grupo inteiro parou.

Eram quatro sargentos, o chefe da polícia local, Fukuda, e dois de seus homens, e um guia coreano.

– Então o que acha que devemos fazer, Capitão? – perguntou o Major Hayashi, lenta e deliberadamente, como se estivessem de volta à caserna, e não nas montanhas cobertas de neve, a noite caindo ligeira sobre eles.

– Está escurecendo rápido, e não vamos encontrar o caminho à noite se o perdermos durante o dia. É melhor montarmos acampamento. Se conseguirmos evitar morrer congelados, poderemos descer ao amanhecer.

O grupo ficou em silêncio, esperando ansiosamente pela reação do Major Hayashi. Ele nunca tinha ficado impaciente com a impertinência do Capitão Yamada, mas desta vez, em tal estado extremo, o conflito tinha ares de motim. Major Hayashi olhou para o subordinado com uma indiferença fria, com o tipo de expressão que exibia ao avaliar um novo par de botas ou o melhor modo de esfolar um coelho. Apesar da brutalidade pura e profunda, Hayashi não era dado a explosões não calculadas. Finalmente, virou para um sargento e começou a dar ordens de montarem acampamento. O grupo, visivelmente aliviado, se dispersou para apanhar lenha, ou o que fosse possível com o tempo nevoso e úmido.

– Você não, você fica comigo – disse Major Hayashi quando o guia coreano, uma criatura tímida que atendia pelo nome de Baek, tentou sair apressado. – Acha mesmo que eu o perderia de vista? – Baek retorceu as mãos e resmungou, olhando para os pés amarrados com trapos e cobertos por calçados de couro molhados.

Logo após ser designado para a prefeitura, Major Hayashi perguntou ao Chefe de Polícia Fukuda onde conseguiria caçar por aquelas terras. Fukuda, que havia feito um relatório e censo detalhados de cada coreano em um raio de oitenta quilômetros, recomendou três habitantes locais para a tarefa de guiar o grupo de caça. Os outros dois eram agricultores de batatas que até mesmo outros coreanos consideravam selvagens, enclausurados nas montanhas profundas, acasalando entre si e vivendo da terra, saindo para se juntar ao restante do mundo apenas algumas vezes por ano em dias de feira. Ambos conheciam cada galho e cada pedra das montanhas – mas Baek, um mercador de seda ambulante, era o único que falava japonês. Major Hayashi considerara essa uma qualificação mais importante, para o desgosto de todos, incluindo o próprio Baek.

Aquela viria a ser uma das imagens que surgiriam diante dos olhos do Capitão Yamada logo antes do fim de sua vida. O homem barbudo deitado sob o luar. Após adentrar cerca de seis metros na floresta para pegar lenha, quase tropeçou no corpo esparramado na neve. Depois do choque inicial, o que impressionou o Capitão Yamada foi o fato de o homem estar deitado calmamente de barriga para cima, as duas mãos sobre o coração – como se não tivesse morrido congelado, mas adormecido em um momento de êxtase. A segunda coisa que o impressionou foi como o homenzinho estava malvestido. O casaco era tão fino que era possível ver claramente os ângulos agudos de suas omoplatas através do tecido.

O Capitão Yamada caminhou ao redor do corpo. Então, por razões que nem ele mesmo entendia em retrospecto, baixou a orelha até o rosto azulado.

– Ei, ei! Acorde! – gritou ao perceber um vestígio de respiração ainda saindo das narinas do homem.

Ao não obter resposta, Capitão Yamada colocou as mãos no rosto do homem e deu-lhe um leve tapa. O homem começou a soltar gemidos quase inaudíveis.

Capitão Yamada colocou a cabeça do homem de volta sobre a neve. Não havia motivo para que precisasse ajudar aquele Josenjing[5] moribundo, mais verme que pessoa. Começou o trajeto de volta em direção ao acampamento, porém, depois de alguns passos voltou, sem entender por quê. Às vezes o coração humano é como uma floresta escura, e até mesmo um homem racional como Yamada tinha mistérios dentro de si. Ele pegou o Josenjing em seus braços, quase com a mesma facilidade com que levantaria uma criança.

– Mas o que é isso? – ladrou o Major Hayashi quando ele voltou.

– O encontrei na floresta – disse Capitão Yamada, colocando o homem no chão.

– O que você quer fazer com um Josenjing morto? A menos que queira usá-lo como combustível, e ele daria um fogo terrível, devia tê-lo deixado onde o encontrou.

– O homem ainda está vivo. Estava caçando sozinho por aqui, o que significa que conhece bem as montanhas. Talvez saiba como descer – explicou Capitão Yamada friamente, inabalável pela acusação velada de brandura; afinal, o fato de aquela compaixão não fazer parte da biblioteca de razões e emoções de Yamada era algo que os dois sabiam bem.

O restante do grupo voltou, e o Capitão Yamada ordenou a Baek que levasse o homem inconsciente para perto do fogo e gritasse com ele em coreano. Quando o caçador começou a voltar a si, Baek exclamou, sorrindo como um lunático:

– Senhor! Senhor! Ele está acordando.

Capitão Yamada mandou que Baek alimentasse o homem com biscoitos e caqui seco de seus próprios suprimentos.

– Enfie o biscoito na neve para umedecer um pouco, ou ele pode se engasgar – disse o Capitão Yamada, e Baek obedeceu prontamente, segurando a cabeça do homem no colo e murmurando baixinho em coreano.

– Eles se conhecem? – perguntou Major Hayashi.

Ele estava comendo *onigiri* congelado e ameixa em conserva. Havia até mesmo uma garrafa de saquê que os sargentos passavam de mão em mão, repentinamente alegres e animados.

– Acho que não. Baek não pareceu reconhecê-lo – respondeu o Capitão Yamada.

O Chefe de Polícia Fukuda também não conhecia o homem. Mas um de seus subordinados achou que poderia ser um certo arrendatário Nam, cuja única distinção em relação a outros camponeses miseráveis da área era o fato de ter passado pelo Exército Imperial Coreano, e assim chamado a atenção da polícia.

– Um homem perigoso então. Uma víbora – disse o Major Hayashi.

– Ele pode vir a ser útil. Considero que valha a pena mantê-lo vivo por uma noite, se puder nos ajudar a descer esta maldita montanha ao amanhecer – argumentou o Capitão Yamada com a calma de sempre. Comeu apenas uns biscoitos e um caqui seco e se preparou para a primeira vigia.

O amanhecer chegou sem o sol, e iluminado pela luz cinzenta que a floresta materializava mais uma vez à sua volta. A ausência de sol e sombras fazia tudo parecer leve, como se as árvores, as pedras e a neve fossem feitas do suave ar prateado. Parecia um mundo incompleto, um mundo entre outros mundos.

Ao acordar em uma manhã como aquela, Capitão Yamada se perguntou se ainda estava sonhando, e teve a esperança de que abriria os olhos e se encontraria no calor da própria cama. Então percebeu onde realmente estava e quase ficou enjoado de tanta decepção. Mas, tanto por natureza quanto por criação, priorizava a racionalidade e desconfiava das emoções. Desprezava o amor ou até mesmo a amizade como ilusões das classes mais baixas, mulheres e homens inaptos. O maior problema com as emoções era serem reações a externalidades, e não o desejo inato e a consciência deliberada. Assim, ele se repreendeu por se entregar à autopiedade e se desvencilhou das cobertas sem demora.

Yamada levantou e foi se aliviar; e ali, a poucos metros de onde estava dormindo, viu pegadas enormes, dando a volta no acampamento várias vezes. Acordou Baek e o caçador, que tinham dormido abraçados em busca de calor. Baek levantou de um salto quando ele mencionou os rastros, e começou a explicar freneticamente ao caçador, em coreano. Este parecia doente e fraco, embora seus olhos estivessem surpreendentemente afiados para alguém que quase morrera na noite anterior. Ele sussurrou alguma coisa, e Baek ajudou-o a se levantar.

– O que ele está dizendo? – perguntou Capitão Yamada quando o caçador olhou para os rastros e resmungou em coreano.

– Está dizendo que deve ser um tigre. Nenhum outro animal tem uma pegada do tamanho de uma tampa de panela. Todo mundo sabe disso – respondeu Baek. – Está dizendo que precisamos descer agora mesmo. O tigre passou a noite toda nos observando, e não está feliz.

– Por que ninguém que estava de vigia viu o tigre? – perguntou o Capitão Yamada, irritado com aqueles que assumiram depois dele. Baek transmitiu a pergunta ao caçador e então traduziu sua resposta.

– Ele disse que o tigre não queria ser visto. Você vê os tigres quando eles querem ser vistos, e não antes. Estamos na casa deles, na terra deles, então é melhor deixar isso de lado e ir embora em silêncio.

– Bobagem. Se eu vir aquele animal antes de terminarmos a descida, vou matá-lo e dar a pele e a carne de presente ao governador-geral – disse o Capitão Yamada. – Vocês, escravos Josenjings covardes, não sabem o que é bravura.

Baek baixou a cabeça em aceitação. No entanto, estava claro para todos, especialmente para o Capitão Yamada, que quanto antes conseguissem descer a montanha, melhor. O caçador ia guiando o caminho com uma agilidade surpreendente, uma vez que tinha comido apenas um pouco de biscoitos de arroz, algas e picles: parecia que estava acostumado a sobreviver com pouquíssima comida. O Capitão Yamada havia confiscado seu arco e flechas, mas o caçador pareceu considerar a atitude natural e deslizou por entre as árvores, sem ressentimento ou súplicas.

– Atire nele se tentar fugir – disse o Major Hayashi.

E o capitão respondeu:

– Sim, senhor.

O sol permaneceu escondido naquele dia cinza, e o mundo foi ficando cada vez mais claro sem nenhuma luz visível. O vento alfinetava a pele como mil pontas de gelo, mais gelado e menos complacente que no dia anterior. Cada passo que davam deixava impressões profundas e nítidas na neve, e o caçador se virava para trás de vez em quando como se estivesse preocupado. Ele sussurrou para Baek, que passou a mensagem ao Capitão Yamada.

– Por favor, precisamos ir mais rápido, ele disse – implorou Baek. – Tem certeza de que o tigre está nos seguindo, e provavelmente está em nosso encalço.

– Vocês, Josenjings, são mesmo vermes patéticos e covardes – disse o Capitão com desdém. – Diga a ele que temos armas, e não arcos e flechas. Oficiais do Exército Imperial Japonês não fogem de animais, nós os caçamos.

Baek ficou em silêncio e voltou ao seu lugar no grupo, atrás do caçador. Os outros sorriram e assentiram ao ouvir a fala do capitão, e se gabaram desse ou daquele grupo de caça de que tinham participado, e dos animais que tinham matado desde que chegaram a Joseon: filhotes brancos de leopardo com olhos azuis, ursos pretos com uma lua crescente no peito, veados e lobos. Mas nenhum deles afirmou ter caçado um tigre que, embora supostamente onipresente, era a criatura mais inteligente de todas.

Até mesmo suas ostentações foram diminuindo conforme o tempo passava. Com o sol atravessando o céu sem ser visto, não sabiam dizer a hora, exceto pela fome e pela frustração crescentes. Não tinham planejado passar quase um dia inteiro perdidos e, depois de um jantar bastante escasso, a maioria tinha acabado com seus suprimentos no café da manhã. Marchavam em silêncio, até que o caçador parou de repente e levantou a mão para o restante do grupo. Apontou para uma árvore que ainda balançava levemente, derramando neve fina e branca como as espumas de ondas do mar.

– O que foi? – o Capitão Yamada perguntou a Baek.

Mas, antes que ele pudesse responder, ouviram um som grave e assustador, como um trovão durante a estação chuvosa. Todos sentiram um olhar indescritível de um poder desconhecido; vinha do clarão alaranjado e preto entre as árvores logo à frente, a menos de vinte metros de distância. Observava-os com ousadia, imóvel, exceto pelo tremor da juba desgrenhada e congelada. Os olhos amarelos reluzentes com pupilas pretas eram as únicas coisas vívidas e vivas naquele mundo de apenas branco.

Em um segundo, todos os soldados sacaram suas espingardas e apontaram para o tigre, que permaneceu parado como uma estátua. Capitão Yamada fez um aceno para seus subordinados e disparou a primeira das muitas balas que voaram quase simultaneamente. Provocado pelo ataque, o tigre ficou em pé e saltou na direção deles como se fosse capaz de voar. Percorreu os metros que os separavam em um piscar de olhos e os soldados ficaram paralisados. Capitão Yamada sentiu o coração congelar quando alguém começou a se mexer em seu campo de visão. O caçador avançava depressa, com as duas mãos no ar.

– Não! – Seu grito ecoou na clareira e as árvores tremeram. – Não!

Sem diminuir a velocidade, o tigre virou na direção dele.

– Não! Não! – repetiu o caçador, até que, a um metro dele, o tigre parou de repente. Seus olhos amarelos ficaram fixos nele por um instante, então o animal fez a volta e fugiu com a mesma velocidade com que tinha avançado. Quando os soldados voltaram a atirar, o tigre já tinha desaparecido na mata, deixando um rastro de sangue vermelho-vivo que pingava, a cada três pegadas, da pata traseira esquerda.

– Por que estão todos parados? – gritou o Major Hayashi. – Vamos segui-lo... não vai avançar muito rápido. Vamos matá-lo antes que a noite caia.

O caçador rapidamente disse algo a Baek. O velho mercador implorou:

– Este homem acha que devemos deixar o tigre ir. Um tigre ferido é muito mais perigoso que um tigre saudável, segundo ele. Tigres são criaturas vingativas. Se lembram de erros e acertos e, se estiver ferido, vai atacar para matar. Mesmo que matemos o tigre, se ficarmos presos na montanha mais uma noite, será nosso fim; e já está mais frio do que na noite passada... é o que diz este homem, senhor.

Major Hayashi olhou para seus homens, que pareciam derrotados e indispostos a adentrar a montanha atrás do animal enorme. Mesmo ferido, o tigre não tinha dado sinais de diminuir a velocidade.

Hayashi já tinha liderado não apenas grupos de caça como aquele, mas também combates, mais recentemente na Manchúria contra os russos, e então, é claro, o controle de instabilidades e rebeliões na Coreia. Ele nunca havia recuado de uma luta, mas não por bravura, que equiparava à tolice. Apenas acreditava no sucesso, e até mesmo sua sede de sangue não tinha como objetivo primário seu prazer, mas a afirmação de sua superioridade em relação a seus pares e a intimidação de seus subordinados. Uma vez que, para Hayashi, o sucesso era de natureza prática, não virtuosa, ele mais uma vez decidiu pela ação que melhor serviria a seu propósito. Ordenou que o caçador Josenjing liderasse a descida.

Mesmo enquanto desciam e se afastavam da fera, eles sentiam como se um par de olhos amarelos estivesse fixo em suas nucas o tempo todo. Mas finalmente se encontraram em uma trilha, reconhecível mesmo sob meio metro de neve. Algumas horas depois, saíram da floresta fechada e chegaram ao mirante de onde enxergavam a aldeia lá embaixo. Os telhados de palha emitiam um brilho âmbar sob um raio inesperado de sol, que finalmente atravessou as nuvens logo acima do horizonte.

Se não fossem oficiais, teriam descido pela encosta escorregadia e coberta de neve como crianças, de tão felizes que estavam com aquela vista. Mas, moderados pela presença do líder, marcharam apenas um pouco mais rápido. Mais meia hora se passou até que os homens finalmente alcançassem o sopé do morro onde as fazendas da aldeia encontravam a floresta. O terreno não cultivado sob um cobertor de neve estava marcado pelas pegadas de pássaros e crianças.

Major Hayashi ordenou que parassem e discutiu algo com o chefe de polícia, um homem gordo e guloso a quem alguns dias de dificuldade tinham conferido uma aparência esquelética temporária. Os demais oficiais largaram suas trouxas e começaram a fumar, batendo papo. Já tinham esquecido o horror, e estavam animados com a perspectiva de se aquecer com comida e fogo, rindo daquilo tudo.

– Você – o Capitão Yamada chamou o caçador, que se aproximou de Baek, cauteloso. – Seu nome.

– Meu nome é Nam KyungSoo – disse o caçador em um japonês hesitante.

– Você era do Exército Imperial Coreano?

Baek traduziu para Nam, que assentiu.

– Sabe que é ilegal que Josenjings possuam armas de qualquer espécie? Eu poderia prendê-lo agora mesmo.

Baek pareceu mortificado ao sussurrar em coreano para Nam, que apenas olhou para o Capitão Yamada. O oficial olhou para o caçador com o cenho franzido. Os dois não poderiam ser mais diferentes: um, com trajes quentes de oficial e chapéu forrado de pele, belo e ágil, e cheio de energia mesmo após três dias difíceis na floresta; o outro, mais baixo, as bochechas afiadas lançando sombras escuras sobre seu rosto, o cabelo mais grisalho que preto, parecia velho, desgastado e ossudo como uma rocha.

Ainda assim, por um instante, Yamada viu algo nos olhos daquele homem. Soldados em lados opostos são muito mais parecidos que diferentes, muitas vezes se assemelham muito mais um ao outro que a seus compatriotas civis. Apesar da aparência doentia, Nam dava ares de quem mataria seus inimigos e protegeria seus aliados; Yamada respeitava isso.

– Estou confiscando suas armas. Se eu ficar sabendo que você andou caçando de novo, vou prendê-lo pessoalmente. Considere isso uma recompensa por guiar nossa descida.

Baek transmitiu a mensagem enquanto se curvava ao jovem oficial. Yamada ofereceu um aceno breve em reconhecimento, mas Nam apenas retribuiu o olhar por um instante antes de se virar.

– Ei, Baek! – chamou o Major Hayashi, e o velho mercador deu um passo arrastado à frente.

– Sim, senhor.

– Você fez com que nos perdêssemos, seu verme idiota – Major Hayashi disse quase preguiçosamente. Baek se encolheu e manteve a cabeça baixa.

– Sinto muito, senhor, a neve cobriu as trilhas e impediu que eu as encontrasse, subi e desci essas montanhas centenas de vezes, mas...

– Você arruinou nossa caçada, e quase nos levou à morte – disse o Major Hayashi. – Vá. Eu correria rápido se fosse você.

Baek estremeceu, baixou a cabeça várias vezes, então virou nos calcanhares para correr o mais rápido que seu corpo permitisse. Quando tinha quase atravessado o campo de arroz, o Major Hayashi posicionou a espingarda no ombro – e atirou.

Baek caiu para a frente como se tivesse tropeçado em uma pedra. Não emitiu nenhum som – ou talvez estivesse longe demais para que o som fosse ouvido, abafado pelo éter gelado. O sangue se espalhou lentamente do centro de suas costas e encharcou sua trouxa cheia de seda.

– Isso compensou a falta de um esporte de verdade. O que acha, Chefe? – perguntou o Major Hayashi, e Fukuda concordou com veemência. – E quanto ao outro homem, Nam, vou entregá-lo a você, uma vez que é sua jurisdição.

– Ah, sim, claro. Vamos fazer dele um bom exemplo – disse Fukuda. – Ninguém nunca mais vai ousar empunhar uma arma por aqui.

– Isso não parece necessário, Chefe. – O Capitão Yamada deu um passo à frente. – Esse Josenjing guiou nossa descida. Do contrário, não teríamos conseguido.

– E você salvou a vida dele, então eu diria que estão quites. Mas, acrescente a caça ilegal, e a balança parece pender contra ele – disse Fukuda, sorrindo como se estivesse satisfeito com a própria esperteza.

– Mas ele também nos salvou daquele tigre – respondeu Yamada friamente. – Me parece que o placar volta a empatar. – Ele olhou de Fukuda para o Major Hayashi, e voltou a Fukuda. – Não tenho nenhum amor por Josenjings imundos, e não tenha dúvida de que matei muitos deles em batalha. Mas, se ferir este homem, terá uma dívida de vida com ele, e nada é mais desonroso que dever algo a um inferior. E ele também salvou minha vida, não posso permitir que isso aconteça e me envergonhe. Deixe-o ir.

– Você não tem autoridade para isso, Capitão – disse Fukuda, o rosto ficando vermelho. Ele olhou para o Major Hayashi esperando apoio.

Hayashi parecia quase sem expressão, que era quando ficava mais perigoso. Lambeu os lábios, um hábito serpentino.

– Não parece necessário, afinal, matar cada Josenjing que conheça estas terras. Ele foi mesmo útil, ao contrário de Baek, aquele velho inútil – disse Hayashi.

Com isso, Fukuda logo desistiu e decidiu ir para a delegacia.

Quando teve certeza de que não era observado, Yamada respirou com uma sensação de alívio genuína. Nunca desejara nada de ou para ninguém, o que lhe conferira uma satisfação secreta durante toda a vida. Sentia-se completo em sua independência, e nunca desejara o afeto nem mesmo de sua mãe – uma senhora elegante e discreta com mãos brancas e frias – ou o amor de uma mulher. Mas a possibilidade de ser humilhado em razão da brutalidade de Fukuda incitara Yamada mais do que ele esperava. Ficara irritado com aquela sensação de apego ao destino de outra pessoa. Quanto menos certeza tivesse da segurança de Nam, mais esse apego duraria. Então chamou Nam, que estava paralisado em silêncio, olhando para o corpo de Baek à distância. Corvos já se reuniam sobre ele, grasnando animados.

– Se tiver problemas, me procure – disse Yamada em voz baixa, fora do alcance dos demais. – Meu nome é Yamada Genzo.

Nam ficou olhando para ele. Yamada não sabia se ele tinha entendido, então tirou uma cigarreira de prata do bolso do casaco e colocou na mão de Nam. Yamada passou o dedo na lateral, onde seu nome estava gravado. Então se afastou com o restante dos oficiais; e agora que o destino de Nam estava decidido, ao menos temporariamente, ninguém lhe deu atenção enquanto se afastava sozinho, mancando.

Primeira parte
1918-1919

1
Cartas secretas
1918

Em um dia que hesitava entre o inverno e a primavera, o limiar do calor já visível sobre o gelo reluzente, uma mulher e uma garota percorreram dezesseis quilômetros de estrada rural onde brotos verdes irrompiam como cílios. Elas tinham iniciado a jornada antes do amanhecer e não pararam até chegar diante de uma mansão murada em Pyongyang.

A mulher soltou um suspiro e alisou os cabelos desgarrados grudados às laterais o rosto. Parecia mais desgrenhada que a filha, que estava com tranças pretas reluzentes que passavam atrás de cada uma das orelhas e se uniam em uma corda comprida no meio das costas. Jade era obrigada a trabalhar em casa e cuidar dos irmãos praticamente desde que começara a andar, mas a mãe sempre penteava e trançava seu cabelo todas as noites. A mãe dava mais comida a seus irmãos, porque eram filhos, mas a servia primeiro, porque era a mais velha. Esses foram os únicos atos de amor que Jade recebeu nos primeiros dez anos de vida. Agora, via que até mesmo eles tinham chegado ao fim.

Jade puxou a manga da mãe.

– Posso voltar para casa com você? – perguntou, a voz pontuada por lágrimas.

– Pare de chorar como uma criança. Escuta aqui – a mãe a repreendeu –, você vai poder nos visitar durante meio dia uma vez a cada lua.[6] Você não quer ajudar sua mãe e seu pai?

Jade assentiu, limpando o rosto com as mãozinhas vermelhas como folhas de bordo. O peso de ser a primogênita já pesava sobre sua estrutura.

Um criado as recebeu na entrada e as fez esperar no pátio. Havia vários casarões com telhado cujas telhas se voltavam a elas em três lados, emanando aquele ar de outro mundo das mansões belas e antigas. Mesmo sem vento, Jade foi envolvida por uma corrente fresca que parecia ser a baforada da casa. Onde o piso de madeira da varanda era polido e tinha uma caída, ela podia vislumbrar os inúmeros convidados tirando os sapatos antes de entrar: homens em busca de prazer, consolo, uma lembrança repentina de virilidade ou talvez da primeira paixão. Embora Jade fosse jovem, era fácil ver o que os homens queriam ali. Suas motivações eram simples: sentirem-se vivos. Eram as mulheres que ela não compreendia. Será que se sentiam vivas, como faziam com que os homens se sentissem?

Uma das portas do casarão se abriu e uma mulher surgiu. Mesmo antes que se virasse, Jade pode imediatamente perceber que era extremamente bela só pelo formato das costas e pela distância especialmente graciosa entre a nuca e os ombros. Quando ela mostrou o rosto e até se dignou a dar um sorrisinho em sua direção, Jade sentiu as entranhas se contorcerem de ansiedade. Em vez da beleza feminina mais comum que causava inveja nas outras mulheres, aquela estranha tinha um tipo de beleza muito mais raro que as atraía com a promessa de algo que também poderia ser transmitido a elas. Mas, por debaixo de um ar de benevolência geral, ela não era fácil. Parecia brincar com a atração que as pessoas sentiam por ela, alimentando suas expectativas e depois vendo-as se curvarem.

A mãe de Jade fez uma reverência rígida, imune aos encantos da mulher. Embora fossem arrendatários que trabalhavam arduamente em um pedaço minúsculo de terra, tecnicamente eram de uma classe mais alta que as *gisaeng* – que pertenciam ao mesmo patamar ignóbil que os açougueiros e curtidores. Aqueles que ganhavam dinheiro na imundície.

– Então esta é a menina? – disse a cortesã com a voz suave, e a mãe balbuciou em resposta.

A amiga de uma prima era criada na casa, que foi como conseguiram que Jade fosse contratada como empregada de lavanderia por dois wons por mês,[7] mais um quarto e alimentação.

– É uma distância grande para percorrer na lama e na neve – disse a mulher para a mãe, mas mantendo o olhar fixo em Jade.

Então suspirou, como se tivesse visto algo lamentável e irremediável. Jade imaginou que aqueles olhos estreitos estavam acostumados a julgar o valor de coisas mais belas, e que seu rosto seco e rachado era digno de pena, como um cão de três patas.

– Tia,[8] lamento dizer isso. Mas houve um engano. Passei quinze dias sem notícias suas, então acabei contratando outra garota para ajudar na casa. Mas, como fizeram essa viagem, por favor entrem e comam algo na cozinha. Descansem um pouco antes de voltar – disse ela, balançando a bela cabeça com um coque trançado.

– Não, como isso pode ter acontecido, Madame Silver? Enviamos uma mensagem. – A mãe de Jade pressionou as duas mãos contra o peito. O gesto pareceu rústico e repugnante a Jade, principalmente em contraste com a elegância fria de Silver. – Você não precisaria de mais uma ajudante em uma casa tão grande? Minha Jade cuida da casa desde os quatro anos. Ela está destinada a ser útil.

– Já tenho bastante ajuda – respondeu Silver, impaciente.

No entanto, Jade sentiu que a cortesã continuava olhando para ela com uma expressão de curiosidade naquele rosto oval e tranquilo. Era a expressão de alguém que nem sempre se dava ao trabalho de responder aos outros, e falava apenas quando lhe agradava dizer alguma coisa.

– Mas, se quiser, posso tomar Jade como aprendiz. – Silver virou-se para a mãe dela com um ar determinado. – Um único pagamento de cinquenta wons, o tanto que ela ganharia como criada em dois anos. Mais o quarto, comida, treinamento e roupas. Quando começar a trabalhar, em alguns anos, e depois de me devolver os cinquenta wons com juros, ela poderá enviar a vocês o quanto quiser.

A mãe de Jade traçou uma linha fina com os lábios.

– Não vim aqui para vender minha filha para ser *cortesã* – conseguiu cuspir, exagerando na pronúncia da última palavra em lugar de dizer: prostituta. – Que tipo de mãe acha que eu sou?

– Como quiser. – Silver não pareceu se incomodar, mas Jade percebeu que o cantinho de seu lábio se retorceu em um sorriso desdenhoso. – De qualquer forma, por favor, sirvam-se de um pouco de sopa na cozinha – disse, dando meia-volta.

– Espere, Madame. – Jade ficou surpresa ao ouvir a própria voz. A mãe deu-lhe um tapinha no ombro para silenciá-la, mas ela continuou: – Vou ficar como aprendiz... Tudo bem, mamãe. Eu fico.

– Quieta. Você não sabe do que está falando – disse a mãe.

Se estivessem sozinhas, teria despejado comentários exaltados sobre mulheres que ganhavam a vida com o que tinham entre as pernas. Na presença de Silver, apenas deu um tapa em Jade, entre as escápulas afiadas como as asas recolhidas de um filhote de pássaro.

Silver sorriu, como se tivesse ouvido os pensamentos não ditos.

– É verdade, não é para qualquer uma. Você sabe o que fazemos?

Jade corou e assentiu. As amigas cujas irmãs tinham se casado aos catorze ou quinze anos tinham lhe contado o que acontecia na noite do casamento. Parecia desagradável, mas a ideia também a fazia contrair as coxas. Pensando bem, se aconteceria de graça com um homem ou por dinheiro com vários, parecia não ter muita importância, fisicamente falando. De qualquer forma, Jade seria entregue em casamento em alguns anos a quem oferecesse o melhor preço, como o médico da aldeia, que procurava, incansável, uma noiva para o filho doente. Apesar da pena, Jade achava que qualquer coisa seria melhor que se casar com aquele garoto simples com mãos como garras. Ela não seria sua esposa, mas sua irmã e, mais tarde, sua mãe.

Cinquenta wons era mais que o dobro do que até mesmo o médico ofereceria, e o dinheiro podia render muito – um pequeno pedaço de terra do senhorio, um galo jovem e galinhas saudáveis para um galinheiro. Eles nunca mais dormiriam sem jantar. Podiam mandar os garotos para a escola, e a irmã mais nova podia conseguir um noivo de uma respeitável família dona de terras. Mas só se ninguém na aldeia soubesse que Jade tinha sido vendida para uma cortesã.

Jade quase via a mesma perspectiva refletida nos olhos escuros da mãe, exausta demais até mesmo para chorar. Silver estendeu a mão e pegou a dela, e ela não recuou.

– Pela minha experiência, mesmo uma garota mantida em um convento pode crescer e se tornar uma cortesã, se esse for seu destino. O contrário também é verdadeiro, e mais frequente também. Se este não for o destino de Jade, ela vai encontrar outro caminho, mesmo que seja criada em um *gibang*.[9] – Silver deu um sorriso gentil. – Eu quase não tenho influência sobre isso.

Jade nunca tinha se olhado no espelho até chegar à casa de Silver. Os reflexos apagados que vislumbrara em bacias de água não eram fonte de especial vaidade. Tinha a pele lisa e sem brilho com um tom amarelado de cera. Seus olhos eram pequenos, mas muito vivos sob um par de sobrancelhas cheias como penas pretas. Olhando bem de perto, era possível notar que a íris esquerda ficava ligeiramente fora do eixo, apontando para fora – quase como a de um peixe. Seus lábios eram redondos e vermelhos, mesmo sem rouge. Seu sorriso – maroto, quase malicioso – seria considerado encantador, se não emoldurasse dentes superiores claramente tortos. Havia outras peculiaridades em seu físico que uma garota mais excepcional certamente não teria. Ao todo, Jade era o tipo de jovem que ficava exatamente no meio do caminho entre comum e bonita. Ela não se importava, uma vez que sua mãe desconfiava da beleza em geral.

A mãe também considerava que estudo demais era um veneno para garotas. Jade pôde frequentar apenas durante um ano a escola com uma sala para todos os estudantes da aldeia, dos cinco aos vinte anos.[10] Mesmo em meio àquele caos, tinha aprendido mais do que somas simples e letras rudimentares, que era o que a mãe teria preferido. Por causa da escola, Jade deixara de se sentir como uma parte operacional da casa, como a fornalha ou a enxada. Ela tanto encolheu quanto expandiu com o conhecimento, e ficou surpresa com o próprio descontentamento. Era por isso, é claro, que o aprendizado era considerado tão perigoso, para começo de conversa. Se dissesse em voz alta o que se revirava dentro de sua cabeça, a mãe a teria beliscado e esbofeteado com muito mais frequência. Esse medo chegou a conter suas lágrimas na hora da despedida, pois não sabia se o choro agradaria ou irritaria a mãe.

Jade se manteve silenciosa e dócil enquanto seguia Silver pela varanda do primeiro andar. Mas a casa a chamava em segredo, e ela desejava tocar as colunas feitas de pinheiros de cinquenta anos e pintadas de vermelho com cinabre. Quando ela passava, luminárias de seda dançavam sob os beirais, evocando ao mesmo tempo imobilidade e movimento; artificialidade e naturalidade. "Aquela atmosfera inebriante era sentida em toda a casa", pensou Jade enquanto Silver a levava pelo corredor, mas era mais perceptível na própria Silver. Jade nunca tinha visto alguém que parecesse deslizar como Madame Silver – ela parecia quase incapaz de ter partes do corpo tão modestas como pés e dedos dos pés. E, ainda assim, Jade pensou que não havia ninguém que exemplificasse melhor a naturalidade de uma mulher. Silver sorria e falava com a calma absoluta de quem nasceu para ser mulher, e sabia disso. Ela parou de deslizar alguns metros à frente de Jade e abriu uma porta de papel de arroz.

– Esta é a sala de música – disse Silver.

Todas as quatro paredes do salão eram decoradas com telas ricamente pintadas. Em um lado da sala, doze garotas bastante jovens aprendiam uma canção tradicional, repetindo cada verso cantado por uma cortesã mais velha; do outro lado, garotas de onze ou doze anos praticavam o *gayageum*.

As garotas que estão cantando estão no primeiro ano. No segundo ano, você começa a aprender o *gayageum*, o *daegeum* e diferentes tipos de tambores.[11] Portanto, estas são duas das cinco artes que uma cortesã deve dominar: canto e instrumento – explicou Silver.

Enquanto ela falava, uma das garotas que cantavam levantou-se de um salto e correu na direção delas. Jade quase pôde ouvir as sobrancelhas de Silver se franzirem em reprovação.

– Mamãe, quem é esta? – a garotinha perguntou a Silver, e Jade tentou esconder a surpresa.

Com um rosto redondo e feições banais, a garota não se parecia em nada com a mãe elegante.

– Você nunca deve deixar a aula sem a permissão da professora – disse Silver, rígida.

Jade se lembrou da própria mãe e ficou se perguntando se haveria alguma mãe no mundo que não recebesse a filha com raiva.

– A aula vai acabar em alguns minutos – a garota insistiu. – Ela é nova? Posso mostrar a casa a ela?

Silver hesitou por um segundo, como se tivesse se lembrado de tarefas importantes muito mais dignas de seu tempo, então dispensou as duas com um aceno. A garota pegou Jade pelo cotovelo e a levou pelo corredor.

– Meu nome é Lotus. Obrigada por me tirar da aula. – Ela riu. – Qual é o seu nome?

– Jade.

– Que nome bonito. Provavelmente você não vai precisar mudar – disse Lotus, abrindo outra porta de correr. Naquela sala, um pouco menor que a primeira, algumas alunas praticavam pintura em aquarela de um lado e caligrafia do outro. – Mamãe falou sobre as cinco artes das cortesãs? Eis a terceira e a quarta: pintura e poesia... Também aprendemos coreano, japonês e aritmética aqui. Somos avaliadas em todas as disciplinas uma vez por mês, e quem não acertar tudo tem de repetir o mês.

– Até japonês e aritmética? – perguntou Jade, preocupada.

– Sim, *principalmente* essas duas. – Lotus assentiu com um ar grave. – Faz um tempinho que eu não consigo passar para o segundo ano. Mas isso quer dizer que talvez fiquemos na mesma turma!

Lotus riu e subiu correndo as escadas que levavam ao segundo andar, e Jade a seguiu, sem fôlego de tanto rir. Então, Lotus puxou Jade até a maior sala que ela jamais vira. O cômodo estava vazio, o piso polido de madeira reluzente com desgaste. Havia máscaras e túnicas coloridas penduradas nas paredes; no canto, tambores de couro esticado e outros instrumentos empilhados ordenadamente.

– Esta sala é para a quinta arte da cortesã: a dança. Você começa a aprender no segundo ano – disse Lotus. – E nossa escola acaba aqui. Vou mostrar onde você vai dormir.

O dormitório das garotas era um casarão térreo atrás da escola. Elas estavam atravessando o pátio em direção ao quarto do primeiro ano, quando uma garota de uma beleza estonteante saiu da cozinha. No entanto, Jade percebeu que não era uma criada, pelos trajes caros e pelo jeito soberbo com que mordiscava um pedaço de caramelo de arroz. Ela as viu e veio em sua direção.

– Minha irmã mais velha, Luna – sussurrou Lotus.

Luna era claramente filha de sua mãe. Lembrava Silver, como o reflexo da lua no rio espelhava sua fonte.

– Você é a garota nova – disse Luna, brincando com a ponta da trança, espessa e fofa como o rabo de um leopardo. Seu rosto era tão radiante que Jade só conseguia espiá-lo aos poucos e em partes: um nariz aqui, uma boca ali.

– Sim, meu nome é Jade – respondeu com um sorriso tímido, e Luna caiu em uma gargalhada esplêndida.

– Você seria bonita se seus dentes não fossem tão feios. Parecem lápides – zombou a mais velha.

– E você tem um cérebro que parece uma lápide – disse Lotus sem pestanejar.

Mas nem o rubor de raiva desfigurou o rosto de Luna, e só a fez parecer ainda mais uma imperatriz adolescente. Apesar da semelhança física com Silver, Luna era mais vivaz e cruel, e não tinha nada da graciosidade que Silver direcionava aos menos afortunados.

– Sua garota atrevida. É por isso que ninguém te ama, nem mesmo a mamãe – disse Luna.

A irmã mais nova simplesmente a encarou até ela se afastar com desprezo.

Naquela noite, Jade ficou acordada em seu catre, se perguntando como duraria um mês na escola e, mais ainda, como se formaria e se tornaria uma cortesã. Se reprovasse nos exames, talvez Silver a colocasse como criada no final das contas. Mesmo agora, não estava muito distante de uma criada na hierarquia da casa, e ter Luna como inimiga era um início desfavorável. Obediência total às demais alunas e às cortesãs certamente era o princípio mais básico na escola. Jade percebeu que havia várias outras regras e expectativas não ditas em jogo, e Silver era a juíza incontestável que chefiava todas elas.

No entanto, Jade logo aprendeu que a senhora não subestimava sua posição. Nem era um ser místico que nunca erguia a voz a não ser para pronunciar banalidades. Ela exigia punição a jovens aprendizes que desafiassem as cortesãs mais velhas, e também a cortesãs mais velhas que espalhavam fofocas ou escondiam seus ganhos da casa. Colchas sujas de sangue menstrual, um grampo de cabelo afanado, até mesmo um pote de mel do qual algumas colheres teimavam em desaparecer – nada passava despercebido. Embora ela se envolvesse nas questões mais mesquinhas, seu semblante permanecia neutro com a atitude impassível de uma beldade de rosto pálido em um quadro do século XVII. Jade via que, em todos os aspectos, Silver cultivava uma aura antiga, tanto por disposição natural quanto por escolha consciente. Sua enorme coroa trançada – uma mistura do próprio cabelo e de peruca – pareceria antiquada e engordativa em muitas mulheres. Nela, indicava um apego romântico ao passado, uma sensibilidade poética.

A senhora da casa raramente elogiou ou demonstrou notar Jade durante os primeiros meses. A única que demonstrava qualquer interesse por ela era Lotus, que também não era uma favorita na casa. Sempre que brigava com a irmã mais velha, Silver dava razão a esta. Aos olhos da mãe, Lotus era preguiçosa, sorrateira e impetuosa, e Luna não fazia nada de errado. Saber disso não impedia Lotus de tentar atingir a irmã com tenacidade e astúcia, como um gato escondido atrás de um muro para saltar e atacar. Mas com Jade, ela recolhera suas garras logo de cara. Passava horas falando de coisas sobre as quais tinha apenas uma vaga ideia: a última moda, fofocas que circulavam em Pyongyang e Seul, tipos de homens, tipos de mulheres e o que acontecia atrás de determinadas portas do estabelecimento, onde elas eram proibidas de entrar. Jade achava chocante seu interesse flagrante na companhia masculina, não porque era jovem, mas porque não era bonita. Lotus tinha um rosto redondo sem graça, que era mais comum no Sul – não a delicadeza oval da mãe, uma beldade típica de Pyongyang. Até então, Jade imaginava que mulheres e garotas atraentes tinham apetite sexual maior, e agora via que isso não era necessariamente verdade.

Quando ficaram mais íntimas, Jade passou a considerar esse excesso de desejo não como uma peculiaridade, mas apenas uma característica. Não achava mais o rosto da amiga sem graça, mas intrigante. Jade passou a apreciar o dom loquaz da amiga, o modo como fazia qualquer coisa parecer uma estrela cadente – um fenômeno inesperado e maravilhoso do qual eram as duas únicas testemunhas. Elas se complementavam perfeitamente, porque Jade gostava de pensar sem parar e Lotus gostava de falar muito, e entre as duas havia o equilíbrio exato. Lotus também tinha um talento para transgressões: certa tarde, ela empilhou travesseiros, subiu no guarda-roupa e, como se não fosse nada, puxou o pote onde Silver guardava seu estoque particular de mel. Jade assistiu maravilhada, até Silver entrar e pegar Lotus em flagrante. Mesmo durante o castigo – obrigada a ficar em um pé só ou ajoelhada com os braços acima da cabeça – fazia careta e mostrava a língua pelas costas da mãe, fazendo Jade rir.

Logo após o primeiro exame mensal – em que Jade foi aprovada apesar de seus piores medos, até no de japonês –, Lotus respondeu a pergunta que Jade era delicada demais para fazer: por que ela e a irmã eram tão diferentes.

– O único homem que mamãe amou foi o pai de Luna. Eles se conheceram quando ela tinha dezenove anos. Ela ainda usa o anel que ganhou dele. Embora tenha tido outros clientes, em todos esses anos nunca tirou aquele anel de prata – contou Lotus.

Jade se lembrou de ter visto a aliança reluzente, não tão cara ou ornamentada quanto as outras joias de Silver, mas notável por sua elegância densa e arredondada.

Enquanto Luna tinha nascido de um amor trágico, Lotus era apenas um acidente deixado por um cliente descuidado. Jade secretamente acreditava que era por isso que Silver tratava a filha mais nova com tanta indiferença; Lotus era a única coisa em sua vida que tinha acontecido totalmente contra sua vontade. Se uma mulher como Silver não podia acabar feliz, Jade acreditava ser improvável que ela terminasse melhor. Para a profissão, cortesãs de 25 anos já teriam passado de seu auge e, aos trinta, eram consideradas velhas. Se não conseguissem se tornar concubinas ou madames antes disso, seu fim podia não ser diferente do de uma prostituta comum. Naturalmente, as cortesãs mais velhas da casa de Silver dominavam a arte de se apaixonar por donos de terras enrugados e banqueiros decrépitos. Era um jogo do qual homens e mulheres participavam em harmoniosa cumplicidade.

Jade – a poucos anos de se tornar uma cortesã provinciana de aparência mediana – ainda não conseguia se imaginar dormindo com um dono de terras com dentes de ouro e um bafo horrível. Em vez disso, sonhava com belos jovens aristocratas com uma queda por poesia. Segundo Silver, as melhores e mais admiradas cortesãs da história eram capazes de agitar os homens mais nobres apenas com correspondências poéticas. Eles se apaixonavam loucamente sem nem ver o rosto um do outro, de tão elevadas que eram suas habilidades epistolares. Às vezes essas paixões eram consumadas; outras, passavam a vida tragicamente ardendo em desejo. Jade tinha devaneios frequentes com romances assim, suspirando por esses amores frustrados. Talvez por isso a mãe a alertara contra o poder corruptivo da educação – mesmo sem nenhum homem à vista, a própria linguagem a seduzia. Ela vibrava com o conhecimento de que certas palavras em determinada ordem eram capazes de rearrumá-la por dentro, como mover móveis. Palavras a mudavam e a reconstituíam constantemente, e ninguém nem mesmo percebia a diferença. Então, depois das aulas, enquanto outras garotas se ocupavam com caminhadas pelo jardim ou vaporização da pele com água de arroz, Jade praticava suas cartas sozinha.

Quando a primavera chegou, Silver transferiu a aula de literatura da tarde para o jardim. Todos os dias, ela escolhia uma garota para recitar poesia clássica de cor. Na sua vez, Jade escolheu um poema de Hwang Jini, uma cortesã do século XVI que conquistava membros da realeza, monges, eruditos, artistas sem um tostão e galanteadores ricos. Diziam não haver páreo para ela em poesia, caligrafia, literatura, pintura, dança e música, e a reputação de sua beleza se espalhou por todo o reino e chegou até a China. Mas o que Jade mais admirava nela, era que escolhia seus amantes livremente e os deixava sem derramar lágrimas.

Silver chamou Jade à frente da turma, e ela começou:

"Flutuando no rio, o barquinho de pinheiro,
Há quantos anos está ancorado à costa?
Se o próximo perguntar quem foi o primeiro a atravessar
Direi que foi um homem culto e galante."

Quando ela o leu pela primeira vez, o poema a atingira com dor e prazer. Mas as outras garotas pareceram totalmente indiferentes. Apenas Lotus contorcia o rosto, reprimindo um bocejo.

– Muito bem, um de meus favoritos – disse Silver, em tom de aprovação. – Quem sabe me dizer o que significa?

As garotas se entreolharam, furtivas, se remexendo nos assentos. Lotus arriscou:

– É sobre andar de barco, mamãe?

E as demais matraquearam e riram em uníssono.

– Não, é claro que não. É mesmo uma aflição ensinar poesia a vocês. – Silver balançou a cabeça, séria. Jade estava prestes a levantar a mão quando Stoney apareceu, fez uma reverência a sua senhora e bateu no chão de madeira com os nós dos dedos.

– O vendedor de seda está aqui? Um novo então? – perguntou Silver.

Ela entendia as mensagens de Stoney por mais complicadas que fossem; ninguém mais entendia o criado surdo-mudo. Silver soltou um suspiro e se levantou em um movimento gracioso.

– Tenho de ir ver os tecidos. Podem brincar agora – decretou, e as garotas fizeram uma reverência.

– Eu poderia jurar que era sobre andar de barco. O que você acha que significa? – Lotus perguntou a Jade enquanto calçavam os sapatos. Jade sabia o que o poema significava e até por que Silver gostava tanto dele. Foi por isso que o tinha escolhido.

– É sobre uma mulher que está lembrando o primeiro amor – respondeu.

Entre todas as cortesãs e aprendizes, Jade sentia que era a única que entendia aquela língua secreta ensinada por sua senhora. Sobre as coisas que a melhor amiga não conseguia entender, Jade conversava com os livros. Ela se perguntava se algum dia encontraria alguém que lhe responderia.

Em seus aposentos, Silver sentou-se em seu catre de seda e esperou pelo mercador, uma das mãos girando o anel no dedo, distraída. Através das portas de treliça enfeitadas com borlas de pedras preciosas, ela ouvia as garotas gritando e rindo enquanto brincavam.

– Madame Silver, sou o Mercador Chun, a seu dispor – o mercador de seda se anunciou à porta.

– Por favor, entre.

O mercador abriu a porta de correr e entrou, carregando sua trouxa cheia de tecidos e berloques. Ele fez uma reverência profunda para Silver, que gesticulou para o peso em suas costas.

– Largue essa trouxa pesada e sente. E por favor fique à vontade. Já pedi ao criado que traga um refresco.

– Obrigado, Madame, é muita gentileza – disse Chun, em seguida tirou o peso das costas e colocou-o no chão.

Sentou-se com as pernas cruzadas na almofada de seda que ela já tinha separado para ele, enquanto Stoney trazia uma bandeja com vinho branco e bolinhos de abóbora, iguarias que apenas uma cortesã rica poderia oferecer à época.

– Fiquei arrasada ao saber o que aconteceu com o Velho Baek – disse Silver. – O senhor é membro da guilda dele, então deve saber que ele trazia suas mercadorias a esta casa desde antes do meu tempo.

Em vez de responder, Chun apenas abaixou a cabeça.

– O senhor era próximo dele, Mestre Chun?

– Madame, ele era da minha família. Irmão de minha mãe.

– Então o senhor herdou todo o território? – perguntou Silver, interessada de repente.

Chun analisou sua expressão por um instante antes de responder em voz baixa.

– Sim, Madame. Ele perdeu os filhos há muito tempo e eu era seu parente, herdeiro e confidente mais próximo.

– Me mostre suas mercadorias, então – disse Silver.

Chun abriu o tecido branco que envolvia sua trouxa. Dentro havia um caixote de madeira que continha rolos de seda em cores de verão – azul mais claro, cinza esverdeado, rosa azaleia, amarelo forsítia, verde salgueiro, um azul-marinho elegante para mulheres mais velhas como Silver e um vermelho camélia exuberante para as jovens que começavam a desabrochar. Também exibiu joias: borlas de seda com coral e jade que balançavam, provocantes, logo abaixo da blusa curta e sem forro das mulheres; anéis duplos *garakji*, usados juntos e feitos de prata esmaltada, âmbar e jade verde ou branca; um *binyeo* de ouro usado para segurar o coque. E havia também frascos com pó perfumado da Inglaterra, creme refrescante do Japão, rouge para lábios e bochechas, óleo de camélia para manter o cabelo macio e sedoso e uma bolsinha de seda com almíscar verdadeiro, que diziam ter poderes afrodisíacos.

Silver escolheu alguns tecidos e maquiagens, aliviando consideravelmente o peso de sua trouxa. Ao terminar, olhou para ele.

– Tudo isso é ótimo, mas o senhor tem mais alguma coisa? – perguntou com olhar penetrante.

Embora Chun e Baek supostamente fossem parentes próximos, havia pouquíssima semelhança entre os dois. Silver conhecia Baek havia muitos anos; por trás de sua estrutura frágil e comportamento subserviente, havia uma enorme força física que lhe permitia fazer viagens do Mar do Leste até Pyongyang, e depois até Uiju todos os anos, inclusive na velhice. Quando jovem, viajara a Xangai e Vladivostok, embora já tivesse transferido suas antigas responsabilidades aos mais jovens de sua guilda havia muito tempo. Por outro lado, o rosto moreno de Chun com olhos astutos, quase reptilianos, não incitava em Silver qualquer impulso imediato de confiança.

O mercador tirou uma folha de papel dobrada de dentro da manga e ofereceu a ela com as duas mãos. Silver respirou fundo e abriu o selo.

Como sempre acontecia ao ver a letra do general, as mãos que seguravam as bordas do papel tremeram levemente. Ela leu a carta rapidamente, bebendo as palavras com os olhos. Ele agradecia pelo dinheiro que ela enviara no verão anterior e contava sobre as vitórias e derrotas nos montes da Sibéria. Suas tropas o seguiam em qualquer batalha, ainda que expostas ao frio e mal equipadas em comparação às do inimigo. Alguns tinham levado esposas e filhos para Vladivostok, e o reencontro feliz o fazia desejar ver o rosto dela e o de Luna.

"Ela deve ser linda se puxou você, mas temo nunca mais ver nossa filha", escreveu.

Ela dobrou a carta com cuidado e escondeu dentro de um livro que estava sobre a mesa. Leria novamente, com calma, quando estivesse sozinha e livre para se debruçar sobre cada letra.

– Obrigada, Mestre Chun. Quando soube que Mestre Baek estava morto, achei que tivessem encontrado esta carta e tudo estivesse perdido... nossas vidas e a de nossos homens em Vladivostok.[12] Aguardei durante todo o inverno, esperando pelo pior... Dormia com uma faca ao lado da cama, preparada para tirar a própria vida se eles viessem, mas não vieram.

– Aqueles desgraçados largaram o corpo dele sem revistá-lo... se tivessem feito isso, certamente tudo teria acontecido conforme a senhora temia – disse Chun. – Meu tio planejava atraí-los até nossos homens nas montanhas, e matar um chefe de polícia e oficiais de alta patente teria sido uma vitória imensa... Mas ou ele realmente se perdeu na neve, ou nossos homens não estavam no local combinado.

Nem Chun nem Silver pronunciaram o que ambos sabiam – que se os combatentes pela independência não aproveitaram para atocaiar um grupo de soldados japoneses perdidos, é possível que tenham sido mortos em outra batalha não registrada.

– E o corpo de seu tio ficou intocado até o senhor chegar lá?

– Não, Madame. Eu mesmo não sabia o que tinha acontecido, pois estava no Sul na época. Mas um aldeão pegou seu corpo e o preparou para o enterro. Um viúvo pobre com três crianças pequenas, prestes a morrer de fome, mas um homem honesto. Guardou os pertences do meu tio até eu chegar para o funeral, e não havia nada faltando, nem mesmo as moedas.

– Que boa sorte – murmurou Silver.

Ela abriu a penteadeira e tirou duas bolsinhas com cordão, uma branca e uma vermelha, ambas pesadas de lingotes de ouro maciço.

– A branca é por seus serviços – disse, entregando as bolsinhas. – A vermelha é para a causa. O senhor confia no homem que vai atravessar a fronteira?

– Madame, não será diferente de quando meu tio estava vivo – respondeu Chun. – Nós, mercadores humildes, amamos ouro como qualquer outro homem, mas, mesmo nós, temos honra.

– Sei bem disso, Mestre Chun. O senhor também deve saber que o que estou oferecendo não é só de minha parte, mas de todas as cortesãs de Pyongyang. É o dinheiro que ganhamos servindo bebidas e nos deitando com homens, e as joias que guardamos para nossa aposentadoria.

Mestre Chun curvou a cabeça brevemente como resposta.

– Quanto tempo ficará na cidade? E quando voltará? – perguntou Silver.

– Vou embora assim que amanhecer. Talvez volte antes do outono se tiver sorte.

– Devia passar a noite aqui, é muito mais confortável que a estalagem.

– Obrigado, Madame, mas isso atrairia atenção indevida. E meus irmãos da guilda estão esperando por mim na estalagem... – respondeu Chun, já levantando. – Preciso ir.

– Espere, quase esqueci – disse Silver. – O pobre homem que recuperou o corpo de Mestre Baek... Se passar por sua aldeia ao sair da cidade, pode levar algo a ele? – Silver abriu mais uma vez a penteadeira e tirou um ou outro berloque. Tinha vendido suas melhores joias e as transformado em ouro, que o mercador já tinha guardado em sua trouxa. Finalmente, tirou o anel de prata e entregou a Chun, com um sorriso fraco. – Por favor, diga a ele que não é muito caro, mas era meu favorito – disse, a voz encantadora levemente hesitante. Mestre Chun curvou a cabeça mais uma vez antes de sair.

Todas as suas joias mais caras juntas significavam muito menos para ela do que entregar aquele anel de prata. Mas a vida precisava ser mantida em equilíbrio: ela precisava fazer o que parecia verdadeiramente um sacrifício. Daria sua vida, satisfeita, pela segurança das pessoas que amava – o general, Luna e Lotus. Se os três estivessem presos em uma casa em chamas, ela derramaria um balde de água na cabeça e entraria no fogo para tirá-los de lá. Era isso que significava seu amor, declarava a si mesma. Mas sua mão ainda chorava quando Chun saiu pelos portões da cidade na manhã seguinte para levar o anel à casa do caçador.

2
Luna
1918

A reviravolta mais extraordinária começou com a queda de um alfinete, uma aberração roubando não mais dramaticamente que um cão de rua. Certa manhã, Jade acordou e descobriu que todas as aulas haviam sido canceladas. Correu para o pátio para saudar o ar, como uma abelha nova emergindo do casulo no calor. O dia estava cheio do vigor do início de junho. As árvores cantavam suas notas verdes, e seu frescor podia ser ouvido pelos olhos. As garotas estavam soltas no jardim como bezerros, e nem mesmo Jade ficou triste com a folga dos livros. Quando se sentou para brincar de cama de gato com Lotus, o motivo de toda aquela leniência ficou claro: Silver e Luna, ambas em suas melhores roupas, estavam de saída. Quando elas atravessaram o pátio, garotinhas com rostos redondos invejosos se amontoaram ao seu redor, todas ansiando em silêncio por um passeio. Apenas Jade recuou, sem querer irritar Silver com sua carência. Mas Lotus se aproximou e se aventurou a dizer:

— Mamãe, quero ir também — em uma voz triste de criança que sabe usar a infantilidade.

Silver olhou para a filha mais nova como quem está organizando a caixa de joias e descobre uma lembrança de uma época incerta — curiosa e levemente envergonhada, mas, ao fim e ao cabo, indiferente. Depois de um instante, disse:

— Luna só vai tirar seu retrato agora, aos quinze anos. Também vou levar você quando for mais velha.

Ela ignorou a expressão cabisbaixa de Lotus com sua altivez habitual e subiu no riquixá atrás de Luna, a saia de seda esvoaçando extravagante para fora do assento.

Um passeio era um agrado raro até mesmo para Luna, que ficava colocando a cabeça para fora do riquixá, perigosamente, e se empoleirando na beira do assento. Conforme elas se afastavam da casa, Luna foi perdendo de vista as coisas que lhes eram familiares, até tudo à sua volta ser novo e estranho. Passando por este ou aquele marco, a mãe ia explicando:

– Ali é a nova fábrica de sapatos de borracha que o Sr. Hong inaugurou este ano. Ele já chegou a vender o equivalente a dois mil wons. E ali fica a escola secundária... você veria os garotos se fosse mais tarde, mas eles devem estar todos em aula. E aquela coisa pontiaguda ali é onde os cristãos fazem seus cultos. Eles também cantam, mas não como nós.

– Mamãe, a senhora conhece algum cristão? Ouvi dizer que todos eles são secretamente leais aos ianques – disse Luna.

– Não conheço nenhum cristão que seria um cliente ou amigo de cortesãs – disse Silver, franzindo o cenho. – Mas, como não se tornar servo dos ianques quando se acredita no Deus deles? Não seria natural.

O riquixá parou em frente ao estúdio e as mulheres desceram do veículo, usando os leques para proteger do sol o rosto pálido. A porta do estúdio tilintou alegremente quando elas entraram. O fotógrafo as cumprimentou e as conduziu até a área onde produzia as fotos, com poltronas com estofado de veludo contra um fundo cinza liso.

Seguindo as orientações do fotógrafo, Silver sentou-se em uma poltrona e Luna ficou em pé com as mãos no ombro da mãe. O fotógrafo acendeu uma lâmpada ao lado da câmera e instruiu-as a não piscar. Contou até três, e um flash forte disparou, deixando Luna temporariamente cega; então as poltronas e adereços esmaecidos de estilo ocidental voltaram a entrar em foco e preencher o mundo mais uma vez. Ela teve a sensação estranha de acordar depois de um cochilo longo sem saber se anoitecia ou amanhecia. Um pequeno lapso em sua existência longa, contínua e rotineira – uma parada breve dos batimentos cardíacos, cujo significado ainda não estava claro.

Quando se preparavam para ir embora, a porta tilintou mais uma vez e dois oficiais japoneses entraram.

– Bem-vindo de volta, senhor – disse o fotógrafo em voz alta, em japonês. – Suas fotos estão prontas.

Por sua vez, Silver saiu rapidamente de fininho, levando Luna pela mão. Os oficiais olharam longamente para as duas enquanto elas se afastavam apressadas e partiam no riquixá.

– Aqui estão. As fotos ficaram muito boas. Espero que fique satisfeito, Major Hayashi – disse o fotógrafo, oferecendo um envelope que continha algumas fotos dos oficiais que ele fora contratado para tirar após a morte repentina do fotógrafo japonês da cidade, no ano anterior, em razão da tuberculose.

Mas o Major Hayashi mal olhou para as fotos, e perguntou:

– Quem eram aquelas mulheres?

– Uma velha amiga e sua filha – respondeu o fotógrafo, nervoso, olhando por sobre o ombro de Hayashi para seu acompanhante, que, embora trajasse o uniforme de oficial japonês, sem dúvida era coreano.

– Senhor, aquela era uma cortesã famosa chamada Silver, conhecida como a mais bela de Pyongyang – disse o coreano em um japonês perfeitamente bem cuidado. Então, com uma ânsia que tais encontros espontâneos causam mesmo nos mais insensíveis, acrescentou: – Fazia muitos anos que não a via, mas a reconheci de imediato.

Quando Silver enviou Stoney para pegar as fotos com o fotógrafo, Luna ficou decepcionada por não saírem de novo. O passeio tinha sido revigorante, e ela gostava de ver coisas novas. Acima de tudo, sentira uma emoção secreta com o olhar dos oficiais. Aquilo a fizera querer vestir trajes finos e passear pela cidade o dia todo; riu, imaginando o quanto seria cansativo para o pobre condutor do riquixá. Então pensou que não queria mais dormir no quarto da mãe, e se sentiu culpada por isso porque sabia o quanto a mãe a amava.

Logo, o calor aumentou tanto que as mulheres passaram a dormir no piso fresco de madeira da varanda coberta. Luna usou a desculpa do calor para se juntar às demais. As mulheres dispuseram seus catres juntos formando uma única cama comprida no chão. Para afastar os mosquitos, queimavam incensos de absinto de aroma adocicado, que serpenteavam em direção ao céu escuro como breu. As mais jovens, animadas com a mudança na rotina, sussurravam a noite toda, deitadas em fila como um colar de pérolas tagarelas.

Certa noite, na cama, Luna disse:

– Ei, Lotus, estou morrendo de vontade de comer uma melancia gelada e docinha. Vá cortar aquela que está na cozinha.

– Por que eu? Não sou sua criada – respondeu Lotus, acomodada em seu lugar longe da irmã.

– Porque eu sou sua irmã mais velha, sua pirralha. Vá agora, ou vou contar à mamãe.

Percebendo que Lotus estava prestes a entrar em mais uma briga inútil com Luna, Jade levantou-se rapidamente.

– Eu pego – disse, calçando os chinelos.

Ela contornou o pátio dos fundos até a cozinha, onde estava um balde de madeira cheio de água fria, no qual a criada tinha colocado a melancia para mantê-la gelada. Jade colocou a fruta sobre o cepo de corte e ficou analisando-a com a faca na mão, como um carrasco. Foi tomada por um mal-estar arrepiante.

Jade posicionou a lâmina contra a casca verde-escura da melancia e pressionou com força. Com um estalo agudo, a faca deslizou, revelando a carne rosada salpicada de sementes pretas. Estava cortando as metades em quartos quando sentiu algo beliscar sua mão. Olhou para a mão esquerda e viu um corte profundo, de onde gotas escuras de sangue, como sementes de romã, brotavam com rapidez. Ela afastou a mão da melancia, deixando o sangue cair no chão. Sem panos para cobrir a ferida, fechou a mão esquerda em um punho com força e tentou limpar a sujeira e lavar o cepo e a faca com uma mão.

Jade voltou à varanda cambaleando, levando as fatias de melancia em um cesto no braço direito. Ela ouviu antes de ver: vozes graves, desconhecidas, falando em um misto de coreano e japonês. Ao se aproximar, viu as garotas só com as roupas de baixo, em pé, enfileiradas ao lado dos catres. Viu quatro homens caminhando pelo pátio em frente às garotas e, ao lado delas, em trajes finos de seda, Silver. Jade viu Stoney com o canto do olho, e soltou um suspiro, aliviada.

– Essas são todas as garotas que estudam aqui? – perguntou um homem coreano em trajes civis ocidentais.

– Sim – respondeu Silver em voz baixa. Dava para ver seus olhos vermelhos mesmo ao luar. Jade pensou na faca na cozinha e recuou em silêncio, mas seus pés rangeram levemente na areia, e o oficial coreano virou a cabeça como um cão de caça.

– Estava tentando esconder esta aqui? – perguntou ele, pegando Jade pelos ombros e colocando-a à sua frente.

– Não, claro que não. Nem tinha percebido que ela não estava na cama – respondeu Silver.

Os outros três homens vestiam uniformes. Um deles disse algo em japonês ao oficial à paisana, pisando no pórtico sem tirar as botas.

– A senhora está ciente de que todos os estabelecimentos de cortesãs, bordéis e similares precisam ter licença e devem ser operados pelo governo? – perguntou o coreano.

– Esta casa funciona há mais de um século, passada de mãe para filha – respondeu Silver. – Sempre pagamos nossos impostos. Não fizemos nada fora da tradição.

– Não se faça de tonta, sua prostituta. Eu seria mais cuidadoso com as palavras se fosse a senhora... sei muito bem o que anda aprontando – retrucou ele, e ela ficou em silêncio. – Devia agradecer por Major Hayashi não ter fechado este lugar – acrescentou, olhando para o oficial à paisana no pórtico.

Com a cabeça quadrada e o pescoço musculoso que o colarinho mal cobria, Jade pensou que o homem chamado Hayashi parecia um touro vestido de cáqui. Ele caminhava pelo pórtico devagar, olhando para as garotas com grande interesse. Elas mantinham o rosto baixo, e ele parou na frente de uma e levantou seu rosto com a mão, virando-o para a direita e para a esquerda, antes de passar para a próxima. Parou ao chegar em frente à Luna e sorriu, então deu um grito jovial em japonês para os oficiais. Eles riram.

Major Hayashi levantou o queixo de Luna, estudando seu rosto com atenção. Ela manteve o olhar baixo, os braços cruzados firmemente sobre o peito. O major largou seu rosto e descruzou seus braços com força, deixando-os cair frouxos ao lado do corpo. Então passou o dedo por sua clavícula, e desceu por seu peito, bem amarrado nas roupas de baixo. Ele segurou seu seio com uma das mãos e apertou, até ela soltar um gemido angustiado.

– Por favor. – Silver virou-se para o oficial coreano, repentinamente mais respeitosa. – Eu a criei com mais cuidados do que se ela tivesse nascido em uma família nobre. Desde que nasceu, sempre foi tratada como uma dama. Essa garota não é uma cortesã. Não está nem registrada na guilda. – Então acrescentou: – Ele pode ficar com qualquer uma, menos com ela.

– Entre as jovens, ela é claramente a melhor, e a senhora é velha demais. É melhor se calar do que colocar vidas em risco – respondeu o oficial. – Se não quer que ele a tome aqui na frente de todos, é bom dar-lhe um quarto.

– Não, não vou fazer isso – disse Silver, desafiadora.

Ela só precisou lançar-lhe um olhar e Stoney de repente saltou e se jogou entre Luna e o major, empurrando o homem para longe. Os homens do major sacaram as espingardas e apontaram para Stoney, o que fez as garotas gritarem. Hayashi cambaleou um pouco, então recuperou a compostura com um sorriso. Tentou dar um soco na cara de Stoney, mas ele o bloqueou com um braço. E imediatamente dois dos oficiais seguraram os braços de Stoney, torcendo-os atrás das costas, e o obrigaram a ir ao chão, chutando e lutando silenciosamente. Quando Stoney finalmente foi imobilizado de bruços, o major acendeu um cigarro e deu uma tragada longa, colocando um dos pés no pescoço dele.

Jade não sabia se o grito estridente vinha de sua boca ou das outras mulheres. Ao ouvir a comoção, Hayashi riu, enterrando o calcanhar com força, com todo seu peso; Stoney, incapaz de gritar, ofegou como um cão. Algumas das garotas choravam abertamente, e as mais velhas estavam paralisadas de medo mordendo os lábios. Jade sentiu os joelhos vacilarem e sua consciência se desfiar.

Hayashi resmungou em japonês, e Jade só conseguiu entender as palavras: imundície de Joseon. Ele soltou uma coluna branca de fumaça e pisou com ainda mais força no pescoço de Stoney. O suor escorria pelas costas do homem mudo, e seu rosto estava ficando azul.

– Pare, por favor! – Silver correu até o pórtico e se ajoelhou ao lado de Stoney. – Não mate este homem, ele não quis fazer nenhum mal. – Ela também estava chorando, algo que nunca tinha feito na presença das demais. – Ele é apenas um tolo, e é mudo, por favor, tenha piedade.

O fato de o major não entender coreano não importou. Ele tirou o pé e chutou a cabeça de Stoney com força – ouviu-se um estalo alto, como uma melancia arrebentando. Os oficiais o soltaram, mas Stoney já não conseguia mais reagir e ficou largado no lugar.

Sem esperar mais, Hayashi agarrou Luna pelo braço e a arrastou até o chão. Ela gritou, chutando-o, e ele bateu em sua cabeça com tanta força que seu cabelo comprido voou para fora da trança, cobrindo seu rosto. Depois que ele desferiu vários outros socos, ela parou de resistir e ficou imóvel e em silêncio embaixo dele. Jade fechou os olhos, mas não pode deixar de ouvir os gemidos mecânicos do homem.

Quando acabou, Hayashi levantou as calças como se nada tivesse acontecido e se afastou, seguido por seus homens. Silver se jogou no chão ao lado do corpo descartado de Luna, e algumas garotas correram para pegar panos para amarrar a cabeça de Stoney. O som do choro surgia e desaparecia dos ouvidos de Jade. Ela percebeu que ficou o tempo todo segurando o cesto de melancia, que largou com cuidado – embora ninguém fosse comer. Ninguém comeria nada por um tempo. Não parecia possível que voltassem a brincar e ler poesia naquele quintal. As bordas de sua visão pareceram se desmanchar, e seus joelhos fracos finalmente cederam. Jade desmaiou sem que ninguém percebesse, uma poça de sangue vermelho-escuro encharcando o chão sob sua mão.

3
Lembre-se disso quando estiver abatida
1918

Depois daquela noite, Jade teve de ficar com a mão atada durante quase um mês. Quando o curativo foi removido, não havia nada de diferente, exceto uma linha comprida vermelho-escura na palma que, com o tempo, foi ficando branca. Mas Luna estava mudada. Não atormentava mais ninguém, e não causava medo, somente pena. Não saía do quarto para nada. A própria Silver levava bandejas cheias de seus pratos favoritos ou melões frescos, e trazia de volta algumas horas depois, quase intocadas. Jade ficava à espreita na porta, e se oferecia para ficar de olho em Luna, mas Silver recusava qualquer ajuda e seguia sua vigia solitária.

Durante esse tempo, todos diziam que Luna ia ficar bem e que Stoney ia morrer. Luna era jovem e, embora estivesse ferida, aquilo não a mataria. Mas a cabeça de Stoney tinha se partido, e ele entrara em letargia. O velho herborista disse que, por causa da idade de Stoney e da gravidade do ferimento, se ele por acaso recuperasse a consciência, seria uma criatura ainda mais inútil, incapaz de andar ou até mesmo fazer suas necessidades sem ajuda. Ao ouvir isso, Silver jogou uma moeda para o herbalista e disse a ele que nunca mais colocasse os pés naquela casa. Passou a cuidar pessoalmente de Stoney, trocando suas roupas e limpando-o com toalhas. Então um dia, quando Silver foi dar uma olhada nele, ele estava acordado, esperando por ela. Em uma semana, já conseguia se sentar e, na semana seguinte, levantou-se e foi à casinha sozinho, embora mais tarde tenha sido encontrado imóvel no chão, a meio caminho de seu quarto. As mulheres o carregaram de volta, e ele ficou deitado imóvel durante dias.

A história se espalhou pela cidade, e algumas pessoas diziam que era uma pena que Stoney tivesse fracassado em defender a jovem, que entre os dois seria melhor perder um criado surdo que uma bela jovem que estava começando a florescer. Mas Stoney, incapaz de ouvir essas opiniões, acabou recuperando grande parte de sua força.

Deitada na cama durante tanto tempo, Luna vagava entre o sono e o despertar até não conseguir mais distinguir pensamentos de sonhos. Lembrou-se de uma história que a mãe lhe contava:[13] há muito tempo, um urso e um tigre viviam nas montanhas. Os dois queriam virar humanos, então rezaram aos céus e foram informados de que se transformariam se ficassem em uma caverna durante cem dias, comendo apenas um punhado de absinto e vinte dentes de alho. O tigre acabou desistindo e saiu correndo da caverna – ficou muito próximo dos humanos em inteligência e emoção, mas ainda em sua forma animal. O urso perseverou sozinho e virou uma bela mulher no centésimo primeiro dia. Mas a mulher-urso queria, mais que tudo, ter um filho. Então ela rezou de novo e, dessa vez, o próprio filho do céu desceu e se deitou com ela. O filho que a mulher-urso deu à luz se tornou o primeiro rei da Coreia.

Até onde chegavam suas lembranças, Luna tinha ouvido dezenas de histórias como essa sobre mulheres que desejavam filhos desesperadamente. Esses contos nunca falavam de mulheres que não queriam ser mães, embora houvesse muitas delas entre as cortesãs, criadas, moças solteiras, viúvas e matronas que já tinham bocas demais para alimentar. Essas mulheres também tinham de rezar e comer ervas para ter seu desejo atendido.

Algum tempo antes, uma garota de catorze anos que lavava as roupas delas ficou grávida e implorou a Silver por ajuda. Ela não tinha dinheiro para ir a um herborista e, mesmo que tivesse, não podia ser pega comprando algo que arruinaria para sempre suas chances de se casar. Cortesãs, é claro, tinham o "remédio" em estoque o tempo todo. Luna observou com cuidado enquanto a criada preparava a bebida de aroma amargo. Ondas grossas de vapor subiam da tigela que a garota virou – quase gulosa, Luna pensou à época. Era isso que ela precisava recriar agora.

Após se decidir, ela se levantou da cama em silêncio para não acordar Silver. Suas pernas estavam fracas e instáveis sob seu peso, mas de algum jeito conseguiu ir até a cozinha. As ervas continuavam guardadas em um pote de bronze em um canto. Luna ferveu água em uma panela de barro e deixou as ervas ferverem até o líquido ficar marrom e espesso. Tinha gosto de bile amadeirado.

Luna voltou a se deitar em seu catre e esperou o remédio fazer efeito. A menstruação só estava um mês atrasada, mas já sentia algo afiado e pontiagudo em seu útero que antes não estava lá. Aquela semente ser como um prego maligno não a surpreendia; era de se esperar de um homem como Hayashi. O ar começou a ficar insuportavelmente quente. E em vez de expulsar o prego, o remédio parecia fazê-lo crescer, rasgando-a por dentro. A mãe agora estava acordada, segurando sua mão e sentindo sua temperatura. Ela queria sentir o sangue escorrer entre as pernas, mas o prego estava preso dentro dela. Se conseguisse falar em voz alta, teria pedido a alguém que o arrancasse de seu corpo, mas não conseguia dizer uma palavra, como se estivesse presa em um pesadelo.

Quando Luna acordou, era noite – tinha passado o dia inteiro com febre. Silver estava sentada ao seu lado, e a escuridão sob seus olhos revelava que não tinha dormido nada.

– Você é muito jovem para se lembrar disso. Eu também não queria Lotus, e a infusão também não funcionou para mim – disse Silver. – Passei a gravidez inteira furiosa. Mesmo depois que ela nasceu, eu não conseguia suportá-la. Mas antes mesmo de completar dois meses, ela olhou em meus olhos e sorriu. Embora eu tivesse certeza, em meu ventre, de que ela sabia que eu a odiava. – Ela fez uma pausa, e viu que Luna estava silenciosa e tensa demais para estar dormindo. – E, naquele momento, eu a abracei em meu peito e chorei como se fosse inundar o mundo. Um corpinho tão pequeno, ainda vermelho por ter estado dentro do meu. Eu repetia, como uma louca, "Por favor, me perdoe". Tinha tentado me livrar dela, mas sua alma se agarrou a mim por um fio. É uma coisa assombrosa, *inyeon*.[14] Se não é para ser, não conseguimos nos agarrar às pessoas por mais que tentemos. Algumas pessoas que amamos profundamente se tornarão estranhas em um instante, se o *inyeon* chegar ao fim. E às vezes as pessoas ficam ligadas a você para sempre, por mais improvável que isso pareça. Lotus e eu, nosso *inyeon* é profundo e mais antigo que esta vida. Farei qualquer coisa por Lotus, assim como farei qualquer coisa por você. Vocês duas são minhas filhas. Então eu prometo, você não sabe como vai se sentir mais tarde.

Apesar do sol escaldante e do ar resinoso, Silver atravessou a cidade para mandar um telegrama a Seul. O motivo daquela incumbência ficou claro quando uma visitante apareceu à porta da casa – uma cortesã tão bela quanto Silver, mas em trajes mais simples e mais caros. O cabelo preto era cortado na testa e enrolado na nuca ao estilo ocidental. Em vez de chinelos de seda e couro bordados com flores, ela calçava sapatos de salto com tiras sobre meias de seda que apenas mulheres brancas usavam. A prima de Silver se chamava YeDan, embora amigos e admiradores a chamassem de Dani. Ela levaria Luna a Seul, aparentemente para que ela pudesse ter um novo começo. Mas todos sabiam que o real motivo pelo qual ela iria para longe era para que Hayashi não descobrisse sua condição.

Lotus também seria enviada a Seul, mas se recusou a ir embora a não ser que pudesse levar a melhor amiga. Silver tinha combinado de pagar pela alimentação das duas filhas para que elas não precisassem pagar a dona do estabelecimento, como era de costume. Jade, por outro lado, era um investimento pelo qual Silver já tinha desembolsado uma quantia substancial, e sua transferência era uma questão mais delicada. Ainda assim, Dani concordou em dar uma olhada na garota, que foi chamada após o jantar.

– Quantos anos você tem? – perguntou Dani, os olhos penetrantes e belos percorrendo a garota do topo da cabeça à bainha da saia.

– Dez, Madame – respondeu Jade com a voz suave, com o olhar concentrado nos lábios escarlate recém-pintados de Dani.

Silver e outras cortesãs também usavam rouge, mas Dani era a única mulher que ela já tinha visto cuja maquiagem não era apenas um ornamento, mas um efeito; a cor de seus lábios era capaz de fazer parecer que ela estava lhe fazendo um carinho, ou – se ela quisesse – que estava lhe dando um tapa na cara. Ela pegou um cigarro de dentro de uma caixa esmaltada e repousou-o entre os lábios levemente entreabertos enquanto acendia com uma mão em um único movimento fluido. Sua conduta e sua dicção eram impecáveis, mas um ar de subversão a envolvia como um perfume. Dani desafiava estereótipos como ninguém – e essa era sua qualidade mais atraente.

– Deixe-me ver seus olhos – disse Dani, tirando o cigarro dos lábios.

Uma fumaça branca e suave se curvou ao redor de sua boca antes de se esvair no ar. Jade levantou o olhar e olhou nas íris de Dani, quase pretas e com lampejos de um marrom dourado.

– Ela é bonita, e muito esperta também – disse Silver. – Ainda não vai poder trabalhar por um tempo, mas vai ser útil tê-la por perto.

Dani virou-se para a amiga. "Até o modo como ela inclinou a cabeça para o lado e abriu o cotovelo foi de uma elegância sensual", pensou Jade.

– Ela parece aprender rápido, como você disse. Seus olhos até que não são feios. Ela é mais bonita que a sua Lotus, para ser honesta – disse Dani com franqueza, como se Jade não estivesse bem à sua frente.

– Lotus não puxou a mim – disse Silver, magoada.

– Quanto a isso não há dúvidas. Luna, pobrezinha, é sua cópia exata. Essa garota não se destaca como Luna, mas tem belos traços, admito. Sobrancelhas inteligentes, lábios cheios... Mas eu não acho que vá ficar com ela, no fim das contas. É delicada demais. Fraca, e não estou falando só de força física. Pior que isso, ela não tem personalidade... e você sabe como não gosto de garotas sem graça do interior. – Dani balançou a cabeça.

– Jade tem personalidade! – exclamou Silver, olhando séria para a garota, como quem diz, Vá em frente, mostre a ela seu lado encantador.

O comando não produziu o efeito desejado; sob o olhar daquelas duas mulheres imperiosas, Jade se sentiu tão viva quanto uma pedra.

– São tempos ruins, irmã. Não há grãos no campo, você sabe disso. Toda semana pelo menos cinco garotas batem à minha porta. Os pais me imploram para ficar com elas por nada mais que um saco pequeno de arroz. Mesmo em trapos sujos de lama, algumas são mais bonitas que esta Jade. E eu rejeito todas elas. – Dani jogou o tronco para trás e cruzou os braços, como quem sinaliza o fim da discussão.

– Ela é a melhor da turma em poesia... recita versos clássicos como um passarinho. Você tinha que vê-la brincando com as amigas no pátio. Encantadora – insistiu Silver.

– Me perdoe, mas pequenos atos encantadores não me impressionam como prova de originalidade. Tenho certeza de que esta criança é encantadora quando está brincando, mas não estou procurando apenas vivacidade. Agora, sua segunda filha, ela é espirituosa! Ela puxou você, sim, só não na aparência... – Dani riu, mas o rosto de Silver permaneceu fechado.

– Acho que você está sendo dura demais, Dani. Afinal, Jade só tem dez anos. Crianças mudam completamente umas dez vezes por ano quando estão crescendo – falou Silver. – Tudo o que posso dizer é que ela é boa. E eu tenho experiência suficiente para saber do que estou falando.

Dani inclinou o belo rosto e soltou um som baixinho que soou como um *humpf* aos ouvidos de Jade. Ela tentou projetar aquele toque especial que Dani estava buscando, talvez um ar de alegria natural que Lotus irradiava com tanta facilidade. Mas, embora não fosse orgulhosa, Jade não conseguia forçar um sorriso estando tão malvestida. Uma pequena lágrima ameaçava escapar de seu olho direito e ela se concentrou em mantê-la em seu lugar.

– Bom, minha querida irmã – Dani soltou um suspiro –, sendo sincera, não sei se ela tem o necessário para ganhar a vida como cortesã. Não tem sensualidade, e o que mais os homens querem? De verdade? Por outro lado, é refinada demais para ser uma boa lavadeira. Não está nem lá nem cá, não concorda? Mas você é minha prima e minha amiga mais antiga. Vou levá-la como aprendiz, se isso vai deixar você feliz – disse, dando as costas para Jade e dispensando-a com um aceno indiferente.

Jade saiu do cômodo e correu para contar a novidade a Lotus. Ela não entendia por que Dani não gostava dela, mas valorizava Lotus – ou por que para Silver era o inverso. Era estranho pensar que a melhor amiga tinha uma qualidade especial que lhe faltava, embora fosse mais bonita e entendesse de literatura. Em vez de arrasada, ficou aliviada com a confirmação de que elas se complementavam. Ela – observadora, inteligente e dedicada; a amiga – espirituosa, encantadora e confiante. Elas nunca competiriam pelo mesmo coração ou pela mesma felicidade, como poderia acontecer com duas amigas que fossem muito parecidas. Jade sentia que cada uma viveria apenas meia vida, apenas uma asa, que não seria completa se não permanecessem juntas, lado a lado.

Quando elas embarcaram no trem, Dani escolheu dois assentos de frente um para o outro no fim do vagão. Um bando de pardais pareceu segui-las por um tempo, e depois ficaram para trás, como se estivessem exaustos.

– Estamos indo mais rápido que os pássaros! – Lotus meio sussurrou, meio exclamou.

Dani sorriu, complacente. Já tinha ficado claro para todas que adorava Lotus por sua personalidade inabalável e Luna pela aparência e tragédia. Jade sentiu-se mais constrangida que magoada por perceber que estava no fim da fila dos afetos.

– Você nunca esteve em um trem antes, não é? Espere até chegarmos a Seul, vai ver tantas coisas que nunca imaginou, nem em seus sonhos – disse Dani. – Ei, olhem lá para fora um instante.

Dani fez uma pausa, e as garotas viraram a cabeça para a janela, onde o sol perolado já tinha descido metade do céu opaco e úmido de verão.

– Esta ferrovia não passa apenas entre Pyongyang e Seul. Ela se estende para o sul até a extremidade da península, e para o norte até Uiju, onde é possível pegar a rota oeste para Pequim e depois Xangai; ou ir para o norte, para a Manchúria, Sibéria, e até para a Europa! Não seria uma vista e tanto?

– Qual seria o objetivo de ir tão longe? Não é civilizado – disse Lotus, soando inesperadamente como a mãe.

Mas Jade percebeu que o rosto de Luna se iluminou brevemente com a menção ao Oeste do oceano. Ao seu lado, Dani olhava fixamente para o horizonte, como se pudesse sair voando pela janela só pela força de seus belos olhos obstinados.

Jade, por sua vez, não sabia se gostaria de ir para qualquer lugar que fosse. Nunca tivera oportunidade de pensar a respeito, e sua mente sempre ficava vazia ao se confrontar com incertezas. Pior ainda, nem mesmo era naturalmente curiosa: os livros de que mais gostava não ensinavam algo novo, tratavam de coisas que já entendia, porém de um modo mais belo. Sua imaginação andava em círculos por coisas conhecidas – era um chafariz, não um rio, principalmente no que dizia respeito a pensar sobre sua própria vida. O que mais poderia vir a ser que não aquilo que os outros esperavam dela? Tinha certeza de que a imaginação de Dani era um oceano inteiro, mesmo quando jovem. Jade percebeu que não viria a ter metade do esplendor de Dani quando crescesse – e, pior, que Dani também achava isso.

Ao pôr do sol, o trem entrou lentamente na estação de Seul, como um cavalo cansado voltando ao estábulo. Quando elas saíram, o ar ficou espesso de repente, reluzindo alaranjado e violeta sobre o extenso desconhecido. Jade ficou impressionada principalmente com a estranheza das pessoas ao seu redor. Claro, as pessoas de Pyongyang também lhe eram estranhas, mas, como grupo, reconhecia sua aparência, seus sons e suas expressões; se sentia segura em sua companhia. O coletivo de estranhos em Seul tinha uma aura diferente, mais segura de si, decidida e indiferente, como a própria Dani. Desviavam das garotas com impaciência e inundavam a grande praça em frente à estação, onde vendedores de rua e condutores de riquixás brigavam por atenção. Mais adiante, havia um arco enorme de pedra coberto por um telhado de telhas azul-escuro. Pequenas lojas e construções estranhas se amontoavam ao lado, como filhotinhos.

– Aquele é o Grande Portão Sul – apontou Dani, quando elas subiram em um riquixá. – Foi construído há mais de quinhentos anos nos muros do castelo, que ainda existiam quando vim a Seul pela primeira vez. Era uma visão e tanto, na época. Os japoneses derrubaram os muros há muito tempo. E também não havia nenhum daqueles postes elétricos desagradáveis.[15]

O condutor do riquixá começou a correr, e o caos da estação aos poucos foi ficando para trás.

– Nós vamos passar pelo portão? – perguntou Jade, falando pela primeira vez desde que saíram de casa.

– Ora, é claro que vamos – respondeu Dani. – Um portão não deixa de ser um portão só porque não há muros ao redor. De que outro jeito vocês saberiam que chegaram a Seul? Além disso, nada como passar por um arco para levantar o ânimo. Lembre-se disso quando estiver abatida – disse ela, alegre. Sua capacidade de descobrir coisas estranhamente edificantes era um de seus talentos peculiares. – Aqui vamos nós... vocês entenderão o que eu quis dizer!

E Jade sentiu mesmo uma alegria inexplicável quando o riquixá passou sob o arco e saiu do outro lado.

4
O órfão
1918

Mais cedo, naquele mesmo dia em que as garotas entraram na cidade, um garoto também tinha passado pelo Grande Portão Sul. Na noite anterior, despedira-se de mercadores viajantes que o acolheram por algumas semanas em troca de carregar uma trouxa e fazer pequenas tarefas. Tinham lhe dado dois centavos, o suficiente para uma noite em um quarto comunitário na estalagem e uma tigela de sopa. Em vez disso, ele foi em direção a uma vala à beira da estrada próxima ao Portão e decidiu comer apenas quando não tivesse mais forças. Ao encontrar um sulco redondo no chão, se encolheu de lado e abraçou os joelhos no peito. Como se estivessem esperando pelo garoto, ramos de relva verdejantes curvaram-se sobre ele como uma colcha. O garoto olhou de lado para o céu, que estava preto e resplandecente de estrelas.

Seu pai era um homem de poucas palavras, mas antes de morrer disse-lhe que olhar para o céu tirava qualquer medo. Era um caçador formidável, mas no fim da vida não conseguia mais sair do quarto. Não importa o que aconteça, cuide das suas irmãs, disse, deitado no catre, impotente. Apenas cabelinhos grisalhos novos se destacavam do restante de seu corpo, fino como uma sombra. Você é o chefe da família agora. Se precisar de coragem, olhe para o céu.

Quando as estrelas desapareceram no céu, o garoto acordou com o cheiro do sol aquecendo a terra. Esfregou os olhos e rastejou para fora da vala para dar uma primeira boa olhada para a cidade, inundada por uma luz líquida alaranjada. O amanhecer no verão de Seul era eletrizante, porém curto, quase inexistente. O sol escaldante se lançou acima do horizonte, secando o orvalho em segundos, e a cidade levantou-se como se obedecesse a seus comandos. Já havia uma fila de carroças, viajantes e trabalhadores entrando e saindo pelo Grande Portão Sul. Cauteloso, o garoto se juntou à multidão que entrava na cidade. Ninguém questionou sua presença nem olhou para ele. Se esgueirou com segurança sob a sombra fresca do arco e saiu do outro lado, em uma rua larga lotada de bondes e ladeada por construções altas e imponentes em estilo ocidental. E, embora estivesse fraco de fome, não conseguia deixar de sorrir. Pegou a bolsinha de corda no bolso e deu-lhe um aperto carinhoso, sentindo os dois centavos, um anel de prata e uma cigarreira ali dentro.

Havia mansões em ambos os lados da avenida, que achou que fossem casas cristãs, mas na verdade eram escritórios do governo, consulados e empresas comerciais. Nas ruas, coreanos de branco se misturavam a japoneses de preto. Havia também oficiais uniformizados a cavalo, em volta dos quais todos os demais andavam discretamente e inseguros, como cardumes de peixes ao redor de tubarões. O garoto avistou até mesmo dois homens brancos, as pernas poderosas para fora de um riquixá puxado por um homem mais velho e magro. O suor escorria do lenço em sua cabeça, percorrendo seu rosto terroso, e respingava na rua de terra amarela ou sobre seus próprios pés. A imagem do pai surgiu na mente do garoto, mesmo após o riquixá se afastar e desaparecer na multidão.

O sol já estava batendo forte, e ele estava com a garganta seca, quase fechando. Engoliu em seco algumas vezes, mas quase nem uma gota de saliva desceu por sua garganta. Antes que pudesse fazer qualquer coisa, precisava encontrar água. Em todas as aldeias do país, havia um poço próximo à árvore da cidade onde as mulheres vinham buscar água para o dia. Bastava procurar a árvore mais alta ou seguir as garotas que equilibravam um jarro de barro grande na cabeça. Ali, não havia árvores em lugar algum, apenas ruas sem fim cheias de todo tipo de seres humanos, exceto garotas indo buscar água. Ele avistou uma matrona carregando uma cesta e foi até ela.

– Com licença, tia, onde eu consigo um pouco de água?

Suas palavras saíram secas e enferrujadas como pregos, e a mulher seguiu seu caminho sem nem desacelerar o passo. As próximas duas pessoas que abordou também continuaram andando como se nem o tivessem ouvido. Achou que o último, que parecia um estudante universitário, certamente pararia e diria alguma coisa. Quando o jovem também passou por ele friamente, o garoto sentiu todo o sangue descer de sua cabeça de uma vez, e ficou difícil permanecer em pé. Encontrou uma sombra sob o beiral de uma construção e caiu sentado, sem se esforçar para suavizar a aterrisagem – de tão drenado que estava de qualquer resquício de energia. Pressionou a palma das mãos contra os olhos. Um dos mercadores fez isso quando estava especialmente cansado, e o gesto impressionou o garoto por parecer acalmá-lo, sem parecer vergonhoso ou infantil.

– Você é do interior?

O garoto baixou as mãos e olhou para cima, encontrando outro garoto mais ou menos da sua idade.

– Não – o garoto mentiu, como por instinto.

– Qual é o seu nome?

– Nam JungHo.

– Ah, você é caipira do interior, sim. Quem é que revela o nome para um estranho assim, a não ser camponeses rudes que acabaram de passar pelo portão?

– Quantos anos você tem, seu merdinha? – perguntou JungHo. – Você fala como se estivesse se coçando por uma bela surra. – JungHo tinha apenas doze anos, mas já era famoso por ser o melhor lutador entre os diabretes da aldeia. Embora tivesse ossos pequenos, era forte e rápido. Além disso, não tinha medo da dor e só se importava em derrotar o oponente, e era assim que derrotava garotos maiores e mais velhos que ele.

– Faz-me rir. Parece que você não come há dias. Está tão fraco que mal consegue levantar – o garoto da cidade zombou.

Em um piscar de olhos, JungHo se levantou com os punhos cerrados em frente ao queixo, pronto para o golpe. O garoto da cidade era mais alto que JungHo, mas apenas alguns centímetros.

– Eu estava brincando – disse o garoto da cidade, mudando de tom ligeiro. – Não precisa ficar tão irritado.

– Me deixe em paz, seu cão sarnento – disse JungHo em voz baixa, com os punhos ainda para cima. – Me deixe em paz!

– Ei, vou deixá-lo em paz. Mas você parece precisar de um pouco de água ou comida, ou algo do tipo – disse o garoto da cidade. – Posso mostrar onde conseguir água se vier comigo.

– Aposto que está mentindo – disse JungHo.

– Se eu estiver mentindo, você pode me bater, não é? – disse o garoto da cidade, sorrindo.

– Qual é o seu nome?

— Me chamam de Dojô.

— Que nome idiota — disse JungHo, firme. Mas eles começaram a caminhar juntos. Dojô era bom em atravessar a multidão seguindo por várias direções, sem parar nem se perder... exatamente como o peixe homônimo.

— Quanto falta? — JungHo não pode deixar de perguntar.

— Só mais um pouco — era tudo que Dojô dizia.

De início, JungHo tentou guardar o caminho, para conseguir refazer seus passos de volta ao Grande Portão Sul, mas acabou desistindo, pois saber sua localização apenas em relação àquele ponto era inútil. Seguindo ou não o caminho certo, ele não sabia onde ficava nada, e estava essencialmente perdido. As lojas com seus letreiros em caracteres chineses, o barulho dos riquixás, os gritos dos vendedores, os artistas de rua e até mesmo um bonde com um fio elétrico em cima e lotado de gente, o cercavam por todos os lados, exaurindo seus sentidos. Para manter-se firme, colou os olhos nas costas esguias de Dojô e na marca de suor em forma de flecha que se espalhava lentamente a partir de sua espinha.

— Chegamos — Dojô virou-se e deu um sorrisinho torto, apontando para a frente.

— Hã?

Eles estavam à beira de um canal — embora não se parecesse em nada com os córregos enérgicos e frescos que rodeavam a aldeia de JungHo ao pé das montanhas. O riacho pantanoso e raso corria cerca de cinco metros abaixo do nível da rua, as margens de seixos em ambos os lados ladeadas por um dique de pedras e cimento. Dojô apontava para uma ponte de pedra logo à frente que gemia sob o fluxo de carros e pedestres.

— O que é isso, idiota? — perguntou JungHo, sem se preocupar em esconder sua frustração. — Você disse que haveria água.

— Embaixo da ponte — respondeu Dojô, sem pestanejar.

— Essa água lamacenta? Você acha que sou um cachorro?

— Não se esquente tanto o tempo todo, já está fazendo bastante calor. Eu moro embaixo da ponte — respondeu Dojô. Então, sem esperar mais contestações, continuou: — Ou você me segue ou volta para o lugar de onde veio, caipira do interior.

Ele se agachou, apoiou as mãos na borda do dique, jogou as pernas para fora e saltou. JungHo correu até ele e inclinou o tronco para a frente; Dojô já estava se levantando e batendo a poeira das mãos.

– Filho da puta – JungHo sussurrou para si mesmo antes de saltar.

– Por que demorou tanto? Não é tão corajoso agora, é? – provocou Dojô. – Estamos quase chegando.

Contrariando as esperanças de JungHo, a presença da água não refrescou em nada o ar enquanto eles caminhavam juntos até a ponte. Conforme se aproximavam, JungHo percebeu um amontoado de lixo, que no fim se mostraram tendas improvisadas. Vários garotos da idade deles estavam sentados em pedras grandes perto dali, conversando, e se levantaram para cumprimentar Dojô. Estavam sujos de um jeito que faz a pele se arrepiar e o couro cabeludo coçar só de olhar.

JungHo tentou esconder o desconforto enquanto se dirigiam para as tendas. A pior coisa que poderia fazer àquela altura era sair correndo. Não conseguiria subir o dique, e eles o cercariam rapidinho. Mas se achassem que ele não estava intimidado, talvez tudo acabasse bem.

– Quem é esse, Dojô? – perguntou um dos garotos. Era o mais alto entre eles, e o único que tinha uma penugem cinzenta sobre o lábio superior.

– Um cara novo, recém-chegado do interior – respondeu Dojô. – Ei, ele está morrendo de sede. Consigam um pouco de água.

Houve uma breve discussão entre os garotos sobre quem deveria buscar a água, mas um deles acabou pegando uma tigela em uma das barracas e entregando a JungHo.

– Beba, caipira – disse Dojô. – É água do poço.

Tranquilizado, JungHo levou a tigela até os lábios com pressa e engoliu a água, sentindo-se observado o tempo todo.

– Melhor? – perguntou Dojô, com um sorriso torto, quando JungHo baixou a tigela. Ele assentiu.

– Como você se chama? – perguntou o alto com o bigode ralo.

– Nam JungHo. E você? – perguntou JungHo, chamando-o de "você", como se tivessem a mesma idade.

– Cadê seus modos? Você acabou de beber nossa água. Me chamo YoungGu. Mas você vai me chamar de Irmão Mais Velho.[16]

JungHo não disse nada, e YoungGu continuou.

– De que província você é? E por que veio para Seul?

– Sou da província de PyongAhn. E vim para cá pelo mesmo motivo que todos vêm para Seul – disse JungHo. – Não tem mais nada para comer no campo.

– E a sua família?

JungHo pensou por um instante. Após a morte do pai, um viúvo veio pedir a mão de sua bela irmã mais velha em casamento. O homem ofereceu acolher até a irmã mais nova de JungHo, mas não ele. Uma cunhada de cinco anos para alimentar era uma coisa, um garoto quase crescido era bem outra. Mas, como a irmã mais velha teria recusado a oferta e morrido de fome com ele para não abandoná-lo, ele fugira em silêncio no meio da noite.

JungHo respondeu:

– Todos mortos.

– Então hoje é seu dia de sorte – disse YoungGu. – Você se torna um de nós e não vai ter de se preocupar com morrer de fome. Comemos pouco, mas compartilhamos tudo.

– Todos somos órfãos como você – contribuiu Dojô, prestativo.

– Como vocês acham o que comer? – perguntou JungHo.

– Pedimos, roubamos... não se preocupe, só roubamos pessoas más. Você vai pegar o jeito. Mas primeiro o mais importante – disse YoungGu. – Você precisa fazer um juramento de lealdade, e entregar qualquer dinheiro que tenha.

– Não tenho nada... – JungHo começou a protestar, levando a mão aonde estava a bolsinha de corda, por instinto, e percebendo que ela não estava ali.

– Está comigo, caipira – disse Dojô, levantando a bolsinha. – Sabe, eu podia simplesmente ter ficado com ela e me livrado de você na multidão. Em vez disso, trouxe você aqui, onde a gente vive. Então não fique com essa cara de magoado, seu idiota.

Dojô jogou a bolsinha para YoungGu, que a pegou com uma mão. JungHo ficou tremendo de raiva quando o garoto mais velho abriu a bolsinha e pegou o que tinha dentro. Imediatamente, ele guardou os dois centavos no bolso, mas segurou o anel de prata e a cigarreira um em cada mão.

– Pode ficar com o dinheiro. Mas essas duas coisas – disse JungHo, com o coração batendo forte –, devolva.

– Acha que sou louco? Por que eu devolveria? – YoungGu zombou. – São coisas de gente rica. Você roubou, não foi?

– Meu pai me deu antes de morrer – respondeu JungHo. Na verdade, tinha encontrado os objetos embaixo do travesseiro do pai após sua morte, mas imaginou que fosse a mesma coisa, uma vez que ele era o único filho homem e herdeiro. Eram dele não porque valiam dinheiro, mas porque eram herança.

– Você não entendeu, né? – YoungGu deu um sorrisinho torto. – Talvez não tenha sentido fome de verdade ainda, ou talvez seja simplesmente burro, mas essas coisas não vão manter você vivo quando estiver deitado em uma vala por aí, esperando a morte. Por outro lado, se vendermos isso, poderemos comer até ficarmos cheios. – Apesar de sua presunção, as últimas palavras de YoungGu saíram com uma pitada de anseio genuíno.

– Não me importo se todos vocês morrerem de fome... Não quero me juntar a vocês – disse JungHo. – Agora devolva!

YoungGu riu com vontade, e todos os garotos se juntaram a ele.

– Pode ir embora, ninguém vai impedir. Mas não vamos devolver. Você é mesmo um ingênuo de pedir. Que seja sua primeira lição em Seul – disse YoungGu.

De repente, JungHo levantou os punhos até o queixo, pronto para lutar. Os outros garotos pararam de rir, e até YoungGu apagou o sorriso do rosto. Guardou os objetos de volta na bolsinha de corda e jogou-a para Dojô por segurança.

Os outros garotos, como em uma transmissão de pensamento, deram um ou dois passos para trás e abriram a roda, enquanto YoungGu e JungHo se aproximavam um do outro. O ar fervia com a energia voraz e corrosiva dos garotos na puberdade. Naquela tensão, houve um breve instante em que ambos deixaram o canal lamacento cheio de lixo, a sombra úmida da ponte e a cidade sem coração acima deles. YoungGu foi para a cabana de barro onde nascera e crescera, a menos de um quilômetro dali. Lembranças desconexas da mão de sua mãe e do pelo macio de seu cachorro inexplicavelmente surgiram em sua cabeça, e ele foi tomado por uma sensação de conforto. JungHo bloqueou tudo ao seu redor, até mesmo YoungGu, até mesmo seu próprio corpo físico, já tomado pela exaustão. Naquela fração de segundo antes dos primeiros socos, ele apenas olhou para o céu, que reluzia o amarelo violento do sol do fim de tarde. O céu não lhe ofereceu nenhum conforto, nem coragem, como o pai prometera. Mas pensou que o pai e a mãe estavam lá, em algum lugar, que não tinha vindo para este mundo sozinho, e se lembrou do motivo pelo qual precisava continuar sobrevivendo da melhor forma possível enquanto saltava para a frente, desferindo um soco na cabeça de YoungGu.

YoungGu se esquivou com facilidade e respondeu com um ataque, do qual o garoto menor desviou. Durante os minutos seguintes, avaliaram um ao outro, atacando e bloqueando, mas a uma distância segura. Então JungHo se atirou para a frente com o punho apontado para a barriga de YoungGu.

Como JungHo se curvou na altura da cintura, sua cabeça agora estava na altura perfeita para que YoungGu acertasse um soco. Mas quando o garoto mais velho lançou o punho com confiança, JungHo se esquivou por baixo de seu braço e bateu a cabeça com toda a força no tronco de YoungGu, derrubando-o como a uma árvore. JungHo sabia que qualquer vantagem que um garoto mais alto tivesse, era eliminada uma vez que estivesse no chão, e que quem conseguisse derrubar o oponente provavelmente ganharia independentemente de seu tamanho. No instante em que YoungGu foi derrubado, mais por surpresa que por qualquer outra coisa, JungHo montou sobre seu peito e socou sua cabeça com selvageria repetidamente com ambos os punhos. YoungGu logo agarrou os pulsos esqueléticos de JungHo, gritando com uma raiva de verdade desta vez:

– Seu merdinha! Seu merdinha!

Naquele instante, JungHo jogou a cabeça para trás, e lançou-a com toda a força contra a testa de YoungGu. YoungGu berrou de dor, mas JungHo – sem nem piscar – bateu a cabeça contra a de YoungGu mais uma vez, e ainda mais forte. O garoto mais velho soltou os pulsos de JungHo e ficou deitado ali, largado, sangrando em silêncio. Só então JungHo levantou, limpando a própria testa suja de sangue com as costas da mão.

– Devolva minhas coisas – disse a Dojô, que jogou a bolsinha de corda para ele.

JungHo pegou os dois centavos no bolso de YoungGu e guardou-os na bolsinha enquanto os outros garotos observavam em silêncio. Foi se afastando dali com a intenção de encontrar uma fenda no dique onde fosse mais fácil escalar. Mas depois de mais ou menos um minuto ouviu passos correndo atrás dele, e um grito.

– Ei! Pare aí! – era a voz de Dojô.

– O que você quer? – rosnou JungHo. – Quer uma surra também?

– Não vá – disse Dojô. – Você não se deu conta do que aconteceu? – Ele fez uma pausa para recuperar o fôlego, então soltou: – Você acabou de derrotar nosso chefe. Isso quer dizer que agora você é o chefe.

JungHo riu.

– Não quero ser o chefe de vocês. YoungGu que se divirta chefiando você e todos os seus seguidores. Não quero ter nada a ver com isso.

– Não é assim que funciona! – insistiu Dojô. – Tá bom, você não quer se juntar a nós? Como vai sobreviver por aí sozinho? Acha que somos o único bando de pedintes de Seul? Tem muitos só aqui neste distrito, e tem também gangues de adultos criminosos de verdade... você acha que eles o deixariam viver?

– E o que você tem com isso? – gritou JungHo. – Se eu morrer, que seja. Você não tem nada com isso.

– Você é um cabeça-quente mesmo. Estou só tentando ajudar – disse Dojô. – Se quiser viver, precisa se juntar a um grupo. E, se for o chefe, pode fazer o que quiser. Pode mandar os outros garotos te darem uma boa fatia e nem vai ter que mendigar nas ruas.

– Como pode dizer isso, se minutos atrás você era o braço direito de YoungGu? – perguntou JungHo, com desdém.

– Não sou o braço direito de ninguém – bufou Dojô. – Faço o que posso para sobreviver. Se você não fosse um idiota teimoso, faria o mesmo.

Os dois garotos se olharam fixamente por um instante. Dojô sorrira ao levá-lo até o covil, e sorrira ao roubar seu dinheiro. Era daqueles garotos com olhos pequenos e em formato de girino, com sorriso fácil e barato para qualquer pessoa, o que fazia dele impenetrável e desprezível. Quando a mente de JungHo chegou a essa conclusão, reprimiu uma ânsia avassaladora de deixar Dojô com o olho roxo. Mas era inegável que o garoto da cidade não tinha mentido diretamente e nem tinha a pretensão de fazer mal a ele e, neste caso, estava falando a verdade sobre a necessidade de ficarem juntos.

No instante seguinte, Dojô estendeu-lhe a mão. JungHo pegou-a sem saber por que – e se surpreendeu ao balançá-la para cima e para baixo algumas vezes, antes que ambos baixassem as mãos, como se estivessem constrangidos.

– Venha, vamos – disse Dojô. – Logo os garotos que saíram vão estar de volta. Temos acrobatas, batedores de carteira, pedintes mesmo. Tomara que tenhamos conseguido o bastante para o jantar hoje.

– O que vocês costumam comer? – JungHo não pode deixar de perguntar, cheio de curiosidade e esperança.

– Ensopado, ou batatas, se tivermos sorte. Peixe velho, esse tipo de coisa.

– Um ensopado seria muito bom. Faz mais de um dia que não como nada – disse JungHo, e ao pronunciar essas palavras sentiu vergonha por se revelar.

– Eu também não. Mas a gente precisa comer mesmo dia sim, dia não. Minha mãe dizia isso – respondeu Dojô com mais um sorriso fácil. Desta vez, não pareceu tão desprezível aos olhos de JungHo.

5

O amigo de Xangai

1918

Todo ser humano tem uma crença fundamental em sua importância única e inerente, sem a qual a vida seria insuportável; mas na psique de Kim SungSoo essa crença não era apenas uma base, e sim a *pièce de résistance*. Ele não tinha consciência disso, é claro, uma vez que pessoas como ele são exatamente as menos propensas a admitir seu egoísmo. Como homem bem-educado e moderno, tinha um código de conduta próprio e estava satisfeito consigo mesmo por cumpri-lo sem muitas dificuldades. Ou seja, era pró-independência,[17] mas contra qualquer forma de ativismo nativo (a mudança só viria de cima para baixo, implorando aos Estados Unidos que libertassem a Coreia, acreditava). Entre amigos, fazia comentários mordazes sobre a opressão, desfrutando da eloquência de seu discurso e do sabor suave dos cigarros japoneses. Vivia casos amorosos que eram física, financeira e às vezes até emocionalmente envolventes; mas não cometeria o insulto de ostentá-los diante da esposa, sujeitando-a à humilhação desnecessária. Em resumo, seu caráter moral não era pior que o de qualquer homem coreano que fosse o único filho de uma família dona de terras, com uma renda anual de quase duzentos mil wons.

Quando Kim SungSoo era jovem, seu pai era conhecido em toda a província simplesmente como "Rico Kim", e ele era chamado de "Pequeno Mestre", não apenas pelos criados da família, mas também por camponeses ao longo de quilômetros e nas aldeias vizinhas. Como todos os filhos de ricos donos de terra, fora mandado para Seul para finalizar os estudos e frequentar a universidade. Ficou noivo e se casou aos vinte anos com a filha de um oficial que tinha acabado de se formar em uma faculdade cristã para mulheres. Viveram juntos durante quase três anos na casa de hóspedes de cinco cômodos da mansão do tio dele, do outro lado do pátio da casa principal. SungSoo passou aqueles dias socializando com os amigos, todos jovens ricos e de boa educação, e farreando com cortesãs em restaurantes caros. À noite, voltava para casa levemente embriagado, e deixava a esposa despi-lo e adverti-lo com delicadeza. Ela fora educada por missionários americanos, mas em casa também aprendera que a esposa ideal aceita os defeitos do marido com paciência e autossacrifício.

Mas o tio de Kim SungSoo, funcionário do governo que viria a se tornar conde após a Anexação em 1910, decidiu que o sobrinho não podia continuar desperdiçando a fortuna da família e o próprio talento, e enviou-o ao Japão para continuar os estudos.

SungSoo deixou a esposa em casa e foi para Tóquio sozinho, e passou os três anos seguintes estudando, sem entusiasmo, francês, alemão e literatura russa. Quando não estava lendo Pushkin e Goethe, estava na companhia de outros estudantes expatriados, muitos dos quais tão despreocupados quanto ele. Aqueles que eram sérios e se preocupavam com teorias políticas, soberania e igualdade, ele evitava sem perceber; um era muito cansativo, outro era truculento, outro ainda não era sofisticado e não tinha apreço pela cultura. No entanto, inesperadamente, SungSoo ficou próximo de um estudante do círculo político, como às vezes escolhemos e fazemos amizade com apenas uma pessoa de um grupo que desprezamos. Esse aluno tinha impressionado SungSoo com sua inteligência incomum, sua família ilustre e – algo que ajudou a reparar a amizade várias vezes – sua humildade genuína. Essa era a história entre Kim SungSoo e seu velho amigo Lee MyungBo.

Quando SungSoo voltou a Seul, MyungBo ficou mais um ano em Tóquio. Então se mudou para Vladivostok, continuou avançando para oeste, atravessando a Manchúria, e se estabeleceu de maneira quase permanente em Xangai. SungSoo tinha perdido o contato com o amigo havia seis ou sete anos, e não o considerava em seus pensamentos particulares e não ditos havia muito tempo, tanto que se surpreendeu ao receber uma carta de MyungBo pedindo que fosse encontrá-lo. Após a surpresa inicial, no entanto, SungSoo recuperou a compostura e se alegrou com a ideia de reencontrar o amigo, a ponto de ficar genuinamente ansioso.

No dia marcado, SungSoo acordou e lavou o rosto com água quente preparada para ele pela idosa que servia a família como governanta. Fez a barba com cuidado e vestiu uma camisa branca engomada, que a esposa tinha separado e passado. As mangas bem vincadas se abriram quando passou os braços por elas, uma sensação de que gostava muito. Quando estava totalmente vestido, a esposa preparou seu desjejum, que consistia em uma tigela de arroz branco, peixe frito, sopa de broto de soja, kimchi e ovos cozidos no vapor com camarão fermentado.

– Dormiu bem? – perguntou ela com a voz amigável ao servir a bandeja.

Ele resmungou em resposta. Ela falou sobre o filho, que mais uma vez tinha se metido em alguma encrenca na escola, e a filha pequena, que desconfiava estar com catapora. A todas essas questões domésticas, SungSoo deu pouca atenção. Com frequência, tinha a sensação de que os filhos pertenciam mais à esposa que a ele; decepcionava-o o pouco afeto que sentia, e suspeitava que a atitude que tinha em relação a eles fosse uma extensão do que sentia pela esposa, mãe deles. O relacionamento entre os outros três era imperfeito, mas tinha um calor perfeitamente natural, e uma conexão apaixonada. Era como se SungSoo tivesse sido largado na foto de uma família de verdade à qual faltava apenas a figura do pai. Muitas vezes se sentia como se estivesse atuando com a esposa e os filhos de outro homem.

– Ótimo, ótimo – respondeu SungSoo, quase sem perceber que ela estava falando sobre a erupção cutânea da filha. – Preciso ir.

Era uma daquelas manhãs de outubro, em que o céu é de um azul reluzente, e o ar, de um frescor maravilhoso. Do telhado das casas aos jardins murados e às ruas, tudo parecia lavado e ungido pela luz dourada e fresca do outono. Sozinho, SungSoo se conscientizou do próprio corpo saudável, cheio de vigor, bem-vestido em um terno cinza-escuro feito exatamente para aquele clima, e entregue em sua casa pelo alfaiate na semana anterior. A gravata, e o colarinho engomado ao qual estava preso, o colete com as costas de seda, o chapéu de lã de abas largas e os sapatos engraxados – tudo era encantador. As ruas de Jongno[18] também eram especialmente belas e, onde só teria notado os camponeses e trabalhadores durante o verão, sem qualquer beleza e extremamente desagradáveis, agora via que as árvores com folhagens em chamas lançavam uma sombra aquosa sobre a avenida.

Seu humor continuou alegre quando chegou ao escritório e se acomodou no trabalho. Primeiro, seu secretário, um jovem do interior, ansioso para mostrar seu valor, mas com um rosto moreno oleoso e maneirismos que eram rústicos demais para fazer dele um homem das letras, trouxe uma pilha dos jornais da manhã e colocou-os respeitosamente sobre a mesa. SungSoo folheou os jornais, começando pelas notícias importantes, para sentir que tinha feito a coisa certa, mas perdendo o interesse e avançando antes de chegar ao final. Havia um editorial na segunda página sobre a revolta que eclodira em razão do preço do arroz, que passara de quinze wons o quilo em janeiro do ano anterior para trinta e oito wons em agosto do ano vigente. Dizia-se que nunca antes, nos cinco mil anos de história da Coreia, o arroz estivera tão caro, e os camponeses e trabalhadores estavam morrendo de fome em massa. No dia anterior à revolta, mil homens e mulheres, jovens e velhos, tinham jogado lama e pedras na polícia armada com espadas e espingardas, no coração de Jongno, onde SungSoo tinha acabado de dar aquele belo passeio pela manhã. Finalmente, as tropas militares foram mobilizadas para dispersar a multidão, e centenas foram presos – e agora o editorial pedia a soltura dos desordeiros.

Após reunir os principais pontos do editorial, SungSoo passou para um romance que estava sendo publicado em série e leu com muito mais interesse. O protagonista era um homem de classe alta e educação moderna na casa dos trinta anos, assim como SungSoo e o próprio autor. Naquele ponto da história, o protagonista estava se apaixonando pela viúva do melhor amigo, apesar das inúmeras complicações devidas às suas demais lealdades. Embora SungSoo tenha largado o jornal murmurando "Que lixo! Besteira nojenta!", ele estava secretamente envolvido pela história, não conseguia deixar de imaginar o capítulo seguinte e tinha o desejo de escrever algo parecido.

Ao longo das horas seguintes, trabalhou na edição de um manuscrito para o jornal literário trimestral do qual era editor-chefe. Teve uma reunião breve com o editor, que trouxera notícias preocupantes sobre a prensa que ficava no porão do escritório, onde produziam as próprias revistas, obras de outros editores e até folhetos. Kim SungSoo mal tinha dispensado o editor quando o secretário bateu à sua porta e deixou que seu amigo, Lee MyungBo, entrasse.

– Há quanto tempo não nos vemos? Quanto tempo? – Os dois amigos deram as mãos e exclamaram em voz alta um para o outro.

Então SungSoo gritou ao secretário que trouxesse café imediatamente, e os dois se sentaram com expressão radiante.

– Por que não me avisou que estava em Seul? Achei que você ainda estivesse em Xangai – disse SungSoo em tom de reprovação.

– Acabei de chegar. E devo voltar em um ou dois meses – respondeu MyungBo, sorrindo.

– Bem, você parece ótimo. O interior lhe fez bem! – SungSoo riu, bem-humorado.

Mas, na verdade, enquanto seus olhos se ajustavam à diferença entre suas lembranças e a figura à sua frente, começou a ver que MyungBo envelhecera mais rápido que ele, que suas bochechas e queixo pareciam escuros, embora o dia ainda estivesse claro, e que seu casaco pendia solto nos ombros. Isso fez SungSoo sentir pena do amigo, o que teve o efeito bizarro de alegrá-lo e fazê-lo se sentir mais forte e mais saudável do que nunca.

O secretário logo trouxe as duas xícaras de café com pires, e eles se acomodaram com a bebida.

– Você não devia me bajular assim. Você é que parece sadio e forte. Acho que é o que acontece quando um homem se casa com uma boa mulher. A propósito, como vai minha cunhada? – perguntou MyungBo, e SungSoo sorriu com o uso do termo amigável para descrever a esposa, que MyungBo nem conhecia.

– Está ótima, nunca acontece de não estar – disse SungSoo.

– E as crianças? Estão com quantos anos?

– O garoto tem quinze, e a garota acabou de fazer um.

E assim eles passaram a meia hora seguinte, atualizando todos os detalhes de suas vidas, famílias, amigos em comum e conhecidos, a editora de SungSoo e um empreendimento paralelo que tinha acabado de iniciar.

– Uma oficina de bicicletas! – exclamou MyungBo. – Como foi que você teve essa ideia?

– Eu sempre amei pedalar, é um dos meus passatempos favoritos – respondeu SungSoo. – Mas chega de falar de mim. O que o traz aqui? Não, vamos falar disso enquanto almoçamos. Não está com fome? Vou levá-lo a um restaurante que acabou de abrir, chamado MyungWol. Eles fazem comida palaciana, sete ou nove pratos; é esplêndido.

Pela primeira vez, o rosto de MyungBo perdeu o brilho de repente, como se escondesse alguma insatisfação.

– Não, obrigado, não estou com muita fome, além disso, está tão confortável aqui.

– Tem certeza? Por favor, é por minha conta – implorou SungSoo. – Você me constrange não permitindo que eu lhe pague um almoço depois de todos esses anos.

Com isso, MyungBo sorriu e a frieza desapareceu de seu rosto. Ele explicou:

– Você continua tão generoso quanto me lembro. Mesmo na escola, quando os demais falavam de você como se fosse um riquinho mimado, sempre o defendi, porque sabia que era muito mais gentil do que as pessoas imaginavam.

– Ah, MyungBo, não sei – disse SungSoo, se sentindo desanimado de repente. – Não sou assim. Não fiz nada para merecer tamanho elogio.

– Mas, e se tivesse a oportunidade? – perguntou MyungBo, animado. – Se tivesse a oportunidade de provar sua bondade, não faria a coisa certa?

– Do que está falando? Não entendi...

– Sabe, com certeza. Não está vendo? As pessoas estão morrendo, SungSoo. Os bons camponeses trabalhadores, que nunca fizeram nada de mau na vida, porque passam cada minuto tentando colocar comida na mesa... Em frente a este escritório, aqui em Jongno, no coração de Seul, milhares de pessoas se levantando contra a opressão, lutando com as próprias mãos, você não percebeu? – Os olhos de MyungBo brilhavam de um jeito estranho. – Por que não tem arroz para eles? Me diga?

– Porque os preços estão subindo – respondeu SungSoo, relutante.

– Não... bom, essa não é a resposta completa. Os preços estão subindo porque os japoneses proclamaram um censo e mediram cada centímetro da Coreia, e todos os camponeses miseráveis e analfabetos, que não têm como provar a propriedade de suas terras a não ser por direitos ancestrais e orais, acordaram um dia e descobriram que suas terras não eram mais suas. Qualquer terra supostamente não reivindicada, o governo toma para si, ou vende para grandes donos de terras e para a companhia japonesa. Então eles passam de pequenos donos de terra a arrendatários de grandes proprietários e, após pagarem impostos ao governo, aluguel ao proprietário, taxas pelas ferramentas, água para irrigação, *et cetera, et cetera, et cetera*, não têm mais dinheiro nem para comprar a própria comida, e precisam emprestar dos proprietários para a safra do ano seguinte, para conseguir garantir as sementes. O ciclo piora a cada ano, e eles estão sendo sugados. Então, é claro, o proprietário os obriga a assinar um contrato dizendo que, se um arrendatário fugir, os demais têm de pagar pela dívida, e ninguém ousa fugir, o que os obriga a sofrer no mesmo lugar até todos morrerem. Enquanto isso, os grandes donos de terras, que controlam a maior parte do arroz, veem que quanto mais tempo ficam com ele, mais os preços sobem; e quanto mais os preços sobem, mais ricos eles ficam, então mantêm os armazéns cheios até o teto com sacas de arroz, enquanto todos os demais morrem de fome. Agora, me diga que não sabe o que há de errado com esse estado de coisas!

– Não é ideal, mas o que eu posso fazer? Além disso – disse SungSoo com delicadeza, embora não de boa-fé –, você mesmo é filho de um proprietário. Lucrou com seu nascimento tanto quanto eu. Então o que propõe?

– Ótimo. Fico feliz que tenha perguntado – disse MyungBo com um sorriso satisfeito. – Não posso, em sã consciência, continuar a me beneficiar de um sistema que cada centímetro de meu corpo e de minha alma sabe que é imoral. Quando meu pai morrer e a propriedade passar para mim, darei metade aos camponeses que sempre cuidaram dela e venderei a outra metade pela causa. Agora mesmo, não estou recebendo nada da minha família, e tem sido muito difícil tentar manter o movimento em Xangai com tão pouco...

– Céus, foi por isso que você veio me visitar? – perguntou SungSoo. – Bom, de quanto você precisa?

– Primeiro você precisa entender que não é para mim. É para o movimento, para alimentar, vestir e treinar nossos bravos jovens na Manchúria, que dariam a vida, felizes, pelo nosso país. – O rosto de MyungBo ficou vermelho e seus olhos brilharam cheios de lágrimas. – Eu estava pensando que uma contribuição de vinte mil wons seria muito apropriada para um homem da sua estatura.

– Vinte mil wons? Meu amigo, você percebe que é o suficiente para comprar vinte casarões? – exclamou SungSoo. – Sei que todos acham que sou muito rico, mas é muito dinheiro, mesmo para mim. Preciso pensar – disse, embora já soubesse que jamais daria aquela quantia a MyungBo, nem mesmo algo próximo; decidira isso na hora, e precisava de tempo apenas para formular o raciocínio.

– Você é um artista, SungSoo... Como pode fechar seu coração para o resto do mundo? – MyungBo murmurou amargamente.

– Ao contrário, é *porque* sou artista que devo me ocupar da arte. Política é preocupação dos políticos, como você – respondeu SungSoo.

O que viria na sequência? Ele devia sentir pena das vacas que trabalhavam nos campos? Cada ser tinha seu lugar no universo.

– Tudo bem, então, não posso obrigá-lo a fazer nada. Só pense no quanto gastou com a casa para aquela gueixa em Tóquio, e no que aquele dinheiro seria capaz de fazer pelos jovens combatentes que querem apenas uma arma e balas para servir nosso país.

– De verdade, MyungBo, preciso de tempo para processar tudo isso. – SungSoo sufocou sua irritação com toda a educação que pôde. – É uma pena que você não tenha aceitado o convite para o almoço, que tenhamos entrado nessa conversa sem uma gota de álcool. Mas pronto, está tudo às claras, e agora podemos falar de outra coisa.

– Não, vejo que o deixei desconfortável. Já vou indo. Mas, por favor, por todas as lembranças que temos juntos, se tiver um pouco que seja de afeto por mim, pense no assunto.

– Prometo, prometo – respondeu SungSoo, e sentiu o mais nítido alívio quando MyungBo colocou o chapéu e saiu de seu escritório.

A casa de Dani ficava em Yeongeon-Dong, próximo ao Zoológico do Palácio ChangGyeong,[19] onde ficavam as casas ancestrais de muitas famílias nobres e antigas. Havia excesso de espaço: Dani ocupava sozinha o térreo da construção de dois andares, e havia até um coreto encantador do outro lado do pátio. Cada uma das garotas tinha o próprio quarto no segundo andar da casa principal, onde também dormiam a criada e a governanta. Era a casa mais linda que Jade já tinha visto, cheia de sofás de couro, cortinas de veludo e até um piano Steinway; e abrigadas no jardim havia plantas estranhas e encantadoras de lugares distantes. Com seu capricho poético característico, Dani atribuiu flores a cada uma das garotas com base em suas qualidades. Lotus recebeu girassóis do verão porque são luminosos, fortes e alegres. Luna recebeu as flores favoritas de Dani, cosmos do outono, que ela alegou que não eram tão bonitas individualmente, mas sublimes quando reunidas em um buquê.

Jade recebeu uma camélia do inverno, uma árvore de flores do Sul que nunca tinha visto no Norte gelado. Dani garantiu, um pouco mais calorosa que de costume, que a camélia era uma flor que dava muita sorte às mulheres. Seu companheiro era o pássaro camélia verde-claro, que bebia apenas do seu néctar e não visitava nenhuma outra florada. E ao fim de sua temporada, a camélia não escurece nem perde pétala por pétala como as outras flores; cai ilesa e intacta, vermelho-sangue e aveludada como um coração. Tão bela no chão quanto no dia em que abriu.

– O que todas as mulheres querem... um amor imutável. É o que eu vejo para você – disse Dani com um sorriso curioso.

Jade achava que a tia adotiva tinha a veia intuitiva de uma criativa nata, algo entre uma artista e uma clarividente. Às vezes sua fantasia estética se deixava levar e assumia a forma de uma pequena profecia. Tivesse ou não uma sensibilidade em relação ao futuro, o entusiasmo com que o expressava era o que fazia parecer real.

– Mas, Tia Dani, que tipo de flor *a senhora* seria? – perguntou Lotus.

– Eu sei – disse Jade antes que Dani pudesse responder. – Ela só poderia ser a rosa real da primavera.

Como se tivessem combinado, as duas garotinhas deram as mãos e fizeram um círculo ao redor de Dani, e correram em uma pequena roda gritando "Rosa Rainha! Rosa Rainha!" até ela cair na gargalhada. Mas, mesmo no auge da animação, Jade se sentiu culpada ao ver que Luna continuava quieta. Nada parecia capaz de fazê-la falar, sorrir ou até mesmo se irritar e repreender as garotinhas.

Em um dia cinzento no início do outono, Luna finalmente rompeu os meses de silêncio. A chuva caía suave, lançando uma sombra anil sobre tudo. As três garotas rastejaram de volta para seus catres depois do almoço e ouviram o aguaceiro em estado de melancolia. Jade implorou à criada Hesoon que contasse histórias de sua infância em Jejudo, a ilha mágica do sul onde havia árvores sem galhos, e cavalos selvagens corriam livres sob uma montanha coberta de neve.[20] Hesoon disse que sua mãe e suas quatro irmãs eram todas mulheres do mar, que mergulhavam na água para colher abalones, segurando a respiração durante dois minutos a cada mergulho.[21]

– Impossível, você está inventando! – Lotus deu risada.

– É tudo verdade. As mulheres de Jejudo mergulham até quando estão grávidas. Minha mãe quase deu à luz no oceano, mas saiu a tempo de eu nascer na praia. Ela me pegou com as próprias mãos e me limpou com algas – disse Hesoon.

Ela sempre contava essas histórias incríveis sobre montanhas exalando fogo e gelo, e pássaros de asas longas que se aninham nas ondas. Quando Jade fechou os olhos, viu mulheres que se transformavam em peixes no mar e bebês embalados nas águas rasas, ancorados por cordas de algas marinhas.

Quando estavam prestes a atormentar a criada com mais perguntas, Dani apareceu à porta e fingiu estar chocada com aquela preguiça.

– Sei que o dia está chuvoso, mas vocês não podem ficar a tarde inteira deitadas. Quando eu tinha a idade de vocês, era a aluna mais inteligente da escola... aprendi até inglês! Vamos descer, vou ensinar algo divertido.

Quando as garotas chegaram à sala, o sofá estava encostado em uma das paredes e Dani colocava um vinil para tocar – um disco fino como papel, preto e polido, que reluzia deliciosamente à luz das velas. Começou a rodar lentamente no toca-discos, preenchendo o cômodo com a síncope de cordas e trompetes. Jade fechou os olhos, desejando que o balançar do som a levasse até o mar.

– Não é maravilhoso? O nome é foxtrote. – Dani estava radiante. – Eu queria saber dançar esse ritmo, mas não aprendi na escola. Esperem, vou colocar uma valsa para ensinar vocês.

Logo todas estavam na ponta dos pés – Dani, Luna, Jade, Lotus e até Hesoon –, dançando em círculos ao redor da sala, gargalhando. Jade percebeu que, pela primeira vez em meses, o rosto de Luna se iluminava com um sorriso.

– Venham até meu quarto, garotas – disse Dani. – Vocês podem experimentar minhas roupas.

Suas palavras tiveram o efeito desejado de aumentar a animação. Jade e Lotus gritaram de alegria, e nem Luna resistiu a colocar um vestido bordado de valor inestimável e girar pela casa. Depois de se exaurirem dançando, deitaram no chão juntas, sobre um monte de saias de seda coloridas. Só levantaram ao ouvir o barulho de rodas na rua inundada de lama. Hesoon correu até o portão, voltou tremendo por causa da chuva e anunciou:

– Madame, Sua Excelência está aqui.

– Ele mandou avisar? – perguntou Dani, franzindo o cenho.

Ela se levantou imediatamente e começou a ajeitar o vestido, enquanto Hesoon arrumava a sala e a governanta reunia as garotas e as levava para o segundo andar.

Jade ficou por último. Antes de deixar o patamar da escada, se virou e avistou o homem de cabelo grisalho recebido por Dani. Ele tinha o porte orgulhoso de uma velhice saudável, mas já parecia mostrar todas as promessas da fragilidade que viria em apenas cinco ou seis anos. Com a pele turva e voz suave, ele não era quem Jade imaginava para a tia encantadora e indomável, que parecia capaz de fazer qualquer homem cair obediente a seus pés. Então Dani era tão astuta quanto as outras ao escolher o dinheiro no lugar dos sentimentos. Jade sentiu uma pontada de decepção ao perceber que Dani não era, afinal, uma criatura fantástica.

No dia seguinte, Dani começou a dar aulas de música e dança para as garotas. Lotus tinha dificuldade de passar nos testes sob a tutela da mãe; sob a orientação de Dani, ganhou confiança suficiente para descobrir, pela primeira vez, uma voz impressionante que parecia emanar de seu corpo inteiro, não só da garganta. Luna se interessou por aprender inglês, o que apenas mulheres de classe alta das famílias mais modernas aprendiam. Jade se entregou à dança como se entregava à poesia – descobriu que ambas tinham se originado no mesmo lugar inimaginável. Conseguia imitar qualquer movimento na primeira tentativa; na segunda ou na terceira, se apropriava dele acrescentando uma leve torsão do tronco, uma inclinada do queixo ou somente uma respiração onde não havia nenhuma. Com essas diferenças quase imperceptíveis, outras garotas continuavam sendo garotas, enquanto ela se tornava uma garça, uma heroína lendária, uma estação, uma ideia. Quando isso acontecia, Dani empoleirava o queixo em uma das mãos e estreitava bem os olhos – se em aprovação ou descontentamento, Jade nunca tinha certeza.

Em outubro, Dani disse às garotas que elas iriam fazer um passeio especial. MyungWol:[22] o novo restaurante em que trabalharia quase todas as noites durante quinze dias, pedira a ela e a outras cortesãs de sua guilda que ajudassem a divulgar a inauguração em Jongno. Ela também levaria as duas garotas mais jovens, embora Luna não pudesse ir em sua condição. Novos figurinos foram encomendados para Jade e Lotus, e elas praticaram a coreografia no quarto todas as noites antes de dormir. Em seguida, Jade sentia a injustiça de ter de dormir com tantas coisas a fazer, tanto em que pensar; somente após ser torturada pelo entusiasmo, conseguia cair em um sono inquieto.

A semana que antecedeu o dia marcado foi cinzenta e chuvosa, o que deixou Jade cheia de preocupação. Naquela manhã, no entanto, o sol nasceu reluzente em um céu nublado. As garotas ajudaram Dani a cortar os cosmos do jardim antes de se vestirem, compartilhando a ajuda de Hesoon. Antes de colocar o adereço de cabeça bordado em Jade, a criada enrolou a trança longa em um coque baixo e fixou-o com um *binyeo* de prata pela primeira vez. Um adereço de noiva. O penteado a marcava como uma não virgem em *status*, se não no corpo. Mas ela era diferente das mulheres casadas e não virgens comuns: sua saia envelope aberta do lado direito indicava sua profissão. O último passo ao se arrumar era a maquiagem. Pronta, Jade viu no espelho uma bela estranha – lábios vermelhos se destacando na pele coberta de pó – e ficou surpresa ao perceber que estava muito parecida com Dani.

– Adeus, vou sentir sua falta – sussurrou Jade no jardim quando Hesoon abriu os portões.

Ela ia voltar em algumas horas, mas nada seria como antes. Depois de ser vista naqueles trajes, nunca mais poderia voltar a ser uma garota digna do casamento aos olhos dos outros. Entrara na casa uma criança, e agora saía de seus portões uma cortesã.

6
O desfile
1918

Depois que MyungBo foi embora, SungSoo esperou dez minutos no escritório antes de sair também. Lamentava sinceramente que o encontro com o velho amigo não tivesse saído como esperava; que em vez de lembrar as velhas aventuras comendo e bebendo, e se deleitando com a descoberta de que outra pessoa se lembrava dele como foi um dia, e vice-versa, ambos ficaram chocados com o quanto o outro tinha mudado. Era muito pior que conhecer alguém e não gostar da pessoa. Além disso, fazia anos que ninguém apontava os defeitos de SungSoo. Todos ansiavam por agradá-lo, seus subordinados com respeito, seus pares com elogios, sua esposa com adoração. E essa aprovação universal era tão incondicional, e tão natural à sua realidade, que alguém lhe dizer diretamente que ele estava errado o abalou profundamente.

– Ele tem razão? Estou errado em não querer renunciar ao meu direito de nascimento, me mudar para Xangai ou para uma aldeia nas montanhas da Sibéria, e passar os dias praticando tiro ao alvo e planejando mortes? – SungSoo perguntou a si mesmo.

Tinha ouvido histórias sobre jovens – de famílias ricas e nobres, camponeses, ou em qualquer posição entre os dois – que se reuniam em locais secretos e faziam um juramento, entregando a vida à causa. Eles cortavam a ponta do dedo anelar e assinavam o juramento com sangue, e usavam trajes feitos sob medida e chapéus do melhor estilo para parecerem dignos ao morrer, o que podia acontecer a qualquer instante. Também diziam que mulheres se apaixonavam loucamente por eles.

– Mas com que propósito? É uma tolice... ninguém ganhará nada com isso. E não é só isso, matar é assassinar. – Essa linha de pensamento estava começando a aliviar sua angústia. – Dizemos que os japoneses estão assassinando nosso povo, mas seria a resposta certa assassiná-los em troca? Tudo isso é tão bárbaro, e não menos errado. Não, não vou contribuir com essa violência imprudente. Não vou ser intimidado, não importa o quanto MyungBo me julgue.

Tendo assim organizado seu raciocínio, SungSoo ficou satisfeito. Quase sorriu com o aumento de seu autorrespeito ao sair para a rua. O sol estava alto no céu azul, e uma brisa revigorante soprava. Não demorou até que encontrasse um amigo, um dramaturgo que também tinha estudado no Japão. SungSoo apertou sua mão e falou de MyungBo, que o dramaturgo conhecia.

– Que estranho encontrar vocês dois no mesmo dia – disse SungSoo.

Então, comentou discretamente que MyungBo não parecia bem física ou financeiramente, que ia passar um tempo em Seul para pedir dinheiro a amigos, e que ele mesmo não podia concordar de imediato, embora estivesse pensando no assunto. SungSoo fez questão de transmitir tudo isso sem dizer nada diretamente.

– Você fez certo em recusar – disse o dramaturgo. – Eu jamais aceitaria isso. Obrigado por me avisar. Se ele tentar marcar um encontro comigo, vou arranjar uma desculpa.

Enquanto conversavam e caminhavam, perceberam uma multidão logo à frente, gritando alguma coisa.

– Ah, céus, mais um protesto? É melhor seguirmos por outro caminho – disse SungSoo.

– Acho que não, parecem risadas. Talvez seja uma apresentação?

O dramaturgo, que gostava de espetáculos, começou a seguir na direção da multidão. Quando se aproximaram, viram que a multidão gritava e aplaudia alguma coisa no meio da avenida. Abriram caminho até a frente e viram que era um desfile de cerca de uma dúzia de cortesãs.

Todas vestiam trajes de seda maravilhosos, amarrados com faixas brancas que se arrastavam atrás delas. Na faixa estava escrito o nome da cortesã e o nome do novo restaurante, MyungWol. Algumas levavam cestas de flores e de vez em quando jogavam uma para a multidão encantada.

– Incrível! – O dramaturgo riu. – É brilhante. MyungWol vai ser o assunto da cidade! Temos que ir juntos em breve.

SungSoo sempre gostou de ver mulheres bonitas, e olhava para as cortesãs com grande interesse. De repente, ficou paralisado, surpreso. No meio do desfile viu o rosto familiar, embora mudado, de Dani.

De início, SungSoo só conseguiu processar sua aparência em comparação à que tinha em suas lembranças. O rosto redondo tinha afinado, e seus traços estavam mais proeminentes. A pele coberta de pó parecia mármore polido, embora já tivesse sido fresca e rosada como um amanhecer de primavera. Seus olhos delineados em preto, as maçãs do rosto e os lábios pintados de vermelho, davam a ela um ar formidável. Era inegável que não parecia mais jovem. Apenas a expressão viva dos olhos, que ofereciam um vislumbre do jardim misterioso que havia dentro dela e pareciam capazes de olhar dentro da alma de qualquer um, permanecia inalterada. Tão, tão inalterada! No instante em que finalmente fez a conexão, ele a viu como os outros a viam: uma mulher resplandecente diante de quem todas as outras mulheres desapareciam.

Como, tendo voltado a Seul havia sete anos, ele nunca a encontrara? A verdade era que há muito tempo sabia que ela se tornara cortesã, uma grande cortesã. Aliás, teria sido impossível não ouvir falar dela. Na capital, intelectuais, artistas, escritores, diplomatas e afins circulavam apenas em alguns grupos intimamente conectados, e todos amavam belas cortesãs, alguns com mais malícia, outros com mais inocência. Mas, admitiu a si mesmo, tinha evitado deliberadamente encontrá-la, e se ateve a festas onde sabia que ela não estaria. Em sua mente, a relação entre eles terminara havia muito tempo, e era inútil desenterrar velhos ossos e tentar fazer um caldo com eles, por assim dizer. A melhor coisa do passado era que ele ficava para trás. Por isso, nunca se perguntara sobre ela ou alimentara fantasias de encontrá-la. Ainda assim, quando ela apareceu diante de seus olhos, ele ficou perturbado e não soube como reagir.

– Você conhece aquela ali, Dani? – perguntou o dramaturgo com um sorriso astuto, percebendo o olhar de SungSoo.

– Eu a conhecia há muito tempo – respondeu ele. – Ela era estudante na época.

– Estudante? – O dramaturgo ergueu uma sobrancelha, incrédulo.

SungSoo explicou que a mãe de Dani – ela mesma uma cortesã famosa – havia se aposentado ao se tornar a segunda esposa de um oficial influente.

– Então ela é enteada de uma casa distinta. Mas, se a mandaram para a escola, por que ela virou cortesã? – insistiu o dramaturgo.

SungSoo deu de ombros ao invés de se envolver mais na história. Sabia que Dani tinha sido criada como uma garota comum e era inocente quando se conheceram por acaso na frente da escola – não era seu destino se tornar cortesã. SungSoo a seduzira com promessas implícitas e fugiu quando foi estudar no exterior. Isso não o havia incomodado, pois nunca dissera explicitamente que se casaria com ela. Jamais poderia ter escolhido uma mulher que não fosse de uma família e riqueza irrepreensíveis, uma mulher com certa brandura aristocrata, como sua esposa obediente e satisfeita. Se Dani não tinha percebido isso, não era culpa sua.

– Ela é sustentada por um protetor muito poderoso, sabe. – O dramaturgo deu o nome de um juiz japonês quase expoente máximo da lei, que obviamente foi quem a instalara em uma casa de dois andares e até lhe dera diamantes. – Então, se está interessado, é bom saber que ela é fruto proibido. – O dramaturgo deu uma piscadinha. – Como dizem, pode ver, mas não pode tocar. É sempre assim com as boas!

– Ah, de qualquer forma eu não ousaria – respondeu SungSoo, desviando o olhar das costas da túnica vermelha de Dani com dificuldade.

Naquele mesmo instante, a várias quadras dali, Yamada Genzo saía do quartel-general de seu regimento com um colega oficial chamado Ito. Enojado pela brutalidade de Hayashi na caçada, Yamada com facilidade convencera o pai de que devia sair de Pyongyang. O Barão Yamada, como era típico dos chefes de famílias poderosas, apoiava incondicionalmente a ambição dos filhos. Contatou sua rede considerável de amigos e conexões úteis e, antes da primavera, Genzo foi comissionado em Seul, como major. A promoção provocou uma hostilidade velada em quase todos os soldados de Pyongyang, principalmente no Major Hayashi, e Yamada sabia disso, e eles sabiam que ele sabia. Mas todos escondiam tão bem seus verdadeiros sentimentos, e expressavam e recebiam cumprimentos sem qualquer sinal de amargura, que ninguém tinha motivo para confrontar ninguém.

Em Seul, Yamada descobriu que nenhum superior detinha poder inabalável, como em Pyongyang, mas que vários chefes das forças armadas se equilibravam em suas disputas por promoção e influência. Seguindo o conselho do pai, se alinhou a uma facção à qual Major Ito também pertencia. Os dois tinham quase a mesma idade, eram fortes, charmosos e da alta sociedade. Embora não fosse alto, Ito tinha a cintura fina e panturrilhas musculosas, que davam a impressão de alguém cheio de energia. Era herdeiro de um condado, mas levava sua origem com leveza e era bastante despretensioso. Na medida em que o sentimento de amizade era possível à alma de Yamada, ele gostava de Ito. Com frequência estavam na companhia um do outro fora do regimento, e agora seguiam a cavalo para uma reunião fora dali.

– Veja, a absorção de uma nação e/ou povo mais fraco por uma nação e/ou povo mais forte não é apenas inevitável, mas desejável – disse Ito, passando o dedo no bigode bem aparado. – Sem o Japão, como a Coreia poderia ter se modernizado? Quem traria os trens, as estradas, as linhas de energia, o progresso? Somos benevolentes, tanto quanto é possível ser, ao governar um país tão indisciplinado. E esses desgraçados não sabem o que é bom para eles.

– Sem dúvida trouxemos progresso para cá. E você tem razão, a lei da natureza se aplica neste caso. Mas me pergunto sobre toda essa questão do arroz – rebateu Yamada. – Por que sangrá-los? Isso os deixa hostis e incontroláveis. Será que não existe outra maneira?

– Mas aquele arroz é necessário no Japão, a pátria-mãe. É como quando o corpo encaminha nutrientes e sangue fresco para o coração, em detrimento de um membro. O Japão é o coração e a Coreia é uma extremidade. Além disso, aqueles Josenjings estão muito bem alimentados e cheios de energia e sangue. Eles ficarão mais dóceis quando tiverem sangrado. – Ito estava sorrindo. O balanço ritmado de seu corpo na sela o deixava em um estado de espírito especialmente animado naquela bela tarde. – Trazemos progresso, em troca eles fornecem o arroz e os bens exóticos... as cerâmicas céladons antigas, as peles de tigre e coisas do tipo. É assim em todo o mundo agora. Veja a Grã-Bretanha, a França, a Alemanha, a Holanda, a Bélgica, como dividiram a África e a Ásia, e ficaram mais fortes. Os Estados Unidos nas Filipinas e no Pacífico Sul. É a ordem mundial. – Ele fez uma pausa e, ao perceber uma multidão reunida na avenida, apontou para a frente e saiu a galope. Yamada o seguiu, acelerando o passo.

– É um desfile de cortesãs de Joseon! – exclamou Ito, chamando-o.

Yamada aproximou o cavalo do de Ito e viu sobre as cabeças da multidão uma fila de mulheres belamente vestidas, cantando e espalhando flores. Ito ria com tanto entusiasmo que seu belo garanhão preto trocava passos no lugar, inquieto.

– Ah, e esqueci as mulheres, é claro. Arroz, tigres e mulheres... é para isso que Joseon serve. – Ito deu um sorrisinho torto e se juntou aos aplausos. Virando-se de volta para Yamada, disse: – Eu mesmo gosto muito dessas garotas. Elas têm um tempero diferente do da gueixa.

– O que pode ser? – perguntou Yamada.

– Acho que elas são mais obstinadas que nossas gueixas, que são como a água, calmantes e dóceis. Essas cortesãs de Joseon têm fogo... elas resistem com paixão. Mas há um prazer muito distinto em superar sua resistência. É como abrir a casca de uma noz para chegar à carne. – Ito deu uma piscadinha, fazendo um gesto lascivo com as mãos.

Nesse instante, duas aprendizes muito jovens passaram de braços dados, sorrindo vitoriosas para a multidão, e Ito gritou:

– Olhe só para essas cortesãs-bebês. Fofas, não são? Encantadoras!

Quando se aproximaram do fim do desfile, Jade de repente se sentiu esgotada com todos aqueles estranhos olhando para ela de maneira tão incisiva. O peso sutil do cotovelo direito de Lotus descansando em seu cotovelo esquerdo a tranquilizou, e ela tentou sufocar suas ansiedades. No outro braço, Jade levava uma cesta de cosmos e crisântemos recém-colhidos do jardim de Dani. De vez em quando, Lotus levava a mão esquerda à cesta e jogava as flores para a multidão. Sempre que as pétalas caíam, as pessoas gritavam e aplaudiam.

– Experimente, é muito divertido – sussurrou Lotus, tirando a cesta da mão de Jade.

– Acho que não consigo jogar longe como você! – disse Jade em pânico. E as duas riram discretamente.

– Não seja boba, as flores não pesam nada – instruiu Lotus. – É só não pensar demais e não jogar na cara das pessoas.

Jade pegou um punhado de flores e jogou-as para a direita. As pétalas foram levadas por uma leve brisa azul e flutuaram por um instante antes de caírem, desenhando padrões cor de rosa, brancos e violetas na atmosfera. A multidão aplaudiu, hipnotizada. As ruas da cidade brilhando à luz do sol, a sensação de seus sapatos pisando a areia compactada – tudo isso encheu seus pulmões com algo além do ar. Ali havia algo que Jade não sabia ser possível: uma sensação de liberdade. Ela quase queria bater os braços como se fossem asas. Resistindo à fantasia, riu e, sem muito cuidado, jogou uma flor, que voou pelo ar e acertou o rosto de um garoto.

JungHo assistia ao desfile das cortesãs com um fascínio intenso, parado entre Dojô, YoungGu e o cão. YoungGu e JungHo tinham virado bons amigos, como costuma acontecer com os garotos depois de uma boa briga de socos. O cão era uma nova adição ao grupo: um dia, em setembro, YoungGu o encontrou vagando embaixo da ponte, sujo e macilento, mas ainda cheio de energia. JungHo e Dojô queriam vendê-lo ao açougueiro, mas YoungGu pareceu pronto para mais uma briga. JungHo finalmente cedeu e deixou que YoungGu ficasse com o cão, com a condição de que o alimentaria com sua própria porção de comida. Desde então, YoungGu passou a dividir sua porção escassa com o cão e a catar com carinho suas pulgas, que esmagava entre os dedos. O cão estava sempre a poucos metros de YoungGu, e mostrou-se surpreendentemente útil para encontrar lugares lotados onde mendigar. Eles estavam vagando sem rumo quando o cão os levou até o desfile e sentou na frente dos espectadores, como se também quisesse apreciar a vista.

Até então, JungHo nunca tinha percebido que as mulheres podiam ser tão belas. As cortesãs eram quase como um tipo diferente de pessoa considerando as mulheres que ele conhecera antes. A visão era tão avassaladora que ele se sentiu enjoado, mas não conseguia desviar o olhar. Percebeu ao fim do desfile duas garotas de idade mais próxima da dele. Elas tinham mais ou menos a mesma altura e a mesma constituição mediana, e vestiam trajes idênticos: túnicas longas verdes sobre uma saia cor-de-rosa. Objetivamente, eram duas garotas de rosto comum, jovens demais para que sua beleza futura as diferenciasse. Mas os olhos dele imediatamente se fixaram em uma delas, como se estivesse procurando exatamente por ela. Tinha o rosto redondo – especialmente adornado pela perfeita divisão do cabelo ao meio, da testa até o alto da cabeça – um par de olhos brilhantes e bochechas como maçãs, levemente avermelhadas pelo ar fresco do outono. Não muito mais que isso, mas o necessário.

Enquanto ele a observava, ela pegou uma flor de cosmos da cesta e jogou-a na direção de seu rosto, sorrindo radiante. Ele recebeu a flor macia com terror ao pensar que ela o provocava de propósito – e euforia, pelo mesmo motivo. Ao perceber seu entusiasmo, Dojô e YoungGu caíram na gargalhada e começaram a provocá-lo sem dó, mas JungHo não conseguiu nem ficar irritado. A consciência de algo maravilhoso entrara em seu coração, embora ainda não soubesse o que era.

7
A fuga
1918

É uma condição da juventude a crença inquestionável de que a vida é uma progressão constante. Jade dava como certo que um passo devia seguir o outro, e que no desfile ela tinha pegado certo impulso que a levaria para a idade adulta. Então ficou surpresa e decepcionada quando nada mudou na pequenez de sua rotina diária. Dani ainda não permitia que elas se afastassem mais que cinco casas em qualquer direção. Jade obedecia, como sempre, mas uma poeira começou a se depositar sobre a beleza da casa. Ela tinha visto que, saindo um pouquinho da vizinhança, havia shows, música, esposas ricas imitando o estilo das cortesãs, estudantes românticos com quepes de jornaleiro, cavalheiros de colarinho alto e monóculo, lojas vendendo todo tipo de iguarias. O mundo a atraía, irresistível e real como o primeiro dia quente de verão. Mas ela estava afastada de tudo, emparedada no meio de Seul. Com a chegada do inverno, Jade desenvolveu o hábito de sair sozinha e se sentar no fim da rua, no ponto mais distante da casa que Dani permitia. Foi em uma dessas tardes que ela percebeu um garoto estranho na vizinhança.

Mais tarde, Jade não conseguiria lembrar exatamente como ele era na primeira vez que o viu. Percebeu sua existência no decorrer de vários dias. Ele parecia ser parte natural do ambiente, como uma árvore ou uma cerca viva, então se acostumou a vê-lo antes mesmo de notá-lo. Ele tinha mais ou menos a sua idade, pequeno e magro. Sua pele era marrom, e era difícil dizer se por causa do sol ou por falta de limpeza. No instante em que seus olhos finalmente se fixaram nele como algo distinto, ele sorriu, como se estivesse esperando por aquilo. Começou a caminhar em sua direção, um cão amarelo com o rabo enrolado seguindo-o em seus calcanhares. Foi quando ela percebeu que havia algo estranho em sua aparência. Eram suas roupas, tão gastas que pareciam estar voltando a serem fios. Alguns pedintes tinham mais remendos que o tecido original em suas roupas, mas os talhos dele simplesmente se abriam e esvoaçavam vigorosamente no vento cortante. Ela ficou dividida entre forças iguais de pena e nojo.

– Vejo muito você aqui. Mora por aqui? – ele perguntou.

Ela assentiu, relutante. Dani não a proibira de conversar com outras crianças, mas ela sabia sem que precisassem mandar. Por outro lado, a força do tédio que sentia era maior que o medo que tinha de Dani. Por mais sujo que o garoto fosse, não era tão diferente dos moleques da aldeia onde ela crescera.

– O cachorro é seu? – ela perguntou, apontando para o cão farejando o chão atrás dele.

O garoto assoviou e o cão veio saltitando, abanando o rabo com alegria.

– É do meu amigo. Pode fazer carinho, ele é manso.

Jade se agachou e acariciou o cão contente da cabeça até o rabo, atrás das orelhas e embaixo do queixo.

– Como é o nome dele? – perguntou.

– Não tem nome. Chamamos só de "cachorro" – explicou o garoto. – Mas o meu nome é JungHo.

Jade sorriu.

– Desculpe. Eu devia ter perguntado seu nome primeiro. Meu nome é Jade. – Então ela acrescentou: – Eu preciso voltar logo para casa. Não posso ir muito longe.

– O que é longe?

– Do outro lado desta rua.

JungHo balançou a cabeça, sem acreditar.

– Você não se cansa de ficar presa? Eu já andei por todas as ruas de Seul, só para saber o que tem por aí. Tem o rio, a praça do mercado, uma rua onde todos os ianques moram... Tem um zoológico não muito longe daqui. Posso mostrar, se quiser.

– Ah, não sei. – Jade fez uma pausa. – O que é um zoológico?

JungHo explicou que era onde eles guardavam todos os animais do mundo, que a estrela mais famosa era um elefante chamado Gigante e que eles não precisavam pagar nada para vê-lo. Jade mordeu os lábios e pensou nas opções. Dani já tinha saído e não ia voltar até tarde da noite. Se Jade deixasse a oportunidade passar, a próxima saída talvez acontecesse em um ou dois anos, quando esse capricho tomasse o espírito livre de Dani.

– Está bem, mas preciso voltar o mais rápido possível – disse ela, indo até JungHo.

Ao se aproximar, percebeu que ele tinha a mesma altura que ela ou talvez fosse até um pouco mais baixo. Mas não parecia fraco. Pedintes costumavam se arrastar, mas JungHo marchava com os braços balançando alto, sem se preocupar com o modo como as pessoas olhavam para ele. Quase agia como se suas vestimentas tivessem um senso próprio de aventura, como um príncipe de contos da carochinha disfarçado. Enquanto caminhavam lado a lado, JungHo apontava lugares importantes, como se toda Seul lhe pertencesse.

– Aquele é o zoológico. Antes era um palácio – disse finalmente. Havia dezenas de pessoas em fila no portão, mesmo no meio do inverno. Música, gritos e risadas sopravam por sobre os muros de pedra. – Venha, por aqui.

JungHo a levou para longe da entrada, virando a esquina. Não havia tantos transeuntes ali; os galhos de uma árvore se debruçavam sobre o muro do zoológico.

– Você sabe escalar? – perguntou JungHo, e ela fez que não com a cabeça.

Ele entrelaçou as mãos ao lado da árvore e disse a ela que pisasse nelas com o pé direito. Jade achou que ele fosse cair com seu peso, mas ele se manteve no lugar até ela encontrar um sulco no tronco com o outro pé e se erguer até um dos galhos. Em segundos, ele a seguiu e se agachou ao lado dela nos galhos sem folhas. O cão sentou-se e choramingou lá embaixo.

– Veja, lá está o Gigante. – JungHo apontou.

Do outro lado do muro, centenas de pessoas se amontoavam ao redor de um fosso seco; dentro do fosso, havia uma ilha elevada coberta por uma areia pálida, cor de osso. O Gigante estava em pé bem no centro como um navio encalhado com velas cinzentas. Ele era tão grande que, mesmo de longe, Jade enxergou seus olhos piscando, do tamanho da palma de sua mão. A multidão aclamava e jogava coisas para chamar a atenção do animal. Por paciência ou teimosia, o elefante não reagia, e logo os espectadores entediados saíam e eram substituídos pela próxima leva. Algumas pessoas xingavam e cuspiam no fosso, outras jogavam caroços de maçã, mas nem assim o Gigante se mexia.

Jade pensou que o sofrimento da criatura era ainda maior por sua força e seu tamanho; não havia nada de trágico em uma pulga cativa. Ela não queria continuar olhando, e ao mesmo tempo não conseguia virar-se e sair. Fazia algum tempo que ansiava por ver o mundo. Agora que via como ele era, sentia uma náusea arrepiante.

JungHo puxou sua manga. Alguém estava gritando na direção deles.

A cerca de trinta metros de distância, um guarda uniformizado agitava a espingarda para eles e praguejava. Jade se esforçou para segurar o grito; JungHo já tinha saltado para o chão. O cão latia e rosnava para o guarda, mostrando todos os dentes brancos.

– Pule! – gritou JungHo. O guarda avançava na direção deles, brandindo a coronha da espingarda como um porrete. JungHo gritou: – Eu pego você! – E Jade fez que não com a cabeça.

Quase ao pé da árvore, o guarda praguejou e apontou a espingarda para o cão. JungHo ficou paralisado, não queria fugir sem ela. Jade respirou fundo, saltou e aterrissou de joelhos, com as mãos no chão, na frente de JungHo. Os três fugiram sem olhar para trás para ver se o guarda os seguia, não pararam ou diminuíram a velocidade enquanto não chegaram à casa dela.

– Você está bem? Deixe-me ver suas mãos – disse JungHo, respirando com dificuldade.

– Estou bem, é só um arranhão – protestou Jade quando ele pegou suas mãos e soprou a poeira.

O cão bateu o rabo, grunhiu e se jogou no chão, exausto.

– Aquele elefante – começou Jade. – Você sabe o que ele fica pensando o dia todo, tão quieto e estático?

JungHo pensou por um instante.

– Provavelmente ele só fica irritado por ter tantas pessoas à sua volta. Ou fica pensando em comida – sugeriu ele.

– Não, ele fica pensando "Como posso sair daqui?". Você viu que não estava acorrentado. Ele é muito alto, mas obviamente não consegue atravessar aquele fosso. Então elefantes não conseguem pular. Mas você não acha que deve ter um jeito de ele sair de lá?

O rosto de JungHo ficou sombrio e sério enquanto ele refletia.

– Não sei, lamento.

– Vamos pensar em ideias, na próxima vez que nos encontrarmos – disse Jade.

Ao entrar em casa, ela anunciou para Lotus:

– Meu novo amigo me levou até o zoológico e nós vimos o maior animal do mundo! O estranho é que eu pensei que ficaria feliz, mas fiquei triste.

– Um novo amigo? – perguntou Lotus, fechando o kit de costura. Tinha acabado de costurar a fita *goreum*[23] em sua blusa.

– Sim, um garoto da nossa idade que tem um cão amarelo.

– Ah, eu já vi esse garoto na vizinhança – disse Lotus, voltando a abrir o kit de costura de repente. Começou a acrescentar mais pontos à fita, que já estava presa. – É um moleque de rua sujo e batedor de carteira. Você devia ficar longe dele se não quiser pegar piolho.

Jade ficou magoada. Elas nunca tinham discordado antes, e Jade tentou se livrar da sensação de uma mudança tênue e inevitável em sua amizade, como uma rachadura em um lago congelado. Tentou garantir a Lotus que ninguém tomaria seu lugar, que ela sempre seria sua amiga mais antiga e mais próxima no mundo inteiro. Mas, ainda assim, por mais que Jade tentasse convencê-la a sair e conhecer JungHo, ela se recusava. Em vez disso, Lotus ficava em casa perto de Luna, que estava chegando ao fim de gravidez em um silêncio catatônico.

Daquele dia em diante, quando Jade saía de casa para brincar, JungHo estava esperando por ela no portão. Às vezes ele trazia o cão e eles o acariciavam ou jogavam galhos para que ele pegasse. Outras, vinha sozinho e eles pensavam em estratégias para a fuga do elefante enquanto caminhavam pelo quarteirão. Quando JungHo contou a ela que tinha perdido a família inteira e dormia ao relento em uma tenda, Jade não achou que havia algo de errado com seu novo amigo.

– Sabe, não somos tão diferentes assim. Eu também não tenho pais, embora os meus estejam vivos – contou Jade. – Minha mãe me disse que eu jamais posso voltar para procurar por eles. Se os aldeões descobrissem que sou aprendiz de cortesã, seria a ruína para eles.

– Você tem saudade deles? – perguntou JungHo.

Jade tentou se lembrar da mãe penteando e trançando seu cabelo à noite, e de como ela a abraçou uma última vez enquanto a obrigava a jurar que não voltaria. Essas memórias já estavam enfraquecidas, como estrelas quando o amanhecer se aproxima.

– Eu tinha, mas agora sinto que encontrei minha família de verdade – respondeu Jade.

Em um dia especialmente frio, Jade pegou às escondidas um dos inúmeros edredons de seda do baú e deu para JungHo. Ele pareceu mais chocado que contente.

– Não se preocupe, pegue – disse Jade, colocando o edredom nos seus braços. – Temos dezenas lá dentro.

Sem palavras, JungHo olhou para o edredom cheio de casulos de seda, leve como o ar. Algo pareceu se agitar em sua mente, e ele disse, determinado:

– Quando eu for mais velho, vou te dar algo cem vezes melhor que isso – disse.

Jade sorriu e disse "claro", sem esperar que ele cumprisse a promessa. Era por isso que JungHo a impressionava tanto, a confiança absoluta com que falou que lhe daria algo que provavelmente valia mais do que ele ganharia a vida inteira. JungHo não tinha nada comparado à Jade, mas parecia incapaz de se acovardar. Ele nunca culpava as circunstâncias ou pensava no passado com pesar. Era como um recipiente vazio, mas no melhor sentido: era verdade que não tinha muito conhecimento, mas sua mente era livre para pairar em qualquer direção, e ele não alimentava a dor. O que quer que guardasse consigo, Jade tinha a certeza de que ele mantinha protegido no fundo de seu vaso *jangdok*.[24] "Talvez ele nunca viesse a se lançar muito longe do lugar onde tinha vindo parar", pensou Jade, mas mesmo assim seria feliz pelo simples motivo de que se recusava a ser enjaulado.

8
Encontrei a pessoa certa, finalmente

1919

O segredo do sucesso de Dani era que ela gostava não só de estar ocupada, mas de ter *projetos* aos quais podia dedicar suas consideráveis habilidades mentais e físicas. Sua fama, sua casa de dois andares com móveis requintados e jardim exclusivo, seu protetor poderoso, até mesmo sua beleza e fascínio incomuns – nada disso vinha do acaso, mas de sua imaginação, planejamento e execução.

Seu projeto mais recente era criar as garotas. Elas tinham entrado em sua vida sem convite, como um favor a sua prima mais querida. Mas ela aceitara em parte porque estava em uma idade na qual cortesãs ricas e sem filhas começavam a pensar em adotar garotas para que cuidassem delas na velhice. Pensou que seria divertido ensinar tudo o que sabia para sucessoras valiosas, assim como homens de classes mais altas tentavam deixar um legado por meio de herança, escritos e descendentes em geral. Por que ela não poderia fazer isso?

Mas esse projeto estava se revelando mais complicado do que imaginava. Embora estivesse aprendendo a gostar das crianças, até de Jade, não se sentia mãe. Ela achava que essa falta de instinto provavelmente vinha de um vazio em seu útero. Dani nunca engravidara, e agora se perguntava se não tinha sido feita para aquilo. Dos vinte aos trinta anos, morria de medo de ser vítima desse mal, enchendo-se de casulos de seda antes, e depois bebendo o chá que faria seu ciclo descer mais cedo e mais pesado que o normal. Mas nem sempre sabia de antemão quando um encontro aconteceria; e às vezes quando, no meio do ato, sussurrava para o cliente que não estava devidamente protegida, ele a penetrava assim mesmo. Nessas ocasiões, ela ficava deitada quase imóvel, horrorizada com a viscosidade entre as pernas, enquanto o homem rolava para o lado, suspirando satisfeito e fechando os olhos, como se tivesse acabado de conquistar um grande feito. Embora fosse uma grande cortesã, admirada em grandes círculos de homens cultos e importantes, tudo o que podia fazer nessas situações era esperar até se sentir bem o bastante para sair, se lavar o mais minuciosamente possível com água escaldante e nunca mais voltar a vê-lo.

Essas ocasiões foram tão frequentes ao longo dos anos que agora, em uma idade na qual a maioria das mulheres casadas já tinha pelo menos três ou quatro filhos, Dani desconfiava que não podia engravidar. Por um lado, ficava perplexa ao ver Luna grávida após um único incidente infeliz e enfrentar uma agonia tão prolongada; por outro, se sentia aliviada por nunca ter sofrido isso.

Apesar da falta de uma bússola interna para a maternidade, Dani finalmente começava a sentir que estava guiando as garotas na direção certa. A cada dia elas agiam menos como criancinhas de cabeça vazia; chegou até a flagrar Lotus com um livro. Mas, bem quando observava que as três melhoravam em aparência, mentalidade e atitude, seu compromisso com o projeto de maternidade foi abalado por um incidente perturbador. Foi uma carta endereçada com uma caligrafia conhecida, entregue durante o café da manhã, alguns dias depois do desfile.

Deixando o mingau quase intocado, ela foi para o quarto ler a carta em paz. Nela, SungSoo contava que tinha conseguido seu endereço perguntando a MyungWol, e que fora dominado pelas demandas dos negócios e da família desde que chegara do exterior. Em uma vida como aquela não havia espaço para romance, e de fato havia muito tempo que desistira da esperança de viver o amor além da comodidade; ele não tinha esse tipo de sentimento havia muitos anos. (Não dizia "desde você", mas esse era o efeito desejado.) Mas tê-la visto novamente no desfile despertou nele o desejo alegre que sempre sentira por ela. "Você estava tão linda quanto quando a conheci", escreveu. Ele a abandonara e fora para o Japão, pensando que os dois eram jovens e acabariam ficando bem. (Não mencionou a parte sobre ter se casado.) Só agora, mais velho, via o quanto tinha sido errado ir embora sem ela. Queria se desculpar – pessoalmente.

Dani leu e releu a carta, jogou-a sobre a escrivaninha, pediu a Hesoon que lhe trouxesse um café, e voltou a agarrar a carta, com uma xícara na outra mão. A bebida quente teve o efeito já conhecido de acalmar suas emoções e, ao mesmo tempo, aguçar sua mente, trazendo de volta imagens que estavam enterradas havia muito tempo. Por mais dolorosas que fossem essas lembranças, o ato de recordar era agridoce e delicioso. Ela assistiu claramente à sua vida inteira, como do éter, tendo o corpo curvado sobre a escrivaninha. A carta provava que o amor que um dia sentira por ele não era uma ilusão, uma falsa lembrança. Ela tinha mesmo vivido aquilo.

"Ainda assim, não tenho mais sentimentos por ele, apenas pelas memórias", pensou. Inconscientemente, abriu o espelho de maquiagem. Ao ver seu reflexo, admitiu para si mesma que tinha curiosidade em saber como ele a vira naquele dia; esperava não parecer velha ou mudada demais. Satisfeita com a própria aparência, fechou o espelho com um sorriso triunfal. "Não, não vou encontrá-lo", pensou. "Nem responder. Ele não merece nem mesmo uma resposta. Ignorá-lo é a única escolha digna que posso fazer."

Embora acreditasse que tinha tomado a decisão certa ao não responder, nos dias seguintes Dani sofreu com uma dor de cabeça inexplicável e implacável. Se esforçou para esconder a irritação em festas e gritou com as crianças pelas coisas mais bobas, até com Luna. À noite, deitada sobre a colcha de seda, se sentia mais sozinha do que nunca.

– Nunca mais vou me apaixonar de novo – resmungou, secando as bochechas com as costas da mão.

Tinha 33 anos, ninguém novo para cortejá-la e ignorara o único homem que já tinha amado com paixão na vida. Quando esses pensamentos a mantinham acordada, Dani virava alguns copos de soju sozinha vestindo roupas de dormir – uma prática que considerava desprezível, mas medicinal, tendo em vista aquelas circunstâncias.

Logo após a primeira nevasca, chegou mais uma carta para Dani que, embora seu coração tenha disparado ao ver o envelope na mão da criada, não era de SungSoo. Era de um ativista que tinha voltado recentemente de Xangai e, apesar de não conhecê-lo, tinha ouvido falar de sua reputação. Além disso, quem o aconselhara a escrever para ela fora o General ____, alocado em Vladivostok, que estava sendo apoiado por sua prima Silver, em Pyongyang. Ele não escreveu o nome do general ou da prima, por medo de a carta ser interceptada, mas Dani imediatamente aceitou encontrá-lo em uma modesta casa de chá à qual ninguém importante jamais iria.

Quando ela chegou ao local combinado, havia apenas um cliente sentado sozinho em uma mesa no canto, longe da porta, entregue aos próprios pensamentos. Encontrou seu olhar assim que ela entrou, e se levantou, gentil, quando ela avançou em sua direção.

– Me chamo Lee MyungBo. Foi muita bondade sua ter vindo – disse com uma reverência.

– Não diga isso, a honra é minha. – Dani retribuiu a reverência e se acomodou na cadcira à sua frente.

Pediram chá e começaram a falar sobre o tempo.

– É muito mais frio aqui. Em Xangai, o frio só atinge o outono da nossa terra, e raramente neva – disse MyungBo com um sorriso. Embora não fosse tão atraente quanto SungSoo, MyungBo tinha uma beleza amadeirada nos olhos escuros e na voz de barítono.

– Ah, como eu adoraria ver Xangai – respondeu Dani com naturalidade, sem pensar.

Gostou do modo como ele disse "nossa terra", do fato de ter andado por todos os lugares do mundo onde ela também desejava ir, e de seu jeito caloroso, simples e espontâneo. Ele também era tão modesto que quase corou ao tentar abordar o verdadeiro propósito do encontro. Ela tocou no assunto primeiro.

– No que diz respeito àquela questão, que você não pôde especificar na carta por discrição, estou disposta a dar meu apoio como puder. – Ela olhou intensamente para seu rosto cansado e caloroso.

– Obrigado por essa promessa tão clara. É tão difícil pedir a um estranho, ainda mais a uma mulher... – murmurou ele, olhando para a mesa para evitar seu olhar escuro e deslumbrante.

Então explicou, aos trancos e barrancos, que havia várias "iniciativas" simultâneas sendo planejadas ao mesmo tempo, tanto na península quanto no exterior. Os líderes de vários grupos ativistas e milícias na Manchúria, em Primorski e até mesmo nos Estados Unidos e no Havaí estavam tentando criar um centro unificado, na forma de governo provisório, em Xangai. Enquanto isso, na Coreia em si, havia um esforço para reunir várias facções lideradas por cheondoístas,[25] cristãos, budistas, nacionalistas e comunistas, em uma declaração única e inequívoca de independência.

– Todos esses esforços exigem uma quantia considerável de recursos, para alimentar e armar nossos soldados e ativistas, para manter escritórios e esconderijos, imprimir panfletos e manifestos, transportar as pessoas para o outro lado da fronteira, subornar oficiais e tirar pessoas da cadeia, e para centenas de outras ações. Estou sempre buscando novas fontes de financiamento – disse MyungBo, quase se desculpando. Seu rosto corou como o de uma criança, o que era inesperado e emocionante para alguém tão sério e digno. – Quase todos os meus amigos me abandonaram, e até meu irmão mais novo se nega a me encontrar. Na família, apenas minha esposa e meu filho ficaram do meu lado. – Ele deu um sorriso agridoce, e Dani sentiu um leve ardor, como se tivesse sido golpeada com algo afiado.

– Não fale mais nada. Eu compreendo. Mas, veja, você encontrou a pessoa certa. – Ela deu um sorriso reconfortante. – Os ricos sempre estão muito mais dispostos a gastar seu dinheiro com cortesãs que com a causa. Por sorte, as cortesãs têm mais coração que eles. Posso reunir as cinco guildas de cortesãs de Seul. Sou líder de uma delas e conheço as demais líderes. Sou a melhor pessoa para convencê-las.

– Estou comovido, de verdade. – MyungBo olhou para ela com uma expressão alegre, e ela também se sentiu mais animada. – Sim, encontrei a pessoa certa, finalmente.

A caminho de casa, Dani refletiu sobre essas palavras e sobre a expressão de MyungBo ao proferi-las. Se perguntou intensamente se elas tinham um significado oculto ou se tinham sido ditas com inocência. No fundo de seu coração, sentia que tinha mais significado ali para além do alívio de ter encontrado alguém disposta a financiar a causa. Esse pensamento veio com um novo prazer estranho após o ataque de depressão causado pela carta de SungSoo. Ocorreu-lhe que a frouxidão moral de SungSoo era o que fazia dele tanto disponível quanto menos atraente; por outro lado, a integridade de MyungBo o mantinha distante e mais digno de admiração. Ao refletir, ela observou as ruas cobertas de neve, de um azul-cinzento à sombra e de um dourado reluzente ao sol da tarde, e achou a paisagem mais bela e viva do que de costume. Fazia muito tempo que não se sentia tão jovem – talvez anos, até.

Certa tarde, ouviram-se batidas suaves ao portão, e Jade saiu, esperando encontrar o rosto familiar de JungHo. No entanto, foi saudada por um belo cavalheiro que perguntou com muita educação se sua tia estava em casa. Jade voltou para dentro, para anunciar o visitante, e Dani vestiu o casaco e saiu.

– Você não respondeu à minha carta – disse SungSoo, sem cumprimentos supérfluos. Usava um chapéu de aba média da moda e um casaco da mais fina lã inglesa. Um aroma fresco de colônia e boa saúde emanava de seu corpo robusto e bem alimentado, mas seu rosto trazia uma expressão pesarosa. – Espero que saiba o quanto estou arrependido. Não devia ter deixado você aqui e ido para o Japão – continuou, os pés bem plantados no chão, como para demonstrar sua firmeza. Acima de sua cabeça, flocos de neve flutuavam como dentes-de-leão. Tão leves, que a queda parecia levar uma eternidade.

– Você parece mesmo muito arrependido a julgar por sua expressão – respondeu ela. – Mas sabe o que o trai? Sua voz. Não soa nada arrependida.

Ela deu-lhe as costas e estava prestes a sair, quando ele segurou sua mão. Puxou-a com firmeza, fazendo-a virar e colocando a outra mão em suas costas. Então a beijou.

No instante anterior ao beijo, quando percebeu o que ia acontecer, ela pensou em se afastar, enojada. Mas quando seus lábios se encontraram, quis continuar o beijo. O fato de ele desejá-la deixou-a delirantemente feliz. Quando se soltaram, ela soltou um suspiro.

– Não, eu não odeio você.

SungSoo olhou em seus olhos com uma expressão sincera, esperando que ela o perdoasse. Sabia que, naquele momento, Dani o achava tão belo e atraente quanto no dia em que se conheceram. Estava embriagado por aquele prazer único e glorioso, a consciência do próprio poder de sedução, que, para tantas pessoas, é o mais próximo que chegam de vivenciar o amor. Estendeu a mão para pegar a dela, e ela não se afastou.

– Mas é tarde demais para perdão. Então me deixe em paz. – A voz dela estremeceu ao dizer estas palavras, e ambos sentiram que elas não eram sinceras, e que na verdade ela queria dizer o oposto.

Ele não sabia o que fazer. Poderia muito bem tê-la deixado ali mesmo e não a procurado mais, não em razão dos desejos dela ou porque fosse um homem orgulhoso, mas porque era incapaz de se perder verdadeiramente por outra pessoa. Não lhe era apenas desagradável intelectualmente, sua alma também era incapaz de tal ato. Mas naquele momento percebeu que Dani estava tremendo e se comoveu com sua fragilidade aparente. Se aproximou e a envolveu nos braços. No mesmo instante, uma lágrima se libertou dos olhos de Dani e ela derreteu em seu abraço.

Quando se separaram, ela o levou pelos portões sem dizer nada. Ambos sufocaram a ânsia de correr até o quarto dela, caminhando lentamente como se não estivessem queimando de desejo de arrancar as camadas de lã e entrelaçar as pernas em volta da cintura um do outro. Lá, fizeram amor sem se importar com nada que não fosse a sensação de seus corpos unidos.

Era quase meia-noite quando terminaram e ficaram deitados lado a lado à luz das velas. Dani pensou consigo, "este é o momento mais feliz de toda a minha vida". Nada poderia ser melhor que aquela noite sozinha com ele, longe do restante do mundo. Embora viesse a parecer muito mais longo em sua memória, na realidade não foram mais que algumas horas. Como acontece com momentos como aquele, acabou antes que ela estivesse preparada – com uma batida à porta.

– Um cavalheiro está no portão procurando pela senhora – Hesoon sussurrou na orelha dela. – Tentei dizer que não estava em casa, mas ele disse que esperaria, e eu não soube o que fazer.

– Ora, quem é? – perguntou Dani, eriçada, saindo para o corredor. – Não é a polícia? Ou alguém que pode ter sido enviado pelo juiz?

– Acho que não. Ele disse atender por Lee... e não disse seu primeiro nome, mas falou que a senhora saberia quem é.

– Ah! – Dani respirou fundo. – Sei mesmo quem é. O que será que está fazendo aqui? De qualquer maneira, não posso deixá-lo esperando por horas lá fora neste frio, achando que estou a caminho de casa. Vou ter de recebê-lo. Leve-o até a sala de estar.

Dani voltou para o quarto e começou a se vestir. Pediu a SungSoo que ficasse ali quieto enquanto ela lidava com um visitante na sala de estar. Ao ouvir isso, SungSoo demonstrou irritação: não ia se esconder do estranho misterioso que Dani insistia que não era seu amante, mas que a visitava na calada da noite. Não, ele preferia ir embora a se esconder no quarto como um ladrão.

– Ótimo, como quiser – disse Dani, com uma irritação além de seu controle, um rubor intenso se espalhando por seu rosto.

Ela saiu do quarto pisando firme e correu até a sala, onde Lee MyungBo estava em pé, inseguro, de casaco e segurando o chapéu com ambas as mãos.

– Senhorita Dani, peço desculpas pela imposição... – começou a explicar, e Dani percebeu com um prazer oculto o brilho sutil em seus olhos e uma pontada de cor em seu rosto. – Sei o quanto isso é inapropriado, mas vim dizer-lhe que...

– Pois não? – Dani se aproximou com um passo discreto, animada e também constrangida por se sentir tão atraída.

MyungBo também deu um passo à frente, quase involuntariamente. Quando ele pareceu estender a mão para tocar seu braço, ela ouviu a porta do quarto se abrir, e SungSoo atravessou o corredor e entrou na sala.

O que aconteceu na sequência foi a confusão mais profunda que três pessoas poderiam vivenciar. SungSoo e MyungBo começaram a falar ao mesmo tempo:

– O que você está fazendo aqui?

Enquanto Dani olhava rapidamente de um para o outro e exclamava:

– Como vocês dois se conhecem?

Um silêncio constrangedor se impôs por um minuto. SungSoo, o primeiro a se recuperar, disse a Dani:

– MyungBo e eu somos velhos amigos, estudamos juntos em Tóquio.

– Entendi – disse Dani, e a sala voltou a mergulhar no silêncio.

– Eu vim lhe dizer algo importante – disse MyungBo, mas agora seus olhos não emitiam o brilho de antes. – Sua Majestade, o imperador Gojong, faleceu.[26]

Respirando fundo, Dani levou uma das mãos ao peito. Os dois homens se aproximaram como por instinto para estabilizá-la, mas MyungBo se conteve quando SungSoo repousou uma mão ciosa em sua cintura. MyungBo continuou:

– Ocorreu há algumas horas. Uma de nossas informantes, uma dama de companhia, mandou uma mensagem assim que aconteceu. Ele estava tomando uma tigela de caldo de arroz doce quando, de repente, começou a engasgar e gritar, cuspindo sangue. A dama disse que seu corpo estava coberto de urticárias.

Um gemido horrorizado escapou dos lábios de Dani e, aos poucos, ela foi ao chão. SungSoo sentou-se ao seu lado, mantendo a mão em suas costas, enquanto MyungBo continuava em pé sem sair do lugar.

– Mas por que envenená-lo? Ele foi deposto há muitos anos, e seu filho é apenas uma marionete – disse SungSoo.

– Quem é que sabe? Mas acredito que o motivo mais provável seja para que saibamos que podem matar nosso soberano sem consequências, assim como assassinaram sua esposa, a imperatriz... – MyungBo fez uma pausa, olhando para Dani, que parecia assustadoramente pálida. – Senhorita Dani não está passando bem. A notícia é chocante...

– Estou bem. Vou me sentir melhor quando beber alguma coisa – respondeu ela. E ordenou a Hesoon que trouxesse uma garrafa de soju e três copos.

A criada logo voltou com a bebida, uma tigela de kimchi branco refrescante e alguns outros petiscos, colocando a bandeja na frente de Dani. Ela insistiu e MyungBo também se sentou. Dani serviu primeiro os dois homens, então SungSoo a serviu, e os três levantaram os copos ao mesmo tempo, murmurando:

– À Sua Majestade.

Após o soju circular por seus corpos, os três começaram a se sentir mais confortáveis – não com a morte do imperador, mas com a situação entre eles. É sempre doloroso descobrir que nossas conexões mais únicas, que devem pertencer claramente a esferas distintas de nossa vida, de alguma forma se cruzam, e talvez com maior intimidade do que gostaríamos. Cada um deles sofria intensamente, embora SungSoo em particular tivesse tomado aquilo como um insulto e uma traição. Sua boa educação e os efeitos reconfortantes do soju eram a única coisa que evitavam que sucumbisse ao ciúme que queimava em seu peito.

– O que vai acontecer agora? – perguntou Dani a MyungBo, levemente reanimada pelo soju.

– Você sabe que estamos nos preparando para a manifestação – começou ele, cauteloso, se perguntando se podia falar abertamente na presença de SungSoo. Então, decidindo ser direto, continuou: – Provavelmente reuniremos nossas forças mais cedo do que planejávamos. Em cerca de um mês, por volta do funeral de Sua Majestade, quando as multidões se reunirem em Seul para prestar condolências.

– Mas vocês estão prontos? Vai ser possível organizar tudo até lá? – questionou Dani enquanto servia mais uma rodada para os dois homens.

Desta vez, MyungBo pegou a garrafa das mãos de Dani e a serviu. O gesto era costumeiro, pois nunca se deve servir a própria bebida, mas ainda assim SungSoo ficou agitado com a intimidade.

– Este é outro motivo da minha visita. Percebi imediatamente que as coisas vão começar a acontecer mais rápido, e não sabia em quem confiar a não ser na senhora.

Ao terminar, MyungBo virou o soju sem olhar nos olhos de seus companheiros.

– Por favor, me diga como posso ajudar – suplicou Dani. – Do que vocês precisam?

O rosto de MyungBo ficou vermelho imediatamente. Já entristecido pela morte do imperador, ficou mais uma vez chocado ao encontrar SungSoo na casa de Dani e, de alguma forma, estranhamente magoado também. Agora, se sentia humilhado por ter de, mais uma vez, pedir favores diante do homem que já o recusara com tamanha frieza. Se concentrou na luz das velas dançando no interior de seu copo de soju para evitar olhar nos olhos de qualquer um dos amantes.

– Planejamos fazer uma manifestação pacífica. Para isso precisamos preparar apenas os manifestos, e todas as bandeiras coreanas que conseguirmos. Mas sem dúvida vamos ter de estar preparados para o que quer que aconteça após a manifestação. Ou seja, armas, esconderijos, transporte para inúmeros ativistas e mensageiros... Isso sem contar a preparação para a deflagração de combate militar direto. Não apenas na Manchúria, onde está a maioria de nossas tropas, mas também na própria Coreia. Se conseguirmos reunir forças suficientes, haverá uma guerra definitiva dentro de nossas fronteiras, pela primeira vez em mais de vinte anos.

– Compreendo – assentiu Dani. – Não parei desde o nosso encontro. Encontrei pessoalmente cada uma das líderes das guildas. Vai alegrá-lo saber que todas prometeram um terço dos ganhos deste mês, para começar.

Ela sorriu, o rosto corando lindamente. A presença dos dois homens a deixara em um estado febril – embora não desagradável de todo. O desconforto visível de MyungBo confirmava que ele estava com ciúme de SungSoo. Mesmo com questões maiores em jogo, ela não pôde deixar de se sentir bastante encantada.

– Quando as cinco guildas de cortesãs de Seul reunirem o dinheiro, verá que não é uma soma insignificante, mesmo em se tratando de guerra. Sabe, as pessoas nos menosprezam pelo modo como ganhamos a vida, mas temos nossa honra. Na verdade, nunca fiquei tão satisfeita quanto agora por poder ajudar como posso... – A voz de Dani foi sumindo e seus olhos se encheram de lágrimas. Estava bastante emocionada, embora não estivesse claro, nem mesmo para ela, se aquela satisfação era puramente por contribuir para o movimento ou se tinha outras causas, menos altruístas.

Ela bebeu um gole do soju e explicou quando e como conseguiria entregar a ele o dinheiro nas próximas semanas. Enquanto MyungBo agradecia de modo efusivo, mas digno, Dani virou-se para SungSoo e perguntou, inocente:

– Bom, você também não pode ajudar?

SungSoo, pego de surpresa pela pergunta, deixou escapar:

– Eu?

– Você certamente deve poder contribuir com alguma coisa – insistiu Dani.

– O dinheiro é todo da minha família, não percebe... Eu mesmo não tenho muito – SungSoo protestou rapidamente. – Já tenho muitos gastos com a editora e a oficina de bicicletas, e nenhuma das duas jamais foi lucrativa.

O rosto de Dani se iluminou inesperadamente.

– Ah! Mas você *pode* ajudar! Como não pensamos nisso! – Ela segurou o braço de SungSoo com as duas mãos. – Você não ouviu o que o Sr. MyungBo acabou de dizer? Vamos precisar de milhares de cópias de manifestos e bandeiras. Você tem uma gráfica, não tem?

– Tenho, mas... – resmungou SungSoo com um vazio no peito. Não podia protestar dizendo que era perigoso demais, ou tentar se livrar de outra maneira. Dirigiu-se diretamente a MyungBo, dizendo: – Mas é disso que precisa, companheiro?

– Se está oferecendo, aceito de bom grado – respondeu MyungBo, cortês e sincero como sempre. – Mas apenas se não for um fardo. E diga abertamente se for, e não toco mais no assunto em sua presença, nunca mais.

Vendo os olhos de Dani fixos em seu rosto, SungSoo não teve escolha a não ser dizer:

– É claro que não é um fardo.

E assim que essas palavras deixaram seus lábios ele já se sentiu um pouco menos apaixonado por ela.

9
A marcha
1919

Era a segunda vez que MyungBo se encontrava na editora de SungSoo, aonde achava que nunca mais voltaria. Ao chegar, ouviu do secretário – o mesmo jovem de rosto marrom do interior – que esperasse em frente ao escritório de SungSoo; não lhe perguntou se gostaria de um café.

No entanto, MyungBo não se sentiu ofendido. Anos de experiências como aquela o deixaram consciente da frieza que se infiltra nos relacionamentos amigáveis quando há dinheiro envolvido. Ele mesmo nunca se importou muito com posses; quando criança, às vezes era repreendido por dar suas roupas e livros para colegas mais pobres e filhos de criados. Parecia-lhe que, por mais que desse, sempre teria mais que o suficiente. Conforme foi crescendo, passou até mesmo a gostar das lutas provocadas por seus sacrifícios. Uma consciência crescente iluminava sua alma sempre que fazia a coisa certa, o que também lhe custava algo.

Essa euforia, no entanto, era equilibrada pelo horror absoluto que sentia quando olhava ao redor e via tantos outros para quem essa consciência não apenas estava ausente, mas era incognoscível e abominável. A maioria das pessoas, MyungBo percebeu, era composta de um material diferente do seu; e isso não era algo que pudesse mudar, como o frio para o calor, mas uma diferença elementar e fundamental, como da madeira para o metal. Em um momento como aquele, um momento apocalíptico – seu povo morrendo sob a baioneta japonesa, em toda parte derramamento de sangue e estupro, e a guerra na Europa, que acabara de terminar –, as pessoas ainda pensavam em ir para a universidade, conquistar um cargo lucrativo ou arrancar mais lucros de suas terras e produzir riqueza cada vez maior, como se o mundo não estivesse pegando fogo à sua volta. Uma coisa era os camponeses famintos não se preocuparem com a independência, e para muitos deles não importava se o senhor era japonês ou coreano, desde que conseguissem ficar com alguns grãos para alimentar suas famílias. Mas a indiferença e a hostilidade da classe instruída, que devia ter consciência e assumir seu dever de bom grado, deixavam MyungBo arrasado. Até sua esposa preferia que ele tivesse ficado na Coreia e assumido um cargo ou esperado receber a terra do pai de herança. Ela nunca dissera isso, mas MyungBo sabia como ela se sentia. No casamento, estava profundamente decepcionado por não ser compreendido exatamente naquilo que mais tinha orgulho de si mesmo.

Era esse certamente o motivo pelo qual se sentia tão encantado por Dani, que demonstrara uma percepção aguda e uma simpatia genuína pela causa. Girando o chapéu nas mãos, distraído, MyungBo lembrou-se dos olhos reluzentes de Dani e de seus lábios eloquentes e expressivos. Era uma pena que as pessoas só vissem sensualidade naquele rosto encantador, tão claramente cheio de inteligência e pureza. E mais que isso – havia algo tocante nela, forte e orgulhosa, mas ao mesmo tempo doce e franca. Mas naquele momento MyungBo impôs uma pausa abrupta a seus pensamentos e se levantou da cadeira. O secretário anunciara que SungSoo estava pronto para recebê-lo.

– Esperou muito tempo? – perguntou SungSoo quando ele entrou no escritório.

– Não, não muito – respondeu MyungBo, com um sorriso discreto. – E esperaria muito mais. Serei grato a você pelo resto da vida.

Em vez de protestar, SungSoo ficou quieto e acendeu um cigarro com o olhar baixo. Recostando-se e mergulhando em sua poltrona, soltou a fumaça cruzando uma perna sobre a outra.

– Não vou dizer que não tem sido... problemático – respondeu finalmente.

– Eu entendo. Entendo mesmo, meu amigo – respondeu MyungBo, corando. – Mas você, com sua inteligência e educação, certamente deve entender que com essa contribuição conquistou seu lugar na história. Não é?

– Ah, a história! Ah! – SungSoo deu uma risada vazia, espalhando fios de fumaça. – Tudo bem, MyungBo, vamos falar sobre a história então. Você se lembra como eu da história de Goguryeo?[27] Aquele reino marcial de nossos ancestrais governou não apenas toda a parte norte da península coreana, mas também Primorski e a Manchúria, durante setecentos anos iniciando no século primeiro. Então, após a sua queda, Balhae governou durante mais trezentos anos os mesmos territórios. Agora, no entanto, aquelas terras pertencem à Rússia e à China, e quem vemos lá? Russos e chineses. Então o que aconteceu com os coreanos que viveram lá durante mil anos? Foram exterminados, ou se mudaram para o Sul ou se casaram com russos e chineses. Mas os poucos corcanos étnicos, os descendentes dos Goguryeo que restaram, lamentam a perda da pátria? Não, eles não têm saudade ou patriotismo em relação à península coreana. Sua identidade foi totalmente diluída nos últimos mil anos. O conceito de nação é um construto. Serve para sustentar nossa realidade, precisamos dele para governar, *et cetera*, mas não é nem óbvio nem natural, e perde significado quando pensamos nele segundo um contexto histórico. Durante toda a história humana, nações foram destruídas, absorvidas por outras ou esquecidas, e isso não faz diferença no que diz respeito ao bem-estar da posteridade. Seja o Goguryeo, o Império Romano ou a Pérsia Antiga, dá no mesmo. Fomos anexados pelo Japão há nove anos, isso é um fato. Se nada mudar, em mil anos, não haverá uma "Coreia" ou um "povo coreano". Mas as pessoas não vão se importar nem um pouco com o fato de que seu país um dia foi, mil anos antes, independente.

A lógica do argumento estava clara para ambos. Um sorriso de satisfação apareceu no belo rosto de SungSoo, enquanto o amigo se esforçava para organizar seus pensamentos.

– O que você está dizendo parece bastante racional – disse MyungBo finalmente. – Talvez tenha razão ao dizer que isso tudo: a luta, a morte e o sacrifício, não importarão no esquema geral da história. Mas o que você está dizendo me parece o seguinte: imagine um garotinho brincando nos trilhos do trem. De repente você vê o trem se aproximar, e o garoto é jovem demais ou está assustado demais para saber como se salvar. Então você diz a si mesmo: "bom, no esquema geral das coisas, um dia ele vai morrer, seja agora, seja daqui a sessenta anos. Então por que devo me preocupar em salvá-lo? Melhor me ater a meus afazeres". Isso pode ser racional, mas não é *certo*.

SungSoo estava prestes a responder "Quem deve dizer o que é correto então? Sempre você?". Mas, mudando de ideia, apagou o cigarro em silêncio enquanto MyungBo se ajeitou na cadeira e limpou a garganta.

– Bom, acho que já chega de conversa. Você quer conferir o progresso? – SungSoo se levantou da cadeira, puxando a bainha do terno elegante de lã. – Venha, vamos descer.

Os dois caminharam por um corredor estreito e desceram as escadas até o porão. No patamar, havia uma porta trancada sob uma lâmpada desprotegida; SungSoo abriu a porta com uma chave e entrou primeiro.

À primeira vista, parecia que o espaço cavernoso estava totalmente às escuras. No entanto, conforme seus olhos se ajustaram, MyungBo percebeu um par de janelinhas perto do topo de uma das paredes, que dava para a rua na altura do tornozelo dos pedestres. No meio do cômodo, dois homens se debruçavam sobre algumas mesas, ocupados trabalhando e, perto dali, outro homem operava a prensa. MyungBo foi até a máquina e pegou a primeira cópia de uma pilha de folhas largas; o título DECLARAÇÃO DA INDEPENDÊNCIA DA GRANDE REPÚBLICA DA COREIA[28] estampado corajosamente no topo, como pegadas frescas na neve.

– Quantas cópias? – perguntou MyungBo.

– Duas mil até agora, dez mil até primeiro de março – respondeu SungSoo.

– Ah, SungSoo – exclamou o amigo, caloroso. – Você fez sua parte pelo país. E as bandeiras?

SungSoo apontou para os dois homens debruçados sobre as mesas, que aplicavam tinta vermelha, azul e preta em blocos de madeira e carimbavam pedaços de musseline.

– Não importa o que você diga, suas ações é que contam. SungSoo, você é mesmo um patriota – disse MyungBo em voz baixa.

SungSoo soltou um suspiro, balançando a cabeça.

– Ouça, MyungBo, se quer meu conselho... Se quer que a Coreia realmente sobreviva a essa tempestade, e não seja destruída sem deixar rastros na história, preste atenção em minhas palavras – disse ele, com mais sinceridade que antes. – Não tenho fé que isso vá dar certo. O que um protesto pode alcançar? O que é uma "Declaração da Independência" sem qualquer poder real? Tudo isso incitará mais represensão dos japoneses, milhares de prisões e coisa pior.

– Estamos esperando isso, SungSoo – disse MyungBo, resoluto. – Todos os representantes juraram assinar a Declaração juntos e depois ir para a prisão sem resistência. Os líderes religiosos, cheondoístas, cristãos, budistas, advogaram pela não violência, que primeiro precisamos tentar fazer isso sem uso da força. Nenhum de nós espera sair disso vivo, mas vamos em frente assim mesmo.

– Não, me ouça. Se quer que a Coreia realmente derrube o domínio japonês, isso não vai acontecer reunindo as pessoas que não têm poder e marchando, carregando apenas bandeiras. O que você precisa é de ajuda externa, dos Estados Unidos. Você conhece o discurso dos Catorze Pontos do Presidente Wilson para restabelecer a soberania de todos os povos colonizados do mundo. Ele fez aquela promessa diante de todas as nações, e não vai nos ignorar, principalmente se apelarmos aos interesses americanos na Ásia. Um Japão forte e ganancioso demais no Pacífico não beneficia os Estados Unidos, então eles vão ouvir – disse SungSoo, revelando mais de suas ideias que em todos aqueles anos. Por isso, pelo menos, MyungBo se sentiu grato.

– Já ouvi tudo isso antes, é claro. Algumas pessoas até acreditam que estamos tão atrasados em relação ao restante do mundo que precisamos pedir à América que nos governe em vez de lutar pela soberania. – MyungBo deu um sorriso amargo, abaixando o olhar.

– Bom, pelo menos assim não seremos todos destruídos. O que importa mais: uma independência nominal ou prosperidade real? Se acabar matando metade do país para que ele seja "independente", isso não anula o propósito da luta? Você age como se não se importasse com a morte, mas o objetivo de toda essa luta é viver, não é? – disse SungSoo, e MyungBo viu a verdade, a verdade *dele*, em seus olhos.

SungSoo era um homem mais adequado ao viver, ninguém era capaz de fazer isso melhor que ele. MyungBo só era bom em tornar a vida mais difícil para si mesmo, mas não enxergava uma alternativa. Soltou um suspiro.

– Você tem razão. Não me importo com a morte. Mas não acho que nossa resistência seja em vão. Aceito sua ajuda com gratidão extrema, de verdade. Para mim, no entanto, e para muitos como eu... O propósito do nosso movimento não é simplesmente evitar a extinção. O propósito é fazer o que é certo. E você percebeu que voltamos ao ponto em que nenhum de nós dois consegue convencer o outro? A determinação do que é certo ou errado realmente está fora do domínio da lógica. Sem qualquer expectativa de fazê-lo ver as coisas como eu vejo, posso apenas dizer aquilo em que minha alma insiste.

Com isso, MyungBo voltou a colocar o chapéu, sinalizando que estava pronto para ir embora.

Na manhã do primeiro dia de março, JungHo acordou com um sussurro estranho e incompreensível em seu ouvido.

Todos os seus seguidores acreditavam que JungHo tinha uma capacidade incrível de sentir as coisas antes que elas acontecessem. Ele explicara que seu pai era um caçador de tigre na província de PyongAhn, e herdara o mesmo instinto de sobrevivência dos animais – e de seus caçadores. Secretamente, não sabia se aquilo era verdade; mas, vivendo nas ruas, se acostumou a ler o rosto das pessoas, ouvir suas palavras e interpretar seu silêncio. Às vezes, sentia que era mesmo capaz de sentir o cheiro de uma mudança no ar e fugir do perigo, fosse da polícia ou de outra gangue de garotos mais velhos e adultos. Dessa forma, afastou o grupo de problemas várias vezes, e conquistou sua confiança inabalável.

JungHo sentou na pilha de esteiras de palha sujas que compunham o piso e a cama. À esquerda, Dojô dormia ao seu lado; YoungGu estava na outra extremidade, e o cão estava aconchegado entre os dois no lugar mais confortável da barraca.

– Dojô, acorde – sussurrou JungHo, sacudindo o ombro do amigo.

– Hum? Para com isso, ainda estou com sono.

– Acorde – JungHo repetiu. – Acho que vai acontecer alguma coisa hoje.

– Do que você está falando? – perguntou Dojô, esfregando os olhos com os nós dos dedos. – O que vai acontecer?

– Não sei. Alguma coisa muito ruim – respondeu JungHo. Apenas quando pronunciou isso ele percebeu o que estava sentindo. – Precisamos tomar cuidado hoje. Acho que não devemos nos separar como costumamos fazer. Vamos ficar juntos.

Percebendo a seriedade de JungHo, Dojô arregalou os olhos e assentiu.

– Como quiser, Chefe.

Quando o sol rosa pálido se ergueu como um olho sobre a cidade tranquila, todos os quinze garotos e um cão deixaram o acampamento juntos. Alguns queriam seguir as rotinas e fazer as demonstrações de sempre, mas JungHo não deixou. Não havia nada fora do comum, exceto a multidão de visitantes do interior, esperando para comparecer ao funeral do imperador, dali a quatro dias. As ruas fervilhavam de mercadores, vendedores, trabalhadores e estudantes, e seus gritos e passos ressoavam nas ruas reluzentes de neve. Um aroma tentador de castanhas assadas flutuava pelo ar fresco e gelado. Todos os garotos e o cão ficaram com água na boca e tentaram esquecer a fome enquanto vagavam pelas ruas.

Quando o sol passou de seu ponto mais alto, eles chegaram a uma praça grande, cheia de centenas de pessoas, muitas delas estudantes de uniforme.

– Ei, JungHo, olha só essa multidão! Aposto que conseguiríamos muito dinheiro se fizéssemos nossa encenação aqui – gritou Dojô, alegre.

Mas JungHo balançou a cabeça; seus olhos observavam além do pagode no fim da praça, onde havia um estudante, de frente para a multidão. Ele usava um boné preto de jornaleiro e um casaco de inverno comprido, e parecia ter no máximo dezoito anos. Levantou a mão em punho, e toda a multidão ficou em silêncio.

– Hoje, declaramos que a Coreia é uma nação independente e que os coreanos são um povo livre – começou o estudante, lendo um folheto em suas mãos. Sua voz devia ter se perdido com a distância, mas o ar frio parecia ampliá-la pela praça, preenchida por um silêncio misterioso. – Pretendemos anunciar isso para o mundo inteiro, para lançar luz sobre a verdade inviolável da igualdade humana, e para que nossa posteridade goze dos direitos de soberania e sobrevivência por toda a eternidade. Isto está de acordo com a consciência do mundo, a ordenança dos céus e o *ethos* de nossa era moderna; assim, nenhum poder no mundo será capaz de nos impedir. Já se passaram dez anos desde que fomos sacrificados ao imperialismo, o legado obscuro de nosso passado, sofrendo uma dor imensurável sob a opressão de outro povo pela primeira vez em nossa história de cinco mil anos. Somos vinte milhões de pessoas que têm a liberdade como desejo mais sagrado. A consciência de toda a humanidade está do nosso lado. Hoje, nosso exército é a Justiça, e nossa lança e nosso escudo são o Humanitarismo, e com eles jamais fracassaremos!

Ele jogou o punho para o alto como se quisesse socar o céu, e a multidão urrou.

– Hoje buscamos apenas construir a nós mesmos, não destruir os outros. Não queremos vingança. Queremos apenas corrigir os erros dos imperialistas japoneses que nos oprimem e nos saqueiam, para que possamos viver de maneira justa e humana... Um novo mundo está surgindo. A era da Força passou, e a era da Justiça chegou. Após um século de preparação, o Humanitarismo começou a brilhar sua luz intensa sobre todo o mundo, e uma nova primavera dá vida a todos os seres sobre a terra. Não temos nada a temer...

JungHo não entendia muito do que ele dizia, mas via rostos extasiados ao seu redor, muitos molhados de lágrimas, e ficou surpreso com o calor brotando em seus olhos. JungHo nunca tinha passado nem um dia na escola. O que compreendia naquele instante era que o mundo era um lugar desesperadamente sombrio, não só para sua família e para os garotos pedintes, mas para todos os que estavam ali. A dor compartilhada reverberou por seu corpo como um batimento cardíaco.

Finalizado o discurso, o estudante ergueu uma bandeira, branca com um símbolo vermelho e azul no centro.

– Independência coreana *manseh*![29] – gritou, e depois do primeiro grito, a multidão se juntou a ele.

– *Manseh! Manseh!*

Parecia que suas vozes eram ouvidas por toda Seul, levadas pelo mesmo vento gelado. Na praça, a multidão havia mais que triplicado e, de alguma maneira, cada um segurava uma bandeira no alto. As milhares de bandeiras brancas balançando e tremulando ao vento lembravam um bando de garças prestes a alçar voo.

Logo, a multidão começou a andar, os manifestantes em pé, ombro a ombro, atravessando a cidade na direção oeste. JungHo e sua gangue se juntaram à multidão, percorrendo toda a extensão da rua das embaixadas, do Consulado Americano, no número 10, até a Embaixada Francesa, no número 28. Uma estudante esbelta foi até os portões esculpidos da Embaixada e bateu, enquanto as pessoas gritavam "França! França! Amiga da liberdade! Liberdade, igualdade, fraternidade! Nos ajude!". Mas os portões permaneceram fechados, e não se percebia nenhum barulho ou movimento nas janelas cobertas por cortinas da mansão de calcário.

Um minuto inteiro se passou com entoações entusiasmadas de *manseh* antes que JungHo percebesse que os franceses não abririam suas portas. O sussurro estranho voltou ao seu ouvido – um som tão suave quanto a neve caindo. Ele virou para a direita e para a esquerda, e viu Dojô, YoungGu e todos os seus irmãos de sangue gritando com a multidão –, e sentiu o tempo se alongar e desacelerar.

– Gente! Precisamos ir embora. Agora! – gritou.

Os garotos olharam para ele, boquiabertos.

Ele pegou Dojô e YoungGu pelo braço e correu o mais rápido que podia. O cão latia loucamente, como se tivesse visto um fantasma.

Quando JungHo entrou em um beco, os cantos diminuíram e viraram gritos no fim da avenida. Um esquadrão japonês tinha chegado, liderado por oficiais de cavalaria. Em segundos, os manifestantes começaram a correr, empurrando uns aos outros pela avenida. Estouros irromperam acima dos gritos lancinantes; as tropas atiravam nas pessoas pelas costas enquanto elas fugiam.

A cavalo, Yamada Genzo analisava a cena com a frieza com que encarava qualquer batalha contra coreanos rebeldes. Yamada prestou pouca atenção à raiva deles, mas não tolerava sua ignorância abjeta. O que esperavam alcançar com aquilo? Achavam mesmo que sobreviveriam ao século XX sob o comando de seu monarca débil e seu filho estéril e vesgo? A colonização por uma potência mundial era inevitável, e melhor que fosse o Japão, de herança também asiática, do que a América, a Inglaterra ou a França. O Japão era o sol que brilharia sobre todo o continente e o levaria a uma nova era das luzes.

Seu corcel castanho abria caminho por entre a multidão como se estivesse chafurdando na lama, e coreanos se espalhavam por todos os lados, empurrando e gritando. Ele nada sentia, acostumado à indistinguibilidade das pessoas em combate. Toda batalha era igual – havia o seu lado e o do inimigo, nada mais. Yamada assistiu com indiferença vários estudantes serem baleados pelas costas. Apenas quando eles caíam para a frente na neve, e o sangue se espalhava por seus corpos, é que, de repente, sentia algo como um tranco. Isso o lembrava, percebeu, o velho mercador que caíra de cara na neve, seu sangue quente encharcando a trouxa de seda. Naquele mesmo instante, Yamada teve a percepção visceral de que a execução daquele homem não tinha sido a decisão correta. Um arrepio percorreu sua espinha. Virou para a esquerda e viu Major Ito montado em seu garanhão preto. Às ordens de Ito, transmitidas com energia, as tropas apontavam e atiravam.

Os olhos de Yamada encontraram um homem que se mantinha firme enquanto os demais manifestantes fugiam da chuva de balas. Levantando a bandeira coreana na mão direita, ele começou a correr em direção às tropas. Seu rosto era marrom, envelhecido e comum, como o de um trabalhador; era um contraste com seu cabelo preto bem penteado e a túnica branca como a neve, que parecia transmitir uma consciência extra, como se ele soubesse que aquele seria seu último dia. Contra seus instintos, Yamada foi tomado por aquela visão. Enquanto isso, Ito passou a perna sobre o cavalo sem esforço e desmontou. Os passos do jovem oficial eram calmos e confiantes quando puxou a espada e, em um movimento rápido, golpeou o braço direito do manifestante. Amputado acima do cotovelo, o braço caiu no chão como o tronco de uma árvore atingido por um raio, ainda envolto na manga branca.

O homem gritou de dor, mas, com uma força de vontade inexplicável, permaneceu em pé. Em seguida, se abaixou e pegou a bandeira com a mão que lhe restava. Ito levantou a espada mais uma vez sem hesitar, e o braço esquerdo do homem também foi ao chão. O homem sem braços tentou continuar correndo, ainda gritando, rouco:

– *Manseh! Manseh!*

Até que a espada de Ito mergulhou bem no meio de suas costas.

Yamada continuava imóvel em seu cavalo enquanto Ito limpava o sangue da espada na túnica branca do morto. Ao mesmo tempo, os manifestantes que viram a cena começaram a se reunir novamente. De alguma forma, pareciam ter recuperado a coragem após testemunhar a determinação absoluta daquele homem.

Mais uma saraivada choveu sobre os manifestantes e, dessa vez, eles levaram as balas de frente. Gritos lancinantes e fumaça preenchiam a avenida. Até mesmo Ito, já de volta em seu garanhão, enxugava o suor na testa e praguejava. Quando a fumaça se dissipou, Yamada viu que um grupo de mulheres tinha avançado até a frente da multidão de mãos dadas. Com suas elaboradas coroas de tranças, roupas caras e maquiagem da moda, estava claro para ele que se tratava de cortesãs. As tropas olharam para Ito em dúvida, e até mesmo ele ficou momentaneamente sem palavras. Yamada levantou a mão, gritando:

– Alto!

Ao mesmo tempo, Ito ordenou:

– Fogo!

As tropas hesitaram, e voltaram a carregar as armas quando Ito repetiu sua ordem. As cortesãs permaneceram resolutas, segurando a mão uma da outra com ainda mais firmeza. Com o rosto manchado de lágrimas, a voz rouca e os lábios inchados, não pareciam nada sedutoras, nem mesmo mulheres. No entanto, o fato de estarem devastadas as fazia parecer muito femininas para Yamada.

Armas apontavam para o peito delas quando, mais adiante na avenida, em frente ao número 10, ouviu-se um grito ensurdecedor.

– América! América! *América!*

Os gritos encheram o céu branco e gélido, e, abaixo dele, o mar de bandeiras tremulou.

– Alto! – Yamada gritou novamente, e as tropas baixaram as armas lentamente, sentindo uma mudança importante na situação. Os portões do Consulado Americano tinham acabado de abrir.

A multidão continuou a gritar quando o cônsul-geral saiu pelos portões, ao lado de um adjunto ruivo e um tradutor. Um estudante deu um passo à frente e recitou a Declaração da Independência da Coreia em inglês.

– Nos ajudem. Por favor, contem ao Presidente Wilson o que está acontecendo aqui. Nos ajudem a conseguir justiça – disse ao terminar, olhando nos olhos do cônsul-geral.

Yamada segurou a respiração para ver o que o cônsul-geral ia fazer. Se fechasse a porta do consulado naquele momento, significaria que não haveria consequências vindas da América – e do restante do Ocidente.

– Sim, vou ajudar vocês. Vou contar ao Presidente Wilson o que vi – disse o cônsul-geral em voz alta, em inglês, e o tradutor repetiu em coreano. – O mundo ouvirá seu clamor. A América não vai abandonar vocês! Eu prometo!

Ouviu-se uma comemoração ensurdecedora da multidão. O jovem adjunto ruivo limpou os olhos com uma das mãos e deu um tapinha nas costas do tradutor com a outra. Com a mudança na energia da multidão, Yamada olhou na direção de Ito, que olhou nos olhos dele e retorceu os lábios de raiva. Eles ficaram paralisados por um instante, ambos sabiam que não poderiam atacar em frente ao consulado e arriscar que os americanos se envolvessem. Um silêncio os envolveu como cinzas de um vulcão. No silêncio, Yamada ouviu suas artérias pulsando sem ira militar, apenas uma esperança vergonhosa de que a carnificina tivesse acabado.

Mas, após se curvar e acenar para a multidão várias vezes, o cônsul-geral voltou para dentro dos portões com sua comitiva.

Assim que eles desapareceram, Ito recuperou a compostura. No entanto, não tinha mais sede de sangue – a agitação era muito maior do que ele imaginou a princípio, e a resiliência desarmada dos Josenjings era surpreendentemente cansativa. Suas tropas seguiam pasmas com as cortesãs de braços dados. Ito soltou um suspiro, virando o corpo para descer do cavalo em um movimento rápido. Não tinha o hábito de matar mulheres, mas sempre aceitou o fato de que isso talvez tivesse de mudar. Segurando a espingarda, ele caminhou em direção à líder das cortesãs.

– Sabe quem eu sou? Sou consorte do Juiz ___ – gritou a mulher em japonês.

Seu rosto pintado de branco estava distorcido pelo medo, e Ito sentiu apenas repulsa.

– Prostituta! – Ito golpeou sua cabeça com a coronha da espingarda e ela caiu para a frente, batendo os joelhos na terra.

Um soldado correu para amarrar as mãos dela nas costas e levá-la sob custódia, e com isso um caos de tirar o fôlego irrompeu por toda parte. Ito deu um passo atrás para assistir à fuga dos manifestantes entre gritos e tiros. As portas dos americanos permaneceram fechadas. Sua demonstração de solidariedade parecia ter sido apenas isso – uma demonstração.

Uma hora se passou, ou talvez duas – Ito não tinha mais certeza. Estava acostumado a estar no controle da situação, inclusive, e principalmente, de sua mente, mas ela parecia ter fugido como um cavalo rebelde. Quando recobrou todos os sentidos, viu que as tropas andavam por ali, empalando qualquer um que ainda se contorcesse sob suas botas. Ito também olhou para baixo e viu um amontoado de um homem mutilado, mais partes de corpo que um ser humano inteiro, cujo único sinal de vida era uma respiração cuspindo sangue. Ambos os braços tinham sido arrancados de seus ombros, fazendo-o parecer um peixe – e Ito se deu conta de que era o mesmo homem de túnica branca que ele tinha golpeado antes. Nos olhos vermelhos de sangue do homem quase morto, ainda havia uma brevíssima esperança de sobrevivência. Era como tirar as asas de uma abelha e vê-la rastejar – na experiência de Ito, todos os seres vivos faziam exatamente a mesma coisa. Sempre se apegavam, sempre escolhiam o sofrimento à morte. Ito matou o homem com um golpe de sua espada e passou-a para a mão esquerda. A direita sofria cãibras dolorosas; fora isso, não sentia nada.

O sol mergulhou atrás de nuvens pretas pesadas, que pareciam ter sido queimadas. Na semiescuridão, Ito viu um clarão vermelho a cerca de cinquenta metros de distância e reconheceu o jovem adjunto ruivo de antes. Estava curvado sobre um cadáver; havia outro homem branco, mais baixo, com ele, também curvado e segurando algo pequeno e retangular em uma das mãos. Quando Ito começou a avançar na direção deles com uma pistola em punho, eles levantaram as mãos acima da cabeça e gritaram em japonês:

– Não atire! Americanos!

Mais de perto, Ito viu que o pequeno retângulo na mão do homem mais baixo era uma câmera.

– Imprensa. Não atire – o homem repetiu devagar.

Era curioso como, até o momento em que a bala entrava em sua pele, as pessoas se recusavam a acreditar que podiam morrer, apesar de a morte ser a única coisa que todos podem ter a certeza de que vai acontecer, mais cedo ou mais tarde. A vida era isso – uma descrença absurda. Ito suspirou para si mesmo. Levantou a pistola, mirou na testa do fotógrafo e apertou o gatilho.

A arma disparou, e as pálpebras do homem tremularam como uma mariposa moribunda. Ele continuava em pé, ileso, mas uma mancha se espalhava rápida em sua virilha. O cheiro de urina atacou as narinas de Ito. Suas balas tinham acabado.

Ele guardou a pistola e sacou a espada. Os dois homens brancos tremiam como vara verde, o suor escorrendo por seu rosto. O adjunto ruivo sussurrava algo baixinho com os olhos fechados. Quando eles finalmente pareciam prontos para morrer, Ito soltou um suspiro e voltou a embainhar a espada. Sentia muita cãibra na mão direita, e não era um açougueiro para simplesmente cortar com a mão esquerda.

– Vão – disse Ito.

Aquele tinha sido realmente um dia longo, e ele estava cansado até o último fio de cabelo. Tinha feito sua parte, e precisava descansar. Antes que pudesse mudar de ideia, fez um gesto como quem espanta uma mosca irritante. E os dois americanos, escorrendo suor, lágrimas e urina, correram para dentro dos muros de seu santuário.

10
O azul mais escuro
1919

Após conduzir a gangue de volta às tendas, em segurança, JungHo voltou a sair sozinho. Sabia que algo sério estava acontecendo com Jade pelo modo como era atraído em direção à sua casa, como se estivessem conectados por uma linha invisível que ela agora puxava, pedindo ajuda. Mas, quando chegou, o portão estava bem fechado. Ele bateu à porta, nervoso com a possibilidade de ser recebido por criados, ou pior, pela família dela.

A porta se abriu uns dois centímetros e ele ouviu um suspiro.

– Ah, é você! – disse Jade, deslizando o ferrolho. – Entre, rápido.

– Você está bem? O que aconteceu?

JungHo entrou rapidamente e Jade trancou a porta. O rosto dela estava vermelho e úmido, mas poderia ser de suor ou lágrimas.

– A tia Dani e nossa criada Hesoon foram ao protesto hoje. Elas ainda não voltaram e Luna está passando muito mal – respondeu Jade. – Ela vai ter o bebê. Não sei o que fazer.

JungHo não sabia nada sobre partos, só que sua mãe tinha morrido dando à luz a sua irmã mais nova. Guardou isso para si e perguntou:

– Quem mais está aqui? E como posso ajudar?

– Lotus está com Luna. Ela está mais assustada que eu. – Jade limpou o rosto. – Não sei onde vamos encontrar uma parteira e as ruas ainda estão perigosas.

– Tudo bem, vou trazer ajuda. Vocês ficam aqui. – JungHo tentou se lembrar de qualquer coisa que tivesse ouvido da parteira da mãe. Gritou por sobre o ombro ao sair: – Mantenha Luna aquecida e dê água a ela!

Era a hora da quietude logo antes de a noite dar lugar ao amanhecer. O céu estava pintado no tom mais escuro de azul; os pássaros começariam a cantar exatamente uma hora depois. JungHo voou pela vizinhança, onde conhecia cada loja, cada construção e até mesmo a casa com a jujubeira que atraía visitantes grávidas o dia todo. Foi onde encontrou a parteira em sua cama. De todas as pessoas de Seul, ela foi a única que não pareceu surpresa com a aparência de JungHo. Havia tempos que todos os bebês da região nasciam por suas mãos enrugadas, no chão de terra, em cabanas de barro ou em catres de seda nas mansões.

Quando a parteira chegou, deu uma olhada em Luna e mandou que as garotas trouxessem uma tesoura, fio, lençóis limpos, água quente e água fria. Algumas horas se passaram sem muito progresso. Apesar do pânico das garotas, a parteira saiu para fazer uma pausa e sentou-se ao lado de JungHo na frente do jardim. Ele não entendia por que ela parecia tão relaxada. Logo antes de o dia raiar, ela voltou a desaparecer dentro da casa e deixou-o assistindo ao nascer do dia sozinho.

JungHo cochilou durante meia hora, talvez mais. Acordou assustado quando Jade saiu e disse, com um sorriso:

– É uma menina.

– Como elas estão? E você está bem? – perguntou JungHo.

– As duas estão dormindo. A vovó disse que é a recém-nascida mais linda que já trouxe ao mundo, e ela foi parteira até de uma princesa – disse Jade, chamando-o para ir até a cozinha. – Pode pegar o que quiser.

– Eu não fiz isso para conseguir comida – disse JungHo, confuso e decepcionado. – *Eu* queria ajudar *você*.

– Eu sei, JungHo. Obrigada. – Jade estendeu a mão e segurou a dele. Seus dedos lançaram estrelas reluzentes que subiram e desceram percorrendo o braço inteiro de JungHo. Ele desejou poder ficar ali em pé para sempre, segurando a mão dela. Mas então ela soltou e começou a embrulhar comida em um lenço grande. – Sinto muito que você não possa ficar... Preciso ficar com Luna agora. – Ela voltou a guiá-lo pela mão, atravessando o pátio em direção aos portões, e parou de repente. – Se você não tivesse vindo, Luna podia ter morrido. É estranho ter aparecido naquele instante, porque eu estava pensando em você. Eu nem sabia como poderia ajudar, mas você simplesmente surgiu na minha cabeça.

Ele quis responder à Jade que ela estava na cabeça dele o tempo todo, que ela podia muito bem estar morando ali, como se fosse sua casa, mas uma onda repentina de timidez o impediu. O sol da manhã brilhava nas pontas dos cílios dela; seu cabelo ralo escapava da trança da noite anterior e se arrepiava ao redor do seu rosto como uma nuvem. Ela reluzia a promessa de algo muito maior do que todos os onze anos de sua vida, e JungHo achou que era capaz de ver e amar até mesmo seu eu futuro.

– Vou contar à tia Dani que você ajudou e ela vai recompensá-lo. Talvez até deixe você ficar com a gente, em um quarto vago da casa. Aí não precisaria dormir na rua, no frio. Sempre teria muita comida aqui, e talvez até frequentasse a escola. JungHo, estou tão feliz!

Ela sorriu e deixou que ele passasse pelos portões.

Na terceira manhã na cadeia, Dani acordou com uma umidade nauseante nos membros inferiores e percebeu que tinha urinado enquanto dormia. Desde que fora presa no dia da marcha, ela se segurava para não urinar no chão, como as outras. Não havia penico na cela das mulheres. Também não tinham água, mas, mesmo assim, ela sentiu a urina fazendo pressão e se espalhando por seu corpo, como se fosse um veneno, deixando sua pele amarelada. Antes de pegar no sono na noite anterior, ela – uma mulher inteligente e corajosa – não conseguiu imaginar prazer maior que urinar como uma cachoeira, completamente sozinha.

Ao recobrar a consciência plena, o alívio corporal puro e silencioso virou vergonha, e ela chorou pela primeira vez desde que fora presa. Nenhuma outra detenta comentou seu acidente ou o choro, mas elas também não a consolaram. Na destruição prolongada, não havia espírito de união como o que haviam compartilhado diante de uma morte rápida e heroica.

A porta no fim do corredor se abriu, e um soldado se aproximou com um balde. Dani se preparou, esperando que ele jogasse a água na cela, como fizera nos dois dias anteriores para atenuar o cheiro putrefato. Mas ele colocou o balde no chão e gritou:

– *Kokoni Kimu Dani iru?*

Ela se levantou, cambaleando sobre as pernas fracas.

– *Watashiga Kimu Dani desu.*

O soldado torceu o nariz e levou um dedo gordo às narinas, como se pudesse sentir o fedor ficar mais forte com a movimentação. Seu bigode ralo, encerado e enrolado como o buraco de um violino, tremeu levemente quando ele fez um gesto com a outra mão, chamando-a.

– Saia – disse, abrindo a porta.

Não houve mais explicações, mas Dani sabia quem a tinha salvado. Saiu da cela cambaleando antes que o guarda mudasse de ideia. Quando ele voltou a trancar a cela, ela não olhou para as outras que ainda estavam lá dentro.

Nas primeiras horas desde que fora solta, Dani só conseguiu se lavar e beber água. Então caiu no calor limpo de sua cama e dormiu durante muito tempo. Sentia que nunca mais ia querer sair do quarto ou conversar com ninguém. Queria se esconder em seu casulo e proteger seu corpo, sua energia e sua sanidade. Levou dias para mandar que trouxessem o bebê de Luna, e mal o segurou ou disse às garotas que tinham feito um bom trabalho. Jade tentou contar sobre o amigo que trouxera a parteira, mas Dani apenas deu de ombros.

– Mas sem ele Luna não teria conseguido – insistiu Jade, baixinho. – Ela podia ter morrido.

– Já chega – retrucou Dani. – Luna não morreu, morreu? Muitas, muitas pessoas morreram, e eu também quase morri. Agora me deixem sozinha, preciso descansar.

Enquanto se recuperava, Dani se concentrou apenas em esperar pelo Juiz. Uma semana depois, quando ele finalmente apareceu, ela estava usando sua melhor roupa, um vestido de Paris enfeitado com contas de azeviche. Um colar de diamantes reluzia em seu pescoço, e havia uma única magnólia presa em seu peito. Sua pele brilhava como mármore sob o veludo preto; seus lábios vermelhos pareciam camurça.

– Você está pálida – o Juiz disse em japonês ao vê-la.

Dani ofereceu seu sorriso mais respeitoso, estendendo a sua mão para ir ao encontro da mão manchada do Juiz. Ao encontrá-la, levou-a aos lábios para beijá-la, e depois a pressionou contra seu decote.

– Não tenho sido eu mesma ultimamente, o senhor sabe... – respondeu ela. – Mas não estaria aqui se não fosse o senhor.

O Juiz apenas olhou para ela, e Dani preencheu o vazio servindo saquê. Ao lado da mesa de laca, ela tinha deixado o restante das primeiras magnólias em um vaso do fim do século XVIII, sabendo que isso agradaria a seu patrono. Com os olhos nublados, o Juiz via e percebia tudo, e tirava suas conclusões com calma e precisão.

O aroma suave, mas voluptuoso, das magnólias preencheu o cômodo. Porém, mais que pela beleza e fragrância das flores, o Juiz ficava feliz por ver que a árvore lá fora tinha sido despida de suas primeiras flores por ele – e por Dani saber exatamente como sua mente funcionava. Fora isso que sempre achara mais atraente em Dani: ele admirava sua aparência e postura, mas era seduzido por sua capacidade singular de comunicar sob a superfície. Era uma elegância da mente.

– Sabe, tenho dois amigos que ainda estão sob custódia. São tão inocentes quanto eu – Dani voltou a falar. – Uma é minha criada, Hesoon, que me serviu fielmente ao longo dos anos. Ela só estava me fazendo companhia em meus afazeres quando ficamos presas na multidão. A colocaram em outra cela, com os plebeus, então não sei como ela está, coitadinha. Ela não sabe de nada, não entende nada e não pode ser culpada de nada – explicou Dani. – Outro é meu primo. Não sei a história toda, por que ele foi preso... Mas tenho certeza de que é inocente, pois não é nada político. No que diz respeito a sua origem familiar, é a melhor possível: seu pai é um dono de terras no interior, e seu tio-avô é ex-ministro da fazenda com uma mansão Jongno famosa com noventa e nove cômodos. Além disso, ele estudou em Tóquio. Seu nome é Lee MyungBo.

– Lee MyungBo? Seu primo? – perguntou o Juiz com o olhar baixo sobre o saquê.

– Sim.

– Não sabia que tinha primos entre os Lee. Do lado da sua mãe, imagino?

Dani corou levemente antes de responder:

– Isso. Do lado da minha mãe.

O Juiz soltou um suspiro.

– Lee MyungBo é um dos trinta e três signatários que foram presos em MyungWol. Nem mesmo eu posso simplesmente libertá-lo. Mas posso tentar atenuar sua sentença e, enquanto isso, garantir que tenha um pouco mais de conforto na prisão. Quanto à sua criada, não vai ser difícil.

Dani lançou os braços nus ao redor do Juiz e pressionou o corpo macio contra seu peito velho e ossudo.

– Obrigada... Nunca vou esquecer sua generosidade – sussurrou.

– Ah! E mais uma coisa, Dani – disse o Juiz. – Gostei muito desse colar de diamantes em você. Quando o vi, sabia que seria a mulher certa para ele. Há muita satisfação em ver algo valioso encontrar um dono legítimo. Por isso comprei o colar para você. E quando a vi pela primeira vez, pensei a mesma coisa sobre você pertencer a mim. Gosto de acreditar que você usa esse colar só para mim. Não use para outras pessoas... nem mesmo primos.

– É claro, eu jamais faria qualquer coisa para desagradá-lo – respondeu Dani, dando um sorriso iluminado e fingindo não entender.

Ela envolveu as mãos dele nas suas e as levou até os lábios, reverente.

A cada vez que MyungBo ficava inconsciente, a escuridão o dominava mais completamente. Desta vez, fora golpeado com um chicote e confinado em um buraco apertado esculpido em uma parede durante três dias. Quando acordou, estava em outra cela, com uma janela gradeada no alto da parede. Sem virar a cabeça, analisou o espaço e percebeu um penico no canto. Ainda mexendo apenas os olhos, olhou para o próprio corpo, que fora enfaixado e vestido com roupas limpas. Estava até mesmo deitado em um colchão fino, embora qualquer conforto que isso pudesse oferecer fosse anulado pela dor excruciante que explodia de cada parte de seu corpo. Nem teve clareza mental suficiente para processar a situação melhor em que se encontrava, antes de apagar mais uma vez.

Com frequência abria os olhos e via uma tigela de água e um mingau ralo ao seu lado. Então, sem se perguntar quantos dias teriam se passado, ou que horas seriam, engolia primeiro a água e levava o mingau à boca às colheradas. Depois disso, se aliviava e voltava a dormir.

O tempo era uma névoa de inverno – cinza, disforme, indiferente à sua existência. Passava sozinho como um navio que navega sem passageiros. Ou talvez um navio que não levava ninguém além de MyungBo. Ser deixado de fora do mundo do tempo era um tipo especial de tortura que dizia: você não é importante. Apenas se lembrava que ainda estava vivo ao sentir o quanto sua barba havia crescido.

A certa altura, MyungBo estava forte o bastante para ficar acordado até a chegada do guarda e pedir papel e lápis. Para sua surpresa, o guarda trouxe o que ele havia pedido já no dia seguinte com a água e a comida. Depois de beber um pouco de água e deixar o mingau intocado, MyungBo rastejou até o colchão e começou a escrever uma carta.

Nos rompantes de consciência que lhe foram permitidos durante o encarceramento, os pensamentos de MyungBo se voltaram para seus dois erros. O primeiro era ter se ressentido do pragmatismo da esposa, e se apaixonado por Dani. Durante os meses que levaram ao protesto, desejava ver Dani e conversar com ela sobre quase tudo que surgia em sua mente. De início, atribuiu isso à simples admiração por uma mulher bela e inteligente, mas o ciúme ao ver SungSoo ao seu lado obrigou-o a admitir que estava apaixonado por ela. Como desprezava o lado mulherengo do amigo, ficou ainda mais confuso com a atração que sentia por Dani. Mas tudo isso parecia nublado e embaçado agora. Ao pensar nela pela primeira vez desde que fora preso, sentiu apenas vergonha. O amor era definido pelo quanto uma pessoa era capaz de sofrer pela outra, pelo que estaria disposta a fazer para proteger a outra. Era questão de escolher a pessoa com quem gostaria de ficar de mãos dadas na última viagem de trem. Agora ele sabia quem amava de verdade.

"Para meu amado filho HyunWoo", começou a escrever.

Como tem passado? Como está sua mãe? Espero que os dois tenham se mantido aquecidos e saudáveis durante o inverno. Aqui é mais frio, mas pensar em você e em sua mãe faz com que eu me sinta melhor.

Você acabou de completar quatro anos, então deve estar crescendo. Eu queria poder ver você crescer. Sempre penso em quando você era bem pequeno, e nós três passávamos todas as noites juntos. Provavelmente você não se lembra de nada, mas éramos felizes naquela época. HyunWoo, ouça sua mãe. E, quando for mais velho, seja o tipo de pessoa que é corajosa diante dos poderosos e generosa diante dos fracos. É tudo o que desejo para você.

Sinto muito sua falta. Estou sempre cuidando de você.

Seu pai

MyungBo tinha começado a escrever em letras miúdas, achava que preencheria toda a página. No fim, no entanto, não conseguiu preencher mais que um terço do papel – era difícil demais dizer tudo o que havia em seu coração. O guarda, que tinha recebido ordens de atender às necessidades do preso, enviou a carta à casa do pai de MyungBo, de onde ela foi encaminhada para Xangai por seu irmão mais novo.

O segundo erro da vida de MyungBo, e o mais grave, foi ter acreditado na resistência desarmada. Como os demais signatários, acreditava que morreriam felizes se isso os deixasse mais próximos da independência. Mas agora via que a morte de tantas pessoas era um desperdício. Com a liderança e os civis aniquilados, o progresso não tinha apenas estagnado, tinha dado vários passos para trás. Diante de tanta desumanidade, nada mudaria sem o uso da força. MyungBo não sabia se sairia vivo da prisão; além dos ferimentos, que ficavam abrindo e inflamando, tinha contraído tuberculose. Mas, se tivesse mais uma chance, jurou que reconquistaria sua liberdade a qualquer custo – vida por vida, sangue, por sangue.

Quando, embora parecesse impossível, a condição de MyungBo se estabilizou, ele foi julgado por traição e recebeu uma sentença leve de dois anos. Na prisão, às vezes era favorecido com um cobertor quente e uma comida melhor. Podia até mesmo ler alguns livros. Alheio ao verdadeiro motivo do tratamento especial, MyungBo agora se lembrava de Dani como se lembrava de SungSoo e dos demais colegas de escola – raramente e com uma leve sensação de constrangimento.

SungSoo também não passou muito tempo pensando no velho amigo depois da marcha. Também fora preso no fim daquela tarde enquanto bebia café em seu escritório com o editor. Foi acusado de associação com MyungBo, mas as buscas em sua editora não resultaram em prova alguma. Na verdade, quanto mais fundo os investigadores iam, mais encontravam provas de sua amizade duradoura com os japoneses. No dia seguinte, seu pai pagou a fiança de dez mil wons em dinheiro e SungSoo foi solto, cansado e precisando de um banho, mas ileso.

SungSoo e Dani não se procuraram, e ambos entenderam que o silêncio mútuo era o fim de seu relacionamento. SungSoo tinha consciência de que seu desejo intenso por Dani estava satisfeito; afinal, havia algo elegante e profundamente gratificante com aquela conclusão. Além de sua beleza esplêndida, havia uma paixão e um mistério nela que sempre o seduziria. Achava que talvez até sentisse sua falta no futuro. Mas agora estava contente pelo fim natural do relacionamento, que o pouparia da imensa dor de cabeça que seria decifrar emoções femininas. (E de pedir desculpas quando não queria, só para parecer um cavalheiro – as mulheres tinham desespero por pedidos de desculpas.) Depois de todo o caos e todas as incertezas do inverno, sentia a tranquilidade dos pais de Gregor ao final de seu conto favorito. O desejo pela mulher foi substituído pelo desejo pela indústria e pelo progresso, e ele se parabenizou pela nova direção positiva. Decidiu que na primavera procuraria expandir a oficina de bicicletas, e depois faria uma longa viagem pelo interior.

Em um raro dia frio de abril, enquanto Dani limpava o que restava da última neve no jardim, o condutor do Juiz devolveu Hesoon à casa em um pequeno relicário de madeira. O Juiz não a encontrara a tempo. As duas garotas mais novas choraram sem parar durante três dias e três noites. Luna, que sempre se sentia mais calma com a presença robusta de Hesoon, chamou a filha de Hesook em sua memória.

Dani, que desprezava lágrimas em público, não chorou na frente das garotas. Na ocasião, era ainda mais importante para ela permanecer resoluta, uma vez que acreditava que tinha sido o motivo da morte de Hesoon. Tinha levado a criada com ela para a Marcha, e não tinha pedido ajuda ao Juiz imediatamente. Em vez de se entregar à dor, Dani fez duas coisas: sem saber como falar com a família de Hesoon em Jejudo, jurou ir até o Mar do Sul um dia para espalhar as cinzas. Então se dedicou com energia renovada a vários projetos pela casa, e pareceu ansiosa para esquecer tudo o que tinha acontecido. Sempre fora animada, mas agora parecia acreditar que algo terrível a alcançaria se desacelerasse por um minuto que fosse. Mantinha-se impecável como sempre, e experimentava novos cremes para esconder o fato de que nunca dormia a noite toda. Comprava roupas e brinquedos para Hesook e preparava sopas pós-parto nutritivas para Luna. Quando esquentou o bastante, Dani começou a faxina de primavera, limpando cada canto da casa, guardando roupas de inverno, abrindo gavetas e arejando as roupas de cama.

– Estranho – disse, jogando as mãos para o alto em frente ao baú. – Não encontro meu edredom favorito, aquele com as peônias. Minha costureira levou dois meses para bordar as flores à mão, com fio de ouro de verdade.

Dani questionou a governanta, que jurou não ter visto nada. Implacável, Dani ordenou que todos os armários da casa fossem abertos e o conteúdo tirado. Então, Jade se pronunciou.

– Fui eu, sinto muito – disse, olhando para os próprios pés. – Eu devia ter contado, mas meu amigo JungHo estava dormindo no frio... Eu só quis ajudá-lo. – E começou a chorar.

– Que amigo? – perguntou Dani, confusa.

– O mesmo amigo que trouxe a parteira para Luna.

– E esse amigo dorme na rua? – Dani fechou o baú e foi até Jade.

– Sim. Ele não tem casa – respondeu Jade.

Mal tinha terminado de falar quando algo explodiu em seu rosto. Dani tinha lhe dado um tapa.

– Você entende o que fez? Roubou de mim. O edredom valia mais do que Silver pagou para comprar você de sua mãe. Você compreende isso? – Dani olhava fixamente para Jade, em cujo rosto escorriam lágrimas quentes. Ela assentiu. – Seu valor depende de como os homens a veem. Quando descobrirem que você andou por aí com um mendigo, acha que vão pagar um centavo por sua companhia? – Dani bufou. – Você deixou que ele a tocasse?

– Não! – respondeu Jade, indignada.

– Você nunca mais vai falar com esse garoto. Se roubar mais alguma coisa ou conversar com ele, será expulsa desta casa... e vai descobrir por conta própria o quanto é frio dormir nas ruas.

Desde a noite em que Luna dera à luz, JungHo vinha toda tarde na esperança de encontrar Jade em frente à casa. Trazia o cão para animá-la e, de vez em quando, pedrinhas bonitas que encontrava caminhando pelo canal. Mas ela não saía mais pelos portões.

Um dia ele finalmente reuniu coragem para bater à porta. Ouviu passos leves atravessando o pátio e quase explodiu de animação pensando ser a própria Jade, como na última vez. Ficou surpreso quando uma mulher mais velha, bela, abriu a porta, olhando para ele com severidade.

– Você é o mendigo que anda às voltas da minha Jade? – perguntou ela. Sem esperar por uma resposta, desapareceu por um instante e voltou com um envelope. Colocou-o na mão dele. – Isso é por ter ajudado Luna. É mais dinheiro do que um adulto ganha em uma semana... você vai ter comida suficiente por pelo menos uma semana. Leve e nunca mais nos perturbe.

– Não preciso disso – JungHo deu um jeito de dizer, empurrando o envelope de volta. – Só quero ser amigo dela.

– Você é um garotinho ousado, não é? – Dani bufou. – Não pode se misturar com alguém como Jade. Ela vai ser cortesã, possivelmente a melhor que já treinei. E você, você não passa de um órfão sem nome.

JungHo quis dizer-lhe seu nome, mas pensou melhor e deu-lhe as costas. Já podia ouvir Dani voltando para dentro e trancando a porta. Ainda não conseguia acreditar que Jade não viera nem ao menos se despedir, que aquele era o fim. Pensou que, se ela soubesse o quanto ele queria conversar com ela, daria um jeito de encontrá-lo. Então veio todos os dias e jogou uma pedra no quintal, por cima do muro. Uma vez, jogou uma pedra verde e lisinha que lembrava seu nome. Era a mensagem mais clara que ele poderia ter mandado. Mas Jade nunca saiu para encontrá-lo, e depois de muito tempo ele parou de ir até lá, para sempre.

Segunda parte
1925-1937

11
JungHo fala
1925

Meu nome é Nam JungHo. Não se pode começar uma história sem dizer o próprio nome. Quando cheguei a Seul foi a primeira coisa que me perguntaram. "Qual é o seu nome, seu caipira?" Foi Dojô, aliás, que continua muito irritante, mas não posso esquecer que ele é o meu amigo mais antigo.

Eu disse aos meus subalternos que meu nome era uma homenagem a um tigre lendário em minha aldeia nas montanhas. É uma história que minha irmã mais velha contava para mim e para minha irmã mais nova antes de dormir. Era uma vez um pobre lenhador que morava sozinho com a mãe. Certa noite, quando voltava para casa depois de cortar lenha nas montanhas o dia todo, um tigre gigante apareceu à sua frente. Quando o tigre estava prestes a saltar, o lenhador começou a gritar:

– Ah, meu irmão mais velho! É você! Quantos anos esperei para conhecê-lo!

O tigre ficou confuso, parou de repente e perguntou:

– O quê? Do que está falando, humano?

– Você não se lembra? Irmão Mais Velho? – O lenhador clamou ainda mais alto. – Vinte anos atrás, você se levantou no meio da noite e saiu de casa. Acordei e fui atrás de você. Então, nas montanhas, de repente você virou um tigre, como se tivesse sofrido uma maldição. A mesma maldição deve ter apagado sua memória de quando era humano. Desde então, esperamos encontrá-lo novamente. Venha, vamos para casa... nossa mãe passou todos esses anos esperando que você voltasse.

Caso esteja se perguntando, sim, o lenhador estava mentindo para sair vivo. Mas o tigre começou a pensar e não conseguia se lembrar de como era antes de ser um jovem tigre. Então, disse: "Oh, céus, eu devo mesmo ter sido um humano!". E começou a chorar e a abraçar o lenhador com suas patas gigantes.

– Estou tão feliz por finalmente termos nos encontrado, Irmão Mais Novo. – O tigre estava chorando. – Não posso ir para casa assim. Não quero assustar nossa mãe. Mas sempre vou cuidar de vocês.

O lenhador abraçou o tigre uma última vez e voltou para casa. Na manhã seguinte, encontrou um coelho morto no quintal. Então disse:

– Aquele tigre acha mesmo que somos sua família!

Depois foi um veado. E o tigre continuou trazendo comida, e o lenhador e a mãe nunca passaram fome.

Alguns anos se passaram assim e a mãe morreu de velhice. O tigre parou de levar comida depois disso. Um tempo depois o lenhador estava descendo a montanha quando encontrou três filhotes de tigre. Cada filhote usava uma fita branca de cânhamo no rabo. O lenhador perguntou:

– Por que vocês estão usando essas fitas, tigres?

E um deles respondeu:

– Nossa avó era uma humana que vivia na aldeia descendo a montanha. Ela morreu e nosso pai passou meses sofrendo e não conseguia comer nem dormir. Ele morreu de tristeza em nossa caverna e agora estamos de luto.

O lenhador chorou lágrimas de verdade e se arrependeu de ter enganado o tigre leal. Então construiu um monumento em sua homenagem, que era apenas uma pedra enorme com um texto entalhado na praça de nossa aldeia. Eu não sabia ler, mas o monumento existia mesmo, ao lado do ginkgo que ficava perto do poço. Então é por isso que meu nome é JungHo – *Jung* quer dizer justo, *Ho* quer dizer tigre – eu dizia para meus subalternos. E até aqueles que já tinham ouvido histórias parecidas nas próprias aldeias acreditavam em mim.

Não estou mentindo sobre o monumento, mas a verdade é que, quando eu nasci, meu pai ficou muito feliz por finalmente ter um filho, então foi até o astrólogo da aldeia e encomendou meu nome. Meu pai pagou um coelho por um nome com caracteres chineses de verdade, quando muitas pessoas batizavam os filhos de acordo com o primeiro animal ou flor que chamasse sua atenção, como Dojô, por exemplo, que diz que a mãe tinha desejo de sopa de dojô quando estava grávida dele, daí seu nome. Minhas irmãs se chamavam May e June por causa dos meses em que nasceram, então isso mostra o quanto meu pai tinha um amor especial por mim. O motivo pelo qual não conto esta versão é que, a cada ano que passa, me lembro menos de meu pai e, sempre que falo dele, é como abrir a tampa de um ensopado fervendo e deixar o vapor sair, e no fim sobra menos do que há de melhor. É por isso que só falo dele quando necessário, e na maioria das vezes basta olhar para a cigarreira dele e o anel da minha mãe para me lembrar de que sou apenas Nam JungHo.

Mesmo muito tempo depois de nos mudarmos de debaixo da ponte, eu voltava lá de vez em quando. Isso não me deixava feliz – ver a água lamacenta, as margens pedregosas onde dormíamos em nada mais que colchões moles de palha. Mas eu não conseguia resistir à atração. Você às vezes volta ao lugar onde vivia e se sente como se tivesse bebido soju de estômago vazio? De repente a cabeça vira e você sente falta de coisas que nem sabe o que são. Eu não chamaria isso de felicidade, mas às vezes estava no clima para esse tipo de sensação.

Durante muito tempo, é claro, eu não tive o suficiente para comer, muito menos uma gota de bebida, e nosso objetivo era manter um ritmo constante, comendo uma vez a cada dois dias. Todos passávamos cada segundo despertos famintos e às vezes até durante nossos sonhos. Com frequência eu era o mais faminto, porque dava minha porção a qualquer um que parecesse estar nas últimas. Às vezes, quando entregava meu pedaço de dumpling para um dos garotos, um suor gelado escorria em minhas costas de tanta fome. Eu não fazia isso para comprar a lealdade de ninguém, mas no fim foi assim que todos eles ficaram mais próximos de mim que irmãos de verdade. Correu a notícia de que o Nam JungHo embaixo da ponte era o chefe de todas as crianças de rua de Jongno, e de que ele alimentava todos os que lhe eram leais. Aos dezesseis anos eu tinha mais de quarenta crianças sob meu comando.

Ficou claro que não poderíamos seguir vivendo embaixo da ponte por muito tempo. Era um lugar horrível para se viver mesmo para mendigos: no verão os mosquitos atacavam cada centímetro de nosso corpo, e no inverno quase morríamos congelados toda noite e, vou falar uma coisa, isso cansa depois de um tempo. Sempre que havia qualquer tipo de tumulto, nossas tendas de sacos e colchões de palha eram despedaçados e destruídos. Nos escondíamos em fendas no dique, onde ninguém conseguia nos encontrar e assistíamos à polícia queimar tudo o que tínhamos, até a última tigela e colher de madeira. Isso foi quando Dojô me convenceu a mudarmos de pedintes para "protetores". Veja bem, não foi fácil simplesmente invadir um restaurantezinho chinês e exigir taxas para proteger o negócio de outras gangues. Cada vizinhança de cada distrito de Seul era reivindicada por uma de várias gangues, tanto japonesas quanto coreanas, e essas fronteiras eram estritamente respeitadas para evitar uma guerra declarada. Eu estava começando do zero, nunca tinha reivindicado nenhuma rua como minha e tinha apenas um grupo de garotos pedintes esfarrapados, que não sabiam nada de luta. Na verdade, se não estivéssemos em uma situação tão desesperadora, eu não teria coragem de exigir dinheiro de um homem mais velho que não tinha feito nada de errado para nenhum de nós. Mas no fim, foi surpreendentemente fácil. Ele olhou para mim, eu acompanhado de Dojô e YoungGu, e entregou o dinheiro com o olhar baixo. Contei o dinheiro, calculei a "taxa de proteção" na vizinhança e pedi o dobro no café ao lado. A dona era uma senhora com uma camisa floral e uma maquiagem branca pesada, que me lembrou uma lua cheia com os olhos desenhados com carvão. Eu já tinha visto muitas garotas e mulheres em Seul e sabia que ela não seria bela com ou sem maquiagem, mas o simples fato de ser mulher fez minha exigência ser ainda mais constrangedora e embaraçosa. Mas aquela senhora me ouviu e entregou o dinheiro, e fez até uma leve reverência.

Quando a notícia de que estávamos reivindicando nosso território se espalhou, o inevitável aconteceu – ou seja, as demais gangues começaram a nos atacar. Tudo indicava que deveríamos ter sido destruídos por esses valentões, que eram mais velhos e mais experientes que nós, mas surpreendemos a todos, incluindo nós mesmos, vencendo e nos apropriando de nossos direitos. Pode parecer que estou contando vantagem, mas lutar é muito fácil para mim. Uma vez lutei contra seis caras ao mesmo tempo sozinho, e eles tinham espadas japonesas compridas, mas acabei enfiando minha faca bem no meio da mão esquerda do líder deles. Ele largou a espada que estava na mão direita e, antes que ela chegasse ao chão, a peguei, arranquei a orelha dele, e disse que na próxima vez arrancaria sua cabeça. Ninguém me desafiou depois disso e até a polícia ficou longe de ameaçar meu grupo.

Algumas pessoas não conseguem esconder a surpresa quando veem que eu, o magrinho e baixinho, sou o chefe e o melhor lutador de todo o distrito. Começaram a dizer que era porque eu era filho de um caçador de tigres que matava animais com as próprias mãos, o que é mentira, claro, mas não neguei, exatamente. Eu sou apenas mais rápido que qualquer outra pessoa, e sei como usar a força e o peso de meu oponente contra ele e, o mais importante, não tenho medo de enfiar coisas nas pessoas se elas entrarem em meu caminho. Mas não precisei recorrer a medidas tão extremas para que o dono daquele restaurante chinês "alugasse" a sala dos fundos para nós de graça, e instalei vários pequenos grupos em lugares parecidos por ali.

Praticamente da noite para o dia, passamos de dormir na rua a ter um teto sobre nossas cabeças. Não foi exatamente fácil no início. Era difícil pegar no sono à noite com paredes que pareciam se fechar sobre mim. Era tanto calor, que realmente sentia falta de dormir embaixo da ponte e até das noites em que tínhamos que acordar a cada hora para bater a neve da barraca para que ela não caísse. Os outros também se sentiam assim e alguns chegaram a fugir. YoungGu ficou chocado quando eu disse que ele não poderia trazer o cachorro para dentro, e que teriam que dormir separados pela primeira vez em anos. O cão ficou amarrado ao castanheiro no pátio dos fundos, perto da casinha, e durante um bom tempo uivou a noite inteira. YoungGu achava que eu estava dormindo, mas sei que ele saía de fininho no meio da noite para acariciar o cão e acalmá-lo. Ele sempre foi, e continua sendo, um bobão. Nem consigo acreditar que ele era o chefe antes de eu substituí-lo porque, embora seja uma cabeça mais alto e mais largo que eu, o cara tem zero maldade dentro dele. Não é ruim de luta, mas sei que prefere fazer qualquer outra coisa – talvez ser dono de um restaurante chinês.

Nos últimos três anos, tenho expandido nosso território o máximo possível sem desequilibrar os delicados pesos e contrapesos do submundo de Jongno. Todos os dias meus caras saem em grupos de três ou quatro. Eles fazem batidas nos mesmos lugares por volta de uma vez na semana, e tomamos o cuidado de não comprometer todos os recursos de ninguém, porque é aí que o ressentimento pode se instalar e é preciso saber como não deixar as pessoas desesperadas. Esse é outro motivo pelo qual sou um grande lutador e, se você tiver interesse em aprender meus segredos para ganhar qualquer luta, esqueça todo o restante e só se lembre de que pessoas desesperadas são as mais perigosas.

De vez em quando um dono de bar ou boticário se recusa a pagar, e nessas situações sou chamado para colocá-lo em seu lugar. Houve um caso infeliz de um herborista velho e rico que, por algum motivo, acreditava que eu não ousaria machucá-lo e, como os caras passaram alguns dias sem conseguir fazê-lo pagar, tive que aparecer em sua loja. O velho tinha uma barba branca como neve e usava um paletó branco tradicional, quase como um cavalheiro. Olhou em meus olhos e gritou alguma coisa sobre ter idade suficiente para ser meu avô e que não tinha medo de arruaceiros como nós. Atrás dele estava seu filho, com a bela esposa e o filhinho. Uma família bonita e próspera. Mas se eu não o fizesse de exemplo, todas as lojas da vizinhança me desafiariam e voltaríamos a viver embaixo da ponte, ou pior. Fiz um gesto com uma das mãos e meus caras pegaram e jogaram os potes de ervas e remédios no chão, e a bela nora e seu bebê começaram a gritar. O filho se jogou na frente da parede de gavetinhas de madeira, onde deduzi que ficavam os ingredientes mais caros. Eu o derrubei com um único soco no nariz, que quebrou, com um estrondo alto satisfatório. Então comecei a puxar as gavetas e a jogar o conteúdo no chão enquanto o velho herborista assistia boquiaberto. Até eu sabia que algumas daquelas folhas e pó de osso de tigre, e vesícula de urso, e ginseng selvagem valiam o mesmo que ouro. Logo o velho ficou de joelhos e implorou que eu parasse, enquanto a nora corria para pegar o dinheiro.

É assim que tenho conseguido manter todos alimentados e vestidos. Guardamos uma quantia considerável de dinheiro, pois podemos ir a qualquer um de "nossos" restaurantes para uma boa refeição. Com roupas, sapatos e bebidas acontece o mesmo. Mas sempre digo aos caras que não peguem pesado demais ao espremer os negócios. Faz mais ou menos um ano que estou até pagando aluguel ao restaurante chinês, apesar de ainda comermos macarrão de feijão preto e porco agridoce de graça. Percebi, no entanto, que sempre que comemos lá YoungGu parece profundamente constrangido; e deve ser por causa da filha mais nova do dono, que traz ossos e restos para o cão dele e sai correndo, envergonhada.

Isso me leva de volta ao motivo pelo qual vim até a ponte esta noite. Meus pés me trazem até aqui inconscientemente sempre que preciso de um tempo para pensar. Descansei os braços no parapeito de pedra e olhei para a superfície preta fosca do canal. A água ondulava como as costas de um monstro marinho. As luzes amarelas dos bares e lojas próximos não chegavam até a água, e tive a sensação estranha de que eu era a única pessoa a vê-lo assim. Me senti muito sozinho, mas não desejava a companhia dos caras, nem mesmo do Dojô, que no fim das contas é meu melhor amigo. Não posso falar com ele sobre o que anda me incomodando. Todos estávamos provocando YoungGu por causa da garota, fazendo piadas sujas e perguntando quando ele finalmente perderia a virgindade, e percebi que o único que não demonstrava a mesma mistura de inveja e fascínio que os demais era Dojô. Ele entrou na brincadeira, com aquele sorriso malicioso – continua com o mesmo sorriso –, mas como quem não manteria aquela conversa por conta própria. Dojô nunca mexe com as mulheres ou fica tímido na frente delas, as duas únicas formas como agimos em sua presença. Tenho a sensação de que minha confissão sobre uma garota incitaria nele a mesma reação fria, então prefiro guardar para mim.

O que aconteceu foi o seguinte. Semana passada eu estava dando uma caminhada sozinho perto do Grande Portão Leste,[30] observando as lojas e os estabelecimentos da região. Desde que cheguei, Seul se transformou em um lugar completamente diferente. Onde antes havia casinhas com telhado de palha, agora há bares, cafés, salões de dança, restaurantes, bancos, escritórios e lojas que chegam a quatro ou cinco andares. Antes havia muitos homens de terno, mas quase nenhuma mulher vestindo roupas ocidentais. Agora as ruas iluminadas por lampiões a gás estão cheias das chamadas Garotas Modernas,[31] com cabelos curtos e ondulados, lábios vermelhos e saias curtas. É claro que tentamos chamar a atenção delas, mas saem correndo como se não nos vissem ou como se sentissem medo de nós. Acima das cabeças de todas as pessoas caminhando, andando de bicicleta ou saindo dos bondes, há fios elétricos se cruzando perigosamente próximos dos telhados. O ar de Seul cheira a chuva, óleo de cozinha, lixo, pinheiros, caqui, perfume, pasta de feijão vermelho, metal quente e neve. Muda de acordo com a estação, a hora do dia e a vizinhança.

Então, eu estava caminhando um dia, sorvendo os cheiros e observando as ruas. Era um belo dia de outono com céu azul perfeito, e eu estava prestes a atravessar a avenida quando um bonde parou bem na minha frente. Uma garota correu para embarcar – e logo antes de embarcar, sem nenhum motivo aparente, ela se virou e olhou nos meus olhos. Aquela fração de segundo me tirou o fôlego. Ela não se parecia quase nada com a garota que eu vira pela última vez, mas sabia que tinha que ser Jade. Corri até lá, entrei na fila atrás dos demais passageiros e embarquei no bonde. Estava cheio como sempre e fiquei ansioso, achando que não conseguiria encontrá-la, mas, depois de alguns empurrões, vi que estava sentada com uma amiga perto do fundo. Enquanto elas cochichavam e riam, percebi que ambas usavam o coque trançado das mulheres casadas. Mas, com base nas camisas e saias bordadas com fio dourado e no pó branco e no rouge, somei dois e dois, e percebi que ela tinha se tornado uma cortesã. Isso causou em mim um sentimento de naufrágio, que deixei de lado.

As garotas logo desceram do bonde e eu fui atrás delas. Acabou que estavam indo ao Grande Cinema Oriental, e gastei o último dinheiro que tinha em um ingresso, preocupado com a possibilidade de perdê-las dentro do cinema escuro. Como a encontraria em meio a uma multidão de mil pessoas? Mas o louco é que, embora o lugar estivesse lotado, encontrei um assento algumas fileiras à frente delas. De vez em quando olhava para trás para ver seu rosto, iluminado pela projeção em preto e branco na tela. Aquele olhar concentrado enquanto ela acompanhava o filme era tão encantador, tão familiar. Fez com que eu voltasse a sentir sua falta. Depois que sua tia me disse para ficar longe, nunca mais a encontrei, por mais que tentasse. Agora, ela era adulta, e a maquiagem a deixava ainda mais velha, mas os olhos ainda eram exatamente os mesmos. Aquilo era demais para mim, e meu estômago se afundou a uns três metros do chão, e senti vontade de gritar ou socar alguma coisa só para processar tudo aquilo, mas fiquei quietinho no assento como todos os demais.

Depois que o filme acabou, fiquei ansioso achando que elas embarcariam no bonde e desapareceriam na cidade, mas consegui alcançá-la em frente às portas do cinema e toquei seu ombro de leve. Ela se virou e fixou os olhos reluzentes em mim, e foi como nas noites de verão em que eu me deitava à beira do canal e olhava para o céu. A vertigem das estrelas. Eu não sabia que olhar nos olhos de outra pessoa podia causar aquela sensação.

– Jade, sou eu. JungHo – falei, finalmente.

Ela pareceu confusa e constrangida, e eu estava começando a pensar que era a garota errada, mas então seu rosto se iluminou, e foi como quando os pássaros começam a cantar de manhã.

– JungHo! É você! – Ela riu e segurou minhas mãos e começou a saltitar como uma garotinha. – Faz tantos anos. Você parece muito bem. Senti tanto a sua falta.

Agora era minha vez de ficar confuso porque ela pareceu tão feliz em me ver, e eu não sabia lidar com o fato de que a garota mais linda de Seul estava segurando minhas mãos em plena luz do dia, na frente de centenas de pessoas.

– Precisamos colocar a conversa em dia, JungHo. Você se lembra da Lotus, não é?

Ela fez um gesto indicando a amiga. Elas cochicharam um pouco e Lotus me olhou de um jeito engraçado antes de ir embora sozinha, e fiquei com vergonha das minhas roupas. Eram algumas peças que peguei com um dos alfaiates do nosso território – bem novas, mas não estavam limpas e eram um pouco grandes para mim.

– Vamos caminhar.

Ela enlaçou o braço no meu, algo que nunca fizera quando éramos crianças. Estava tão perto, que eu sentia o aroma de seu cabelo penteado com algum óleo perfumado. Tentei me manter calmo enquanto saíamos do centro da cidade e subíamos uma pequena colina. As lojas foram virando casas e hortas, e finalmente estávamos em um terreno vazio com pinheiros e arbustos. Ela se sentou em uma pedra e deu umas batidinhas no espaço ao seu lado.

Ficamos um tempo sem dizer nada um ao outro, apenas observando Seul lá embaixo, banhada no cor-de-rosa do sol poente. Eu me perguntava como poderia começar a dizer o quanto tinha sentido sua falta. Ela abriu a boca primeiro.

– Você parece bem. Vejo que as coisas deram certo para você.

Não que eu parecesse rico ou até mesmo uma pessoa normal, mas não parecia mais alguém que dormia na rua. Corei.

– De alguma forma, demos um jeito. Faço umas coisas aqui e ali – respondi, e mudei de assunto. – E você está... incrivelmente linda.

Ela deu aquela risada de pássaro da manhã.

– Me tornei uma cortesã. Todas somos assim.

– Não. Não mesmo. De jeito nenhum – eu disse.

Queria segurar sua mão mais uma vez, mas ela não parecia querer. Em vez disso, ficou olhando Seul ao longe como se estivesse pensando em outra coisa.

– Sinto muito pelo modo como minha tia Dani tratou você. E por não ter me despedido.

– Tudo bem. É passado – respondi, porque não queria que ela se sentisse mal por mim. Preferia ter o coração esfaqueado mil vezes a vê-la infeliz por minha causa.

– Tia Dani me proibiu de sair de casa por três meses. Se me pegassem falando com você, eu seria expulsa. Agora que sou mais velha, vejo que ela estava tentando me proteger. Mas ainda assim... – Ela hesitou e percebi que não gostava de falar mal da tia. – Ela é uma mulher talentosa, incrível, formidável. É impossível não admirá-la, não importa o que aconteça.

– Eu entendo – falei. Não importava o que tia Dani tinha feito, porque agora estávamos juntos. Eu já tinha perdoado tudo.

– Mas mesmo quando eu estava presa em casa, sabia que você ia até lá. Você jogou pedrinhas no jardim, não é?

– Então você viu? – Fiquei tão feliz que todo meu corpo pareceu agitado e leve.

– Vi, e você jogou uma verde linda, não foi?

Era por isso que Jade não era apenas bela. Ela era especial, como ninguém mais no mundo inteiro. Se pudesse, arrancaria as estrelas do céu noturno e jogaria todas elas em seu jardim, e isso não seria o bastante. Foi um pensamento que me surgiu muito depois, mas no calor do momento eu só queria abraçá-la.

– Joguei, aquela era especialmente para você. Verde como seu nome – dei um jeito de responder, e ela sorriu.

– Tenho uma ideia para apresentá-lo à tia Dani e fazê-la ver que você está diferente agora – disse ela. – Amanhã à noite, Lotus, Luna e eu vamos fazer uma apresentação beneficente no Teatro Joseon. Venha. E depois da apresentação, quando sairmos, você pode fazer de conta que me viu por acaso e veio me cumprimentar. Na frente de todo mundo, tia Dani não vai poder dizer nada. Além disso, ela vai ver que você cresceu e se tornou um jovem perfeitamente apresentável.

É por isso que estou tão preocupado que não consigo dormir. Não estou mais usando trapos, mas até eu sei que não sou um jovem perfeitamente apresentável como ela disse. Definitivamente não sou alguém que anda com cortesãs. Cortesãs de alta classe, como ela, só teriam casos com homens ricos. Tenho certeza de que ela tem dezenas de amantes que a cobrem de presentes e dinheiro enquanto sonho com ela.

Pela primeira vez na vida, estou nervosamente feliz. Geralmente não estou nervoso nem feliz porque não tenho expectativa alguma em relação a nada. Agora tenho algo que quero e, de repente, todas as minhas decisões parecem mais importantes.

Tiro a cigarreira e o anel do bolso interno. Gosto de olhar para eles às vezes quando estou sozinho e com saudade. Sinto seu toque frio em minhas mãos como pedrinhas das margens do rio. Meu pai se agarrara a eles, embora pudesse ter comprado os remédios ou o caldo de frango que prolongariam sua vida. Ele nunca explicou por quê.

Quando eu era criança, acreditava que esses dois objetos eram amuletos que me afastariam do perigo. A cigarreira do meu pai e o anel de prata da minha mãe são as únicas coisas que ainda tenho deles, além de meu nome e do meu próprio corpo, acho. Meus talismãs são o motivo pelo qual não tenho medo da morte, razão pela qual sobrevivi todos esses anos. Agora que estou mais velho, sei que o sentido da vida não é o que nos mantém a salvo, mas o que *nós* mantemos a salvo, e isso é o que mais importa. Quando encontrar Jade amanhã, quero explicar tudo isso a ela e dizer que o que mais quero manter a salvo é ela.

12
Um pedido de casamento
1925

Às onze da manhã, Jade levantou da cama e começou a se arrumar para o dia. A criada trouxe uma xícara de chá quente de cevada, então ela lavou o rosto e se acomodou diante da penteadeira encrustada de madrepérolas. Aplicou conchas finamente moídas na pele, e o excesso de pó desabrochou em nuvens sedosas ao sol da manhã. Passou um delineador nas sobrancelhas finas e redondas – tiradas de acordo com a moda da época – e esfumou o mesmo lápis ao redor dos olhos. Finalmente, cuidadosamente pintou os lábios com o rouge. Ao terminar, a criada penteou e enrolou seu cabelo em um coque ondulado e frouxo no couro cabeludo à moda ocidental, prendendo-o com um *binyeo* coral.

Ao se olhar no espelho para analisar o efeito como um todo, Jade não pôde deixar de abrir um sorrisinho feliz ao confirmar a suspeita de que estava mesmo muito bonita. Até mesmo seus dentes se controlaram quando suas feições se assentaram – agora eram só um pouquinho tortos. Ela estava na idade em que as garotas se perguntam o tempo todo como parecem aos outros, e se são atraentes, e quanto.

Desde sua apresentação oficial, aos quinze anos, Jade tinha um fluxo constante de admiradores que solicitavam sua presença em festas e até a procuravam em casa. Esses homens gastavam uma fortuna para passar a noite com ela, e frequentemente lhe davam dinheiro de presente sem que ela pedisse, como cortesãs mais velhas e espertas costumavam fazer. Quando isso acontecia, imaginava que aqueles homens tinham sentimentos verdadeiros por ela, e que ela própria se sentia atraída por eles. Nos últimos anos, algumas cortesãs haviam se casado com homens de classes mais altas, intelectuais e artistas, e passaram o resto da vida como esposas amadas e mães de famílias respeitáveis. Sempre que isso acontecia, toda a sociedade passava a fofocar sobre os amantes de espírito livre em todas as reuniões, e em jornais e revistas. Jade tinha a esperança de também se apaixonar por um cavalheiro gentil e, de preferência, charmoso. Mas, até então, todos os homens paravam de procurá-la depois de alguns meses. Certamente, nenhum lhe escrevera cartas ou dera algo que pudesse ser considerado uma prova de amor. Ela logo aprendeu que, quanto mais os homens estivessem ansiosos para terminar a relação, mais significativos eram os presentes em dinheiro. Também ficou envergonhada ao lembrar que, quando criança, achava que seria muito fácil se apaixonar e receber anéis e diamantes, como suas mães adotivas. Com frequência, Jade se deixava abater pela ideia de que talvez não fosse bonita o bastante ou – mais crítica – de que não era boa o bastante em dar prazer, apesar dos livros ilustrados que Dani usava para ensinar-lhes. Se não garantisse um cliente constante, como Dani, Jade não tinha certeza de como conseguiria se sustentar depois dos trinta. Muitas cortesãs, que antes eram abastadas, tinham caído em desespero porque não eram espertas o bastante, ou simplesmente eram azaradas. Mas isso parecia ser um futuro distante e o medo era facilmente esquecido.

    Quando terminou de se vestir, Jade foi almoçar com Dani, Lotus, Luna e Hesook. Dani estava aposentada; aos 39 anos, mesmo as cortesãs mais requisitadas deixavam de ir a festas e aceitar novos amantes. O Juiz morrera em 1922, e Dani passava as noites sozinha. Continuava graciosa como sempre, a maquiagem e o perfume sempre imaculados, saindo ou ficando em casa. Ela se ocupava bebendo café, lendo, cuidando do jardim, brincando com Hesook e tricotando blusas – um novo hobby – e nunca demonstrava sentir falta da vida de antes. Quando Jade entrou, ela estava lendo o jornal no sofá novo, vestindo uma blusa azul-marinho que ela mesma fizera e uma saia justa cinza-escura, que ia até logo abaixo dos joelhos; um cigarro aceso pendia entre seus dedos.

    Luna estava sentada em frente a Dani, vendo Hesook brincar com um brinquedo no chão. Algumas garotas que eram extraordinariamente belas aos quinze ou dezesseis anos, cresciam e viravam mulheres comuns ou até mesmo sem atrativos. Não era o caso de Luna, cuja beleza chocante quando jovem se tornou um brilho suave e pleno. Jade agora achava sua beleza menos cruel e mais sedutora, com o cabelo preto e as maçãs do rosto de marfim arredondadas como conchas. Os homens pagavam muito bem pelo privilégio de se sentar ao lado de Luna em banquetes e ver sua celebrada figura de perto.

Quando as três mulheres e Hesook estavam sentadas à mesa, Lotus finalmente chegou com um sorriso confiante e cheirando a perfume. Lotus era sempre requisitada para festas em razão de sua voz esplêndida. Ela não apenas conhecia todo o repertório tradicional, mas também cantava jazz e baladas que fluíam dos salões a cada entardecer e se infiltravam em becos escuros à noite. Sempre começava com uma canção de amor animada e conhecida. Então, conforme a conversa diminuía, as velas queimavam e os convidados olhavam para as garrafas pela metade com o olhar distante, ela terminava com uma valsa lenta. A essa altura, mesmo os homens que não tinham notado Lotus no início da festa, ficavam extasiados com sua voz. Muitos deles lutavam contra as lágrimas enquanto ouviam, e corriam para oferecer-lhe bebidas e convidá-la a se sentar com eles. Jade sabia o quanto Lotus desfrutava do poder de sua voz, e sempre lhe fazia elogios calorosos e brigava com qualquer um, homem ou mulher, que criticasse a amiga por ser comum.

Quando Jade chegou a Seul, a cidade estava cheia de milhares de condutores de riquixá que corriam pelas avenidas e ruas estreitas puxando homens bem alimentados e robustos com colarinhos engomados e ternos de lã. Agora, bondes e táxis eram comuns, e os únicos clientes que ainda eram fiéis aos condutores de riquixá eram as cortesãs. Elas davam gorjetas melhores que as dos cavalheiros ricos, e muitas se recusavam a usar os táxis e bondes por princípio.

Na primavera, a guilda dos condutores de riquixá começou juntar dinheiro para montar uma escola particular para seus filhos, e as cortesãs decidiram ajudar a angariar fundos com uma apresentação beneficente. Esperava-se que toda Seul estivesse lá, de homens desocupados a intelectuais, artistas, donas de casa ricas, estudantes, donos de lojas e até trabalhadores. Cerca de setecentas cortesãs de todas as cinco guildas se ofereceram, e entre elas, Jade e Lotus tinham sido selecionadas para fazer solos.

Esperando nas coxias, elas escondiam o nervosismo espiando as cortesãs no palco iluminado. As mulheres eram banhadas por uma luz dourada enquanto faziam uma dança tradicional com leques, formando um círculo como um lírio florescendo. Elas brilhavam e acenavam em uníssono, e olhar para uma individualmente era tão inútil quanto se concentrar em uma única pétala de uma rosa. Nem mesmo Luna se destacava das demais, motivo pelo qual a chefe da guilda a colocara naquela dança. Ela sorriu, deslizou e girou obediente e sem alegria, e saiu do palco aliviada por escapar das luzes fortes.

Quando o teatro ficou em silêncio, Lotus saiu ao encontro da luz amarela ofuscante. Um piano fora colocado no centro, onde seu acompanhante, com o cabelo lambido para trás e um terno de gala, a esperava. Ela virou para a plateia e começou a cantar a valsa que era sua marca registrada. Sua voz chegava até o fundo do teatro, acariciando cada ouvinte com uma melodia assombrosa; as lembranças de corações partidos e perdas foram expostas, as coisas esquecidas e as que desejavam esquecer, mas não conseguiam. Sob o manto da escuridão e de sua voz, era possível deixar as lágrimas caírem. Ninguém foi capaz de resistir a seu fascínio ou a se apaixonar um pouco por ela. Foi aplaudida em pé e chamada de volta ao palco pelos aplausos. Quando Lotus voltou para as coxias pela segunda vez, Jade a envolveu em um abraço forte.

– Foi incrível, até para você – sussurrou Jade. – Ninguém vai conseguir se lembrar de nenhuma outra apresentação.

– Bom, vamos ver se eles vão se lembrar da minha música depois de terem visto você! – respondeu Lotus, radiante.

– Estou morrendo de medo de me apresentar depois de você! Que bom que tem um intervalo entre nós. – Jade riu, nervosa.

Ela já estava vestindo uma túnica preta e um casaco vermelho, preso abaixo do peito por um cinto carmesim antes de ir até o chão. Um chapéu militar preto tradicional de abas largas e adornado com uma borla vermelha de crina de cavalo estava preso acima de seu coque trançado; essa justaposição de um ornamento masculino com seu rosto e seu penteado femininos a deixava ainda mais charmosa do que de costume. Em cada uma das mãos, segurava uma espada pequena mais ou menos do tamanho do seu antebraço. Quando o intervalo terminou e a multidão se acomodou além das cortinas, Jade enfiou as espadas em cada uma das mangas, assentiu para a melhor amiga e foi para o palco.

As cortinas se abriram e revelaram Jade, calmamente sentada sob uma luz amarela suave. As batidas de tambor começaram, e ela se levantou devagar com movimentos suaves das mãos e dos ombros, a cabeça ainda abaixada. Ficou em pé à mesma batida lenta, e girou ao redor do palco fazendo as saias voarem para cima. Durante um tempo, flutuou sem esforço e com a suavidade das dançarinas do leque. Então o som penetrante de uma flauta se juntou ao dos tambores, o que acelerou o ritmo para uma marcha. No instante exato, Jade segurou as bainhas do casaco vermelho, o dobrou e o amarrou na cintura como uma faixa. Quando virou de frente para a plateia, eles viram espadas que tinham surgido como mágica em cada uma de suas mãos, reluzindo sob os holofotes. Uma corrente ligava a lâmina ao cabo, de modo que, quando ela girava os pulsos, as lâminas giravam em um círculo. Ela começou apenas girando as lâminas, os cotovelos próximos ao corpo. Então, conforme as batidas foram acelerando e a flauta subindo, ela foi girando mais rápido e com mais ousadia, as lâminas balançando perto uma da outra e de seu corpo, sem nunca baterem. Ao contrário das dançarinas de leque, Jade não estava sorrindo. Embora as espadas ornamentais não tivessem fio, ela parecia letal como uma assassina. Os homens da plateia desejavam estar à sua mercê, e as mulheres desejavam saber como era se movimentar de forma tão selvagem e ao mesmo tempo graciosa. Os que ocupavam as primeiras fileiras enxergavam o suor escorrendo em sua testa coberta de pó, a respiração rápida conforme a dança ia deixando-a cansada e o olhar solene que a fazia parecer muito mais velha. Não envelhecida, mas atemporal. Ela parecia magnífica.

Os tambores pararam de repente e ela caiu no chão, enfiando as pontas afiadas das espadas no palco. A plateia ficou em silêncio absoluto. As luzes se apagaram e, na escuridão, Jade se levantou e correu para as coxias. Enquanto tirava o chapéu da testa suada, um aplauso disperso teve início na plateia. Em segundos, virou uma aclamação estrondosa, e as luzes voltaram a iluminar o palco.

– Vá! Vá para o palco! – sussurrou Lotus, em tom de urgência, colocando o chapéu de volta no topo da cabeça suada da amiga.

Jade correu em direção aos holofotes, segurando o chapéu no lugar com uma das mãos e a saia com a outra. Quando apareceu novamente, as palmas e os assovios ficaram ainda mais altos. Fileiras inteiras começaram a se levantar. Ela fez uma reverência, e mais uma, lágrimas se acumulando nos cantos de seus olhos.

Quando o último ato chegou ao fim, Jade, Lotus e Luna saíram por uma das portas dos bastidores que levavam para o beco silencioso atrás do teatro, cansadas e ainda vestindo os figurinos. Dani já estava ali esperando por elas, envolta em seu casaco de pele embora não estivesse tão frio no início de outubro. Na verdade, era uma noite clara e agradável de outono com uma brisa revigorante e o som tocante dos grilos.

– Vocês estavam maravilhosas, todas vocês... Me deixaram tão orgulhosa – disse Dani, abraçando cada uma delas com carinho. Todas estavam rindo, interrompendo umas às outras para apontar, impacientes, mais um detalhe da apresentação.

Sob o manto do bom humor geral, Jade olhou furtivamente ao redor, viu a silhueta de JungHo e acenou discretamente. Embora claramente corado mesmo sob o manto da escuridão, JungHo marchou corajoso até o círculo de mulheres.

– Jade, sou eu, JungHo. Quanto tempo... – disse ele. – Fiquei surpreso ao ver sua apresentação. As pessoas não conseguiam tirar os olhos de você.

– JungHo! Que maravilhoso vê-lo depois de tantos anos. Não o reconheci de início. – Jade riu. – Você cresceu tanto!

Dani fechou a cara para JungHo e olhou-o de cima a baixo. Ela tinha dois modos de conduta, extremamente sutil e totalmente direta, a depender de como encarava a situação e a pessoa em questão. Era impossível dizer qual dos dois escolheria para JungHo.

– É ótimo vê-la novamente, tia Dani. – JungHo se dirigiu a ela com ousadia, como se não o tivesse expulsado com grosseria anos antes.

– Sim, você cresceu, eu acho. – Dani sorriu.

Mas seu golpe só foi até aí, porque ela foi imediatamente abordada por outro estranho.

– Ah, você está aí! Estou muito feliz por encontrá-la. Não a vi entre as artistas que estavam se preparando para a recepção, e fiquei com medo que tivesse ido embora – disse o estranho.

Era um homem de meia-idade com óculos de armação redonda, colarinho ajustado e gravata preta estreita. Tinha um jeito distraído e animado de falar, e não ficou claro a quem estava se dirigindo.

– Como podemos ajudá-lo? – perguntou Dani em um tom educado que só usava quando estava sendo fria.

– Ah, sim. Aqui está meu cartão. – Ele pegou um cartão do bolso interno e entregou a Dani com as duas mãos. Após fazer isso, virou-se para Jade. – Sou dono e diretor do Teatro Joseon. A senhorita causou uma bela impressão hoje! Vi seu nome no programa. Nunca me emocionei tanto com a dança de uma, me perdoe, cortesã como hoje. Nunca gostei muito das danças tradicionais, palacianas ou não, mas a senhorita me fez mudar de ideia. As pessoas ficaram comovidas de um jeito patriótico com sua performance! – O diretor fez uma pausa, empurrando os óculos de volta ao topo do nariz. – E pensei: preciso convencê-la a se juntar à nossa trupe. Nos apresentamos sete noites por semana aqui, tragédias, comédias, variedades, contação de histórias... Fazemos de tudo. Temos os melhores atores e atrizes de Seul. Todos os que ficam famosos na cidade conquistam a fama em nosso palco.

Ele deu um sorriso gratuito, segurando as duas mãozinhas brancas de Jade nas suas, grandes e marrons. Então, olhando ao redor, viu Lotus e direcionou a atenção para ela.

– E você é a cantora brilhante que cantou aquela valsa. Que voz! Eu mal conseguia acreditar no que estava ouvindo. Você é muito melhor que as cantoras que são populares hoje em dia. Elas acertam as notas, mas não têm alma... Eu gostaria muito de conversar com você também – disse o diretor, animado. – Bom, o que estamos esperando? Por que não vamos até a recepção para conversar? Não, pensando bem, lá vai ter muito barulho e muita distração. Permitam-me levá-las a um bom restaurante para falarmos sobre isso durante o jantar, com algumas bebidas – disse, olhando para Dani, pois percebeu que as garotas olhavam para ela.

– São elogios efusivos, mas acho que estamos todas cansadas desta noite tão longa – disse Dani com altivez. Estava irritada por ele mal ter falado com ela, como toda mulher encantadora se sente menosprezada quando não é o foco de um grupo. – Mas se quiser nos fazer uma visita amanhã à tarde para discutir essas questões, ficaremos honradas – completou, e deu o endereço.

– Não, a honra é toda minha. Amanhã, então – disse ele, curvando a cabeça educadamente algumas vezes antes de sair.

Em meio à agitação do encontro com o diretor, JungHo fora quase esquecido. Jade então se virou para ele e sorriu, porque depois de uma conversa tão instigante, nem mesmo Dani seria capaz de pesar o clima. Na verdade, ela parecia ter decidido que deixar o passado para trás era a melhor política. Até fez um aceno de cabeça discreto para JungHo antes de recolher as garotas como uma galinha digna.

– Tchau, JungHo. Você pode vir me visitar a qualquer hora. Estou sempre em casa ao meio-dia – sussurrou Jade, dando-lhe um tapinha leve no ombro.

JungHo parecia estar se afogando em um mar de felicidade. "Como era agradável, fácil e natural reencontrá-lo!", Jade pensou consigo mesma antes de correr para alcançar as demais. Dani e Luna já tinham ido embora em um riquixá; Lotus a chamava já dentro de outro, conduzido por um jovem que vestia um casaco preto surrado. Ele ajudou Jade a subir e elas partiram, uma brisa suave acariciando suas orelhas e estrelas reluzindo lá em cima.

– É a noite mais maravilhosa da minha vida! Jade, vamos fazer parte do Teatro Joseon! Dane-se servir bebidas para playboys riquinhos. Vamos viver como artistas de verdade! – gritou Lotus, segurando a mão da amiga e sacudindo-a para cima e para baixo.

– É como um sonho, não é? Chegamos aqui com poucas roupinhas nos braços... Você se lembra de como éramos pequenas, que nós quatro cabíamos em um riquixá? – Jade riu.

A amiga estava prestes a ser conhecida como a melhor cantora de Seul. E sem qualquer ambição ou promessa, ela também tinha alcançado um sucesso que ia além das expectativas de qualquer pessoa. Aos dezessete anos, era impossível imaginar que qualquer outra coisa que não fosse triunfo e alegria a aguardava a partir daquela noite.

Elas logo chegaram em frente à casa, e o condutor ajudou-as a descer do riquixá. Fez isso com rapidez e atenção, e sem qualquer servilismo ou grosseria oculta, que às vezes caracterizavam esses trabalhadores. Embora fosse alto e tivesse os ombros largos, o restante de seu corpo se afunilava sob o casaco, grande demais para ele, remendado nos cotovelos com veludo cotelê marrom. Ao perceber isso, Jade sentiu empatia, como costuma acontecer com pessoas que se sentem especial e injustamente abençoadas.

– Pobrezinho, você parece um estudante – disse ela, observando seu rosto sério. – Você vai à escola?

Os olhos do condutor de riquixá, que não eram grandes, mas eram atraentes, se iluminaram com a pergunta.

– Sim, frequento a escolar noturna, senhorita – respondeu.

– Então trabalha o dia todo e vai para a escola à noite. Você dorme? – murmurou Jade com um sorriso. – Coitadinho. Acabamos de fazer um show beneficente para angariar fundos para uma escola para os filhos dos condutores de riquixá. E minha amiga e eu tivemos uma noite muito boa. Tome, use isso para comprar um casaco novo – disse Jade, entregando-lhe o dinheiro de um dia inteiro de trabalho.

Ela enlaçou o braço no de Lotus e passou pelo portão, que a criada segurava aberto para elas, saltitando no lugar para se manter aquecida. Jade sentiu que o condutor de riquixá a observava, o que a fez rir mais alto e se apoiar ainda mais carinhosamente em Lotus.

– Se gostou daquele belo condutor, devia tê-lo convidado para entrar. – Lotus riu enquanto elas atravessavam o pátio.

– Ele é um pobre estudante e eu só estava sendo gentil – protestou Jade.

Não podia ser amigável com ninguém, nem mesmo com um condutor de riquixá, sem que Lotus zombasse dela. Mesmo que fosse um menino que quase não tinha idade para estar no ensino noturno.

– Então posso ficar com ele? – perguntou Lotus, e Jade deu de ombros. – Tudo bem, vamos dividir. Ele parece forte o bastante para nós duas. Ah, aposto que podemos montar em seu riquixá a noite toda... – E as duas caíram na gargalhada.

– **Estou tão feliz por você ter vindo.** O que gostaria de beber? Tenho um saquê muito bom. E um excelente conhaque também. Aprendi a gostar quando estava viajando pela Europa, e agora confesso que é uma das bebidas de que mais gosto – disse Ito Atsuo, largando a mão do amigo e se acomodando no sofá com um prazer declarado.

Enquanto falava, gesticulou para a poltrona de espaldar alto à sua frente, e Yamada Genzo sentou-se com o cuidado de alguém que está visitando a casa do amigo pela primeira vez.

– Se é uma das bebidas de que mais gosta, vamos fazer sua vontade. – Yamada sorriu.

– Conhaque, então! – exclamou Ito, alegre, e fez sinal para o criado, que voltou em silêncio com a garrafa e dois copos de cristal em uma bandeja.

Os dois provaram a bebida silenciosamente para melhor apreciar sua fragrância misturada ao aroma fresco de um entardecer tranquilo de outono.

– É muito bom – disse Yamada, com apreço.

Ito assentiu, sorrindo. Ter um gosto excepcional para tudo – vinho, comida, arte, móveis – era sua principal fonte de orgulho. Ele, como seus pares, acreditava que essa era a essência da sensibilidade e da compreensão.

Também era o motivo declarado pelo qual Ito havia convidado Yamada a ir até sua casa pela primeira vez, apesar de trabalharem juntos havia muitos anos: eles iam falar sobre arte e admirar alguns itens de valor inestimável que Ito comprara nos últimos meses. Desde que o pai de Ito morrera, deixando-lhe vastas propriedades que comprara da Coreia, ele colecionava antiguidades. Agora, apresentava um céladon Goryeo,[32] de por volta do século XI, com o olhar astuto de quem faz uma pergunta já sabendo a resposta correta. A urna de porcelana tinha uma silhueta tão instintivamente graciosa quanto os ombros de uma bela mulher, e sua cor era um verde leitoso requintado – um tom que não se encontra na natureza, mas que a evoca imediatamente.

– É maravilhoso – disse Yamada com sinceridade. – É mesmo um dos melhores exemplares do gênero. Mas o que aconteceu aqui? – Ele apontou para a linha comprida que ia do fundo até o ombro da urna.

– Ah, essa rachadura. É impossível conseguir uma antiguidade como essa sem uma rachadura. Essa foi causada pela pá do coveiro... mas quem pode culpá-lo? Não é como se pudesse usar espanador de pena para perfurar o chão só para evitar bater na porcelana. Foi belamente restaurada. – Ele deu um sorriso torto, cheio de compreensão. – Na verdade, acho muito incitante. Muito mais emocionante que colecionar algo que foi mantido no escritório de um velho nobre. Imagine isso sendo enterrado com o rei Goryeo;[33] e agora está comigo, mil anos depois.

– É mesmo emocionante – disse Yamada, demonstrando aprovação.

Apenas o piscar de seus olhos e o cuidado deliberado com que pousou o copo o traíam.

– E você vai amar isto – disse Ito, levando-o até o cômodo ao lado.

No piso havia um tigre amarelo e preto gigante que, à primeira vista, parecia vivo. Após uma observação detalhada, percebia-se que era apenas uma pele.

– Sabe quanto paguei por isso? – perguntou Ito com uma franqueza incomum, e revelou uma quantia que excedia seu salário anual de coronel. – Estão ficando absurdamente caros hoje em dia. Mas foi exatamente por isso que comprei um. Quando essas feras estiverem realmente extintas, posso vender isso por vinte vezes o valor que paguei.

– Eu já cacei tigres – disse Yamada com um olhar distante. – São os animais mais fortes e mais espertos que já vi.

– É mesmo?! Estão ficando muito raros na natureza ultimamente. Não soube de nenhum que tenha sido capturado nos últimos três, quatro anos. Nos próximos anos, só os veremos no Zoológico do Palácio ChangGyeong.

Nesse momento, Ito virou a cabeça para a porta, onde sua irmã estava parada lançando-lhes olhares tímidos.

– Entre, Mineko – disse Ito calorosamente, e a jovem entrou em silêncio. Yamada se levantou, e os dois trocaram reverências. Ao contrário do belo irmão, ela era comum e até sem atrativos. Mas seus olhos eram bonitos e gentis, enquanto os olhos estreitos do irmão eram frios e egoístas. Como os dois homens e outros membros da mais alta nobreza japonesa, ela vestia roupas ocidentais – um vestido folgado de cetim rosa-claro que a fazia parecer ainda mais branca. Ficou em pé ao lado de Yamada, sorrindo timidamente.

– Você estava dizendo? – Ito voltou-se para Yamada, que se dava conta de que o encontro fora planejado para que conhecesse a jovem. – Você matou um?

– Não, mirei e atirei nele, como todos os que estavam lá. Foi ferido na perna, mas fugiu – respondeu Yamada, percebendo pela primeira vez que esperava que o tigre tivesse sobrevivido.

– Ah, que pena. Não se sinta mal. Ele provavelmente morreu na floresta, e é o mesmo que tê-lo matado. O que é mais digno que apenas comprar uma pele com dinheiro – garantiu Ito.

Mineko assentiu, concordando, então deixou o cômodo com polidez.

Um criado veio guardar as antiguidades uma a uma, e os homens serviram e beberam mais conhaque.

– Eu era de longe o filho favorito de meu pai – disse Ito, bebendo um gole. – Sempre tive pena de Mineko por não receber seus afetos. Eu tinha um sentimento forte de proteção por ela.

– Ela parece gentil.

– É mesmo? Fico feliz por ela ter causado uma boa impressão. – Ito sorriu. – O que mais?

Yamada deu de ombros.

– Não a conheço muito bem, acabei de vê-la pela primeira vez.

– Genzo, sabe que não ligo muito para mulheres – disse Ito, assumindo um tom bastante sincero, de confissão. – Gosto das que são belas, claro. Aprecio sua aparência, e até suas qualidades individuais. São como antiguidades, sabe? Mas, ao contrário das antiguidades, seu valor decai com o tempo, pelo menos do meu ponto de vista. Isso não falha. E, ainda assim, veja como estou me submetendo aos caminhos do mundo. – Ito se recostou na poltrona e bebeu mais um gole. – Vou me casar com a filha do Conde H. Nos encontramos apenas duas vezes.

– Devo parabenizá-lo? – perguntou Yamada irônico, e Ito riu.

– Acho que sim. É uma ótima aliança. Meu pai ficaria muito contente. Mas estamos falando de você, Genzo. O que acha de minha irmã? Uma hora você vai ter de se casar. Seu pai deve ter lhe dito isso. E Mineko é educada e agradável, para não dizer rica. Vai ser uma esposa boa, obediente, e eu gostaria de vê-la casada com alguém como você.

Yamada não respondeu, escolhendo observar o interior do copo. De fato, Mineko era pelo menos tão boa quanto as opções que seu pai tinha mencionado, talvez melhor. Nos últimos anos, o Coronel Yamada descobrira que como *deveria* se sentir com frequência diferia de como ele se sentia *de fato*. Preocupava-se com a possibilidade de isso estar impedindo seu progresso e tornando-o fraco. Como um teste de sua força de vontade, criou o hábito de fazer coisas que não o atraíam nem um pouco. Dedicava-se ao trabalho nas celas, chicoteando pessoalmente os rebeldes mais insidiosos com a convicção de um atleta que se exercita com vigor, acreditando que a tarefa acabará se tornando mais fácil enquanto deixa seu corpo mais forte. Portanto, apesar de não ter nenhum interesse em Mineko como mulher ou mesmo como pessoa, Yamada respondeu, sem emoção:

– Tudo bem, vou me casar com ela.

– Excelente! Um brinde então. A nossas famílias – disse Ito, e eles bateram os copos. No entanto, Ito percebeu que Yamada não estava sorrindo, então disse: – Genzo, não fique tão tenso. Sabe o que é o casamento? – Ito baixou o copo e estalou os lábios. – O casamento é uma casa. Você a constrói para poder criar os filhos. Mas um homem não fica trancado lá dentro. Ele vem e vai como lhe convém. É tão impossível que um homem fique confinado em seu casamento quanto é para ele nunca sair de casa. – Ele voltou a se recostar na poltrona, desfrutando da suavidade e do brilho fraco da bebida.

13

Esquerda e direita

1925

JungHo passou a visitar Jade em casa quase todos os dias, mesmo que apenas por dez minutos. Ele não queria que ela se cansasse dele, e algumas vezes tentou se manter longe por um tempo. Quando voltava, no entanto, Jade sempre lhe perguntava por onde tinha andado com tanta atenção quanto quando eram companheiros de brincadeiras. Com alívio, JungHo se sentia autorizado a voltar a visitá-la regularmente.

De vez em quando eles ficavam em casa e conversavam enquanto bebiam uma xícara de chá de crisântemo na sala. Outras vezes, saíam para dar uma caminhada, seguindo na direção norte pelo Zoológico do Palácio ChangGyeong e indo quase até o Grande Portão Leste antes de fazer a volta. Foi em uma dessas caminhadas que Jade revelou algo assustador. Ela estava com uma roupa nova, casaco e saia combinando, com fios de ouro e pele de coelho cinza. Quando JungHo comentou sobre o traje, ela disse, como se não fosse nada:

– Ah, foi um presente.

JungHo sabia que estava sendo terrível, mas não pôde deixar de perguntar:

– Da tia Dani?

– Ah, não. – Jade riu. – De um homem. Ele é filho de um milionário em Gyeongju. – Ela tocou o braço dele suavemente e acrescentou: – Ele é muito chato e ronca.

JungHo não sabia o que dizer. O restante da caminhada se deu quase em silêncio. Pela primeira vez, ele a deixou sem querer prolongar o encontro. Como poderia ser tão tolo a ponto de acreditar que era qualquer coisa mais que um amigo, um velho companheiro de brincadeiras dos tempos de criança?

Percebeu que era por isso que ela se sentia tão livre com ele – porque nunca pensava nele como um homem. Até mesmo o hábito de tocar seu braço ao argumentar era apenas uma demonstração de afeto; não era um ato de sedução como com qualquer outro homem. Para ser visto como um deles, era necessário que ficasse rico; não para comprá-la, mas para conquistar seu respeito. Essa ideia veio como uma revelação: até aquele momento JungHo havia se concentrado apenas na sobrevivência e no conforto mínimo. Agora entendia por que pessoas que têm o bastante para comer são tão obcecadas por dinheiro. Não se tratava exatamente do que podiam comprar com ele, mas da validação que desejavam.

Uma vez decidido, JungHo levou Dojô para um passeio. Por hábito, foram até a ponte sobre o canal. O sol tingia de rosa as nuvens a oeste, e luzes começavam a iluminar as janelas das construções azuladas. Carros passavam por cima da ponte atrás deles. À sua frente, um bando de pardais saltou de um fio de luz e foi embora para o céu noturno, conversando sobre o dia.

– Como podemos ficar ricos, Dojô? – JungHo perguntou de cara.

Assim que as palavras deixaram seus lábios, ele se deu conta de que parecia desesperado e ignorante, mas engoliu o orgulho.

– Você quer ficar rico? – Dojô deu seu sorriso malicioso.

– Bom, quem disse que temos que passar o resto da vida assim? – JungHo cerrou os punhos e bateu no parapeito de pedra. – Tirando vantagem de lojas por comida de graça e um pouco de dinheiro, será que isso é tudo? Não podemos continuar desse jeito.

– Sabe, existe um caminho – respondeu Dojô com uma seriedade repentina. – Você sabe que Seul é dividida entre esquerdistas e direitistas.

JungHo já tinha ouvido os rumores nervosos nas ruas, mas não fazia ideia do que significavam ou como podiam afetá-lo. As manchetes dos jornais pela cidade não significavam nada para ele, uma vez que não sabia ler.

– Os comunistas ficam à esquerda. E os nacionalistas, à direita. Não importa muito quem acredita em quê... Mas os dois grupos precisam de homens para proteção e outros trabalhos, nos quais não podem se envolver diretamente. Sabe do que estou falando?

– Sim – respondeu JungHo, embora tivesse um conhecimento muito vago da situação.

– Então precisamos apenas descobrir qual partido está disposto a pagar mais, jurar lealdade e ajudá-los com esses trabalhos.

– Com quem podemos conversar? Não conheço nenhuma dessas pessoas – disse JungHo, tímido.

– Não se preocupe com isso. – Dojô sorriu. – Por acaso eu já estou conversando com um figurão entre os comunistas. Ele foi um dos membros fundadores do Partido Comunista de Goryeo,[34] que começou em Xangai. Esse cara é incrivelmente rico e muito bem relacionado, então, se trabalharmos para ele, vamos conseguir uma mina de ouro, está entendendo? Vou levar você para conhecê-lo. Seu nome é MyungBo.

A casa de MyungBo em Pyeongchang-Dong era um casarão tradicional rodeado de muros de pedra antigos, sobre o qual o topo de duas árvores podiam ser avistados do lado de fora. Seus galhos comoviam pela finura e pela falta de folhas, mas estavam carregados de caquis que brilhavam como rubis ao luar.

Os portões externos, cobertos por ladrilhos de cerâmica, tinham quase quatro metros de altura, altos e largos o bastante para que o senhor da casa pudesse permanecer em sua carruagem ao entrar – um privilégio apenas da mais alta nobreza. Aquela era apenas uma das casas ancestrais da família, que MyungBo herdara após a morte do pai, em 1925. Quando o pai frio e distante engasgou com um espinho de peixe no café da manhã, MyungBo de repente passou de alguém que tinha que importunar os amigos a senhor de vastas propriedades com uma renda anual de trezentos mil wons.

Ao atravessar os imponentes portões, JungHo se deu conta de que estava tão fora de seu ambiente quanto estaria no próprio Palácio Imperial. Ficou embasbacado com os detalhes que MyungBo consideraria despretensiosos e modestos, como o odor agradável de mofo dos livros antigos que preenchiam as estantes, os aparadores incrustados de madrepérolas e as porcelana antigas sem adornos, mas claramente inestimáveis. Acima das urnas, havia uma fotografia emoldurada de um estrangeiro careca com bigode e um cavanhaque pontudo. Por toda parte havia uma moderação elegante e uma elegância cavalheiresca que faziam com que JungHo sentisse vergonha de estar pisando aquele chão impecável com suas meias gastas.

– Não fique nervoso – sussurrou Dojô enquanto eles esperavam por MyungBo na biblioteca.

– Estou ótimo – respondeu JungHo, cerrando os punhos como por impulso. – Por que eu ficaria nervoso? Ele pode ser rico, mas é apenas um humano que come e caga, como você e eu.

Como sempre, suas palavras saíram muito mais grosseiras que seus pensamentos. Ele não sabia falar com gentileza, assim como não sabia socar com gentileza.

Ouviram um farfalhar vindo do lado de fora, seguido pelo ruído de alguém limpando a garganta.

– Posso entrar? – perguntou MyungBo, logo antes de abrir a porta e entrar na biblioteca, sorrindo calmamente. – Peço desculpas por tê-los feito esperar. Estava no escritório com alguns de nossos camaradas. E trouxe chá e umas frutas, pois minha esposa não está se sentindo bem – disse, colocando a bandeja em uma mesinha. – Ainda temos criados e uma empregada, mas eu tento deixar que descansem quando está tarde assim. – Após soltar a bandeja com xícaras de chá e um prato de caquis, fez uma reverência a JungHo. – Meu nome é Lee MyungBo, mas, por favor, me chame de Camarada Lee – disse.

JungHo foi pego de surpresa, pois nenhum cavalheiro jamais o olhava diretamente nos olhos, muito menos oferecia uma saudação tão cortês, como se ele fosse um igual. Quando JungHo retribuiu a reverência, sem jeito, MyungBo cumprimentou Dojô com um aperto de mão caloroso e disse:

– É muito bom vê-lo novamente, Sr. Dojô.

Antes da reunião, Dojô explicara a JungHo como conhecera MyungBo. Um dia, Dojô e alguns outros estavam patrulhando os estabelecimentos e entraram em um restaurantezinho onde MyungBo estava almoçando. Quando Dojô exigiu a taxa de proteção ao dono da loja, MyungBo os abordou dizendo que ele pagaria qualquer quantia que Dojô exigisse, e também compraria almoço para o grupo se eles o acompanhassem.

A essa altura, Dojô e o restante dos discípulos de JungHo já estavam acostumados a bater em qualquer um que resistisse à "cobrança" ou tentasse repreendê-los. Mas algo no sorriso calmo e na postura modesta, mas digna, de MyungBo impediu que até o mais grosseiro deles atacasse. Sentaram-se para comer, e MyungBo perguntou se seus pais eram vivos e qual era sua cidade natal. Arrancou histórias mesmo dos mais brutos entre eles. Quando terminaram de comer, MyungBo estava falando de uma sociedade que cuidaria de seus órfãos e dos pobres, e que nunca deixaria ninguém passar fome.

– A fome é o mal, nunca a pessoa – disse MyungBo, olhando para eles com olhos tão puros e sinceros que todos caíram em um silêncio incomum. Depois, Dojô foi a alguns encontros na casa de MyungBo, onde cerca de uma dúzia de homens e até algumas mulheres se sentavam juntos e conversavam sobre aquela coisa chamada comunismo.

Naquela noite, MyungBo começou mais uma vez perguntando sobre a cidade natal de JungHo e se seus pais ainda eram vivos. JungHo tentou não responder às perguntas daquele cavalheiro, mas descobriu que não seria capaz – MyungBo era simplesmente genuíno e gentil demais para ser rejeitado com tanta grosseria.

– Quantos anos tem, Sr. JungHo? – perguntou MyungBo.

– Dezenove – respondeu JungHo, a pele morena corando. Sabia que parecia jovem e imaturo a MyungBo, que do contrário não teria perguntado.

– Me lembro bem de ter essa idade. Parece que foi ontem...– MyungBo fechou os olhos e suspirou. Havia uma pitada de tristeza em seu sorriso, pensou JungHo. – Jovens precisam ter sonhos, Sr. JungHo. O que quer da vida?

– Quero... – JungHo hesitou. Imediatamente ele pensou em Jade, em sua expressão naquele dia na colina contando a história da pedrinha. Mas não ia compartilhar essa fraqueza secreta com um estranho, especialmente na frente de Dojô. Em vez disso, disse: – Quero ser rico.

No instante em que as palavras foram ditas, JungHo percebeu que tinha dado a resposta errada. O rosto doce e confiante de MyungBo ficou melancólico e, para esconder, ele levou a xícara de chá de crisântemo aos lábios. A mão fina e cheia de cicatrizes tremia como se pertencesse a um homem muito mais velho. Após um momento de silêncio, MyungBo retomou a conversa.

– Sr. JungHo, o que o seu pai fazia?

– Ele era soldado do Exército Imperial, antes de sua dissolução. Depois disso, virou um agricultor arrendatário... E quando não podíamos mais pagar o aluguel da fazenda, virou caçador.

Fazia muito tempo que JungHo não pensava no pai. Colocou a mão no bolso interno do casaco e tocou discretamente a cigarreira e o anel, como fazia quando queria sentir algum consolo.

– Seu pai tinha a profissão mais nobre do mundo. Como agricultor ou caçador, vivia da terra por meio de um trabalho duro e honesto. – MyungBo já parecia menos melancólico. – E isso vale para os donos de restaurantes e de lojas. O que o seu pai diria se soubesse que você estava ameaçando e roubando dinheiro dessas pessoas simples, que também estão apenas tentando sobreviver? Me perdoe se pareço presunçoso, mas eu também tenho idade para ser seu pai.

JungHo olhou para seu anfitrião, uma crueldade repentina surgindo em seu olhar.

– Meu pai era tão honesto que morreu de fome. Quando morreu, fazia três dias que não comia nada, a não ser um pouco de água morna com molho de soja. Essa era a "sopa" da nossa família, Sr. Endinheirado. Como ousa me passar sermão sobre honestidade e simplicidade? Não tem esse direito.

Embora JungHo soubesse que não atacaria aquele cavalheiro gentil e articulado, fechou os punhos como por instinto. Dojô estendeu a mão e tocou sua manga, como para acalmá-lo.

– Sinto muito, Sr. JungHo. – MyungBo se rendeu com gentileza, surpreendendo o jovem. – É verdade, não tenho esse direito. Você fez o que precisava fazer para sobreviver. Mas se tivesse a oportunidade de viver honestamente e ainda assim prosperar, não ia preferir? Eu perguntei o que você quer da vida. Vou dizer o que eu quero. Meu primeiro sonho é a independência de nosso país. Meu segundo sonho é que todas as pessoas tenham o bastante para comer, prosperar e viver como seres humanos devem viver. Uma sociedade justa onde ninguém seja esquecido. E um sonho não é possível sem o outro...

MyungBo voltou a fechar os olhos; essa foi a revelação que o transformou e da qual se ocupava desde que fora libertado da prisão, no verão de 1921. Tomara o primeiro navio para Xangai, o reduto de ativistas expatriados de todas as facções políticas.

Embora todos tivessem arriscado a vida pela mesma causa, MyungBo logo descobriu que não confiava em muitos de seus companheiros ativistas. Antes da prisão, reservava seu desprezo para aqueles que eram gananciosos por dinheiro ou prestígio. (SungSoo pertencia a esse grupo, embora em nome de sua antiga amizade MyungBo não pensasse isso, exceto em um canto oculto de sua mente.) Em Xangai, ficou surpreso ao descobrir que, para algumas pessoas, uma motivação ainda mais forte era o poder. Também percebeu que aqueles ativistas falavam de Warren G. Harding como se fosse um parente rico e amado, que um dia poderia deixar uma herança escandalosa – com deferência imprópria e expectativa ávida. Um grupo deles foi a Washington, D.C., implorar pessoalmente ao presidente, e convidaram MyungBo a acompanhá-los; mas ele jamais esqueceria que o Consulado Americano tinha prometido ajudar e não fizera nada. Em vez disso, ele se juntou a um grupo de socialistas e pegou o trem transiberiano para Moscou, para rogar à Rússia.

Embora tivesse passado os últimos quinze anos cruzando terras estrangeiras, MyungBo não era um viajante nato. Mas, como todos aqueles que têm poesia no coração, ficou fascinado pelos trechos selvagens das estepes mongóis, pontilhadas de pôneis peludos que pastavam a grama coberta pela geada. As flores roxas e amarelas sem nome balançavam nas charnecas varridas pelo vento, erguendo o rostinho liso para o céu, e nada poderia ser mais glorioso. Enquanto o trem serpenteava pelas margens do Lago Baikal, suas águas antigas e azuis batendo contra as falésias, e a montanha se erguia ao nascer do sol rosado e se curvava na escuridão do cair da noite, MyungBo tirou os olhos da janela e até cochilou com a cabeça balançando contra o vidro. Percebendo seu entusiasmo, um dos socialistas lhe disse:

– A Rússia é mesmo um grande país. Tem mais belezas que a China, que é grandiosa, e mais grandeza que a Coreia, que é muito bela. Se essa paisagem é indicativa de seu espírito, eles com certeza vão nos ajudar.

A Rússia era, acima de tudo, um país vasto, e o trem continuou avançando durante dez dias e dez noites. MyungBo, ainda bastante frágil, escondeu dos demais a frequência com que não segurava a comida ou ficava tonto de exaustão. Mas em Moscou eles foram recompensados com uma reunião particular com Lenin, que os recebeu calorosamente e prometeu um financiamento generoso de seiscentos mil rublos.

Exatamente ao mesmo tempo, os representantes que foram a Washington tiveram uma recepção totalmente diferente. Harding estava ocupado dividindo a Ásia e o Pacífico com os japoneses: os Estados Unidos colonizariam as Filipinas, e em troca deixariam o Japão tomar a Mongólia da China e a Sibéria da Rússia. Washington não irritaria seu novo aliado incentivando uns rebeldes que exigiam a independência. Os representantes coreanos marcharam de volta à Coreia sem sequer uma reunião de cortesia com um oficial de baixo escalão.

Foi assim que MyungBo se convenceu de que a Rússia era a única solução para os dois males do mundo. A Coreia conquistaria a independência com a ajuda da Rússia, e criaria uma sociedade justa e próspera para todos, baseada no comunismo. Isso erradicaria tanto o governo colonial japonês quanto a classe latifundiária avarenta, as duas principais causas do sofrimento de seu povo. E, quanto à América, alguns de seus habitantes eram bons e honrados.

Mas, apesar de toda a conversa sobre paz mundial e justiça, a América era um poder colonial ganancioso tão vil quanto o Japão.

MyungBo não podia explicar tudo isso a JungHo, que era inculto. Mas estava claro que era inteligente à sua maneira, tendo sobrevivido o impensável enquanto liderava seus seguidores, que lhe eram tão leais quanto uma matilha de lobos. MyungBo sempre confiava nas primeiras impressões, e viu algo muito raro no rosto simples e comum de JungHo. Era a qualidade que MyungBo mais procurava nas pessoas – honestidade.

Havia muito tempo que MyungBo era fascinado com o fato de que quase todos se consideravam honestos. As pessoas eram incrivelmente espertas e sutis quando precisavam racionalizar suas ações, e tão sagazes que nem percebiam que estavam enganando a si mesmas. Mas JungHo, de alguma forma, era diferente. O jovem claramente era capaz de ferir as pessoas sem parar para respirar. Havia muito pouco no que dizia respeito a controle e equilíbrio nele. Mas jamais *trairia* alguém – e esse era o principal motivo pelo qual parecia tão diferente de quase todos os demais. Essa franqueza, combinada com sua energia bruta e compulsiva, era o motivo pelo qual seguidores se reuniam à volta de JungHo e confiavam suas vidas a ele.

MyungBo se endireitou no assento, respirando fundo.

– Já ouviu falar da Rússia, Sr. JungHo? Embora pareça distante, nosso país faz fronteira com ela ao Norte.

– Sou do Norte... é claro que sei disso – disse JungHo. – Conheci alguns ianques e os chineses, mas nunca ninguém da Rússia. Eles se parecem conosco ou com os ianques?

– Depende. Quando eu fui à Rússia, vi muitas pessoas que pareciam orientais e tinham a pele dourada e o cabelo preto, não muito diferentes de nós, e outras que pareciam europeias, com olhos azuis e cabelos claros.

– Aquele cara barbudo lá em cima. – JungHo apontou para a fotografia emoldurada na parede. – Ele parece um pouco estranho, quase meio oriental meio europeu. Ele é russo?

– Ah, sim. – MyungBo deu um sorriso triste. – Ele é russo, e tive a honra de conhecê-lo em Moscou antes de sua morte. Seu nome era Vladimir Lenin. Tenho de lhe contar mais sobre ele em sua próxima visita. Em breve, espero.

– Senhor Lee, vejo que é uma boa pessoa, de verdade – disse JungHo, balançando a cabeça. – Mas não estou tentando salvar o país, ou qualquer pessoa, na verdade. O que isso tem a ver comigo? Os nobres como o senhor é que nos trouxeram até aqui, então podem dar um jeito de nos tirar desta bagunça. A única coisa que me importa é como meus irmãos e eu podemos ganhar dinheiro.

MyungBo suspirou, descansando os olhos no aparador e organizando os pensamentos.

– As pessoas acham que querem dinheiro, mas geralmente descubro que, na verdade, querem outra coisa – disse devagar, pensando em SungSoo e em outros homens ricos em seus círculos. – Elas dizem que a riqueza é seu objetivo, porque isso parece mais seguro que admitir o que realmente desejam... Entende o que quero dizer?

Com espanto, JungHo olhou para o rosto velho, mas agradável de seu anfitrião. O jovem corou novamente, desta vez por ter seu segredo mais íntimo revelado.

– Também vejo que é uma boa pessoa, Sr. JungHo – continuou MyungBo. – Se você e seus amigos trabalharem para mim e para minha causa, não posso garantir que ficarão ricos, mas provavelmente conseguirão tudo de que realmente precisam para serem felizes. E isso, o dinheiro não pode comprar.

Com a última palavra de MyungBo, a imagem de Jade surgiu mais uma vez diante dos olhos de JungHo. Ele ficou surpreso com o fato de que tudo o que MyungBo dizia fazia sentido. Não o comunismo, a Rússia, o Japão ou a Coreia, ideias e mapas que não faziam sentido para ele, mas a busca da verdadeira felicidade. No fundo de seu coração, JungHo só queria compartilhar a vida com alguém que o amasse. Sem ter se explicado, sentia que MyungBo entenderia e até respeitaria seu desejo. Nunca tinha se sentido tão compreendido por alguém, ainda mais um estranho que tinha acabado de conhecer. Se alguém tão genuíno, inteligente e poderoso como MyungBo não pudesse levá-lo até onde ele queria, ninguém poderia.

– Então o que é preciso fazer para ser um comunista? – perguntou JungHo.

14
Alguns homens são bons e outros são maus
1925

Depois que a cortina caiu, Jade voltou ao seu camarim e afundou no sofá, cercado de flores. Seu corpo ficou imóvel e pesado por alguns minutos, debilitado pela fadiga que a dominava ao fim de cada apresentação. Reunindo um pouco de energia, puxou a fita da camisa tradicional e tirou-a dos ombros. Soltar a *chima* que pressionava seu peito permitiu que respirasse fundo e, sentindo-se mais relaxada, arrancou uma rosa do buquê mais próximo e aspirou sua fragrância.

Era a semana de abertura de *A lenda de ChunHyang*.[35] Jade interpretava a heroína, uma cortesã do século XVII que se apaixona pelo filho de um magistrado local. Após muito sofrimento, eles acabam se casando, apesar da diferença de classes. Parecia que toda Seul estava falando sobre a peça, e os jornais se rasgavam em elogios à sua performance. Na primeira vez que viu sua foto ao lado de uma crítica, ela quase gritou de alegria; jamais tinha sonhado com tamanho sucesso – talvez para Lotus, mas nunca para si mesma. Toda noite, seu camarim ficava cheio de flores frescas com mensagens ocultas de seus admiradores. Jade percebeu que havia um bilhetinho dobrado enfiado no buquê de rosas vermelhas. Ainda segurando a única rosa próximo ao nariz com a mão esquerda, ela puxou o bilhete com a direita e logo começou a ler.

– *À maior atriz de Seul, perto de quem as rosas ficariam ainda mais vermelhas de vergonha... Pois você é mais bela que qualquer flor...* Ah, é do Sr. Yoo. Que pavoroso e engraçado!

Jade riu sozinha, lembrando-se do dono da fábrica de aço com seus ternos quadriculados e óculos redondos. Seu cabelo estava sempre lambido para trás com pomada, ainda mostrando os sulcos do pente, e seus dentes e hálito tinham um cheiro desagradável de tabaco. Fazia meses que ele lhe mandava presentes, como bonecas de porcelana francesa pintadas, uma caixa de trufas de chocolate e um pente de ouro cravejado de pedras muito bonito. Como era muito rico, Jade achou que as pedras fossem de verdade. Mas Dani, que só tinha e usava as joias mais sofisticadas, apenas precisou dar uma olhada para saber que eram artificiais.

– É apenas vidro colorido – disse diretamente, sem perceber o constrangimento e os sentimentos estranhamente feridos de Jade.

Depois disso, Jade devolveu cada um dos presentes do Sr. Yoo e nunca respondeu a nenhuma de suas cartas.

– Casado e trinta anos mais velho que eu, é claro! – resmungou para si mesma, voltando a dobrar o bilhete e jogando-o de lado.

Próximo às rosas havia outro buquê, muito menor, de cosmos brancos e roxos.

"Nenhum bilhete. De quem será...", pensou Jade, sorrindo feliz para as flores. Nenhum de seus admiradores mais velhos, como o Sr. Yoo, mandaria algo sem nome. Sentia que poderia adivinhar quem seria o jovem tímido que a adorava a distância. Ao cair em um devaneio, a porta se abriu e um homem entrou. Vestia um uniforme cáqui de oficial.

– Está muito bonita esta noite – disse o Coronel Ito, sorrindo como se Jade devesse se sentir grata por um elogio como aquele. – Não, por que está vestindo suas roupas? Prefiro você sem elas. – Ele riu enquanto Jade voltava a fechar a saia sobre o peito com um olhar altivo.

– Você está convidado a assistir à minha apresentação no teatro, mas imploro que não me visite em nenhum outro lugar, principalmente em meu camarim. Já disse isso muitas vezes – respondeu Jade em japonês, enfiando os braços nas mangas da camisa e amarrando as fitas.

– Ao contrário, não pretendo ver a peça. Ficaria entediado, e vejo você muito melhor aqui – respondeu ele, soltando o primeiro botão do uniforme com a mão direita. Atravessou o pequeno camarim com apenas duas passadas e se sentou no sofá, abrindo as pernas confortavelmente. Jade se levantou no mesmo instante, mas Ito segurou seu braço e puxou-a com força para que ficasse à sua frente. – E posso tocá-la aqui – disse baixinho, tirando a camisa dela e puxando a saia para baixo, revelando seus seios cor de marfim. O aroma floral e pungente da pele feminina preencheu suas narinas, e ele desejou se enterrar nela. Colocou uma palma bronzeada em cada seio e apertou, fazendo movimentos circulares com as mãos e sentindo que estava ficando duro. No instante em que os lábios dele caíram famintos em sua pele nua, Jade se afastou com uma força bestial.

Um sorriso indulgente voltou a surgir no rosto egoísta de Ito.

– Amo o quanto vocês, garotas de Joseon, lutam... É muito mais divertido.

Ele colocou o braço na cintura dela e a trouxe para perto. Sua mão direita se enfiou embaixo da saia, viajando para cima entre suas coxas, e pressionou com urgência o montículo triangular quente e úmido, coberto apenas pelas roupas íntimas de musseline.

– Não encoste em mim! – gritou Jade, e levantou o braço, dando-lhe um tapa alto no rosto.

Ele mal pareceu notar, apenas a segurou mais forte. Ela bateu em suas costas freneticamente com as mãos, e finalmente mordeu a parte superior musculosa de seu ombro.

– Sua cadela! – gritou ele, soltando-a.

Ela virou para o lado oposto do camarim, colocando as mãos sobre a saia aberta. Parecia assustada com o que tinha feito.

– Eu poderia mandar prendê-la por isso – disse Ito, recostando-se no sofá e respirando com dificuldade. – Mas não vou, desde que passe a noite comigo. Você pode até se divertir.

– Nunca – respondeu Jade, com a voz suave, os braços ainda cruzados em frente ao corpo. – Não tenho medo de você – acrescentou, embora sua voz estivesse tremendo.

– Tudo bem. O que é que você quer? Quer flores como estas? – sarcástico, Ito gesticulou para os buquês. – Ou dinheiro ou joias? Ninguém jamais acusou Ito Atsuo de avareza. Estou disposto a pagar um preço justo.

– Não existe quantia que você possa pagar para dormir comigo – disse Jade, o que era uma meia verdade.

Ela tinha devolvido o custo de seu treinamento e alimentação para Dani, e a taxa da guilda, e não tinha tempo nem necessidade de entreter em festas. Ganhava dinheiro suficiente atuando, mas ainda recebia presentes de homens que podiam ou não vir a ter intimidades com ela. Mas, como outras atrizes e cortesãs famosas, não estava à venda para qualquer um que tivesse dinheiro.

Ito, frustrado com sua obstinação e ainda em um estado desesperado de excitação, desabotoou as calças.

– Então só assista.

E começou a se acariciar, a outra mão agarrada ao descanso de braço. Jade ficou olhando, e desviou o olhar quando ele pegou sua camisa de seda, enrolou-a como um pano e gozou nela.

Ito ficou jogado no sofá por alguns minutos, os olhos revirados para o teto por um instante e se fechando em seguida, respirando com dificuldade como se tivesse acabado de correr. Quando se recompôs e fechou a calça, ouviram um barulho de passos do lado de fora.

– Por que está demorando tanto? Posso entrar? – perguntou Lotus entrando, vestindo roupas de passeio.

Ao encontrar Ito e Jade naquele estado, ela corou e desviou o olhar. Indiferente às mulheres, Ito se levantou com calma, bateu as mangas e saiu sem dizer uma palavra.

– O que foi isso? Você está bem? – perguntou Lotus, dando um abraço em Jade.

– Estou bem. Só preciso ir para casa – respondeu Jade, tremendo.

Ela vestiu suas roupas de passeio e as duas saíram juntas pela porta lateral, onde HanChol as esperava com seu riquixá. Desde a noite da apresentação beneficente, ele era seu condutor favorito; Jade avisava-lhe para onde precisava ir em seguida, tratava-o com educação como se fosse seu igual, e sempre pagava pelo menos metade a mais, se não mais. Mas agora ela queria que todos a deixassem em paz, até ele. Sentia as marcas das mãos de Ito se transformando em hematomas em sua pele, como uvas amassadas.

– Ela está bem? A senhorita Jade está doente? – perguntou HanChol, e ela virou a cabeça sem dizer nada.

– Ela só passou por um pequeno susto, só isso – respondeu Lotus. – Pode nos levar para casa rapidamente?

HanChol assentiu, ajudando as jovens a subir na carruagem. Acomodado à frente, deu uma olhada para trás e viu que Jade estava chorando. Ele correu até o casarão, embora fosse tarde da noite e o dia tivesse sido longo. Quando chegaram em casa, as duas desceram sem as brincadeiras de sempre e desapareceram portão adentro.

Foi tão diferente de como HanChol tinha imaginado aquela noite, e ele ficou exaurido pela decepção. Achava que ela perguntaria se ele tinha enviado os cosmos, para os quais economizara centavos aqui e ali durante uma semana. Tinha planos de finalmente contar a ela como se sentia. Em vez disso, ficou doente de preocupação e, ao mesmo tempo, estranhamente entusiasmado com a própria preocupação, porque fazia com que se sentisse mais profundamente humano. Todas as outras vezes, só pensava no que fazer em seguida para sobreviver e conseguir sair daquela vida, insensível a qualquer emoção. Se preocupar com Jade era a única vez que sentia tamanha doçura junto com a dor.

Jade e Lotus atravessaram o jardim e entraram. Em vez de ir para o próprio quarto, Lotus foi atrás de Jade e começou a arrumar a cama para ela.

– Aqui, deite embaixo das cobertas – disse Lotus, dando batidinhas no travesseiro. – Quer que eu durma aqui hoje?

Jade subiu na cama e assentiu. Lotus foi até o baú onde ficava a roupa de cama e abriu mais um catre. Colocou-o ao lado do de Jade, tirou a roupa, os grampos do penteado e penteou o cabelo preto comprido e lustroso com a mesma energia robusta e reconfortante que sempre irradiava. Então tirou os grampos de Jade e penteou o cabelo dela, sentindo o carinho e a proteção de quando eram garotinhas penteando o cabelo uma da outra todas as noites.

Ao terminar, Lotus entrou embaixo das cobertas, murmurando:

– Precisamos tirar a maquiagem? Estou tão cansada...

– Eu também – disse Jade, com os olhos fechados. Ela já estava sedada pela influência da melhor amiga.

– O que aquele japonês desgraçado fez? Ele não pegou você à força, pegou?

– Ele tentou... e eu o mordi – respondeu Jade, e Lotus caiu na gargalhada.

– Essa técnica não estava no livro da cortesã da tia Dani. Mas talvez devesse estar – disse.

Então Jade também sorriu na escuridão, como se aquela fosse uma história engraçada, no final das contas. Olhando para ela, Lotus se orgulhou de sua capacidade de transformar mesmo os acontecimentos mais terríveis em coisas das quais rir. As pessoas a achavam naturalmente jocosa, talvez um pouco vulgar, mas, na verdade, ela fazia isso pelas amigas. Quem as fazia rir quando havia estupro, assassinato e miséria em cada canto deste mundo sombrio? Só ela.

– Ele era bem bonito, por que não deixou acontecer? – Lotus continuou. – Você não precisa ser um modelo de virtude, como uma dama bem-nascida. No fim do dia, quando as luzes se apagam, os homens são todos iguais. Japoneses, coreanos... todos são vis.

Embora nunca tivesse dito isso em voz alta, Jade não achava que teria recusado Ito caso algo mais acontecesse.

– Eu odeio ele – disse Jade, com fervor. – Ele acha que pode ter qualquer mulher, e fazer qualquer coisa com elas... e elas aceitam como se fosse natural, porque ele é poderoso, rico e não é feio. Bom, eu não sou uma delas. – Agitada, ela virou a cabeça para olhar para Lotus. O branco reluzente de seus olhos parecia azulado na escuridão. – Lotus, como você pode esquecer o que eles fizeram com sua irmã? E Hesoon? Eu nunca vou deixar um japonês desgraçado encostar em mim enquanto tiver forças para lutar.

Lotus se perguntou quando exatamente a amiga tinha ficado tão cheia de opinião. Quando eram crianças, Jade sempre a seguia. Só depois de crescer, ela ficara tão obstinada com seus gostos e desgostos.

– Tudo bem, mas tia Dani tinha o Juiz, lembra? Por que acha que ela aceitava isso? Às vezes o mundo não é tão preto e branco – respondeu Lotus. – De qualquer forma, precisamos dormir.

Antes que a primeira luz azul do amanhecer entrasse pela janela, Lotus levantou da cama e foi para o próprio quarto. A primeira coisa que fez foi tirar a maquiagem da noite anterior com água espumosa de feijão-mungo. Aos outros, parecia que Lotus odiava ir a qualquer lugar sem estar com o rosto pintado, mas, na verdade, a sensação de pó e rouge derretendo e revelando sua pele fresca sempre lhe dava uma grande satisfação. Toda vez que se sentava com as pernas cruzadas em frente à penteadeira e massageava o rosto limpo com água de flor de pessegueiro, se sentia mais calma e honesta consigo mesma que a qualquer outra hora do dia.

Cuidadosamente, Lotus analisou a pele macia e sem poros que reluzia na ponte do nariz e nas maçãs do rosto. Quando olhava assim para si mesma, acreditava que era bonita, o que lhe dava confiança para verbalizar pensamentos que, em outros momentos, mantinha ocultos.

"A raiva que sentia, por exemplo", pensou agora, penteando o cabelo escuro com óleo de camélia. Em *A lenda de ChunHyang*, Lotus interpretava HyangDan, a criada da heroína. Era um papel cômico e desbocado, nada mais – ela nem cantava. Quando assinou o contrato com o teatro, o diretor prometeu que ela seria protagonista. Então o elenco foi anunciado, e Lotus foi até a sala do diretor pisando firme para exigir uma explicação. Ele só olhou para ela e disse, na defensiva:

– É claro que eu sei que você é a melhor cantora. Mas a câmera ama Jade!

O que a enfurecia era o fato de que Jade, que era no máximo uma cantora medíocre, cantava no palco todas as noites. Por que Jade conseguiu o papel e apareceu no *Jornal das Damas*? E por que os homens olhavam para ela daquele jeito, como uma pessoa com sede olha para uma cachoeira? Até o condutor de riquixá, HanChol, estava apaixonado por Jade. Ver aqueles dois flertando discretamente, como se quisessem proteger os sentimentos de Lotus, chegava a causar-lhe refluxo.

Por mais que Lotus amasse a amiga, ela ficava furiosa todas as noites. Era diferente com Luna: após dar à luz Hesook, Luna assumiu o papel de mãe tão completamente que parecia fisicamente constrangida com a menor atenção. Ao contrário das duas mais jovens, Luna era apenas uma cortesã ligada à sua guilda. Era chamada para festas com frequência, mas mantinha todos distantes, até mesmo outras cortesãs. Sempre que um homem se apaixonava por ela, Luna se mostrava indisponível, com serenidade e frieza, usando várias desculpas até que ele perdesse o interesse. Embora Luna tivesse feito alguns anúncios para um creme de beleza e um sabonete para o cabelo, e seu rosto aparecesse em jornais e revistas, ela era essencialmente solitária – e Lotus não invejava a solidão da irmã.

Tinha terminado a toalete. Seu rosto estava novamente escondido sob uma camada fresca de conchas moídas, pó de arroz e chumbo. O cabelo estava preso em um coque, mas dividido ao lado e seguro com grampos no lugar e um *binyeo*. Esse penteado combinava melhor com a camisa de seda estilo ocidental, mais larga e muito mais comprida, e a saia de lã vermelha combinando. Quando Lotus saiu do quarto, a criada atravessava o pátio em direção à cozinha para preparar o café da manhã e a bacia de todos.

– Diga a Jade que vou passar a manhã inteira fora. Nos encontramos no teatro às cinco – disse, saindo pelos portões.

Não havia nenhum riquixá esperando por ela do lado de fora. Ela não tinha pedido a HanChol que a levasse naquela manhã, porque não queria que Jade soubesse. Caminhou dois quarteirões e deu sorte de conseguir um riquixá, embora já não houvesse muitos condutores naqueles dias.

– Grande Cinema Oriental, por favor.

Lotus inclinou o tronco para a frente para falar com o condutor, então voltou a afundar no assento, se escondendo do vento cortante. Era uma manhã fria de novembro, oscilando no ponto em que o azul-claro e o amarelo do outono dão lugar ao cinza, prateado e rosa do inverno. As pessoas estavam agitadas, carregando carrinhos e vendendo caquis, batata-doce assada no fogo, carvão, peixe, ervas e cogumelos. Enquanto isso, carros ultrapassavam o riquixá, embora o condutor corresse a uma velocidade admirável. Havia um aroma defumado, fresco e doce no ar. Enquanto Lotus reparava nessas coisas com uma admiração infantil, o riquixá parou em frente ao cinema de dois andares.

Ela pagou o condutor e se dirigiu ao saguão, que estava deserto àquela hora do dia. Assim que entrou, uma secretária apareceu e a cumprimentou.

– É a Srta. Lotus, certo? O Presidente Ma está aguardando – disse a secretária com a voz doce, mas sem se curvar. – Por aqui, por favor. – Ela a guiou por um corredor escuro e abriu a porta de um escritório, onde o Presidente Ma analisava alguns documentos em sua mesa.

– Ah, Srta. Lotus, é uma honra recebê-la aqui – disse ele, se levantando e se curvando respeitosamente.

Ele tinha a cabeça um pouco grande, olhos brilhantes ancorados por um nariz bem pronunciado e testa larga. O vigor robusto da velhice recente emanava de seu rosto e corpo, que ainda se mantinha ereto e másculo. Lotus ficou nervosa sem motivo.

– Não, eu é que fico honrada com o convite – murmurou enquanto o presidente contornava a mesa e a conduzia até as poltronas no centro da sala, tocando levemente suas costas. Ele pediu à secretária que trouxesse café, e Lotus sentiu prazer ao perceber o ressentimento no rosto da jovem.

– Então, Srta. Lotus, deve saber o motivo do convite – começou o presidente. – É uma de nossas melhores atrizes e cantoras. A ouvi cantar pela primeira vez no MyungWol, há dois anos. Lembra-se de quando eu fui a um banquete lá?

Lotus balançou a cabeça.

– A senhorita cantou uma valsa, e sua voz tinha tanta profundidade que eu não conseguia acreditar que só tinha quinze anos. – Ele sorriu. – Desde então, sempre sonhei que um dia pudesse se apresentar no Grande Cinema Oriental. Esses dias soube que assinou contrato com o Teatro Joseon por um papel que não é digno da senhorita. Então decidi entrar em contato e ver se gostaria de ser uma estrela no Grande Oriental.

Lotus corou, esquecendo seu desejo de parecer altiva como Dani. O Grande Oriental era de longe o maior teatro de Seul; um cinema palaciano de dois mil lugares, que exibia filmes, shows de variedades, apresentações de dança e peças. Era ainda mais prestigioso que o Teatro Joseon, e ele estava oferecendo a ela o destaque de uma estrela.

– Talento como o seu só se vê uma ou duas vezes em uma geração. Quero garantir que receba a atenção que merece. Vamos começar com um show novo, com a senhorita em um papel que tenha canto. Talvez *A lenda de ShimChung*.[36] O público não se cansa de adaptações de romances medievais, elas despertam sua simpatia e permitem que chorem. É claro, também têm a vantagem de passar pela censura japonesa sem dificuldade. – O Presidente Ma fez uma pausa, unindo as mãos de modo que só as pontas dos dedos se tocassem. – Ao mesmo tempo, gravaria algo novo. Canções originais de valsa e jazz, escritas por um compositor que conheço, que estudou em Tóquio. O que acha?

– É incrível que me tenha em tão alta conta. – Lotus corou.

– Bem, Srta. Lotus. Sua voz é excepcional. – O Presidente Ma sorriu. – Fiquei sabendo que é sobrinha da famosa cortesã Kim Dani. Toda Seul comia na palma da mão de Dani há cerca de quinze anos. Eu me lembro bem… Ela é uma mulher de tirar o fôlego, com uma mente brilhante e a coragem de um homem. Mas sua fama superará a dela, tenho certeza.

15

Pássaros noturnos

1928

Na primavera em que Lotus e Jade completaram vinte anos, a casa estava sempre cheia de um ar tímido e delicado. A criada aprendiz se ocupava entregando cartas secretas para uma senhora e depois para a outra. Elas andavam suscetíveis a olhar para o nada em devaneios, ou sorrir de repente sem motivo.

Não eram mais garotas, qualquer que fosse o critério. A maioria das camponesas tinha um ou dois filhos na idade delas, e as cortesãs mais cobiçadas estavam mais próximas dos quinze que dos vinte. Mas estavam apenas começando a se perceber como mulheres. Cada uma se sentia como se tivesse recebido uma senha secreta que mudaria todas as regras da vida que conhecia até então.

Embora ela nunca falasse dele, todos da casa sabiam que o amante de Lotus era o Presidente Ma. Fazia apenas um mês que ela era a protagonista de *A lenda de ShimChung,* quando ele enviou um bilhete a seu camarim durante o intervalo, convidando-a para jantar. Quando ela saiu no fim da noite, havia um carro preto esperando em frente à entrada dos fundos do Grande Oriental. Ele estava no banco do motorista, com um chapéu elegante e um terno preto com um lenço de bolso branco imaculado.

– Vamos brindar ao seu sucesso, onde você quiser – disse ele quando Lotus se sentou no banco do passageiro e foi envolvida pelo cheiro dele, o frescor da colônia misturado ao calor do tabaco. – É divertido dar um passeio de carro, não é? No verão, vou tirar a capota e você vai sentir o vento no cabelo. Não existe nada mais refrescante no mundo – disse ele, e ela sorveu cada palavra.

Ele estava insinuando que continuariam passando tempo juntos no futuro, e pensando em coisas de que *ela* gostaria, ao mesmo tempo que compartilhava coisas de que *ele* gostava. "É isso que significa ser amada", pensou Lotus. Ninguém nunca tinha demonstrado tamanho interesse por ela, então se apaixonou antes mesmo que ele lhe propusesse ser sua amante.

Desde então, o carro preto, que ele comprara de um francês dono de uma mina de ouro, estava sempre esperando por ela no fim da noite. Na maior parte das vezes, faziam amor às pressas no carro, antes que ele voltasse para a esposa e os três filhos. Na primeira vez que isso aconteceu, Lotus ficou horrorizada; estavam estacionados em uma rua lateral, à luz amena de um crepúsculo primaveril, e qualquer um poderia ter olhado para dentro do carro. Mas ela acabou percebendo que essa indecência o deixava especialmente entusiasmado, como o amor que tinha por dirigir rápido com a capota abaixada. Era o tipo de coisa que jamais pediria ou desejaria da esposa – ela sabia disso como por instinto, e tinha orgulho de ser a mulher que podia dar-lhe aquilo de que ele precisava. Mas sempre que conseguia convencê-lo a passar a noite em seu quarto, e ele dormia tranquilo com ela em seus braços, Lotus esquecia qualquer amargor ou ressentimento, e sentia pena das outras, que não podiam experimentar uma felicidade como aquela.

Eram dez horas da noite e JungHo estava à porta de seu mentor, meio ouvindo as vozes lá dentro, meio pegando no sono.

– ... Envie apoio aos arrendatários que estão se insurgindo contra a Companhia de Colonização Oriental...

– ... Mas nós vamos desistir de Primorski?[37] Nunca devíamos ter confiado no Exército Vermelho...

Quando se mudou para a casa de hóspedes de MyungBo, essas frases não faziam o menor sentido para ele; era como se fossem proferidas em uma língua estrangeira. Nem estava interessado em conhecer aquelas palavras prolixas e ideias nebulosas; gostava de reservar seu pensamento para Jade, seus amigos, comida e abrigo, e outras coisas tangíveis que aqueciam seu coração, enchiam seu estômago e mantinham seus pés firmes e pesados no chão. Então MyungBo começou a explicar-lhe as coisas, uma a uma, usando palavras que ele *entendia*. *Primorski* era apenas o termo russo para Yeonhaejoo, um território congelado ao norte conquistado por cavaleiros coreanos havia 2.000 anos. Eles eram caçadores, montanheses, guerreiros – e sua capital era Pyongyang, que ficava próxima à aldeia de JungHo. Quando ouvia essas histórias, JungHo sentia um anseio e uma dor estranhos. Era uma dor que se originava fora dele e penetrava sua pele, como o luar azul-claro, o uivo dos lobos e o som da neve sob seus pés.

A porta se abriu; vários homens vestidos de terno saíram, com algumas mulheres vestindo *hanbok*. Mal deram um aceno de cabeça para JungHo ao passar por ele, sussurrando uns com os outros. JungHo corou um pouco, lembrando-se de que MyungBo se curvou profundamente diante dele em seu primeiro encontro. Todos aqueles revolucionários falavam sobre abolir classes, mas MyungBo era o único que tratava a todos – incluindo JungHo – com o mesmo respeito.

– Camarada JungHo, peço desculpas pelo atraso da reunião – MyungBo chamou, e JungHo entrou.

Seu mentor não se levantou; este era o único gesto de informalidade que passou a se permitir com os meses. Em vez disso, se ocupou espalhando um livro, folhas de papel e um lápis sobre uma mesa baixa. JungHo sentou-se à sua frente e olhou para o livro. Instantaneamente, perdeu toda a memória das formas dos caracteres que tinha aprendido. Em seu lugar, sua mente deixou que as marcas pretas se transformassem em garças voando pela página, então faixas de carvão espalhadas na neve, e balançou a cabeça com firmeza para se livrar dessas associações inúteis.

– Vamos começar do início – incentivou MyungBo com gentileza. – Você se lembra desta sílaba...

JungHo buscou nas profundezas de seu ser a resposta. Seus olhos lacrimejaram com o esforço, mas voltou à superfície com o nome correto:

– É *dae*.[38]

– Muito bem! Excelente! E a próxima? – perguntou MyungBo, cheio de entusiasmo. JungHo seguiu em frente para não decepcionar seu mentor, mergulhando em sua mente e trazendo as respostas, uma a uma.

Após uma hora excruciante, MyungBo fechou o livro.

– Acho que é o bastante por hoje – disse, e sorriu, como se quisesse tranquilizar JungHo. – Sei que é muito difícil, Camarada JungHo. Mas meu instinto me diz que desempenhará um papel muito importante em nossa independência, e é para isso que estou preparando você. Agora vamos tentar escrever.

Nos últimos meses, MyungBo vinha pedindo a JungHo que copiasse todas as dúzias de consoantes e vogais do livro de exercícios. Em vez disso, MyungBo agora escreveu apenas três sílabas na folha de papel e pediu a JungHo que as lesse em voz alta.

– *Nam... Joong... Jung...* – JungHo olhou para seu mentor, que estava radiante. – É o meu nome.

– Eu não estava ensinando você do jeito certo, isso estava atrasando seu progresso. Vamos primeiro aprender a palavra mais importante. Tudo o que você escrever em seu nome a partir de agora, deve ser feito com honestidade e boa-fé. É isso que significa ter um bom nome, não quem é sua família ou se você é rico ou famoso.

JungHo copiou o exemplo de MyungBo, escrevendo a primeira sílaba várias vezes, depois a segunda, depois a terceira, até preencher a página. Então virou a folha para baixo, pegou uma folha em branco e, com a mão trêmula, escreveu as três sílabas de seu nome juntas pela primeira vez. Ao terminar, levantou o olhar ansioso como um colegial e viu que MyungBo tinha lágrimas nos olhos.

– Muito bem, meu amigo – disse MyungBo, tentando esconder a voz embargada. – Você tem muita força em sua caligrafia... é como sua personalidade.

As letras infantis eram grandes demais e desiguais, mas JungHo sabia que se tratava de um elogio genuíno, e não de chacota.

Naquela noite, JungHo prometeu a si mesmo viver a vida de modo a deixar MyungBo orgulhoso. Antes, só queria se aprimorar para conquistar Jade. MyungBo não estava ligado a ele por sangue ou amor – era a honra que os unia de maneira irreversível. Ao perceber isso, ele acrescentou MyungBo à sua lista de pessoas para manter a salvo, independentemente do que ocorresse.

Embora fosse um dos quarenta homens mais ricos da Coreia e tivesse uma influência incomensurável, seu mentor vivia em perigo mortal constante. Sua vida corria ainda mais risco desde que renunciara ao pacifismo e às concessões. MyungBo disse a JungHo que marchar pacificamente pela independência tinha sacrificado vidas demais por um ganho muito pequeno, e que para conquistar a liberdade eles teriam de contra-atacar. (JungHo não tinha dificuldades para entender essa parte das aulas. Tinha vontade de dizer "Claro, o que vocês, ricos, esperavam?", mas mordia a língua em sinal de respeito.) Infelizmente, as asas das forças armadas coreanas tinham sido cortadas em grande parte. O exército da independência, com base em Vladivostok, vinha de vitória em cima de vitória havia uma década, às vezes unindo forças com o Exército Vermelho contra o Japão. Mas, depois, os bolcheviques exigiram que os coreanos se desarmassem e se dissolvessem, ou que fossem absorvidos sob o comando russo. Aqueles que se recusavam, eram mortos ou presos.

O exército da independência na Manchúria tinha se saído apenas um pouco melhor, severamente enfraquecido após o exército japonês massacrar dezenas de milhares de coreanos que viviam lá, civis ou não. Isso deixou Xangai como o único centro viável de resistência armada, mas criar um exército lá, no coração da China, era impossível. MyungBo portanto acreditava que o único caminho eficaz seria atacar isoladamente os lugares que o Japão mais valorizava: suas delegacias de polícia, bancos, escritórios governamentais, arsenais e similares, na Coreia, no Japão e na China. MyungBo estava tentando estabelecer um grupo de atiradores de elite em Xangai para esses alvos proeminentes.

– Estamos em guerra, Camarada JungHo. E às vezes, apesar de nossas melhores intenções e esforços, a guerra é inevitável – disse MyungBo quase como um pedido de desculpas.

JungHo não precisava dessa explicação, mas assentiu e fez uma careta para mostrar que não subestimava nada daquilo. Acreditava que seu mentor nunca o desviaria do caminho certo ou lhe pediria que fizesse algo vergonhoso ou injusto. Ele corresponderia às expectativas de MyungBo quando a hora chegasse. Até então, fora chamado para muitas tarefas que MyungBo não podia desempenhar: entregar manifestos proibidos aos socialistas no Sul, esconder fugitivos em abrigos e levar-lhes comida, trocar discretamente uma pasta com um estranho no trem sob o olhar dos guardas. JungHo dava tudo de si nessas tarefas, e MyungBo o recompensava – não com dinheiro ou promoções, mas com sua bondade indescritível.

Quanto mais próximo ficava de MyungBo, menos intenso se tornava o desejo de JungHo por Jade. Ocupar a mente e o corpo com tudo o que precisava fazer para ser digno dela deixava-o com pouco tempo ou energia para gastar com ela. Durante um tempo, ia à sua casa uma vez por semana, depois uma vez a cada quinze dias, então, apenas uma vez por mês. O pior de tudo isso era que Jade não parecia mais se importar quando ele ficava distante – parecia preocupada com ensaios, apresentações, salão de beleza, sessões de fotos, entrevistas, compras, cinema e centenas de outras obrigações e entretenimentos. Sempre o recebia calorosamente, estava cada vez mais bela a cada encontro e falava sem parar sobre algum artista ou romance novo que ele não conhecia. Parecia que ela sempre tinha alguma coisa para fazer depois de dez, quinze minutos. Às vezes não estava em casa quando ele vinha ao meio-dia.

Então JungHo prometeu para si mesmo que pararia de procurá-la até que fosse tão importante para ela quanto ela era para ele. Sendo sincero, não sabia se algum dia poderia ocupar o lugar de seu trabalho, sua arte. Só de vê-la dançar uma vez, percebeu que aquele era um lugar em sua alma que os homens não eram capazes de tocar. Mas ele nem desejaria isso – só queria ser o primeiro entre as *pessoas* que ela amava. Isso parecia possível, desde que pudesse provar seu valor como homem, embora não conseguisse nem imaginar como. Esses pensamentos surgiam de repente durante o dia, enquanto fazia coisas aleatórias, comia com os amigos, entregava mensagens para MyungBo, levantava pela manhã e se barbeava. Com mais frequência, quando ele sentia a carícia da brisa primaveril ou vislumbrava os cristais de luar branco salgando o Rio Han. Então se perguntava o quanto ela tinha mudado desde a última vez que a vira, e se agora seria bom o bastante para ela.

Era uma tarde quente de primavera em que a atmosfera brilhava sob o sol forte e tudo, das árvores à grama, às casas, tinha um ar secreto de movimento, de crescimento. HanChol semicerrou os olhos à luz branca, recostando-se em um muro e resistindo à vontade de colocar a mão na barriga. Parecer curvado de fome não o ajudaria exatamente a atrair clientes. Tinha conseguido apenas um won desde o amanhecer, quando quebrara o jejum com batata cozida no vapor e cevada. Decidira não voltar para casa para o almoço enquanto não atingisse a marca de um won e cinquenta centavos, e já passava das quatro da tarde.

Uma mulher de quimono veio em sua direção, e ele se endireitou. Era difícil saber a idade dela por baixo da maquiagem branca, mas o andar de coquete e os maneirismos pareciam jovens.

– *Koko kara Honmachi made ikura kakarimasuka?* – perguntou ela, sorrindo. Quanto para ir até Honmachi?

– *Ni ju-sen desu* – respondeu HanChol. Vinte centavos.

Ela assentiu, e ele a ajudou a subir na carruagem. Quase nunca tinha clientes japoneses, que ficavam concentrados principalmente em MyungDong e Honmachi, e não se aventuravam a sair, mesmo em lugares próximos como Jongno. Mas dinheiro era dinheiro. E a mulher pareceu satisfeita – talvez fosse a novidade de andar em um riquixá Josenjing. Ela rompeu o silêncio algumas vezes para murmurar sobre o tempo, o que podia estar direcionado tanto a ele quanto a si mesma. A manga comprida de seu quimono batia ritmada na lateral do riquixá conforme eles ganhavam velocidade. HanChol ficou em silêncio até ela descer em Honmachi e colocar uma nota de um won em sua mão, recusando o troco. Ele ficou observando seu obi bordado desaparecer na multidão. Ela não o comoveu; ainda assim, instintivamente, ele a catalogou em sua coleção de mulheres.

HanChol tinha apenas dezenove anos. Mas fazia muito tempo que deixara de se considerar jovem ou se entregar a fantasias juvenis. Tinha orgulho da atitude profissional que mantinha em relação a tudo, necessária para qualquer progresso. O que pensava, dia e noite, era primeiro no sucesso e, muito depois, no dever. No que dizia respeito ao amor, nunca considerou algo de valor para si. O amor lhe parecia uma montanha distante e misteriosa, potencialmente real apenas porque os outros falavam dela com reverência e convicção. Simplesmente não tinha nenhum impulso particular de ver a montanha por si mesmo; ela tinha tão pouca influência em sua realidade quanto o paraíso ou o inferno. O único momento em que pensava em mulheres com desejo era quando se masturbava em silêncio em seu quarto, nem mesmo ousando respirar livremente, porque a mãe e as duas irmãs dormiam no quarto ao lado. Então, ele fechava os olhos e se lembrava de uma mulher bonita que tinha levado no dia, talvez uma cortesã sedutora que o chamara de "charmoso como um príncipe", ou uma Garota Moderna, cujas pernas torneadas cobertas por meias de seda ficavam visíveis se ele virasse a cabeça.

E, ainda assim. Ao sair do distrito japonês na direção leste, seus pensamentos se voltaram para a única mulher cuja imagem não se confinava a essas indulgências noturnas, que o surpreendia dando uma relevância estranha ao seu ser. Quando viu Jade pela primeira vez em frente ao teatro, ele também sentiu algo que nunca tinha sentido com outras mulheres: uma vontade enorme de falar com ela. Ao mesmo tempo, HanChol teve a nítida sensação de que ela também queria ter uma conversa íntima, mas a presença da amiga impedia muita abertura. Eles tinham trocado um entendimento oculto, sutil e precioso com olhares furtivos e olhos cintilantes, como os jovens se comunicam apenas nos primeiros amores de suas vidas. Em casa naquela noite, ele se tocou e gozou com mais força do que nunca.

Sim, no início era apenas um desejo físico e uma curiosidade, e nada mais – tinha certeza disso. No entanto, como se tornara seu condutor favorito e passou a vê-la várias vezes por semana, a consideração por ela começou a adquirir uma especificidade que nunca sentira antes. Para HanChol, todas as pessoas pertenciam a determinadas categorias: família, colegas de escola, amigos íntimos, outros condutores de riquixá, clientes, pessoas de quem ele podia se beneficiar, e assim por diante. Ele se comportava com qualquer um de acordo com sua categoria, sem nenhuma parcialidade. Mas o jeito como pensava em Jade desafiava suas atitudes corriqueiras em relação a cortesãs, clientes ou mulheres em geral. Ela era todas essas coisas, mas não se parecia nem agia como nenhuma das outras, e ele só pensava nela como Jade.

HanChol se pegou à deriva em um devaneio e balançou a cabeça com força. Era perto das cinco; ia parar em casa para comer uma refeição que seria seu almoço e seu jantar. Quando parou dentro do quintal da casa de telhado de palha, sua mãe saiu correndo do cômodo onde costurava com uma de suas irmãs mais novas. A outra estava lavando roupa em um riacho; as três mulheres juntas ganhavam uma renda escassa lavando e remendando roupas de trabalhadores, uma quantia que correspondia apenas à metade da renda de HanChol.

– Vamos, vá agora preparar a refeição de seu irmão.

A mãe virou-se bruscamente para a irmã, que ainda estava sentada lá dentro com a porta aberta. A garota estava acostumada com os abusos da mãe, mas agora parecia assustada. Não tinham mais cevada depois da refeição da manhã; como filha mais velha, era frequentemente chamada para fazer comida quando não havia quase nada, mas nem ela era capaz de fazer milagres. Antes que repreensões mais afiadas recaíssem sobre a irmã por causa dele, HanChol interferiu.

– Mãe, não se preocupe. Já comi uma tigela de sopa em uma taverna. Pegue, para o jantar – disse, entregando-lhe os dois wons.

Ela deu um sorriso enrugado.

– *Aigoo*,[39] meu filho. Meu primogênito.

Ela insistiu que ficasse e descansasse, mas ele balançou a cabeça e voltou a sair com o riquixá. A mãe o idolatrava como nunca idolatrara as irmãs; o respeitava e até o temia como chefe da casa desde os catorze anos, quando seu pai morrera. Ainda assim, a fixação constante em sua linhagem, um ramo obscuro de cadetes da poderosa Casa de Andong-Kim, fazia com que ele ficasse inquieto na presença dela. Sua fala constante era "Se seu pai ainda estivesse vivo, os primos dele teriam nos acolhido..." e "Você precisa recuperar o nome de nossa família, precisa viver de acordo com nossa honra..." O clã ainda vivia em prosperidade no rico enclave de Andong, mas a família vivia afastada deles desde a época do avô de HanChol. Agora não eram melhores que camponeses, exceto na observância estrita das formalidades e na expectativa de que HanChol frequentasse a universidade e entrasse em uma carreira respeitável, tirando todos eles da miséria.

O sol ainda brilhava sobre as construções, mas seu calor era substituído por um frescor terroso, como acontece em belas noites de primavera.

O próximo cliente de HanChol era um cavalheiro bem vestido, com óculos redondos, que leu o jornal calmamente durante todo o caminho até o novo estádio de beisebol em EuljiRo.[40] Quando HanChol parou em frente ao destino, ele espiou por trás do jornal, sonhador, saltou do riquixá, remexeu os bolsos e disse:

– Ah, eu não sabia que só tinha dez centavos. Sinto muito, meu rapaz.

Antes que HanChol pudesse responder, o cavalheiro deu-lhe uma nota de dez centavos e desapareceu na multidão. HanChol amassou o dinheiro na mão e enfiou no bolso, enojado. Pessoas!

Horas se passaram mais ou menos na mesma linha. Às dez e meia, Jade saiu da entrada lateral, onde HanChol a esperava como de costume. Quando seus olhos a encontraram, seu humor melhorou imediatamente. Era a semana de estreia da nova peça de Jade, sobre uma garota de uma família outrora distinta, que se tornava cortesã para pagar o tratamento do pai inválido e do irmão gravemente doente. Esta noite ela vestia um terno com saia azul-clara e sapatos de salto alto. Um chapéu azul-marinho de aba média, com uma faixa de cetim de seda no mesmo tom do terno, estava preso em sua cabeça. Ela segurou a alça da bolsa com as duas mãos e olhou ao redor, quase exatamente como sua personagem ao chegar ao porto. O brilho dos postes de iluminação se reunia formando poças de luz a seus pés. HanChol ficou maravilhado com sua beleza. Ele puxou o riquixá devagar em sua direção como que resistindo ao efeito que ela tinha sobre ele.

Jade ficou em silêncio enquanto ele a ajudou a subir no riquixá e partiu automaticamente em direção à sua casa. Parecia estar perdida em pensamentos que não tinham nada a ver com HanChol, e isso o incomodou secretamente. Nas noites raras em que Jade ficava em silêncio com um ar triste e pensativo, ele queria saber qual era o problema e fazer com que ela se sentisse melhor. No passado, Jade fofocava alegremente com Lotus, sabendo que o condutor as ouvia e, ainda assim, sem poupar detalhes sobre amantes ricos que as cortejavam. Mas desde que Lotus passara a se apresentar em outro teatro, Jade seguia em silêncio e muitas vezes em um estado de espírito mais desanimado, olhando para as vitrines tomadas pelo jazz e para as pessoas que caminhavam ao luar branco e frio.

Ao entrarem na avenida, ela rompeu o silêncio:

– Sr. HanChol, o conheço há bastante tempo, mas o senhor nunca fala de si mesmo.

Ele teve o impulso de parar o riquixá, resistiu, e continuou trotando. No entanto, os batimentos cardíacos acelerados nada tinham a ver com a corrida.

– Não sei o que, em minha vida, poderia ser interessante para a senhorita – respondeu HanChol em sua voz grave sem olhar para trás.

– Qualquer coisa. Tudo. – Os olhos de Jade estavam cheios de sorrisos, ele imaginou. – Por exemplo, quantos anos tem.

HanChol disse que tinha dezenove anos, e ela soltou um suspiro.

– Mais jovem que eu, então. Já tenho vinte. E continua na escola noturna?

– Sim, senhorita.

– Tenho certeza de que é brilhante. Sei dizer quando um sujeito é inteligente só de olhar em seus olhos.

HanChol estava tentando processar tanto o fato de ela achar que ele era inteligente quanto o de que analisara seus olhos. Quando ela tinha olhado para ele abertamente?

– Consigo acompanhar os demais. Dou meu melhor – disse HanChol modestamente, embora, na verdade, seu professor, um cristão que tinha estudado em Hiroshima, tivesse elogiado mais de uma vez sua inteligência incomum e sua memória meticulosa.

– Está sendo humilde. Tenho certeza de que, se pudesse estudar em tempo integral, já teria passado nos exames de admissão da universidade – insistiu ela.

Ele mesmo já tinha pensado nisso centenas de vezes. Depois de pagar as contas da casa, quase não sobrava dinheiro para a mensalidade, mesmo da escola noturna. Era impossível dizer quando conseguiria fazer os exames de admissão, menos ainda se seria capaz de pagar a universidade. Será que conseguiria se matricular antes dos 25 ou 26? Não havia como saber. Em vez de falar de suas circunstâncias abjetas, mudou de assunto.

– A senhorita também é inteligente – falou. Não sabia o que ia dizer até que as palavras saíram de sua boca, e percebeu que sempre achara isso.

– Eu? – Jade pareceu bastante surpresa. – Por que pensa assim?

– Sei dizer só de olhar nos olhos de alguém – respondeu ele, brincalhão, e, se sentindo ousado, virou a cabeça por sobre o ombro direito para roubar um olhar. Ela olhava para ele com os olhos arregalados embaixo do chapéu azul-marinho, os lábios rosados em um sorriso de meia-lua.

– Ninguém nunca me disse que sou inteligente – resmungou Jade timidamente, quando ele voltou a olhar para a rua à frente.

– Sempre diz a coisa certa. Quando você e a Senhorita Lotus conversam, por exemplo.

– Ah, então andou escutando nossas conversas? – Ela fingiu estar escandalizada.

Continuaram conversando cautelosamente, mas com animação, até chegarem à casa dela. Ele a ajudou a descer, como sempre; mas dessa vez, ao invés de manter a cabeça baixa ao segurar sua mão com firmeza, ele olhou-a nos olhos e sorriu. Nenhum dos dois sabia dizer quem estava segurando quem, mas, por um segundo imperceptível, não se soltaram. Foi inconsciente e irracionalmente doce – aquele breve instante em que ambos sabiam o quanto não queriam se soltar. E, quando suas mãos finalmente se separaram, ambos já sentiam falta do toque um do outro. Jade escondeu a confusão ocupando-se com o pagamento.

– Isso lhe dará algum troco para comprar livros – disse ela, colocando notas em sua mão.

– Não quero ficar com seu dinheiro.

Ele balançou a cabeça, ainda olhando para ela ousadamente. Mas ela olhou acima de sua orelha direita, como alguém que tivesse sido confrontado de repente pelo sol ofuscante. Vindo de uma garota tão encantadora, que agia como se conseguisse qualquer homem que quisesse, aquele era um sintoma inesperado de timidez. Ele achou irresistível.

– Se não cobrar pela corrida, nunca mais vou contratá-lo por medo de que nunca me deixe pagar. Então pegue.

Jade colocou o dinheiro em sua mão com mais firmeza, e dessa vez ele cedeu. Ficou ali parado observando seu corpo ágil entrar pelos portões e, ao voltar, sentiu que tudo, os carros, as bicicletas, o canto dos bêbados, o frescor do ar noturno, a luz líquida se derramando na rua escura, estava mais vívido que nunca. Ao se aproximar de casa, a cantoria cessou e a quietude parecia ainda mais pura com o canto inocente e rítmico da coruja *sochuck*. O canto daquele pássaro primaveril nunca o comovera tanto. Parecia resumir tudo o que há na vida.

Após a apresentação da noite seguinte, Jade sentou-se no riquixá empertigada, sem iniciar uma conversa. Parecia determinada a fingir que nada havia acontecido entre eles. HanChol ficou decepcionado, mas não magoado. Sua reticência apenas confirmava que algo importante tinha acontecido. Ele se perguntava como poderia romper o silêncio, quando ouviram o som de um pássaro *sochuck* ao longe.

– Ouviu isso, senhorita? – perguntou ele, diminuindo a velocidade.

– O quê? O pássaro? – Jade inclinou o tronco um pouco para a frente, se aproximando dele.

– Sim, senhorita. É um pássaro *sochuck*.

– Sempre ouvi esse canto e nunca soube que pássaro era – confessou Jade.

– É uma coruja marrom com olhos grandes e redondos. Quando eu era pequeno, meu pai e eu fomos para a Montanha do Sul um dia e encontramos um filhote de coruja que tinha caído do ninho. Era uma coisinha minúscula que cabia na palma da minha mão... como uma batata pequena e fofinha.

– Nossa! – Jade não conseguiu mais fingir indiferença. – E o que aconteceu?

– Ela estava com a pata quebrada, então a levamos para casa. Meu pai envolveu a pata com um pedaço de pano para que curasse. Minhas irmãs e eu nos revezávamos alimentando-a com cigarras. A chamávamos de Batata.

– Que fofo! – exclamou ela. – A perna sarou?

– Sim. Ela me seguia caminhando por toda parte. Quando se cansava, chorava, pedindo que eu a colocasse em meu ombro. E quando eu saía de casa, ela também chorava, e passava horas me esperando no portão. Mas ela foi crescendo, e o outono chegou... E não podíamos ficar procurando insetos para alimentar nossa coruja, mesmo que ainda fôssemos crianças. Nossos pais mandaram que nos livrássemos da Batata. Então a levei até a floresta onde a encontrei. No começo, ela ficava chorando e correndo atrás de mim. Então acabei pegando-a e colocando-a em cima de uma árvore, e me despedi.

– Que horror. E se ela ficou lá na árvore e morreu de fome? – Jade parecia estar quase chorando.

– Já fazia tempo que batia as asas. Acho que sobreviveu – respondeu HanChol.

Só depois ele descobriu que as corujas *sochuck* precisam migrar pelo Mar do Sul no outono. Não disse a ela, porque ficaria triste.

Jade estava tentando conter a agitação misteriosa dentro de si, que começava em seu peito e se irradiava por todo seu corpo, como uma embriaguez.

O amor acontece de uma vez, e também em etapas. Já tendo se apaixonado por ele de vista, agora experimentava aquele momento revelador em que uma mulher percebe que tipo de alma o amado tem. Sentia que ele tinha uma alma especial, delicada – e que poderia compartilhar esse eu oculto apenas com ela, talvez até que ela o despertasse. Vendo sua estrutura de ombros largos e esguia, de costas fortes, cintura e quadril estreitos, sentiu pena do jovem que ele tinha se tornado – belo, inteligente e capaz, mas também oprimido pela família e pelas circunstâncias. Queria ser capaz de atenuar aquele senso prematuro de responsabilidade e ver seu rosto relaxado e iluminado, como quando estavam conversando na noite anterior. Tão naturalmente quanto algumas pessoas se apegam a livros ou ao dinheiro, o coração de Jade era predisposto a dar amor. E já estava aberto para fazer aquela pessoa feliz.

– Deve estar exausto, Sr. HanChol – disse a ele. – Quero descer aqui.

– Aqui, senhorita? – Eles estavam a vários quarteirões da casa dela.

– Sim. Vou descer aqui – respondeu ela, com firmeza. – Pode caminhar ao meu lado se quiser.

Ele a ajudou a descer, e ela ficou entusiasmada ao perceber que apertou sua mão levemente antes de soltá-la. Caminharam lado a lado sem conversar, e isso também era cativante à sua maneira, poder se concentrar na presença um do outro. Será que caminhar já foi tão bom assim? Jade se perguntou. Não conseguia parar de sorrir. Não diziam muito, mas se entendiam tão bem. Tantas palavras podiam ser trocadas entre pessoas, sem qualquer desejo real de se conhecerem. Mas, com a pessoa certa, era possível falar bastante ou quase nada e se sentir totalmente conectados. Foi o que Jade percebeu enquanto caminhavam juntos até o portão de sua casa.

Quando Jade tentou pagar, ele se antecipou e colocou algo em sua mão – uma carta. Ela corou e, enquanto recuperava a compostura, ele deu um sorriso charmoso (não tão relaxado quanto antes) e foi embora. Ela entrou em casa e, na segurança do próprio quarto, acendeu uma vela e começou a ler com o coração acelerado. Fazia anos que ele a admirava, desde que a vira pela primeira vez. Não tinha nenhum motivo para esperar que ela retribuísse seus sentimentos, mas estava feliz por aliviar o fardo do segredo. Entenderia se ela se recusasse a vê-lo novamente, uma vez que não tinha nada a oferecer--lhe. Mas esperava que ela fosse muito, muito feliz, porque era o que merecia.

– Mas é exatamente como me sinto por ele! Só quero que seja feliz – disse a si mesma, enrolando-se na roupa de cama, radiante e aflita ao mesmo tempo.

Na noite seguinte, HanChol esperou ansiosamente na saída do teatro, sem saber se ela estaria lá. Meses antes, Jade mencionara o amante de Lotus, que pedia ao motorista que fosse buscá-la ou a levava ele mesmo para casa em um carro preto. Não havia motivo para achar que Jade não seria capaz de conseguir um amante como aquele. Algum homem rico devia querê-la como amante ou segunda esposa – talvez até como primeira esposa. Toda Seul a admirava em *A lenda de ChunHyang*, e suas fotos tinham saído em jornais e revistas. E ainda que ele a elogiasse e intrigasse, não estava em posição de entrar em um relacionamento com uma mulher – nem mesmo com uma trabalhadora inocente e dedicada, muito menos com uma atriz.

Enquanto ele pensava, a saída lateral se abriu e Jade surgiu, e seu corpo inteiro parecia estar procurando apenas por ele. O poste lançava luz sobre ela, brilhando sobre a testa pequena, mas simétrica, o topo das pálpebras reluzentes, a ponta do nariz e a maçã do rosto esquerda, deixando o lado direito à sombra. Quando ela o encontrou, seu rosto se iluminou com um sorriso, e foi como quando o céu fica rosado antes do nascer do sol. Ela não estava apenas bela, mas essencialmente grandiosa – cheia de mistério como o canto dos pássaros noturnos. Ele esqueceu todos os argumentos internos; só conseguia pensar em abraçá-la.

16
Porque você era você, parada ali
1928

Com o passar dos meses, Lotus descobriu que o Presidente Ma não agia exatamente como uma pessoa normal. Ele deixava claros os seus sentimentos: certa vez, em um restaurante, obrigou o chef a refazer doze pratos porque em um deles tinha sentido gosto de cebola, a que era alérgico. Por essa razão, Lotus ficou preocupada por ter de lhe contar a novidade. Esperou até que ele estivesse de muito bom humor uma noite, após assinar um acordo – a compra de uma fábrica lucrativa em KaeSong.[41]

– É uma vitória e tanto. Um dos poucos fabricantes de produtos químicos do país. Vou para lá sexta – disse ele, com as mãos ao volante. Tinha ido buscá-la após a apresentação, e estavam estacionados próximo à casa. – Você devia vir comigo. Vai ser um belo passeio pelo interior. – Ele fez uma pausa ao perceber que ela se mantinha em silêncio. – Ora, qual é o problema?

– Estou grávida – Lotus deixou escapar, escondendo o rosto com as mãos.

Durante um tempo, nenhum dos dois disse nada. Então ela sentiu a mão dele em seu pulso, abaixando-o devagar.

– Olhe para mim – disse ele, com naturalidade. – Tem certeza?

Lotus assentiu atrás das lágrimas quentes que desciam por seu rosto, abraçando o abdômen ainda liso.

– Não pode continuar morando na casa de sua tia. Vou ter que encontrar uma casa para você. E uma criada e uma empregada. Você vai ficar confortável. Mas por que está chorando? – disse ele.

– Achei que fosse ficar bravo comigo. – Ela soluçou, as narinas dilatadas.

Ao ouvir isso, o Presidente Ma riu alto.

– Bravo? Nunca estive menos bravo em toda a minha vida – disse, beijando o topo de sua cabeça. – Talvez eu finalmente tenha um filho.

Na manhã seguinte, Lotus disse à família no café da manhã que logo se mudaria. Mas não contou a novidade, desfrutando do poder que era guardar um segredo. Se fosse sincera consigo mesma, admitiria que o estava escondendo principalmente de Jade. Um constrangimento irreconciliável tinha se inserido em seu relacionamento desde que Lotus entrara para o Grande Cinema Oriental e, embora ainda trocassem sorrisos e gentilezas, ambas sentiam claramente a impossibilidade de serem francas uma com a outra. Lotus acreditava que a frieza era causada pela inveja de Jade. Agora que Lotus era a estrela do teatro mais prestigioso de Seul, e amante de um de seus empresários mais ricos, Jade se tornara distante e fria, e não estava genuinamente feliz como deveria. Por sua vez, Jade acreditava que a amizade estava distante porque Lotus tinha escondido a decisão de ir para outro teatro, só vindo a contar-lhe quase no último dia. Como Lotus podia achar que Jade, sua melhor amiga, poderia atrapalhar seu sucesso e sua felicidade?

No dia da mudança, Dani, Luna e Jade ajudaram Lotus a levar os baús de roupas até o carro.

– É muito mais do que o que você trouxe, há dez anos – brincou Dani, fingindo fazer uma careta sob o peso que carregava. – Parece que meus braços vão cair. – Mas ela tinha insistido em ajudar em vez de deixar que as criadas fizessem isso. Quando tudo estava dentro do porta-malas e no assento traseiro, Dani colocou as mãos no rosto de Lotus como se ela ainda fosse uma criança. – Você é filha da minha prima, então cinco graus nos separam. Mas sempre a tratei como se fosse minha própria filha. Fomos uma família, juntas nesta casa durante dez anos, hein? – Não havia vestígio de lágrimas em seus olhos, mas sua voz estava embargada.

– Sempre seremos uma família, tia Dani – disse Lotus com a voz suave ao abraçá-la.

Ela foi até Luna, Jade e Hesook e abraçou cada uma. O carro já estava ligado, roncando e emitindo uma fumaça quente e escura. O motorista abriu a porta do passageiro para ela, e eles partiram.

A partida de Lotus lançou uma sombra sutil sobre a casa de Dani. O café da manhã era o momento em que sua ausência ficava mais proeminente, pois era a refeição que todas faziam juntas. Como sempre, Dani oscilava entre sentir as emoções com paixão e conter o sentimentalismo; o primeiro era sua natureza, o segundo, seu princípio. Ela nunca admitia quando se sentia triste ou vazia, e apenas o observador mais atento seria capaz de perceber uma mudança em sua postura confiante. Mas Luna, bem familiarizada com o funcionamento interno de Dani, sabia que ela sentia muita falta da garota.

A própria Luna sentiu a perda, mas não ficou arrasada. Ela foi aprendendo a amar a irmã caçula conforme as duas cresciam. Mas isso também coincidiu com a formação de sua individualidade, e a cada ano que passava precisavam menos uma da outra. Ela ficou feliz por ver Lotus florescer e encontrar o que queria. Luna sabia que a irmã mais nova só precisava de duas coisas para ser feliz: o amor de um homem e a música.

Já quanto ao que garantiria sua própria felicidade, Luna tinha menos certeza. Nunca tinha parado para pensar nisso, uma vez que, para ela, a própria ideia de felicidade parecia estranha e fora de alcance. Não fazia mais sentido que a pergunta: "você gostaria de viver na Lua? O que acha?". A sensação mais próxima de felicidade que já tinha experimentado era quando a filha se enroscava nela durante a noite, implorando para fazer seu braço de travesseiro.

– E o seu travesseiro? – perguntava Luna, apontando para o cilindro macio de seda cheio de pétalas secas de crisântemo e feijão-mungo.

– Não, não. Quero dormir no braço da mamãe – Hesook protestava, aconchegando a cabeça em direção a Luna.

Luna soltava um suspiro, como se estivesse irritada, e a criança ria. Elas faziam brincadeiras bobas que apenas as duas entendiam. Hesook gritava: nariz, testa, queixo, bochecha, sobrancelha – e assim por diante, e Luna ia beijando ligeiro cada parte que ela citava. Confundir-se e beijar o lugar errado fazia as duas caírem em uma gargalhada louca e cheia de alegria. Ao ver a pura adoração no rostinho doce da filha, Luna se enchia com a convicção de que nada nem ninguém mais importava.

Essa talvez fosse a felicidade de Luna, mas chamá-la por esse nome fazia com que ela se sentisse egoísta e indigna. Luna não desejava exatamente felicidade, e só esperava guardar dinheiro suficiente para garantir um futuro para si mesma e para a filha. Queria criar Hesook como uma garota moderna e normal. Por isso tomava o cuidado de não ter nenhum caso, para que Hesook pudesse ter a liberdade de estudar e se casar com um homem adequado. Garotas de famílias de classes mais altas estudavam no Japão, ou mesmo na Europa, e Hesook também teria acesso à melhor educação que o dinheiro pudesse pagar. Luna tinha o cuidado de guardar quase tudo que ganhava em festas e com o trabalho de modelo – menos que Jade ou Lotus, mas ainda assim substancial – para que não faltasse nada a Hesook no que dizia respeito à educação ou a roupas. Tinha orgulho por Hesook ser boa aluna, tirar notas boas na maioria das disciplinas e ser elogiada pelos professores.

Por isso ficou devastada quando Hesook chegou em casa certa tarde e entregou-lhe uma carta da diretora, pedindo a ela que fosse até a escola no dia seguinte. Questionou a filha e até ameaçou usar a varinha. Hesook, que nunca tinha apanhado na vida, chorou rios de lágrimas e correu para o quarto. Luna se arrependeu imediatamente da crueldade, acariciou o cabelo da filha e prometeu não ficar irritada de novo. Entre soluços, Hesook explicou que tinha brigado na escola, mas não disse mais nada.

Na manhã seguinte, Luna se vestiu com um cuidado especial. Escolheu a roupa de verão mais elegante: uma camisa branca de seda curta e uma saia lavanda que ia até o chão. Ao contrário de Jade e Lotus, que cada vez mais preferiam usar roupas ocidentais, Luna quase sempre vestia roupas tradicionais. Era a única da casa que ainda penteava o cabelo em um coque trançado. Naquele dia, escolheu um *binyeo* de jade verde para prendê-lo.

Por volta do meio-dia, Luna saiu do táxi em frente à escola cristã feminina que Dani também frequentara. O sol implacável de julho refletia na areia rosa-clara do pátio. Naquele momento, pesava no pátio um silêncio sinistro, peculiar a um parquinho vazio no meio das aulas, à espera das crianças alegres. Um porteiro de cabelos grisalhos parou-a no portão, e fez sinal para que entrasse quando ela disse que era a mãe de Hesook, sem parecer saber ou se importar com o fato de que ela era uma cortesã famosa.

– Ah, sim, você recebeu uma carta da diretora? Vá até seu escritório no segundo andar – disse o porteiro, com gentileza.

Ela agradeceu e começou a atravessar o pátio banhado pelo sol, tentando esconder que se sentia como uma garotinha em apuros.

No andar de cima, em seu escritório, a diretora tomava café com um visitante, o Vice-Cônsul Curtice. Ela era de Rochester, e ele tinha crescido em Ithaca; em virtude de as cidades serem vizinhas, eles confiavam mais um no outro que em qualquer outra pessoa, entre os americanos que viviam em Seul.

– Acredito que verá que nossas alunas são muito bem-educadas, respeitosas e devotas. Tenho algumas em mente que recomendaria – disse ela, largando a xícara sobre o pires com uma piscadinha profunda e alegre. – Algumas garotas muito inteligentes das famílias mais pobres, que certamente seriam obrigadas a se casar assim que possível. Isso lhes daria uma chance de usar sua educação e conquistar independência, talvez.

O Vice-Cônsul Curtice assentiu, pensativo. Ele tinha vindo pedir sua ajuda para encontrar uma nova tradutora e secretária para o consulado. O tradutor anterior tinha morrido de tuberculose durante o inverno e era imperativo que encontrassem um substituto logo. Também havia rapazes formados nas escolas de missionários, mas o novo cônsul-geral achava as mulheres tradutoras e datilógrafas mais baratas e mais obedientes que seus colegas do sexo masculino. Os homens eram mais propensos a se envolver em ativismo político, fosse ele o comunismo, o movimento da independência, ou ambos. Seu predecessor, o ex-cônsul-geral, era mais compreensivo; enviara fotografias do repórter da AP ao secretário de estado e apelara ao governo Wilson que se posicionasse contra as atrocidades. Essa integridade teve um custo, e ele logo foi removido do cargo e transferido para Cantão.

O novo cônsul-geral se atinha ao programa oficial que dizia que o regime era um aliado dos americanos. Curtice tinha dificuldade em concordar com seu superior em muitas questões; mas no que dizia respeito ao tradutor, não via mal em trazer uma coreana de educação moderna para a equipe.

– Sim, isso seria muito útil, obrigado – disse ele com um sorriso nos olhos azuis reluzentes, que continuavam jovens embora o cabelo ruivo agora iniciasse mais para o alto da testa e seu corpo tivesse assumido os indicativos da meia-idade. Enquanto ele buscava um modo de pôr fim à reunião, alguém bateu à porta suavemente.

– Entre – disse a diretora em inglês. Mas sua expressão demonstrou surpresa quando uma bela jovem coreana entrou, com o rosto corado de nervosismo. – Posso perguntar o motivo da visita?

A diretora mudou para o coreano inesperadamente firme e flexível que adquirira no decorrer de duas décadas. A jovem pareceu chocada ao ouvir sua língua saindo da boca de uma pessoa branca.

– Sou mãe de Hesook – a mulher disse em coreano, então acrescentou, em inglês: – Vim falar sobre ela.

– Ah, sim, é claro! Sinto muito, já lembrei – disse a diretora em uma mistura de coreano e inglês.

Ela se levantou para cumprimentá-la e Curtice fez o mesmo, com um leve aceno de cabeça na direção da mulher.

– Preciso ir – disse ele com os olhos na anfitriã. Mas ela fez um gesto indicando que se sentasse e esperasse que a reunião curta e desimportante terminasse, e ele obedeceu.

– Por favor, sente-se – disse a diretora à nova visitante, que deslizou entre uma cadeira e a mesinha de café, tímida, e se acomodou, descansando as mãos brancas sobre a saia lavanda.

Como às vezes acontece ao conhecermos um estranho de beleza ou feiura inquestionável, a diretora e Curtice ficaram espantados com a mulher, que tinha uma beleza impressionante. Em razão de sua boa educação, no entanto, ambos se comportaram como se não tivessem percebido. Curtice olhou pela janela para mostrar que não queria se intrometer na reunião. Uma brisa quente vinha do pátio, fazendo as cortinas de linho branco balançarem.

– Eu dou aulas apenas para as garotas mais velhas, então não conheço Hesook muito bem – disse a diretora em inglês. – Mas segundo o que seu professor me diz, Hesook é uma garota muito inteligente.

– Obrigada – a mulher disse em voz baixa com um aceno de cabeça.

– Ela nunca causou problemas antes, então ficamos surpresos quando ela brigou com algumas garotas. Parece que estavam provocando Hesook, mas foi ela quem começou com os chutes e socos. A senhora entende? – disse a diretora, com a voz grave que usava com alunas problemáticas, professores e visitantes.

– Sim, entendo – respondeu a mulher, com humildade, olhando para o próprio colo.

– As garotas estavam tirando sarro de Hesook por ela não ter pai, o que é horrível, mas não posso manter uma pessoa violenta na escola.

– A senhora quer dizer que vai expulsá-la? – A mulher ficou agitada e olhou nos olhos da diretora. – Não, ela é jovem. Cometeu um erro...

Ela passou a falar coreano e parecia implorar por perdão. Ainda sentado à mesa, constrangido, Curtice resistiu à vontade de intervir e dizer à diretora "Por que não relevar desta vez?"

– Sei que Hesook é jovem, por isso desta vez vou dar apenas um aviso – disse a diretora. – Mas, por favor, converse com ela sobre não brigar. Não vou ser tão leniente da próxima vez.

– Obrigada, muito obrigada – disse a mulher em inglês, com uma reverência profunda.

Tendo ouvido trechos da conversa, Curtice se perguntou quem poderia ser aquela estranha. Parecia jovem o bastante para ser aluna da escola, e também era curioso o fato de falar inglês. Logo, sua curiosidade foi parcialmente satisfeita: quando a diretora perguntou-lhe onde ela tinha aprendido a língua, a mulher explicou que tinha sido com a tia, que fora aluna da escola.

Quando a visitante foi embora, a diretora virou-se para Curtice e disse:

– Peço desculpas. Ela podia ter esperado que terminássemos, mas...

– Não, não tem problema. Não foi nenhum incômodo – disse Curtice. – Quem é ela?

– Apenas a mãe de uma de nossas alunas – respondeu a diretora.

– Ela parece jovem demais para ser mãe. – O vice-cônsul levantou as sobrancelhas, sem se preocupar em esconder seus pensamentos. – E fala inglês. Você não acha que uma mulher casada poderia trabalhar no consulado...?

– Ela não é casada, Sr. Curtice, embora eu duvide muito que ela queira ser tradutora ou secretária – respondeu a diretora com sarcasmo.

Curtice ficou vermelho, se perguntando qual teria sido a ofensa. A diretora era pelo menos dez anos mais velha que ele, e eles sempre mantiveram uma dinâmica de respeito mútuo e que não envolvia sexo. No entanto, estava claro que seu interesse por aquela estranha fez com que ela se sentisse indignada e insultada.

– Ela é... o que chamam de *gisaeng*. Muito bem-sucedida, pelo que fiquei sabendo. A filha não tem pai – pronunciou a diretora, unindo as mãos sobre o colo, como se aquele fosse o fim daquela discussão.

Curtice olhou pela janela mais uma vez para não trair seu espanto. Um pensamento repentino surgiu em sua mente: se visse a estranha atravessando o pátio, tomaria como um sinal. Um sinal de quê? Não sabia ainda. Uma brisa leve levantou um véu de poeira e o levou em direção ao céu azul. Quando Curtice começava a temer que estivesse desviando o olhar por tempo demais, que a diretora se ofenderia com sua falta de atenção, a mulher de saia lavanda surgiu na janela. Em meio à areia rosa que soprava, ela lembrava uma viajante atravessando o deserto.

HanChol não levava mais o riquixá ao teatro após as apresentações de Jade. Em vez disso, eles caminhavam até a casa dela lado a lado, devagar, todas as noites. A caminhada levava quase uma hora, mas nenhum dos dois se cansava, mesmo após um dia longo correndo para cima e para baixo, ensaiando e subindo ao palco. Ambos se sentiam muito vivos simplesmente andando de mãos dadas. Mostravam coisas um ao outro e diziam: "Ah, veja as vitrines em arco daquela loja...", "Você já reparou naquela estátua?". Embora nenhuma dessas coisas fosse exatamente profunda, tudo parecia importante, encantador e memorável. Quando chegavam à casa dela, ele a envolvia em seus braços com gentileza, quase com reverência, e eles se beijavam.

Certa noite, quando o tempo estava especialmente belo e a lua clara, Jade se afastou após beijá-lo e disse:

– Você não gostaria de entrar?

Sabia que ele pensava nisso havia bastante tempo, mas que nunca teria coragem de sugerir primeiro. O levou pela mão até seu quarto, orgulhosa por mostrar a ele onde vivia.

Sabia que seria sua primeira vez, e que ele estaria nervoso. Mas embora fosse menos experiente e mais jovem que ela, ele a tomou como se soubesse o que fazer. Seu toque era urgente, mas gentil. Mesmo quando ambos já estavam nus, ele a beijou da ponta da cabeça até os dedos das mãos, e depois até os dos pés. Seus lábios viajavam pelo corpo dela como um cartógrafo, desenhando um mapa de suas sensações. Pequenos suspiros escapavam da boca de Jade – não como com os outros, para mostrar que o que estavam fazendo era prazeroso, mas porque não conseguia evitar. Ela olhou hipnotizada para aquele corpo esguio, mas musculoso sobre o dela, acariciando-a com tanta paciência enquanto adiava o próprio prazer. Ela disse:

– Não quero mais esperar – e estendeu a mão, mas ele seguiu tocando todo seu corpo.

– Eu seria capaz de beijá-la para sempre – sussurrou ele.

Quando ele finalmente pressionou o corpo contra o dela, olharam nos olhos um do outro. A sensação de estarem tão próximos era dolorosamente primorosa. Se abraçaram imóveis por um tempo, antes de se movimentarem e se dissolverem um no outro. Ele gozou primeiro, e ela esperou que ele rolasse para o lado e dormisse, como os outros. Mas ele ficou dentro dela e voltou a ficar duro até que ela também atingisse o clímax.

HanChol ficou deitado em cima dela, ofegante e com a cabeça cansada apoiada em seu peito enquanto ela acariciava seu cabelo úmido. Ele pegou sua mão e levou-a aos lábios, e ela viu que ele sorria sem perceber, como se não conseguisse acreditar na própria sorte.

– Sua pele... – disse ele, derretendo em beijos mais suaves e trêmulos em seu peito.

E ela soube exatamente o que ele queria dizer; a sensação de sua pele nua contra a dele era tão confortável e ao mesmo tempo intensa, que Jade ansiava por ela, mesmo ainda estando ali. Sem falar, mudaram de posição para que suas peles se tocassem o máximo possível, e riram daquela tolice.

– Posso ouvir seu coração batendo – ele murmurou.

Ela também sentia o coração dele pulsando forte acima de sua barriga. Ninguém nunca tinha lhe dito isso, mas também nunca ninguém tinha feito com que valesse a pena reparar. Sentir os batimentos cardíacos dele era algo que ela sabia que guardaria pelo resto da vida.

– Você me ama? – perguntou ela.

– Sim, eu te amo – respondeu HanChol, simplesmente. – Amo muito.

– Por quê? Desde quando?

– Desde a primeira vez que a vi do lado de fora do teatro. Por quê? Porque você era você, parada ali, e eu também estava parado ali... É simples e complicado assim. Mas não teria como ser diferente. – Ele soltou um suspiro e virou o rosto, encostando a bochecha esquerda em seu peito.

Desde então, nada importou mais para Jade que ser amada por Han-Chol. Ela raramente pensava no quanto estava distante de Lotus ou em seu sucesso no teatro. Sabia que tinha o mais importante, algo tão puro e raro. Quando fora à casa de Silver, tudo o que conseguia imaginar para si mesma era ser uma criada. Depois, se perguntava se seu destino era se deitar com homens por quem não tinha nenhum sentimento além da repulsa, até que fosse deixada de lado por mulheres e diversões mais novas. Mas, por um milagre, sua realidade agora era melhor que qualquer coisa que já tivesse sonhado. Em um período de tempo relativamente curto, se transformara em outra pessoa. A mudança era principalmente interna, embora, como acontece quando há uma mudança interna sísmica, seu corpo físico também tivesse mudado. Ela se sentava em frente ao espelho e ficava surpresa ao ver que seus olhos ou nariz pareciam estranhamente diferentes de apenas meio ano antes. Agora se sentia tão adorada, que sua própria alma tinha se transformado, e seus traços tinham se moldado para refletir isso. Jade sempre fora encantadora, mas imperfeita, com a testa estreita e comum, olhos comuns envoltos por cílios finos, mas agora esses defeitos eram imperceptíveis. Estava acostumada a atrair atenção, mas nunca tanto quanto agora – sentia os olhos das pessoas a seguindo quando caminhava pela rua ou subia ao palco. No entanto, nada disso importava. Ela só queria ser bela aos olhos dele.

Mulheres, mais que os homens, tendem a polarizar o amor como dar ou receber. É grande o abismo que há entre as mulheres que compreendem o amor como um cuidado altruísta e as que não conseguem manter um relacionamento com que não se beneficiem de algum modo. Para Jade, a própria ideia de ganhar algo através de HanChol teria manchado seu amor. Nenhum dos presentes e do dinheiro que Jade recebia de seus clientes a deixava tão feliz quanto quando pensava em modos de ajudar HanChol. Ela tinha mais que o suficiente para sustentá-lo enquanto ele concluía os estudos. Depois de perder sua maior cliente, Jade, HanChol estava com dificuldade de ganhar dinheiro suficiente. Mas Jade sabia que ele não aceitaria sua ajuda. Quando mencionou algo nesse sentido, HanChol pareceu ofendido em sua presença pela primeira vez.

– Eu jamais aceitaria seu dinheiro – disse ele, nervoso. – Sou um homem que sabe ganhar o próprio dinheiro... e não tomá-lo de uma mulher.

– Não pense assim – implorou ela. – Sou mais velha que você. Pense dessa forma: na vida, há momentos em que devemos aceitar a ajuda de pessoas que talvez sejam mais velhas ou estejam em melhor posição. Então, quando for bem-sucedido, você retribui o favor e ajuda aqueles que precisam. Não pode continuar assim, dando voltas! Alguma coisa precisa tirá-lo da lama, e agora estou dizendo que quero ser essa coisa.

Ela olhava para ele com olhos tão inocentes e amorosos. Sua oferta era completamente altruísta, e ela não buscava nada em troca. Ele beijou suas mãos e disse:

– Não mereço você.

Ele andava pensando em desistir de vez da escola noturna em vez de lutar por mais seis ou sete anos só para tentar uma chance na universidade. Vislumbrava uma vida inteira conduzindo riquixás ou, quando se tornassem obsoletos, virar trabalhador braçal, carregando tijolos nas costas sete dias por semana até morrer.

Jade não só pagou a mensalidade da escola como também cobriu os custos de vida dele e da família. Incapaz de explicar que uma cortesã-atriz era sua benfeitora, ele disse à mãe que tinha conseguido uma bolsa de estudos. Ela respondeu:

– Finalmente você está começando a viver de acordo com seu potencial. Mas não fique arrogante e acabe relaxando. Não pode descansar enquanto não entrar para a universidade... nossa família depende do seu sucesso.

HanChol passava nove horas por dia na escola e estudava ainda mais em casa, muitas vezes até depois de os pássaros noturnos silenciarem. Às vezes lia até o sol nascer. Mas, depois de correr pela cidade todos os dias durante anos, simplesmente aprender, sentado, era algo que fazia com prazer. Colocou em dia vários anos de estudos em apenas um e finalmente fez a prova de admissão da universidade.

Os resultados foram anunciados nos jornais e, vendo seu nome perto do topo entre todos os estudantes do país, ficou emocionado a ponto de chorar por dois motivos: primeiro, sua vida poderia ter seguido o caminho do abismo ou do sucesso, e tinha dado uma guinada decisiva e irrevogável em direção ao sucesso; segundo, ele tinha feito tudo isso sozinho.

17

Café Buzina dos Mares

1933

Quando YoungGu finalmente criou coragem para pedir a mão da filha do dono do restaurante em casamento, JungHo se ofereceu para ir com ele. Mas YoungGu recusou.

– JungHo, você sabe que eu colocaria minha vida em suas mãos – disse. – Mas tenho medo que fale com os punhos de novo. Isso não serve para o pai da minha futura noiva.

Ele também tinha descartado a possibilidade de fugir, embora roubar uma noiva fosse uma prática bastante antiga entre os homens que não podiam pagar o dote. Em vez disso, foi até o pai, ajoelhou-se e pediu sua bênção. Implorou por perdão por ter entrado em sua casa e tirado vantagem de seu restaurante, e prometeu trabalhar para pagar sua dívida.

– Seus arruaceiros, vocês arruinaram minha vida durante anos e agora você rouba minha filha também? Isso é algum tipo de piada doentia? – gritou o pai. – Tudo bem, se não pode mesmo viver sem ela, como diz, saia e se ajoelhe no pátio. Se levantar antes da minha ordem, não vai colocar um dedo em minha filha. E acredite, vou saber se tiver levantado por um segundo que seja!

Obediente, YoungGu saiu e ficou ajoelhado no meio do pátio agitado enquanto trabalhadores do restaurante olhavam e fofocavam, vizinhos espiavam por cima dos muros para rir, a garota chorava inconsolável no quarto e o cão leal amarrado à castanheira latia sem parar, sentindo que algo grave havia se lançado sobre seu mestre. A comoção era extraordinária. Mas YoungGu ficou no lugar, as canelas afundando na terra, a cabeça baixa em penitência, e não levantou a noite inteira. Na manhã seguinte, um criado tentava convencê-lo a desistir quando ele desmaiou e se esparramou ali mesmo.

Finalmente, o pai saiu do quarto, sacudiu seus ombros e disse:

– Se jurar cortar todos os laços com sua gangue de arruaceiros, principalmente aquele comunista vermelho JungHo, e trabalhar duro como um homem honesto a partir de hoje... – Ele não conseguiu concluir, porque a ideia de entregar sua filha adorada àquele desgraçado ainda era terrível. Então lembrou-se do velho ditado que dizia que nenhum pai pode vencer o próprio filho.

– Obrigado, Pai – sussurrou YoungGu com a voz fraca. – Vou cuidar bem dela.

Daquele momento em diante, YoungGu abandonou o grupo. Parou de ir às reuniões e de fazer trabalhos para JungHo, e começou a ajudar no restaurante. Logo, estava administrando o comércio no lugar do velho sogro, que amoleceu com o tempo e com a chegada de sua neta amada.

JungHo teria todo o direito de ficar com raiva de YoungGu pela deserção, mas sentiu que podia deixar o amigo ir. Dojô também tinha deixado a organização, alegando que não podia fazer o juramento exigido. Na verdade, o juramento foi difícil até para JungHo. Renunciar às posses mundanas não era algo intransponível, uma vez que ele tinha tão pouco. (O próprio MyungBo abrira mão de metade de suas terras para que fossem distribuídas entre os pobres e usadas em missões – e isso exigia força moral, acreditava JungHo.) A segunda parte do juramento, estar pronto para dar a vida pela independência, era outra questão. Pelo que via, JungHo sabia que havia dois tipos de ativistas: os que estavam destinados a morrer jovens em ação, e os que viveriam para governar, negociar, escrever manifestos, e assim por diante. Era óbvio que MyungBo era do segundo tipo – ele era essencial demais, e sua mão de erudito era mais útil para a escrita de cartas e declarações que para disparar armas. Por outro lado, já tinham se passado muitos anos desde que JungHo (e MyungBo) percebera que nunca leria ou escreveria bem. Esta era uma fraqueza desqualificante, ele sabia. JungHo deixava esses pensamentos rolarem de sua mente em ondas – às vezes rugiam e se chocavam, outras se acalmavam em uma narrativa que fazia sentido. Quando se sentia mais calmo, acreditava que MyungBo lhe pediria que fizesse algo que só ele seria capaz de fazer, no momento exato.

Certa noite, após a deserção de YoungGu e Dojô, JungHo jantou com eles no restaurante chinês. Estavam em um humor divertido e embriagado, familiar a velhos amigos reunidos em um lugar de boas lembranças – uma sensação similar a sentar-se na grama em um crepúsculo de verão. Foi feliz de início e, à medida que a noite avançava, tomou a forma de uma tristeza indistinta. Embora ainda fossem jovens, JungHo sentia que já tinham deixado algo para trás. YoungGu já tinha uma filha e mais uma estava a caminho. Dojô tinha economizado o suficiente para abrir uma loja perto do restaurante de YoungGu. JungHo não buscou nenhuma dessas coisas. Mas, se tivesse conseguido construir algo pequeno e real com Jade ao seu lado, teria sido tudo para ele. Ficou surpreso ao perceber que fazia quase três meses que não a via. Na última visita, ficara com a sensação de que ela tinha um homem novo, e foi embora se sentindo pior que antes de vê-la. Era uma forma única de autotortura a que não se submeteria mais.

Após se despedir dos amigos, JungHo foi sozinho até a ponte de pedra sobre o canal para fumar e pensar. Descansando os cotovelos no parapeito, tirou a cigarreira de prata do bolso interno. Estava manchada em alguns pontos, e a gravação era difícil de ler. Mas – ele passou o dedo sobre os sulcos leves – é claro que ainda estava ali. O tempo tinha o efeito de silenciar tudo, mas jamais seria capaz de apagar algo real.

De vez em quando, JungHo ia a certos restaurantes de baixo nível, onde mulheres satisfaziam suas necessidades nos fundos. Não eram cortesãs, apenas prostitutas que se deitavam com qualquer um por um preço, mas ele gostava disso e ansiava por elas. Com uma garota bastante jovem, que não devia ter mais que dezoito anos, no máximo, sentia uma espécie de afeto fraternal além do desejo físico. Isso não lhe parecia uma infidelidade em relação a Jade porque o ajudou a guardar as melhores partes de si para ela durante muito tempo e, portanto, talvez fosse um ato de fé. Pensou em ir ver a garota. Seria bom deitar nos braços de alguém por um instante. Então, balançando a cabeça, decidiu não ir.

Ocorreu-lhe naquele momento que nunca contara a Jade sobre seus sentimentos. Talvez ela soubesse e se recusasse a reconhecer. Talvez não o visse daquela maneira, mas agora perceberia o que sempre estivera à sua frente. Quando chegou à sua casa, a criada disse que ela tinha saído e perguntou se ele gostaria de aguardar dentro da casa. Optou por ficar do lado de fora para respirar um pouco melhor ao ar fresco.

Vestia seu único terno de inverno, uma de suas duas camisas, e um sobretudo velho, mas tudo estava limpo, passado e engomado pela governanta de MyungBo. Ninguém poderia dizer que parecia um moleque de rua sujo ou um pária. Algumas mulheres passavam e olhavam para ele com uma curiosidade amigável, o que reforçou sua confiança. Ele finalmente estava pronto para contar a ela.

Jade saíra naquela manhã para ir ao set de seu novo filme próximo ao Rio Han. Estava frio e ventava perto da água, e ela não estava se sentindo bem. Entre uma tomada e outra, o colega de elenco perguntou se estava tudo certo com ela.

– Só estou um pouco cansada, mas vou ficar bem – respondeu.

– Está muito frio hoje. Estou com pena por você ter de usar essa camisa fina – disse ele, com um sorriso.

Era o tipo de sorriso que os homens dão para mostrar que Sim, me importo com você. Jade sabia que o colega gostava dela e, embora não planejasse retribuir seus sentimentos, a disponibilidade constante fez com que se sentisse melhor imediatamente.

Ela estava sofrendo porque HanChol tinha se formado na universidade e, em vez de isso proporcionar que eles começassem uma vida juntos, isso só trouxe novas ansiedades. No início, ambos ficaram chocados quando ele não conseguiu um emprego imediatamente. Muitas empresas tinham demitido seus trabalhadores desde a quebra da bolsa, e apenas algumas estavam contratando novos funcionários. Havia milhares de candidatos para talvez cinco ou dez vagas em uma empresa, que primeiro eram dadas a japoneses e depois para as elites pró-japoneses. Sem conexões familiares ou riqueza, um diploma era inútil. Por orgulho, HanChol se recusava a escrever para os parentes distantes em Andong ou conviver com os jovens burgueses da faculdade – embora evitar estes últimos, a rigor, era menos por integridade que por uma compreensão instintiva de que eles não o receberiam de braços abertos. Quanto mais Jade tentava acalmá-lo, mais HanChol agia com indiferença e frieza, porque se via isolado no amor de uma mulher quando devia estar livre na companhia de outros homens. Jade sabia que ele se sentia dessa forma. Então tentava demandar o mínimo possível dele, mesmo que isso a deixasse infeliz.

Jade acreditava que ele só precisava de um pouco de distância e um emprego, e se alegrou quando HanChol finalmente conseguiu um emprego de mecânico em uma oficina de bicicletas. Nem exigia um diploma universitário, mas já tinha passado meses enviando currículos para dezenas de empresas e bancos, sem sucesso. Se estava decepcionado, HanChol escondia bem. Anos consertando o riquixá logo garantiram a habilidade de descobrir qualquer problema que uma bicicleta poderia ter só de olhar e mexer nela por alguns minutos. Na noite anterior, HanChol veio e contou a ela que tinha até consertado a bicicleta do chefe.

– Esse emprego não era exatamente o que eu tinha em mente, mas pelo menos é consistente. E meu chefe paga melhor que a maioria. Ele disse que está muito impressionado com a rapidez com que consertei seus freios, e conversamos um pouco sobre o que estudei na universidade – disse HanChol, na cama. Seu braço direito envolvia Jade, cuja cabeça, com o cabelo curto e ondulado, descansava confortavelmente em seu ombro.

– Viu? Ele reconhece seu talento. Em pouco tempo, vai lhe passar tarefas mais importantes e promovê-lo. E você vai se estabelecer.

Jade sorriu. Embora evitasse até mesmo pensar isso consigo mesma, tinha grandes esperanças em relação ao futuro com ele, e achava que HanChol abordaria o assunto quando estivesse estabelecido. Enquanto estava estudando, às vezes dizia que não a decepcionaria e que a faria muito feliz. Várias vezes, disse que queria que pudessem ficar juntos para sempre. Ouvir essas palavras estando nos braços dele causava-lhe uma sensação de pura luminescência, como um vaga-lume que armazena os raios do sol durante o dia e se acende à noite – humilde, mas milagrosamente viva. Era a consciência de ter experimentado a vida, de ser *beijada* pela vida. Mas sua felicidade dependia dele e, portanto, se partiria com facilidade.

HanChol não dizia mais que queria que ficassem juntos para sempre. Desde quando, exatamente, Jade não sabia dizer.

Em vez dessas palavras de carinho, ele apertou seu ombro sem pensar e disse:

– Sim, espero subir nesse trabalho. Quero mostrar o que posso fazer. Ele é bastante distraído, e o negócio é muito mal administrado por um sócio...

O que ela queria ouvir era que, uma vez estabelecido, ele contaria à mãe sobre ela e providências seriam tomadas. Decepcionada, Jade sentiu que ele falava mais de si que dela ou dos dois juntos. Então agarrou-se a ele com ainda mais carinho.

– Me beije – sussurrou, guiando o quadril estreito dele contra o seu.

Ela sentiu um prazer familiar quando ele beijou seus seios e mergulhou nela com o mesmo desejo e urgência. Seu rosto se iluminou quando teve a certeza de que ele ainda a desejava tanto quanto no início. Os olhos de um homem revelam tudo ao fazer amor. Mas, ao final, ele já não a beijava ou abria aquele sorriso inconsciente.

Durante toda a tarde, Jade fez suas cenas sem pensar, preocupada com HanChol. No início da noite, quando a filmagem chegou ao fim, o colega perguntou:

– Não está com vontade de algo quente depois de tudo isso? Você gostaria de vir comigo tomar um udon?

Ele tinha um brilho maravilhoso e ansioso nos olhos atraentes. Seu terno elegante de lã tinha um corte impecável e estava muito bem passado, e ela riu para si mesma imaginando que o traje seria capaz de ficar em pé sozinho. Mas ele era mesmo um homem muito gentil.

– Ah, obrigada, mas hoje não posso – respondeu Jade corando. – Já tenho planos. Outro dia, talvez.

Ela vestiu o casaco azul-claro com gola de pele de coelho, percebendo que o colega tentava esconder a decepção, e sentindo ao mesmo tempo pena e alegria. Fez uma reverência para ele e entrou no táxi, que a levou até o casarão de Lotus.

– Quanto tempo. Ah, você parece estar com frio. Entre rápido. – Lotus a recebeu pessoalmente no portão, colocando a mão nas costas da amiga. Elas raramente passavam um tempo juntas, e vários meses tinham se passado desde a última visita de Lotus à casa de Dani. Mas Lotus convidou-a para uma visita, e ela aceitou. As duas se sentiram um pouco falsas na presença uma da outra, mas tentaram, sinceramente como fazem velhos amigos, esconder aquela artificialidade.

– Onde está Sunmi? Como está a bonequinha? – perguntou Jade, olhando ao redor em busca da filha de Lotus, que tinha completado três anos. Sunmi tinha ido passear com a criada, e Lotus sustentava o olhar feliz de uma mãe aliviada.

– Você tem tanta sorte de não ter um filho, Jade – disse Lotus, com o velho tom familiar, quando se acomodaram no quarto dela. – Não que eu não a ame, porque é claro que eu faria tudo pela minha filha, mas... sinto falta da vida de antes. Do palco, das apresentações...

– Mas você pode voltar, é claro? Eles ainda tocam seu disco em todos os cafés, sabia?

Antes do nascimento de Sunmi, Lotus tinha gravado algumas músicas que a alçaram à fama. O disco rendeu-lhe uma pequena fortuna, e ao Presidente Ma uma fortuna maior.

– Tocam mesmo? Eu não saberia... faz muito tempo que não saio à noite. – Lotus soltou um suspiro. – Às vezes sinto muita falta dos velhos tempos, você não sente? Quando tudo de maravilhoso parecia possível? Não tenho mais tanta certeza. Eu só tento... – Ela hesitou. – Só tento manter a cabeça erguida.

– Eu sinto falta dos velhos tempos, sim. Éramos tão inocentes.

Jade lutou contra as lágrimas. Estava pensando em Lotus e HanChol, e em todas as pessoas que já tinha amado com clareza e pureza absolutas, sem medo de se machucar. Até JungHo se afastara silenciosamente, e ela se sentia arrependida por não ter sido uma amiga melhor para ele. Lotus estendeu a mão e acariciou seu braço, e ela riu. O calor das lágrimas, de alguma forma, era calmante.

– Tive uma ideia – disse Jade entre uma fungada e outra. – Por que não saímos hoje? Para falar a verdade, eu gostaria muito de uma bebida.

Lotus resistiu à sugestão por um instante apenas; na verdade ficou entusiasmada com a ideia de sair. Cantarolando baixinho, sentou-se em frente à penteadeira com seus pós e rouges. Embora nunca tivesse sido bela, ainda parecia jovem. O novo corte de cabelo era parecido com o de Jade, na altura dos ombros e cacheado, e combinava com seus traços.

A criada e Sunmi voltaram quando ela estava escolhendo a roupa. Jade percebeu que a filha de Lotus não era uma criança bonita, se sentiu culpada por pensar isso e exagerou na reação maravilhada. A babá disse a Sunmi que desse oi. Ela apenas colocou o dedinho nos lábios, olhando pelo quarto com uma atenção lenta, que a Jade pareceu pouco cativante.

Distraída, Lotus disse:

– Ela é tão quietinha, tão educada. Nunca chora na minha frente. Uma vez caiu enquanto a babá não estava, e retorceu o rosto todo para não chorar.

Ao ouvir isso, Jade decidiu demonstrar um calor genuíno a Sunmi e beijou-a no topo da cabeça. Lotus deu uma ajeitadinha no cabelo da criança, sem corte e translúcido como teia de aranha ao orvalho.

– Pronto, pronto... É hora de ir para a cama – disse, mandando a garota e a babá embora às pressas.

A noite estava tempestuosa e nublada. Lotus escolheu um vestido de seda marrom, um chapéu clochê e um sobretudo verde – outonal e opulento, em contraste com a paisagem cinza que as esperava do lado de fora. Foi instigada pelo prazer voluptuoso de estar perfeitamente vestida para determinado tipo de clima. Jade já estava calçando o sapato quando Lotus parou em frente à penteadeira para enrolar um cigarro. Fumou até a metade antes de perceber a impaciência de Jade.

– É só tabaco e uma pitadinha de ópio. Só para relaxar – disse. – Quer experimentar?

– Não, obrigada. Nesse ritmo ainda vamos estar aqui à meia-noite – disse Jade, e Lotus apagou o cigarro com cuidado e deixou-o no cinzeiro.

Quando finalmente saíram, um vento forte soprava baldes vazios no poço e criadas derrapavam arrancando as roupas dos varais.

Havia vários cafés em Seul, e cada um tinha seu público. Os empresários e pró-japoneses iam ao Café Viena; os nacionalistas iam ao Café Terraço; os comunistas iam ao Cavalo Amarelo; os estudantes e artistas iam ao Café Gitane; e os japoneses iam a seus próprios cafés, administrados por japoneses. Mas todos os que eram conhecidos na sociedade iam ao Café Buzina dos Mares, de propriedade de um jovem poeta burguês. De alguma forma, o fato de ele ser filho de um latifundiário pró-japoneses com a melhor educação, mas também um esquerdista e artista que acreditava no amor livre, possibilitava-lhe atrair as pessoas mais interessantes de cada canto da sociedade. Jade o conhecia, e foi para lá que levou a amiga.

– Não é encantador? Dá para ver todos daqui – disse Jade a Lotus enquanto se acomodavam nos bancos de couro carmesim. Ela se virou para a bela garçonete e pediu duas xícaras de mocha.

– Por que isso é tão mais delicioso que café normal? – sussurrou Lotus.

– Tem chocolate... não é maravilhoso? – Jade deu uma risadinha. – Começamos com esse, depois bebemos algo com álcool. Viu como agora as pessoas estão só conversando? Daqui a pouco, todos estarão dançando. Ah, estão tocando "La Paloma"! – Jade voava de um pensamento ao seguinte. Apontou para uma pintora famosa que tinha se casado com um diplomata e viajado o mundo com ele; mas, enquanto estavam no exterior, ela teve um caso com o melhor amigo do marido, e ele se divorciou dela assim que retornaram. Agora ela lutava para ganhar a vida vendendo quadros e fazendo ilustrações para revistas. Tinha também um romancista que estava sentado sozinho, lendo uma revista americana que era vendida no café, mas que, na verdade, estava lá por causa de uma das garçonetes, sua amante.

– Todos vão atrás das garotas dos cafés hoje em dia. Mais modernas que as cortesãs, segundo ouvi – disse Jade, olhando para a garçonete que as servira, cujo avental enfatizava sua cintura fina. Ela não parecia ter mais que vinte anos. – E não são tão exigentes quanto as Garotas Modernas bem-nascidas.

– Às vezes parece estranho pensar que começamos aprendendo poesia clássica e canções tradicionais naquele coreto de jardim embaixo do salgueiro-chorão. E minha mãe com todas as suas sedas e joias, e sua devoção ao homem que lhe deu aquele anel de prata... Parece que faz uns cem anos.

– Você não tem saudade dela? Por que não leva Sunmi para visitá-la em Pyongyang?

– O Presidente Ma não permitiria – respondeu Lotus baixinho, olhando para a xícara de mocha.

A música mudou. Um jovem cavalheiro estava vindo na direção delas, e ambas sorriram se preparando para sua chegada.

– Senhorita Jade, que prazer. Por que ficou tanto tempo sem aparecer? Sentimos sua falta – disse o cavalheiro, que era o poeta-proprietário do café.

Ele tinha entre 25 e 30 anos, de estatura e constituição medianas. A camisa sem paletó, os óculos com aro de tartaruga e os maneirismos afáveis eram provas de seu *status* boêmio. Pegou a mão esquerda de Jade e beijou-a com paixão, como se dissesse "não é de todo em tom de brincadeira". Quando Jade lhe apresentou a amiga, ficou igualmente feliz por conhecer a famosa cantora e pediu que servissem uma rodada de uísque americano. Tinha o dom de conversar com duas mulheres dedicando-lhes a mesma atenção, e o do flerte sem consequências.

– E o que o nome significa? O nome do café – perguntou Lotus, inundada pelo primeiro gole de uísque.

– Ah, é algo que inventei. Sabe, todos temos alguma coisa que amamos sem racionalidade. Na verdade, se é racional, então não é amor de verdade. Então, a coisa que mais amo no mundo... – O cavalheiro demorou-se com as palavras, lambendo o uísque dos lábios. – É o barulho dos navios. Quando era estudante, uma vez viajei a Busan sozinho. Morei em uma pensão perto do porto durante um mês, só lendo e escrevendo desde a manhã até o anoitecer. Quando escurecia, acendia uma vela para continuar, e era possível acreditar que não havia mais nada no mundo além de mim e de meus livros. Parecia que meu quarto era a cabine de um navio, em algum lugar no meio do oceano. E toda tarde, entre as três e as quatro, eu ouvia o barulho de navios no cais. Os grandes faziam *FOOM-FOOOOM*... e os pequenos respondiam *Foom-foooom*... As buzinas dos navios me deixavam mais feliz do que jamais tinha sido na vida. Se eu pudesse engarrafar aquele som, serviria pouco a pouco quando estivesse triste e beberia como uísque. – Ele sorriu. – Já esteve no mar, Srta. Lotus?

Lotus e Jade não conheciam o mar. Nem mesmo o de Incheon, que ficava tão perto.

– É mesmo, vocês são do Norte... É por isso que são tão belas. Não é à toa que as cortesãs de Pyongyang são as mais celebradas. Ah, a música acabou. Se me derem licença, vou colocar outro disco. – Ele fez uma reverência e saiu.

– Que charmoso – disse Lotus, quando ele se afastou o suficiente para não ouvir.

– É mesmo, mas você também não acha que parece que ele não está totalmente presente? – Jade bebeu mais um gole do uísque. – A história, por exemplo. Parecia que ele não estava contando *para nós*, não exatamente. Ele conta essa história a qualquer um que perguntar. No fim das contas, na verdade não importa se nós sabemos. Por que você está rindo? Estou sendo cínica demais?

– Estou sorrindo porque te amo tanto. Você é minha amiga mais antiga. Lotus envolveu Jade em um dos braços.

– Mas você concorda? Não acha que tenho razão?

Jade estava pensando na história da coruja que HanChol contara. Sempre fazia com que ela se sentisse como se ele estivesse contando a história só para ela. Que queria ser compreendido por *ela*. Sentia muita falta dele.

– Sim, você tem razão. Mas você sempre foi mais exigente com os homens. Ah, Jade, ouça!

As duas pararam de falar; era o disco de Lotus que estava tocando. O poeta-proprietário acenou para elas do outro lado do café. Casais começavam a se levantar para dançar, como se a música os tivesse despertado do sono como a um povo encantado em um conto de fadas. A luz líquida das lâmpadas se derramava sobre eles, e suas sombras rodopiavam pelas paredes.

– Estou tão feliz por você ter me trazido aqui. – Lotus descansou a cabeça no ombro de Jade. – Sabe, o Presidente Ma não me ama, e faz tempo. Ele nem finge amar Sunmi... a quarta filha, e bastarda ainda por cima, sendo que ele queria um filho. Também tenho certeza que está dormindo com a vagabunda da secretária.

Lotus na verdade não tinha pensado sobre a última parte, mas, após ter falado em voz alta, soube que tinha que ser verdade.

– Tenho medo que ele me deixe. Ou que eu pense em deixá-lo. Parece que são duas coisas totalmente diferentes, mas o resultado é o mesmo... ele ficaria bem, mais que bem, e eu ficaria destruída. Então temo ambas as opções... mas estou tão infeliz. O que eu faço?

– Você não precisa ficar com ele para sempre – disse Jade pegando a mão da amiga.

– Mas ninguém nunca mais vai me amar. Vou ser uma mulher velha e abandonada, uma amante rejeitada.

– Está vendo a pintora, a que se casou com o diplomata? – Jade apontou com o olhar para a mulher de vestido de veludo carmesim, que agora estava dançando com o poeta-proprietário. – Ela tinha trinta anos e quatro filhos quando estava tendo casos em Paris e Berlim. Você só tem 25 e uma filha.

A pintora cochichou algo no ouvido do parceiro e eles jogaram a cabeça para trás, rindo. Era possível acreditar que ela não se importava com o ex-marido, ou o melhor amigo dele, seu amante, que também a abandonara.

– E agora ninguém da família a reconhece e as pessoas zombam dela pelas costas. Não, isso não é para mim. – Lotus soltou um suspiro. – A mais sortuda entre nós é minha irmã, não é?

– É.

Luna tinha trinta anos e continuava linda como sempre. Tinha quitado sua dívida com a guilda das cortesãs e trabalhava como secretária no Consulado Americano. O salário era decente e permitia que fosse independente. O supervisor estava apaixonado por ela, mas ela fingia não perceber. Ao contrário das duas mais jovens, Luna parecia satisfeita sozinha. A solidão lhe caía bem, como um belo casaco.

A bela garçonete voltou com dois copos de um licor marrom-dourado.

– Conhaque, com cumprimentos do cavalheiro da mesa do canto – disse, apontando com o olhar. – Não o oficial. O de gravata-borboleta – acrescentou.

Jade ficou paralisada ao reconhecer seu rosto. Ele não usava mais uniforme, mas ainda exibia o mesmo sorriso arrogante ao observá-la do outro lado do café. Disse alguma coisa ao amigo, pegou seu copo e veio vindo em direção à mesa delas com suas passadas confiantes e ligeiras.

18
Noite chuvosa
1933

– Por que não vem comigo? Não seja chato – o Conde Ito disse ao Coronel Yamada, apagando o cigarro no cinzeiro de cristal.

– De que se trata? Não consigo acompanhar seus caprichos.

– Você não tem olhos? Está vendo que há duas mulheres naquela mesa. Uma delas é muito bonita, talvez até extraordinária. Eu a conheci há alguns anos.

– Não entendo seu fascínio com essas garotas de cafés e prostitutas.

O Coronel Yamada deu um sorriso frio, balançando a cabeça. Estava de folga da guerra na Manchúria e era a primeira vez em três anos que encontrava o cunhado. Após a dureza do *front*, lutando contra o exército chinês e o coreano, os hábitos descuidados e ignorantes de Ito e da sociedade em geral o irritavam.

– Ela não é uma garota de café. É atriz de cinema – rebateu Ito, já se levantando.

Ito era do tipo de homem que fica obcecado por uma mulher e depois a esquece completa e repentinamente. Desde que saíra do camarim de Jade, oito anos antes, Ito não tinha pensado nela nem uma vez sequer. O encontro satisfizera ao seu apetite, e ele encontrou outros anseios. Alguns por outras mulheres, mas nunca se interessava de verdade por mulheres ou por pessoas em geral. Sempre tinha uma sensação de rebaixamento quando se aproximava demais de outra pessoa – era por isso, de fato, que preferia Yamada, em cuja companhia ele menos sentia a degradação. Em vez de pessoas, Ito gostava de belos objetos, ideias e do espaço vazio entre coisas e ideias. Ficaria perfeitamente feliz se entrasse naquele vazio branco e respirasse o ar fresco e gelado pelo resto da vida.

Às vezes, no entanto, ocorria de se interessar por outras pessoas, quase contra a própria vontade. Jade tinha mudado completamente desde a última vez que a vira. Não era apenas o fato de ela estar usando um vestido ocidental ou de que seu cabelo estava mais curto e cacheado. Até seus traços pareciam bem diferentes e, de alguma forma, mais cativantes. Mas ele a reconhecera por sua essência imutável, certo halo ao redor de sua psique. Queria estudá-la de perto.

– Já passou muito tempo desde a última vez que nos vimos – disse ele ao se sentar ao lado dela.

Ela olhou para ele com olhos que pareciam ainda mais brilhantes que antes. Sua amiga, com roupas elegantes, mas inquestionavelmente simples, também parecia insultada pela abordagem. Ele não lhe dirigiu mais atenção do que a uma antiguidade falsa.

– Como tem passado? Soube dos seus filmes – disse Ito, o olhar fixo em Jade.

– Coronel – disse Jade, em um japonês lento e medido. – Não tenho dúvida de que há muitas mulheres aqui que ficariam felizes em conversar com o senhor. Eu não sou uma delas.

– Mas elas não me interessam. Ouça, você sabe como é ter tudo?

– Não posso imaginar – disse Jade, com sarcasmo; no entanto, Ito sabia que ela estava se sentindo atraída.

– Tenho riqueza, juventude, inteligência, poder, mulheres... Não me falta nada. Nunca tenho que me esforçar muito. Pode ser muito chato... até mesmo a companhia de belas mulheres. É tão raro ver algo que desperta meu interesse genuíno, como você.

– Por quê?

Ito descansou o queixo em uma das mãos e olhou nos lindos olhos pretos de Jade. Sua pele era luminosa e aveludada, das maçãs do rosto até a pele marmorizada logo acima do decote em V. Ela estava no auge de seu esplendor como mulher e nem se dava conta disso. Era quase doloroso para ele.

– Eu respondo se dançar comigo – disse ele, finalmente. – Não recuse. Você é dançarina e esta é uma valsa fantástica.

Ele se levantou e estendeu a mão. As pessoas os observavam de canto de olho: o belo milionário japonês, que tinha acabado de virar conde e comprar minas de ouro e ferro de um empresário francês; e a famosa atriz em todos os filmes. Ela pegou sua mão.

Todos ficaram assistindo à dança. As garotas do café, normalmente bem treinadas, pararam de servir os clientes e ficaram sussurrando entre si. O conde e a atriz formavam um casal magnífico.

Yamada observou a transformação do amigo com um fascínio silencioso. Ito se movimentava com uma confiança fácil, puxando a cintura da mulher para perto de seu corpo com um dos braços. Yamada nunca tinha dançado na vida. Por um instante, imaginou que era ele quem levava a bela mulher pelo braço no meio da pista de dança. Ito tinha razão sobre ela – era mesmo excepcional. Não era apenas seu rosto e seu corpo, que eram perfeitos, mas a qualidade de sua presença e de seus movimentos que atraíam olhares.

O casal se separou quando a música acabou, e Ito foi até a mesa de Yamada.

– Ela quer ir embora, e eu disse que lhe daria uma carona. Tudo bem você tomar um táxi?

– É claro.

– Até logo. Mande meus cumprimentos a Mineko.

Lotus e Jade saíram juntas e Ito as seguiu, vestindo o casaco uma manga após a outra; ele mesmo abriu a porta do carro para elas e entrou pelo outro lado. Quando o carro parou em frente à casa de Lotus, faixas de névoa tinham se transformado em uma chuva pesada e gelada. Jade se despediu da amiga com um abraço, mas sentiu que o muro entre elas tinha voltado, ainda mais impenetrável que antes. Isso fez com que se sentisse inquieta e deprimida, e manteve o rosto resoluto voltado para a janela durante todo o caminho até sua casa. O carro era silencioso, exceto pelo tamborilar metálico no teto e pelas rodas girando na lama como os remos de um barco.

– Pode parar aqui mesmo – disse Jade em frente à casa, e o motorista estacionou. – Obrigada pela carona.

– Espere. – Ito segurou sua mão. – Posso entrar?

Jade balançou a cabeça.

– Por favor, nós nos divertimos esta noite. Você não pode ainda estar brava comigo por um comportamento grosseiro de anos atrás.

– Você pode parecer mais gentil agora, e não está mais no exército, mas continua o mesmo. Nunca vou gostar de você. – Enquanto Jade falava, a imagem de Ito em seu camarim surgiu diante de seus olhos, lembrando-a da verdadeira essência daquele homem, de sua brutalidade casual.

– Não tem nada a ver com gostar. Minha esposa e eu nunca gostamos um do outro e temos o melhor casamento. – Ito sorriu, desdenhoso. – Não existe amor como se vê nos romances e filmes. Entre um homem e uma mulher, a única coisa que importa é a troca daquilo que um precisa do outro... Na verdade, um pouco de desgosto pode incrementar a paixão, eu acho. – Ele puxou seu pulso e se aproximou para beijar seu pescoço.

– Não preciso de nada de você – disse ela, empurrando-o.

– Resistir um pouco tudo bem, mas não seja burra. Eu odeio burrice – disse ele, furioso, antes de ela se soltar, abrir a porta e sair apressada.

Ela correu até a casa antes que Ito pudesse alcançá-la. Em meio ao barulho da chuva, pensou ter ouvido a porta do carro se abrir.

Havia um homem com um boné de jornaleiro e um sobretudo limpo sob o beiral dos portões, esperando a chuva passar. Ela percebeu que era JungHo e correu para seus braços.

– Estou tão feliz que esteja aqui – disse, abraçando-o pela primeira vez.

– Jade! – disse JungHo em voz baixa, então esticou o pescoço para ver o carro preto. – O que houve? De quem é aquele carro?

Jade sabia que JungHo faria qualquer coisa para protegê-la, ou até mesmo apenas para defender sua honra.

– Não é ninguém – respondeu.

– Você sabe que, se qualquer um tentar te machucar, é só me avisar. – JungHo retesou a mandíbula, lançando um olhar mortal para o carro. Ele voltou a olhar nos olhos dela como se estivesse implorando por uma chance de provar sua lealdade. Jade começava a temer que Ito descesse do carro e os dois ficassem frente a frente, quando a criada finalmente ouviu a campainha e abriu os portões.

Jade disse com alívio:

– Entre. Vamos beber um chá.

Em vez de ficarem na sala, Jade o levou até seu quarto. JungHo tomou isso como um bom sinal; e ela o abraçara com tanta intensidade pouco antes, que ele teve de se esforçar para manter a compostura. Quando a criada os deixou sozinhos com o chá, se sentaram frente a frente com as mãos curvadas em volta das xícaras fumegantes.

– Então, por que você veio tão tarde? – perguntou Jade, e fez uma pausa. – Não, essas não são as palavras certas. Eu estava pensando mais cedo que faz muito tempo que não nos falamos. Senti sua falta.

– Eu também senti sua falta, Jade – disse JungHo. – Sempre sinto.

Ela riu, largando a xícara.

– Bom, então venha me ver com mais frequência! Você sabe onde me encontrar.

– Sim, mas às vezes eu queria que você também quisesse me encontrar – respondeu JungHo, com dificuldade. – Sinto que não sou tão importante assim para você.

– É claro que você é importante para mim. É um dos meus amigos mais antigos. Você até salvou a vida da Luna!

JungHo estava começando a criar mais coragem e, de qualquer forma, estava cansado de esconder.

– Jade, o que eu quero dizer é que eu amo você. E me pergunto se você também me ama.

Quando ele disse essas palavras, Jade baixou o olhar para o próprio colo. As pontas de seus dedos ainda estavam vermelhas da chuva.

– Eu também amo você, é claro, JungHo. Sempre o admirei, mesmo quando éramos crianças. Sabe por quê? Porque você não tinha medo de nada. Eu ficava maravilhada com o quanto era destemido, mesmo quando não tinha nada. Quando éramos crianças, Lotus me provocava dizendo que eu era covarde. Você me ajudou a ser mais corajosa... como você. – Jade riu um pouco. – Mas estou apaixonada por outra pessoa. Sinto muito.

Embora de alguma forma já esperasse por isso, por dentro ele naufragou ao ouvir essas palavras.

– Quem é? – perguntou sem pensar. – Algum playboy riquinho?

– O nome dele é Kim HanChol. Ele é apenas um mecânico em uma oficina de bicicletas. – Jade sorriu levemente.

JungHo teve dificuldade de processar que tinha passado todos aqueles anos tentando se aprimorar para ela, e que ela estava apaixonada por um mecânico. Deixou escapar uma risada confusa e ela entendeu que era o fim da tensão, que podiam voltar a ser amigos.

– Acho que gosto de caras pobres – brincou ela. – Eu não preciso falar de HanChol com você. Eu morreria se perdesse você por isso. À medida que a vida passa, percebo cada vez mais que é impossível substituir amigos antigos. Espere, quero mostrar uma coisa.

Jade levantou, foi até o aparador e trouxe algo na mão. Colocou na palma de JungHo.

– Olha, está vendo essa pedrinha que você jogou por cima do muro há anos? Eu guardei.

JungHo ficou olhando para a pedra verde lisinho e pensou em todas as formas como as pessoas mantêm as outras em suas vidas por meios materiais e imateriais – palavras, memórias, gestos, objetos insignificantes que se tornam símbolos e depois voltam a ser objetos insignificantes –, como aquele descansando confortavelmente na palma de sua mão. Era ao mesmo tempo incomensuravelmente pesado e leve como uma pena. Ele devolveu a pedrinha para Jade.

– Não se preocupe, eu não vou a lugar algum – disse a ela.

19
Geada
1934

Todos os homens do mundo se encaixam em duas categorias. Na primeira – e muito mais numerosa – está o homem que, em algum momento da vida, descobre que não pode e não terá sucesso além de seu estado corrente. Então ele precisa encontrar uma maneira de racionalizar sua sorte na vida e aprender a se contentar com ela. Para os mais pobres, esse ponto chega incrivelmente rápido – antes dos vinte anos. Aqueles que têm o benefício da educação acabam chegando à mesma conclusão entre os 30 e os 40. Alguns, por virtude do nascimento, ambição e talento, chegam por volta dos cinquenta, ponto em que desacelerar não parece tão ruim.

O segundo tipo de homem, extremamente raro, é aquele que nunca tem de abrir mão do crescimento e da expansão até o fim da vida. Kim SungSoo pertencia a esse grupo não apenas por nascimento, o que já lhe dava direito a terras férteis em quatro regiões da província, mas também pelo casamento com a filha única de um ministro. Em vez de adotar um parente do sexo masculino como filho, ao morrer, o sogro deixara suas propriedades para a filha. Além disso, o primo de SungSoo – único filho de seu tio – morreu em um acidente estranho no ano seguinte, quando seu coração parou no meio do coito com sua bela e jovem amante. Embora o tio ainda estivesse vivo, SungSoo também era seu herdeiro, combinando com elegância a riqueza dos dois ramos da família.

SungSoo não era vulgar ou ignorante a ponto de não reconhecer sua sorte extraordinária. De vez em quando, sentia que a vida tinha sido injustamente generosa com ele. Aos 51 anos, estava no auge do vigor da meia-idade, ainda ia ao escritório, publicava livros com frequência e não era libertino e preguiçoso como muitos de seus pares. Alguns de seus conhecidos vagavam sem rumo, incapazes de encontrar uma ocupação adequada à medida que a economia afundava e a fortuna de suas famílias diminuía, e alguns chegaram a perder a vontade de viver. Três anos antes, seu amigo dramaturgo tinha pulado de uma ponte no Rio Han. SungSoo ficou triste por um período breve, mas, à medida que envelhecia, ia se tornando menos capaz de sentir pena de qualquer outra pessoa. Os infortúnios alheios apenas cimentavam sua crença de que ele era excepcional. Toda Seul o conhecia e o respeitava, exceto os comunistas clandestinos, que logo sucumbiriam à repressão do governo.

Apenas uma coisa pesava sobre ele. O fato de que sua riqueza, embora astronômica, também parecia se esgotar com rapidez. Sempre gostara de gastar dinheiro, e não tinha planos de reduzir seus hábitos de restaurantes, roupas e mulheres. Mas não esperava o quanto seu único filho seria como ele no que dizia respeito a desperdiçar a fortuna da família. Ele fazia tudo o que SungSoo fazia, mas em escala maior, e acrescentava a isso seus próprios vícios de jogo e ópio. SungSoo já havia pago dívidas que equivaliam ao valor de venda de algumas aldeias prósperas e terras agrícolas adjacentes, e sua paciência tinha chegado ao limite.

Além da instabilidade de seus negócios, havia também o aumento dos impostos sobre propriedade, destinados a espremer os latifundiários coreanos para que abrissem mão de suas terras voluntariamente. Quando a nobreza finalmente decidisse vender suas propriedades, os japoneses estariam rondando, esperando para arrebatá-las. Naquela manhã, SungSoo recebera uma carta do pai, do interior, sobre essa questão. Ele reclamava da polícia local, que andava mostrando sua propriedade aos nobres japoneses – supostamente apenas para que conhecessem, mas na verdade para pressioná-lo.

Essas preocupações irritantes se instalaram na mente de SungSoo durante sua caminhada e ele as afastou ao chegar à oficina. A porta estava aberta, embora fosse uma tarde gelada de outono. Dentro, o gerente e o mecânico sênior conversavam enquanto comiam pãezinhos assados no vapor e bebiam chá, e o mecânico júnior estava abaixado ao lado de uma bicicleta. SungSoo franziu o cenho e limpou a garganta, e o gerente despertou.

– Não estávamos esperando pelo senhor – disse o gerente, sorrindo e retorcendo as mãos. Ele ficou chateado por SungSoo, que era bastante ausente, ter escolhido justamente aquele dia para seu check-in de fim de ano. – Vamos providenciar uma xícara de chá para o senhor. HanChol! Chá, imediatamente! – falou ríspido para o mecânico júnior.

HanChol desenrolou o corpo forte e alto, levantando-se com obediência, e fez menção de pegar o chá na sala dos fundos. SungSoo franziu o cenho para o gerente.

– Não é necessário. Eu gostaria de analisar o livro-razão com você, se não estiver ocupado – disse. – Além disso, minha filha quer consertar a bicicleta. Ela vai passar aqui.

SungSoo foi para a sala dos fundos e o gerente o acompanhou. Durante a hora seguinte, analisaram juntos o livro-razão que, pela primeira vez em todos aqueles anos, fechara redondo, sem nenhuma quantia perdida ou inexplicável.

– Excelente contabilidade este ano – resmungou SungSoo. O gerente sorriu e curvou-se várias vezes rapidinho, protestando com modéstia.

– Eu só fiz meu trabalho, senhor.

– Mas o negócio ainda mal se paga. Por quê? – perguntou SungSoo.

– Bem, senhor, são tempos difíceis... – começou o gerente, mas SungSoo fez um gesto indicando que ficasse em silêncio.

– Tudo bem. Pode ir. Ah, e peça ao mecânico júnior que venha até aqui.

– O senhor quer dizer Kim HanChol?

– Temos apenas um mecânico júnior, não temos? – perguntou SungSoo com sarcasmo, e o gerente se curvou e saiu.

Quando HanChol entrou, SungSoo fez um gesto indicando a cadeira à sua frente.

– Então, faz um ano que você está aqui – disse SungSoo após o jovem se sentar. – Percebi que anda fazendo a contabilidade no lugar do gerente. Ele tomou todo o crédito para si, é claro, mas eu sei que foi você.

HanChol permaneceu em silêncio. "Ele era um jovem bonito", pensou SungSoo, notando sua expressão inteligente e sua postura atenta.

– Sim, senhor, eu ando ajudando com a contabilidade – admitiu o jovem.

– E o trabalho com os consertos? É muita coisa, além da contabilidade?

– Não, senhor. Quero ajudar onde for necessário.

– Mas você tem diploma universitário. Não pode ficar feliz ouvindo esses idiotas lhe dando ordens. O gerente nem terminou a educação básica... seus balanços eram um horror até você chegar – disse SungSoo, descruzando e voltando a cruzar as pernas. – O que quer fazer de verdade? Se pudesse ser gerente desta oficina, ficaria satisfeito?

SungSoo sorriu. Ele gostava do garoto, e fazia anos que considerava a ideia de demitir o gerente.

HanChol respirou fundo.

– Não, senhor.

– Está dizendo que quer ser mecânico júnior o resto da vida? – SungSoo ficou decepcionado; por um momento, pensou que aquele pobre garoto pudesse ter algum potencial. Mas por mais educação que a pessoa receba, a pobreza estava arraigada no sangue.

– Senhor, eu não quero trabalhar com bicicletas a vida inteira... Acho que gostaria de trabalhar com carros um dia.

– Está falando de consertar carros?

– Não, estou falando de fazer carros.

– Fazer carros? Meu amigo, o que você sabe sobre isso? – SungSoo franziu a testa. Primeiro, achou que o garoto fosse esperto; depois, sem ambição; agora, achava que o garoto estava delirando. – Existem duzentos carros em Seul, e todos são importados. Nenhum coreano sabe fazer carros.

No entanto, HanChol não hesitou ou baixou o olhar.

– Isso é verdade agora, mas não será sempre assim. Eu não sabia como fazer uma bicicleta, mas agora consigo montar uma com as partes certas. Se eu aprender a consertar carros, vou aprender a fazer um também.

SungSoo franziu as sobrancelhas, balançando a cabeça.

– Ouça. Você é claramente inteligente. Percebi isso logo de cara, embora não passe muito tempo aqui. Mas não entende o mundo, como eu entendo... De onde é sua família?

– Eu nasci em Seul, mas minha família é de Andong.

– Está me dizendo que é um Andong-Kim? – SungSoo deixou escapar, e HanChol assentiu brevemente. Sua intuição sobre o garoto ser excepcional talvez se mostrasse verdadeira, afinal. Ele certamente vinha de um ramo empobrecido, mas ainda assim pertencia a uma das famílias mais importantes do país, uma família que até mesmo reis temeram durante séculos. SungSoo limpou o garganta. – Se está tão interessado em aprender como carros funcionam, pode ajudar meu motorista a arrumar o meu de vez em quando. Vou dizer a ele que tome conta de você.

HanChol curvou a cabeça, grato, e o chefe continuou.

– Além disso, quero que você supervisione minha contabilidade. Não só desta oficina, mas também da editora. Lá, as coisas estão ainda mais desordenadas, o gerente é um péssimo contador, e estamos sempre operando no vermelho.

– Onde eu...

– Você trabalharia ao lado do meu escritório na editora, respondendo diretamente a mim. A partir de amanhã. – SungSoo se levantou e saiu da sala dos fundos.

Na seção principal da oficina, uma jovem de uniforme escolar era atendida pelo gerente.

– Pai! – disse ela ao ver SungSoo.

– Como foi a escola hoje? – disse SungSoo, que mimava a filha.

Quando SeoHee era mais nova, a achava entediante e desinteressante, como qualquer criança. Quando ela se transformou em uma adolescente bonita, no entanto, SungSoo passou a gostar de passar tempo com ela e mimá-la com presentes.

– Foi tudo bem! Fui bem na prova de álgebra – respondeu SeoHee, em um *staccato* alegre.

Seu cabelo chanel preto e macio estava repartido ao meio. Combinava com o uniforme: uma camisa branca, um suéter azul-marinho e uma saia azul-marinho até os joelhos.

– Ótimo, ótimo. E qual é o problema da bicicleta?

SeoHee começou a explicar rapidamente que, quando andava em terreno plano, não havia problema, mas em descidas a bicicleta puxava para a direita. Enquanto falava, ela percebeu HanChol parado por ali, e começou a mexer no cabelo preto brilhoso.

– HanChol, dê uma olhada na bicicleta. Preciso voltar para o escritório para uma reunião – disse SungSoo. – O que vai fazer agora, SeoHee? Vai para casa estudar?

– Pai, eu estudei tanto para o exame! Hoje quero ir à livraria. – A garota deu um sorriso vitorioso. Ela herdara o charme e a boa aparência de SungSoo, mas não seu egoísmo, o que garantia que fosse fácil adorá-la.

– Ah, quer dizer à loja de discos e à padaria... – provocou SungSoo, mas já tirando a carteira do bolso. – Não conte à sua mãe. – Ele deu uma piscadela ao entregar-lhe a mesada.

– Obrigada, pai! – ela gritou e deu um aceno de despedida.

Enquanto isso, HanChol já estava agachado ao lado da bicicleta com a caixa de ferramentas. SeoHee foi até ele.

– Quanto tempo vai demorar para consertar? – perguntou ela, tímida, querendo, e ao mesmo tempo não querendo, atrair seu olhar.

– Não deve levar mais que uma hora – respondeu HanChol, sem tirar os olhos da bicicleta. Tinha percebido que SeoHee era uma garota bonita e que estava olhando para ele. Isso o deixou desconfortável.

– Posso voltar em uma hora... Mas vai estar escuro, e minha mãe ficaria preocupada. Será que devo voltar amanhã?

– Sim – respondeu HanChol, finalmente se levantando e olhando para ela. Seria grosseiro não fazê-lo. – Volte amanhã, por favor.

O inverno chegou mais cedo naquele ano. As aves aquáticas da Sibéria estavam instaladas ao redor das lâminas de gelo reluzentes que cobriam o Rio Han. O ar cheirava a neve e lenha no dia do casamento de Luna.

Depois de anos recusando educadamente as investidas do vice-cônsul, ela finalmente cedeu e aceitou o pedido. Se afeiçoara aos olhos azuis gentis e ao cabelo vermelho como fogo de Curtice, que brotava chocantemente não só em sua cabeça, mas também em sua nuca e até nas costas das mãos. Embora tivesse uma aparência selvagem, seu caráter era dos mais gentis. Ele se levantava quando ela entrava, e sempre deixava que ela caminhasse à sua frente. Cada pedido vinha acompanhado de Por favor e Obrigado. Mas o principal foi que ele prometeu que se mudariam para a América, onde Hesook receberia a melhor educação. Foi isso que virou a maré a seu favor.

Eles se casariam em uma igreja católica com vitrais e um campanário que se erguia acima do horizonte de Seul. O casamento seria à tarde, mas a casa inteira estava de pé e se preparando antes do nascer do sol. A própria Dani estava ajudando Luna a se banhar e pentear o cabelo. Jade estava arrumando as roupas para a cerimônia e a festa. As criadas preparavam o café da manhã e a comida da recepção.

Às nove, Lotus trouxe a mãe da estação de trem.

– *Unni!*[42] – Dani foi a primeira a abraçar Silver no portão.

Elas se agarraram e não se soltaram durante um bom tempo, incapazes de dizer muito mais que isso. Ambas estavam surpresas com o quanto a outra se tornara mais leve e etérea com os anos, no quê de bronze que o corpo da mulher adquiria após a meia-idade. Silver sempre foi mais esguia, mas agora parecia encolhida. Não tinha tingido o cabelo de preto, como as mulheres elegantes faziam ultimamente, e o cabelo com mechas prateadas, repartido bem ao meio e enrolado em um coque a fazia parecer dez anos mais velha que Dani.

A prima mais nova acompanhava as últimas tendências, e o cuidado atento conferia à sua aparência uma composição ordenada que faltava à maioria das mulheres de meia-idade. Mas, aos 49, ela já tinha passado do ponto em que os homens a olhariam com desejo ou admiração, como tantos faziam em sua época. Recentemente, começara a ter suores noturnos e a ficar com a pele úmida e o rosto corado. Por mais que tentasse manter o peso, parecia ficar cada vez mais magra. Ficaram surpresas com a mudança na aparência uma da outra, tentaram esconder, e ficaram tristes ao perceber que, se a amiga tinha mudado tanto, ela também devia ter mudado. Ambas haviam sido as grandes beldades de sua época.

– Onde está minha filha? – perguntou Silver quando elas já tinham se acostumado à presença uma da outra.

Luna estava terminando de se arrumar quando ouviu os passos da mãe no corredor. Saiu correndo e se jogou nos braços de Silver. A mãe tinha vindo visitá-las poucas vezes nos últimos dezesseis anos, sempre reclamando da estranheza de Seul e defendendo a superioridade de Pyongyang. Tinham passado pouquíssimo tempo juntas, e ela era tão jovem quando saiu de casa – tinha a mesma idade que Hesook agora. Silver a acariciou com ternura:

– Não chore, shhh...

Mas Luna não conseguiu evitar que as lágrimas caíssem. Nos braços da mãe, voltava a parecer a garota de quinze anos que lembrava um leopardo com a trança comprida e grossa, que nunca tinha sido cortada.

No café da manhã, todas estavam na maior animação, conversando em todas as direções e passando pratos, como as famílias fazem. Apenas Lotus não parecia bem, com os olhos inchados e sorrisos curtos. Um ar selvagem e inquieto pairava sobre ela, mas parecia determinada a exibir seu melhor comportamento no casamento da irmã.

Ninguém conseguiu comer muito por causa do entusiasmo e da ansiedade. Depois, todas as mulheres, até as criadas, se enfiaram no quarto de Luna para ajudá-la a colocar o vestido branco de seda. Apenas Stoney, que estava acompanhando Silver, esperou no corredor com a atenção silenciosa habitual. Silver arrumou a coroa de pedras na testa de Luna e prendeu o véu que ia até o chão. Dani voltou do jardim com as flores de Luna, salpicadas de neve.

— Vejam, cosmos. Eles morrem com a chegada da primeira geada, mas este ano permaneceram em flor para você – disse Dani. – Eu sempre disse que esta era a flor de Luna. Tão doce, e mais forte do que parece. Eu não te disse uma vez que um buquê de cosmos é mais belo que qualquer outra flor? – Ela amarrou os caules com um barbante e uma faixa e colocou o buquê nas mãos macias de Luna. – É perfeito. Beleza perfeita – murmurou Dani, e as mulheres que estavam em volta delas fungaram e enxugaram as lágrimas.

Os cem degraus de pedra que levavam à catedral estavam cobertos por uma camada fina de neve. JungHo manteve o olhar no chão. A subida, que em circunstâncias normais o faria se sentir revigorado, agora só o deixava mal-humorado com o fato de que tudo na vida era ao mesmo tempo cansativo e perigoso. No dia anterior, tinha sido repreendido com severidade por seu mentor pela primeira vez.

Sob o laço apertado da vigilância, era impossível que MyungBo saísse e encontrasse as pessoas. Ele era proeminente demais na sociedade – mesmo as pessoas que não o espionavam intencionalmente poderiam perceber sua presença e espalhar fofocas. Então pediu a JungHo que assumisse o tipo de trabalho que só era dado aos membros mais confiáveis e respeitados da organização.

— Preciso que fale com o Presidente Ma em nome de nossa missão, e o convença a nos apoiar – disse MyungBo, olhando profundamente em seus olhos. – Além do teatro e da produtora, ele é um dos três únicos coreanos proprietários de fábricas de produtos químicos no país. Como um de nossos maiores problemas é conseguir armas, ele poderia ajudar muito a nossa causa. Mas não sei a quem é leal; quando o conheci, anos atrás, só percebi que é extremamente seguro de si, orgulhoso até. Você precisa ser muito cuidadoso ao falar com ele.

JungHo assentiu e tranquilizou o mentor com entusiasmo. Fora treinado por MyungBo durante anos, não apenas nas letras, mas também no discurso, boas maneiras, Marx e Lenin, imperialismo, os direitos universais do ser humano e até um pouco de japonês. Sentindo-se mais que preparado, foi direto à mansão do Presidente Ma.

Alguns minutos após JungHo tocar a campainha, um criado abriu apenas uma fresta do portão e espiou para fora.

— Suma! Não precisamos de gente como você aqui — disse o criado, e imediatamente fechou o portão. JungHo não teve tempo de dizer uma palavra do discurso cuidadosamente ensaiado, e a confusão virou raiva, e ele começou a tocar a campainha sem parar. Vários minutos se passaram antes que ouvisse o barulho do portão sendo aberto mais uma vez. — O que ainda está fazendo aqui? Não somos um albergue — disse o criado, abrindo um pouco mais desta vez.

— Não sou um mendigo. — JungHo sentiu o rosto queimar. — Vim aqui como representante do honorável Lee MyungBo *seonsaengnim*.[43] — A calma e a paz retornaram quando disse o nome do mentor, como se fosse um encantamento.

— Lee Myung quem? Não conhecemos ninguém com esse nome nesta casa. — O criado riu, abrindo a boca de lábios finos e revelando dentes cinzentos.

Ver aquela criatura repugnante desrespeitar seu mentor foi demais para JungHo. Todos os conselhos e avisos de MyungBo o abandonaram em um instante, deixando apenas uma raiva cega. JungHo pegou-o pelo colarinho como um boneco de pano e jogou-o no chão. Deixando o criado ali choramingando, foi direto ao escritório do Presidente Ma sem que ninguém o impedisse. O empresário levantou os olhos da mesa com uma expressão de choque, que se transformou em desprezo completo enquanto JungHo, sem jeito, recitou seu discurso sobre contribuir para a luta heroica pela liberdade. Enquanto falava, percebeu que o discurso parecera muito melhor em sua cabeça. As palavras que saíam apressadas de sua boca não evocavam a eloquência de MyungBo e, mesmo sabendo disso, ele não conseguiu se conter. O único recurso era ir até o fim.

— Terminou? — disse o Presidente Ma ao final da divagação de JungHo. Analisando seu rosto impassível, era difícil dizer se estava comovido, assustado ou com raiva, e JungHo hesitou em voltar a falar. Sem esperar por uma resposta, o Presidente Ma pegou o telefone e disse: — Operador, Delegacia de Polícia de Jongno, por favor.

JungHo entrou em pânico e avançou contra o telefone, mas o homem mais velho agarrou-se ao aparelho com uma força surpreendente.

— Acha que pode colocar um dedo em mim? Tente, seu cão sarnento. Mas a polícia vai chegar antes mesmo que você tenha limpado o sangue das mãos.

JungHo não teve escolha, teve de sair correndo da mansão o mais rápido possível. Seu coração batia como se fosse saltar do corpo, não de medo da polícia, mas pela humilhação e decepção por ter falhado em sua primeira tarefa importante. Desde então, MyungBo estava em alerta máximo. A polícia ainda não tinha batido à sua porta, mas podia se tratar de um adiamento deliberado para conseguir mais provas. A única coisa que dava um pouco de esperança a JungHo era o fato de ter se esquecido de mencionar o nome de MyungBo em seu discurso para o Presidente Ma, e o criado provavelmente era burro demais para lembrar.

Os degraus finalmente terminaram, e JungHo estava no topo da colina em frente à construção de tijolos que subia em direção ao céu prateado. Ele olhou ao redor brevemente, observando as montanhas cobertas de neve a distância e, embaixo das escadas, as vizinhanças como casas de boneca e as hortas sonolentas. "Tudo parecia em paz tão perto do céu", ele pensou com o coração mais leve. As pessoas se espremiam nas duas entradas laterais da igreja em um burburinho animado. Sem que precisassem avisar, deixaram a entrada principal para a noiva. JungHo respirou o ar fresco uma última vez e entrou atrás delas.

Dentro, os arcos pontiagudos se enfileiravam em cada um dos lados do corredor central, sustentando levemente a coroa de pedra da igreja. As pessoas circulavam, cumprimentando-se, sussurrando ao som da melodia errática do organista que aquecia as mãos. Como o noivo era estrangeiro e a noiva uma das cortesãs mais famosas de Seul, o casamento causara uma comoção nas semanas anteriores. A maioria das pessoas espremidas nos bancos não eram convidados ou mesmo paroquianos, apenas cidadãos curiosos. Após alguns minutos tentando encontrar Jade sem sucesso, JungHo se sentou no banco livre mais próximo. Descansando as mãos sobre os joelhos, viu a luz suave entrando pelos vitrais e centenas de velinhas suspirando em seus nichos.

JungHo nunca pensou sobre o ser eterno que os católicos chamavam de *Haneunim* – Querido Céu. Mas, em momentos como aquele, quase conseguia entender por que eles amavam e ansiavam tanto por seu Deus. Os católicos também tinham sacrificado suas vidas por sua crença. Ali mesmo no terreno da catedral, antes ficava a casa do primeiro mártir da Coreia, JungHo um dia ouviu de seus camaradas. "Havia certas coisas pelas quais valia a pena se sacrificar", pensou JungHo, e o rosto de Jade e o de MyungBo reluziram em sua mente.

Ele se lembrou de MyungBo dizendo friamente:

– Você colocou em risco não só a sua vida, ou a minha, mas o próprio destino de nossa causa. Tudo porque ainda não aprendeu a controlar sua raiva. Você me decepcionou.

JungHo sentiu-se fraco de tanto sofrimento só de lembrar. Será que MyungBo sabia o quanto JungHo o amava e respeitava até mesmo em seus pensamentos não ditos? Será que uma noite de equívoco apagaria todos aqueles anos de servidão abnegada? JungHo agora se perguntava se tinha sido um erro tentar ser o que não era. Talvez ele só prestasse mesmo para uma vida nas ruas.

– JungHo!

Ele ouviu uma voz, virou-se e viu Jade sorrindo, radiante.

– Estava procurando você. Venha comigo para o banco da família.

Ele a seguiu até a primeira fileira. Ela se sentou à direita de Dani (que ofereceu apenas um leve aceno de cabeça, altiva) e indicou o lugar ao seu lado, fazendo seu corpo esguio parecer ainda menor. A cerca de seis metros de JungHo, o noivo estava em pé ao lado do altar com as mãos entrelaçadas, sorrindo nervoso para a multidão e provavelmente se perguntando Quem são todas essas pessoas?

– Foi muita bondade sua ter vindo – sussurrou Jade.

– Claro. Ela é como uma irmã para você – respondeu JungHo.

Ele se deu conta naquele momento de que o amante de Jade não estava lá, e ficou tentado a perguntar "Então, onde está aquele seu mecânico?". Mas quando viu a coragem com que Jade mascarava sua tristeza com sorrisos, deixou para lá. Era digno de pena o modo como ela se virava discretamente para ver se HanChol tinha chegado com os últimos retardatários. JungHo quase quis que ele aparecesse, sabendo que isso deixaria Jade feliz. O que ele não suportaria por ela? Era a única testemunha de sua vida, alguém que o enxergava e reconhecia seu valor.

Quando o organista começou a tocar, JungHo voltou a se sentir calmo e digno. Após o casamento, decidiu que voltaria até MyungBo e, com humildade, pediria perdão. JungHo reconquistaria sua confiança e, com o tempo, seu amor.

A multidão ficou em silêncio e todos os olhares se voltaram para a entrada, que de repente parecia ter ficado mais clara. Mesmo atrás do véu, a noiva era tão encantadora que parecia emitir luz própria ao caminhar pela nave escura à luz de velas. Todos os convidados sentiram uma pontada aguda no coração e muitos pegaram lenços. Eles não sabiam que a beleza de uma mulher podia ser tão edificante.

– Ela parece a lua... Como indica seu nome... – sussurrou Jade, a voz tremendo.

Naquele instante JungHo era o único que não olhava para a noiva. Estava tentando memorizar a curva da testa de Jade e seus olhos pretos, dois poços cintilantes cheios de partes iguais de dor e alegria. Seria capaz até mesmo de analisar o par de escápulas simétricas visíveis através de sua blusa, o que fazia com que pensasse na pele embaixo das camadas. Talvez seu coração parasse se esticasse o braço ao longo do banco para envolver aquelas belas costas.

Em vez de envolvê-la, ele colocou a mão dentro do bolso e localizou a bolsinha com o anel de prata. Era cedo demais; ela o amava, mas não como ele a amava. Tinha certeza de que ela o amaria, um dia. Conhecer sua própria paciência fortalecia seu amor e causava-lhe uma onda de felicidade.

A natureza de todos os casamentos é colocar o relacionamento dos convidados em contraste agudo contra a felicidade idílica dos noivos. Um casamento une duas pessoas no amor; mas quantas pessoas discutem, se desesperam e juram se afastar uma das outras na sequência?

Na semana seguinte à cerimônia de Luna, Jade sofreu sem compreender exatamente por quê. Ela só tinha uma sensação incômoda de que algo precisava mudar. Disse a HanChol que a encontrasse no Grill sábado à noite, às sete. Chegou lá cedo e ficou sentada sozinha no canto. Meia hora depois, HanChol entrou pela porta, e ela esqueceu toda a irritação.

– Você está atrasado – não pôde deixar de protestar quando ele se sentou ao seu lado.

– Eu estava no escritório – respondeu ele, simplesmente.

Ela admirou sua fadiga elegante, o terno bem cortado usado o dia todo e a gravata de lã solta no colarinho. Pensou em dizer que estava bonito, mas decidiu não fazê-lo. Uma garçonete veio e anotou os pedidos: champanhe e sopa de creme para ela, cerveja e arroz ao curry para ele.

— Perdeu o casamento da minha irmã — disse Jade devagar. Ela não queria soar irritada.

— Tive que trabalhar naquele dia — respondeu ele, sem mencionar que o chefe tinha lhe pedido que desse aulas particulares para a filha. Havia dado mais uma aula na mansão naquela tarde. — Sinto muito não ter ido. Como foi?

— Ela foi a noiva mais linda do mundo. Ouvi as pessoas suspirarem quando entrou pela porta. É claro, também suspiraram quando viram um ianque alto e ruivo no altar! — Jade deu uma risadinha.

— Ela vai ser bem cuidada. Foi a melhor coisa que podia acontecer — disse HanChol, afundando no banco e ancorado pela exaustão.

— Foi... Ela o rejeitou durante muito tempo, mas finalmente se deu conta de que é um homem bom. Isso é mais importante que o fato de ser estrangeiro ou não... até a mãe dela disse isso, e ela é muito tradicional. — Jade bebeu um gole do champanhe. — Ela vai embora para a América e vai morar naquelas casas que parecem igrejas!

— Que ótimo. Ela é uma pessoa encantadora, e fico muito feliz por ouvir isso.

A garçonete voltou com os pratos e eles comeram em silêncio por um tempo. Uma música começou a tocar — um dos sucessos de Lotus que fazia anos que não ouviam.

— Ah, querido. — Jade virou a cabeça em direção ao gramofone. — Eu amo essa música. Podemos dançar?

HanChol hesitou por um segundo. O Grill não era um lugar onde as pessoas costumavam dançar. Havia quatro ou cinco mesas com outros clientes, jantando calmamente. Então ele viu o entusiasmo no rosto de Jade, levantou-se e estendeu a mão. Ao se levantar, ela levou sua mão aos lábios e deu-lhe um beijo com um carinho muito natural e desprendido. Não queria ou esperava nada em troca, nem um beijo. Esses gestos eram uma das muitas características que a diferenciavam das outras mulheres. O jeito como dançava, era outra. Envoltos pela música, ele a puxou o mais perto possível. Queria sentir seu coração bater.

— Eu também queria ser feliz — sussurrou Jade.

— Mas você é feliz, não é? Você tem tudo.

— Não, não tenho. Não tenho seu amor.

Ele se afastou e olhou para seu rosto.

— Por que está dizendo isso? É claro que eu amo você.

– Se você me amasse, teria me pedido em casamento há muito tempo. – Sua voz estava tremendo.

– Por favor, não fale assim. Não aqui – ele implorou, olhando para os fregueses ao redor.

– Se a Luna pode se casar, por que eu não posso? – ela deixou escapar, não de raiva, mas de confusão e dor. – Você tem vergonha de mim? Ou sou apenas seu brinquedo até você encontrar uma noiva adequada?

HanChol fechou o rosto e ficou impenetrável, recusando-se a olhar em seus olhos.

– Vamos conversar lá fora. Eu pego seu casaco – disse ele, sem rodeios, e foi pagar a conta.

Era uma noite fria e clara. Ver as estrelas acalmou Jade e fez com que ela acreditasse que aquele não podia ser o fim. Eles conversariam e, em uma ou duas horas, deitariam nos braços um do outro no calor de sua cama. Após HanChol ajudá-la a vestir o casaco, ela pegou sua mão e disse.

– Me leve para casa.

Era o mesmo caminho que eles faziam após as apresentações. Os dois mal saídos da infância, uma idade em que se apaixonar era tão natural quanto respirar.

Caminharam por um tempo, seus passos esmagando a geada.

– Por que você não quer se casar comigo? – perguntou Jade finalmente.

– Não é que eu não queira. – Ele soltou um suspiro. – Minha família jamais vai permitir que eu me case com alguém... com alguém que...

– Com uma atriz? Uma ex-cortesã? Alguém que não é a filha virgem de uma família nobre? – perguntou ela, soltando sua mão. – Sabe, existem muitos herdeiros de casas importantes que escolhem se casar por amor. Hoje em dia não é tão incomum.

Algo que pareceu uma risada sarcástica saiu da boca de HanChol, imaginando a reação de sua mãe se ele levasse para casa uma mulher que um dia se deitara com homens por dinheiro. O que Jade estava pedindo era um absurdo completo.

– Eu sou o único filho e a única esperança de minha mãe. Não posso ir contra o desejo dela... – disse ele, tenso.

– Se eu fosse importante para você, você iria. – Ela enxugou os olhos. – Você ama outra pessoa?

– Não, é claro que não. – Ele parou de andar e tocou seu braço.

Neste instante sentiu-se arrependido.

– Quero que você saiba... eu nunca vou amar outra pessoa como amo você, Jade. Você é insubstituível. Você me mudou... meus pensamentos, meus sentimentos, todo o meu ser... você me transformou em quem eu sou.

– Você também me mudou, querido – disse ela, tentando conter as lágrimas. – E daí? Pelo menos tenha a bondade de me ajudar a entender. Eu seria capaz de fugir com você. Poderíamos deixar tudo para trás e ir para algum lugar, só nós dois. Por que não podemos...?

– Porque eu não estou pronto, Jade. Tem coisas que ainda preciso fazer... E não estou pronto – ele repetiu, como se ouvir mais uma vez pudesse convencê-la e a si mesmo.

O casamento com qualquer mulher era uma decisão complexa. Ele pensava que, se fosse cogitar a hipótese de se casar naquele momento, teria de ser com alguém espetacular que o elevasse alguns degraus. Só se tem uma chance de melhorar sua posição por meio do casamento, e ele próprio não tinha uma posição elevada o suficiente para abrir mão dessa chance. Era melhor não dizer nada disso, e esperava que ela simplesmente entendesse, pelo bem dos dois.

Mas Jade não entendia nada, exceto que era hora de deixá-lo. Para fazê-lo, ela estudou seu rosto em silêncio. O fato de que aquela seria a última vez que o veria lhe causava uma dor agonizante.

– Era por aqui que voltávamos para casa do teatro. Centenas de vezes. Você se lembra daquela primavera? Já faz mais de seis anos. Passávamos tanto tempo juntos. – Ela sorriu, e uma lágrima se libertou de seu olho.

– Eu sei. Eu jamais poderia esquecer nossas caminhadas, minha primeira lembrança verdadeira de felicidade. Fui tão feliz a cada minuto que passei com você.

– Eu também – disse ela, e colocou as mãos geladas na dele e levou-a até os lábios.

– Você será o homem mais bem-sucedido de Seul, tenho certeza. Vai me trazer a maior felicidade saber de sua boa sorte. Quando isso acontecer, lembre-se de que eu acreditei em você antes do que qualquer outra pessoa – continuou ela. – Vou percorrer o restante do caminho sozinha. Adeus.

– Deixe-me pelo menos levá-la para casa.

– Não, já tivemos nossa conversa. Tudo isso tem que acabar em algum momento. Adeus – repetiu ela, e começou a caminhar resoluta em direção ao horizonte onde o céu preto encontrava a terra branca.

20
Os sonhadores
1937

Todos sonham, mas apenas alguns são sonhadores. Os não sonhadores, muito mais numerosos, são aqueles que veem o mundo como ele é. Os poucos sonhadores veem o mundo como *eles* são. A lua, o rio, a estação de trem, o som da chuva e até mesmo algo mundano como um mingau se transformam em algo a mais, com muitas camadas. O mundo parece uma pintura a óleo, e não uma fotografia, e os sonhadores sempre veem cores escondidas onde outros veem apenas o tom superficial. Os não sonhadores enxergam através de lentes; os sonhadores, através de um prisma.

Não se trata de uma qualidade determinada pela inteligência ou pela paixão, duas coisas associadas ao sonho com frequência. Dani, a pessoa mais inteligente e apaixonada que Jade já conhecera, tinha uma visão tão direta e nítida quanto seus maneirismos e princípios. Dani não estava interessada no inimaginável quando havia erros a serem corrigidos, de preferência com a maior graça e desenvoltura. Quando Jade parou de dançar e atuar, passou a se sentir como se todas as cores tivessem sumido de sua vida. Agora ela estava no mundo dos não sonhadores, um lugar estranho e sufocante, e se sentia mais sozinha do que nunca; mas Dani agia como se ela tivesse simplesmente que aceitar a realidade e seguir em frente.

– É a recessão – disse Dani certa manhã, debruçada sobre o jornal com uma lente de aumento. – As pessoas não têm dinheiro para gastar no cinema. Muitos restaurantes estão fechando também. Não pode ser tão dura consigo mesma.

– Mas, tia, a senhora sabe que *Hong GilDong*[44] acabou de sair e é um sucesso. E no outono passado, o *remake* de *Um dia de sorte*. O original tem só seis

anos, e eles já tiveram de fazer um novo? – disse Jade, brincando com o café da manhã, mingau de pinholi. – Esgota todas as noites há quase seis meses.
– Porque é um filme com som. As pessoas ficam loucas com qualquer novidade. Seu estúdio devia ter previsto isso. Você não pode conversar com eles?

Dani dobrou o jornal no meio e olhou para Jade como se aquilo fosse a coisa mais simples. Apesar do trauma de sua prisão e de suas mágoas, Dani não compreendia a derrota. Para ela, o fracasso era como meias com buracos: podia acontecer com qualquer pessoa, mas se você permitisse que os outros vissem, então a culpa era sua. Ter o cuidado de conter e descartar seus fracassos era uma questão de bons modos, assim como ter princípios. Era uma espécie de sensibilidade fria e aristocrata que fazia de Dani melhor modelo a ser seguido que amiga. Então Jade não tinha conseguido falar sobre a falência do estúdio ou o fato de que suas economias estavam minguando aos trinta, a idade em que ela devia ser rica e independente, porque seu valor como mulher havia chegado ao fim lógico.

A única pessoa que entenderia sua situação era Lotus. Embora elas não se vissem havia meses, Jade tinha certeza de que a amiga faria com que se sentisse melhor. Dariam risada falando sobre os velhos tempos, os sonhos de se tornarem cortesãs famosas quando eram garotas, os muitos amantes charmosos e ricos que deveriam ter a essa altura. Ela acreditava até mesmo que poderiam aproveitar esse momento de vulnerabilidade para renovar a amizade e traçar o futuro, qualquer que fosse. Apesar de todos os seus defeitos, Lotus sempre teve uma fome de vida inspiradora. Enquanto os outros viam o mundo como um mar vasto e insidioso, ou uma espécie de campo de batalha, Lotus via tudo como um jogo ou um cesto de frutas – a ser jogado e experimentado. Essa era sua virtude, e com frequência ela transferia essa atitude a qualquer um que estivesse ao seu redor. Com esses pensamentos, Jade colocou o chapéu e seguiu para a casa de Lotus.

Era um dia encantador, quente ao sol e fresco à sombra, e ela passeava pela rua salpicada pela sombra das fachadas das lojas. As pessoas andavam devagar, estudantes saindo da escola e indo em bando para as lojas de doces. Entregadores passavam com suas bicicletas. A luz dançava na vitrine da loja de departamentos, e nas paredes havia pôsteres de novos filmes sonoros e cantores. Havia mesas em frente à livraria, e ela parou ali para folhear alguns livros. Havia principalmente romances e periódicos, e em uma revista literária viu alguns nomes que conhecia do Café Buzina dos Mares. Abriu uma página aleatória e encontrou uma ilustração da pintora de vestido de veludo carmesim. Não era o desenho sobre libertação feminina e amor livre, pelos quais era famosa, mas a pintura de uma garotinha com uma faixa amarela na cabeça, onde estava escrito *Filha*. Jade fechou a revista e continuou andando.

Ao chegar à casa de Lotus, uma criada desconhecida atendeu a porta.

— Sua senhora está em casa? — perguntou Jade.

— Faz três dias que ela está ausente — a velha respondeu com má vontade, como se Jade tivesse feito a pergunta mais inconveniente.

— Como assim, ausente?

Jade franziu o cenho, entrando sem ser convidada. Olhando ao redor e chamando pela amiga, abriu a porta do quarto de Lotus. Um leve cheiro indistinto, que já tinha percebido no corredor, passou por ela como uma onda. O quarto estava vazio, mas aquele cheiro — floral e almiscarado, como o cheiro das roupas quando as garotas acabavam de tirá-las, ainda quentes do calor corporal — fez com que Jade se lembrasse da última vez que visitara Lotus. Era um dia quente de primavera, mas Lotus insistiu em ficar embaixo de um edredom grosso de inverno enquanto elas conversavam.

— Quero ir a algum lugar divertido, como nos velhos tempos — disse Lotus naquele dia. — Mas não hoje. Hoje estou cansada.

— Tudo bem, vamos assim que você se sentir melhor, prometo — respondera Jade, e Lotus sorriu e pegou sua mão.

Mais que qualquer coisa, era aquele sorriso torto que partia o coração de Jade. Lotus sorria tanto quando era criança, mesmo quando a mãe e a irmã a tratavam com desprezo. Havia beleza em sua inocência, e Jade só percebia isso agora que era uma mulher.

A criada a esperava no corredor com uma expressão irritada. Jade conteve a vontade de gritar e disse com a maior calma possível:

— Ela disse para onde ia?

— Não deu nem uma pista, senhora. — A velha deu de ombros. — Fazia um tempo que ela não estava em seu juízo perfeito, como a senhora sabe.

Jade corou e sufocou a raiva dirigida à criada, mas que na verdade sentia de si mesma. Será que estava mesmo tão cega a ponto de não perceber o quanto a amiga estava viciada em ópio? Era um vício comum, tão comum quanto o vício em bebida ou tabaco. As mulheres e os homens mais elegantes, e os artistas mais admirados, visitavam o mundo dos sonhos uma ou duas vezes por semana. Mas a maioria deles não passava os dias deitados em catres, definhando até ficarem velhos e fracos antes do tempo. Jade se sentiu mal por ter inventado desculpas em vez de confrontar Lotus – apenas porque já tinha problemas suficientes.

Jade voltou ao quarto de Lotus, esperando encontrar pistas de seu paradeiro. Alguns dos móveis de que ela se lembrava não estavam mais lá, mas no canto acima do aparador havia um telefone. Ela pegou o aparelho, hesitou por um segundo, e disse:

– Operadora, Presidente Ma do Grande Cinema Oriental, por favor.

Houve uma pausa enquanto a operadora fazia a conexão, e Jade sentiu o coração batendo rápido. Ela nunca tinha falado diretamente com aquele homem, que Lotus descrevera com tanta paixão, então possessividade e, finalmente, ódio. Ouviu um clique e uma voz masculina atendeu:

– Alô?

– Presidente Ma. Quem fala é Jade Anh... amiga de Lotus – disse ela.

O silêncio que se seguiu durou apenas alguns segundos, mas pareceu muito mais longo e frio.

– Sim, claro – ele finalmente disse. – O que posso fazer pela senhorita?

– Eu vim à casa de Lotus, e ela não está aqui... A criada me disse que faz três dias que não está em casa.

O Presidente Ma limpou a garganta.

– Sim, eu soube – disse, e sua indiferença ruiu o autocontrole de Jade.

– Não está preocupado com ela? Está ao menos procurando por ela... E Sunmi? – disse ela, percebendo, ao falar, a ausência da criança na casa silenciosa.

– Sunmi está comigo. Ela vai passar algumas semanas estudando no Japão. – A voz dele não demonstrava irritação, apenas desprezo. – Se fosse tão amiga quanto faz parecer, saberia que Lotus sempre foi uma péssima mãe. Mesmo em seus melhores dias não estava apta a criar minha filha. Agora está meio fora de si.

Um pensamento repugnante surgiu na cabeça de Jade.

– O senhor fez Lotus ir embora?

Presidente Ma riu sem vontade.

– Será que podemos mesmo obrigar outra pessoa a ir embora ou ficar? Mas ela certamente não pode voltar.

Jade desligou, tremendo. A criada estava parada à porta, sem nem tentar esconder o fato de que estava ouvindo. Seu rosto estava iluminado pelo sorriso presunçoso dos criados que descobrem a vulgaridade dos patrões.

– Ontem mesmo ele me mandou deixar a casa pronta para sua nova amante. Encomendou móveis novos para ela também. Ela é jovem, e ele acha que ela vai lhe dar um filho. É vergonhoso, mesmo para um homem como ele.

A criada terminou sua fala com estalos de línguas julgadores e debochados.

– Não me importo com a mulher nova. Ela não me diz respeito – retrucou Jade.

A velha olhou para ela e balançou a cabeça, balançando a papada solta de um lado para o outro.

– É bem feito quando vocês, cortesãs, são abandonadas... roubando o marido das outras mulheres como meio de vida – ela sorriu com desdém quando Jade saiu pelos portões.

Jade iniciou sua busca no primeiro lugar em que ela e Lotus estiveram em Seul – a estação de trem – e percorreu todos os marcos de suas vidas juntas, do MyungWol ao Teatro Joseon. Fez perguntas aos funcionários de cada lugar, mas ninguém parecia se lembrar de ter visto Lotus recentemente. Parada em frente ao teatro, sem jeito, observou o público das matinês sair em grupos de três ou quatro, e se lembrou de que Lotus tinha implorado que saíssem para se divertir na última vez que a vira. Correu o mais rápido que pôde até o Café Buzina dos Mares.

Já passava das seis quando ela chegou ao café. Mesmo naquelas circunstâncias, foi envolvida pelo conforto de sua decadência familiar, o ar íntimo de um lugar onde todos se conhecem. Mas o café tinha mudado desde que o Japão começara a reprimir a península com mais força, incitado pela conquista da enorme Manchúria. Os clientes sussurravam, e até a música parecia mais suave. Jade lembrou-se da primeira vez que visitara o café, quando ficou maravilhada com os cinzeiros de cristal em todas as mesas.

– Não são finos demais para ficarem largados assim? – perguntara ao poeta-proprietário.

Ele respondera com alegria, batendo o cigarro com força na lateral de um cinzeiro:

– Ora, Srta. Jade, esse é o verdadeiro luxo... usar coisas finas de maneira casual.

Os cinzeiros não estavam mais lá. Mas o que mais tinha mudado era a própria Jade, com a pele cansada e as roupas fora de moda.

Havia apenas poucas mulheres no café, e ela não demorou a perceber que Lotus não estava entre elas. Sentiu a energia se esvair de seus joelhos; tinha passado as últimas sete horas caminhando por toda Seul. Deixou-se cair na mesa mais próxima e descansou a cabeça sobre os braços. Lágrimas quentes pinicavam seus olhos, tanto pela amiga desaparecida quanto pelo cansaço. "Não vou desmoronar. Não aqui", pensou, respirando fundo. Erguendo a cabeça, viu o poeta-proprietário do outro lado do café, serpenteando em meio ao borrão das velas bruxuleantes. Acenou para ele, mas ele não a viu. Sentou-se em uma das mesas, o que era curioso, pensou Jade. Embora conversasse e dançasse com os clientes com frequência, nunca se sentava com eles. Seu rosto estava virado para Jade, e o cliente que estava sentado na mesa – um homem – estava virado para o outro lado. O poeta-proprietário afundava no assento com as mãos para baixo, e ela percebeu que ele estava passando alguma coisa para o homem por baixo da mesa. Eles pareceram conversar por mais alguns minutos, então o cliente se levantou. Quando se virou para sair, seus olhos encontraram os de Jade e ela se espantou ao reconhecê-lo. Era JungHo.

– Eu não esperava encontrá-lo aqui – disse Jade quando ele se sentou ao seu lado e ela segurou suas mãos.

– O dono é meu amigo... Você está bem? – respondeu JungHo, mudando de assunto deliberadamente.

– Para falar a verdade, não – respondeu Jade, o pânico finalmente aflorando na presença dele. – Lotus sumiu. Desapareceu há três dias. Procurei por ela em todos os lugares.

– Ei, calma. Vai ficar tudo bem – disse JungHo, se levantando. – Vamos sair daqui. Podemos conversar enquanto procuramos por ela.

Jade explicou tudo do início: a crueldade e a indiferença da criada, o fato de Presidente Ma já estar preparando a casa para a nova amante (JungHo corou um pouco ao ouvir o nome de Ma, mas ouviu sem interromper). O mais assustador de tudo era o fato de Lotus estar vagando por Seul com pouco dinheiro e ainda menos presença de espírito, sem ter contado a nenhum de seus amigos.

– Ela se meteu mesmo em um mau caminho – disse JungHo após caminharem em silêncio por um tempo.

– Eu sabia há um tempo, mas muitas pessoas fazem isso – Jade respondeu, sentindo-se mais calma na presença de JungHo. O sol lançava seus últimos raios através das frestas dos edifícios. Havia uma sensação de que todas as coisas visíveis no mundo eram sombras de uma verdade, que irradiava apenas através das frestas. – Sem álcool ou ópio, como aguentariam? Haveria mais suicídios do que agora – ela disse, pensando nas mortes que haviam se tornado tão comuns quanto um resfriado. – Às vezes, pessoas parecem apenas se levantar de manhã, tomar o café e decidir se enforcar.

JungHo parou de andar e se virou para ela.

– Ei, não fale assim – disse, um pouco rudemente.

Ela se sentiu ofendida, até que ele voltou a andar e acrescentou:

– Estive a um centímetro da morte inúmeras vezes durante minha vida. Sabe o que acontece então? Você pode realmente senti-la, fisicamente. Às vezes é como um cobertor pesado, quando você está passando fome e nem um pingo de força lhe restou. Às vezes é como um cachorro, à espreita na esquina, pronto para atacar. – Apertou os olhos para a última explosão do sol. – A cada vez, eu soube que seria mais fácil e menos doloroso se simplesmente me entregasse. Ninguém estava prendendo a respiração, me desejando uma vida longa, sabe? E a cada vez, no último instante, sabe o que acontece? – ele perguntou.

Jade balançou a cabeça, assustada.

– Você tem uma chance clara de ceder ou recusar. E eu disse Não todas as vezes. Não sei por que, mas, quanto mais motivos tenho para morrer, menos quero desistir – disse ele. – Mesmo quando o céu está caindo, mesmo quando ninguém sentirá sua falta, a vida ainda é melhor que a morte.

Foi Jade quem parou e se virou para encará-lo.

– Queria que parasse de dizer que ninguém vai ligar se você morrer. E eu?

– Se você se importa, isso conta mais do que todas as outras pessoas do mundo reunidas. Talvez eu nunca morra!

Ele riu, e ela riu com ele, sentindo-se à vontade pela primeira vez em muito tempo.

– Ei, eu quase esqueci – disse Jade, cutucando suas costelas. – O que você estava fazendo lá?

– Como assim? – Ele deu de ombros. – De vez em quando eu gosto de tomar um café.

– *Nem* comece, JungHo. – Ela bufou. – Acha que pode mentir para mim? Para *mim*?

Ela cutucou suas costelas mais uma vez, de brincadeira, então parou de andar ao perceber que sua expressão tinha mudado. JungHo olhou ao redor;

após ter certeza de que ninguém os observava, abriu o casaco, só um pouquinho, e mostrou o cano de um revólver. Ela corou, percebendo, assustada, que vinha acotovelando a arma.

– Foi isso que ele te entregou por baixo da mesa? – sussurrou Jade quando eles voltaram a caminhar.

Ele assentiu.

– Um oficial japonês ficou bêbado demais uma noite dessas e esqueceu a arma. Está cada vez mais difícil conseguir armas no país... cada uma conta – disse JungHo em voz baixa.

Jade nunca soube exatamente o que ele fazia; ela sabia que isso protegia os dois. Mas ali, sob a escuridão recente do pôr do sol, sentiu sua urgência por compartilhar um pouco de seus segredos antes que fosse tarde demais.

– Com a repressão se acirrando, não sabemos quanto tempo vamos conseguir manter a resistência, pelo menos dentro da península. É frustrante. Eu queria poder fazer mais do que ser apenas um entregador... Mas para isso eu precisaria ler e escrever melhor, além de falar um pouco de chinês. Por mais que eu tente, meu mentor não acha que eu esteja pronto.

Ele mordeu os lábios em amarga decepção. Jade não sabia como consolá-lo, então estendeu a mão e acariciou seu braço. Isso pareceu acalmá-lo, como sempre.

– Eu achava que o dono era só um dândi – disse Jade após uma pausa longa. – Mãos macias, cabelo bonito.

– As pessoas são corajosas à sua própria maneira, Jade.

Como aquele tinha sido um dia bonito e ensolarado, continuou agradável mesmo quando a escuridão surgiu. Muitos jovens amantes passeavam pela avenida, e as lojas tocavam discos do lado de fora para que os transeuntes pudessem ouvir. Barulhos noturnos suaves e indistintos – risadas, o motor de um carro, o latido de um cão – irrompiam pela superfície calma do silêncio, como vozes abafadas atrás de uma cortina fechada no palco. Jade inspirou fundo a mistura de sons e o aroma de lilases. Por toda parte ao seu redor, a vida acontecia sem que eles soubessem, e suas vidas também aconteciam diante de todo o restante. Todas as existências se tocavam levemente como o ar e deixavam digitais invisíveis.

– Está escuro demais agora – ela disse em voz baixa.

– Vou levar você para casa. Mas vamos encontrá-la logo, Jade. Eu ando por toda parte nesta cidade, e conheço muitas pessoas. Vou encontrá-la para você.

Eles viraram a esquina e seguiram em direção à casa de Jade. Em algum lugar por ali, um disco tocava, e foi ficando cada vez mais alto conforme se aproximavam. Havia uma multidão de algumas dezenas de pessoas paradas em frente à loja de discos, cantando o sucesso mais recente. O disco acariciava a atmosfera como se fosse um pergaminho. A batida arredondada do contrabaixo era como a chuva batendo na água.

– É "Manchu Tango" – disse Jade. – Mas não passaria pela censura com esse nome, então eles mudaram para "Mandu Tango". Mas todos sabem que na verdade é sobre se mudar para a Manchúria e sentir saudades de casa. Parece que os ativistas no norte a tomaram como um hino. – A multidão cantava "manchu" em vez de "mandu" no refrão, e jovens casais balançavam discretamente lado a lado, com as mãos enlaçadas.

JungHo se virou para ela e estendeu a mão.

– Quer dançar?

Havia um brilho de nervosismo em seus olhos. O vinco engomado de sua calça, o cabelo cuidadosamente penteado – todo o esforço que fazia, principalmente para ela – fizeram com que ela desejasse gostar dele como ele gostava dela.

– Não podemos, vamos ser presos. – Ela sorriu, se desculpando.

Dançar era oficialmente ilegal e, embora todos soubessem que as pessoas dançavam em cafés e danceterias secretas, fazer isso na rua estava fora de questão.

– Está tão escuro que ninguém vai perceber – respondeu JungHo, a mão ainda estendida.

Ele parecia determinado, mas, sob aquela superfície, ela sabia que ele estava morrendo de medo de passar vergonha. Nem mesmo a escuridão da noite e seu bronzeado permanente eram capazes de esconder a vermelhidão se espalhando em seu rosto. Ela pegou sua mão direita com a esquerda, e os dois ficaram diante do gramofone, balançando de um lado para o outro.

Jade fechou os olhos. A mão de JungHo segurando a sua estava quente e úmida. Ela tentou imaginar que era a mão de HanChol que segurava, mas não havia nada de parecido naquelas mãos. A de HanChol era bem formada, com dedos longos e robustos, e ela amava até mesmo as veias esverdeadas que se destacavam sob sua pele. Porém, mais que a aparência, era o toque que revelava as diferenças. As cortesãs mais velhas brincavam que os homens eram indistinguíveis com a vela apagada. Na verdade, parando de olhar para sua expressão e ouvir suas palavras, e se concentrando apenas em seu toque, era possível perceber a diferença com mais clareza. Se o amor era só um tom mais forte de amizade, tão mais forte que parecia uma cor diferente, mas na verdade ocupasse o mesmo espectro de lealdade, então ela amava JungHo. Muito. Mas se era algo completamente diferente, então ela não amava.

O tecido calmo da noite foi rasgado pelo som de uma tempestade se aproximando, mas a lua ainda estava visível no céu preto-azulado. Foi o rugido dos motores que enterrou a música. As pessoas pararam de cantar e observaram os tanques do exército passarem, hasteando a bandeira japonesa e levando soldados. De repente, começaram a sussurrar entre si:

– O Japão está atacando Pequim. Finalmente está acontecendo.

– A China abriu mão da Manchúria, mas vai voltar a se levantar pelo continente.

– Eles acordaram o gigante adormecido.

– Shh, os pássaros e os ratos têm ouvidos. Cuidado com o que diz.

– As coisas já estavam péssimas... Uma guerra declarada, e é provável que sejamos todos mortos.

– O que está acontecendo? – perguntou Jade, que logo foi arrancada do mundo de sonho pelos ruídos que a cercavam.

JungHo estava dizendo alguma coisa, mas suas palavras eram abafadas pelas sirenes. As luzes amarelas dos caminhões brilharam no rosto de Jade e ela fechou os olhos mais uma vez. A única certeza que tinha era do toque firme da mão de JungHo, que não a largou.

Terceira parte
1941-1948

21

Sombras roxas

1941

Quando JungHo chegou ao portão dos fundos do velho restaurante chinês, um guarda desconhecido com a cabeça raspada estava lá.

– Senha – disse o guarda, cruzando os braços sobre o peito enorme.

JungHo parou; ele não sabia que havia uma nova política de entrada.

– Nam JungHo – disse finalmente.

– Ah, *oyabun*! – O cabeça-oca, como JungHo o chamava em silêncio, fez posição de sentido e uma reverência profunda. – Por favor, perdoe minha ignorância! – Ele abriu o portão o máximo que as dobradiças permitiam, e o homem mais baixo passou.

O pátio de sua adolescência estava irreconhecível. A castanheira no centro fora cortada e o cão de YoungGu, que vivia amarrado nela, também já tinha morrido havia muitos anos. O desaparecimento de seus uivos e ganidos deixava um vazio estranhamente duradouro no ar, como uma marca em uma parede velha de onde um quadro antigo fora retirado.

JungHo sentiu uma pontada aguda ao perceber isso, mais do que sentia com a morte de muitos humanos – tanto aqueles que não tinham nada a ver com ele, quanto outros em cujo processo de morte ele desempenhara um papel crucial. Ele nunca, jamais, se tornaria um assassino habitual; mas fazia muito tempo que acreditava que, à exceção de alguns poucos indivíduos, ninguém era realmente bom e honrado. Mentiam, trapaceavam, traíam os amigos, a família e o país, e então voltavam atrás, e voltavam atrás mais uma vez, apenas para salvar a própria pele. Quando o governo-geral decretou que todos os coreanos teriam de mudar de nome, assumindo nomes japoneses, metade do país imediatamente entrou na fila para abrir mão daquilo que lhes fora transmitido por seus pais e antepassados. Não acreditavam em nada, segundo ele, se eram capazes de abrir mão do próprio nome com tanta facilidade. Seu desprezo pela humanidade estava ficando mais evidente com o passar dos anos, a ponto de fazê-lo dar menos valor à própria vida. Ele respirou fundo para limpar a garganta; havia um lado seu que ainda queria manter a pouca inocência que lhe restava.

O pátio estava cheio de pessoas esperando em silêncio para trocar ouro e joias. No início da fila, YoungGu estava sentado em uma cabine, com um guarda de cada lado, recebendo os suplicantes um de cada vez. Ele tinha parado de administrar o restaurante quando a guerra estourou, passando a comprar mercadorias das províncias e vendê-las por um valor impronunciável em Seul. O exército já tinha confiscado todos os itens de valor que podia, mas de algum jeito as heranças continuavam surgindo de dentro de edredons de seda e jarros escondidos sob pisos de madeira. Quando as heranças acabaram, pessoas desesperadas passaram a trazer escrituras de terras e promessas de pagamento com juros inacreditáveis – JungHo sabia disso sem que tivessem lhe contado.

Com a mão no peito, YoungGu insistiu a JungHo que não fazia nada daquilo por dinheiro. Era algo que precisava ser feito, e era melhor que fosse por ele, um homem do povo, não? Ainda assim, se dedicava ao mercado clandestino com entusiasmo, do mesmo modo que algumas pessoas se divertem e se sentem mais vivas em tempos de crise – esses espaços ambíguos entre a vida e a morte. Diante do caos, reagiam com uma espécie de sanguinidade sem sentido, ao contrário dos intelectuais de pulso frouxo, que perdiam o desejo de viver. Que alternativas havia entre esses dois modos, JungHo não sabia. Ele percebeu que YoungGu parecia mais feliz que nos primeiros anos de casamento, quando os filhos eram pequenos e o restaurante prosperava.

Ao avistar JungHo, YoungGu fez sinal para que os subordinados se afastassem, se levantou e caminhou rápido em sua direção com os braços abertos. Tinha emagrecido um pouco na cintura desde o início da guerra, mas, de certa forma, isso o fazia parecer mais jovem e saudável. Vestia um colete de veludo cotelê sobre uma camisa de algodão branca e calça, como um farmacêutico abastado recebendo pacientes indefesos.

– Por que o cabeça-oca no portão me chamou de *oyabun*? – perguntou JungHo, quando terminaram de trocar as saudações de sempre. – Isto aqui não é a yakuza. – Ele franziu o cenho.

– Desculpe, Chefe, ele é muito burro mesmo – respondeu YoungGu, levando-o até um depósito nos fundos onde guardava as mercadorias mais preciosas para seus amigos. – Mas vai ficar feliz ao ver o que separei para você. Um saco de cevada e um de batatas, duas cabeças de repolho e um saco de anchovas secas. Não conseguiria comprar isso hoje em dia, nem que tivesse dinheiro estocado do chão ao teto... Não, pare, guarde isso – disse, balançando a cabeça com firmeza e desviando a mão de JungHo.

JungHo franziu o cenho, mas não de desgosto desta vez.

– Não posso simplesmente levar isso... mesmo que sejamos velhos amigos. Quando fui até Dojô para conseguir um pouco de arroz há duas semanas, ele acabou aceitando um pouco de prata.

A verdade era que, quando ofereceu um pouco da prata de MyungBo a seu amigo mais próximo, JungHo esperava que ele recusasse. Em vez disso, Dojô aceitou, registrou a transação no livro e voltou a falar sobre algum outro assunto sem qualquer constrangimento. Os dois sabiam que Dojô não estava exatamente passando por dificuldades – estava recebendo mais objetos de valor e escrituras do que podia querer em toda a vida. JungHo agiu como se nada de errado tivesse acontecido e foi embora com um aperto de mão amigável, mas por dentro decidiu nunca mais procurar Dojô.

YoungGu bufou.

– É claro que Dojô aceitou, aquele desgraçado egoísta. Mas lembra quantas vezes, quando não tínhamos nada, você nos deu sua comida? Lembra quantas vezes você me deu um pouco mais de sua tigela para que eu pudesse compartilhar com meu cão? – YoungGu sorria largamente, mas seus olhos estavam bastante úmidos. – Eu nunca vou esquecer isso.

JungHo ficou aliviado ao ver que a generosidade do amigo era real. Colocou o braço sobre os ombros de YoungGu e deu umas batidinhas carinhosas.

– Sim, obrigado. É claro que lembro, lembro, sim – disse, se arrependendo do pensamento anterior sobre o quanto a maioria das pessoas não tinha valor. Não era de sua natureza permanecer frio por muito tempo, mesmo em uma guerra.

– Vou acompanhá-lo até a saída, Chefe – disse YoungGu enquanto eles voltavam pelo pátio movimentado. – Já está tão quente, e o verão acabou de começar... Ora, o que foi?

JungHo tinha parado de andar. No meio da fila, seus olhos tinham encontrado um homem que conhecia melhor do que gostaria de admitir. Com a camisa e a calça de operário, e a figura um pouco mais preenchida, HanChol não tinha mais nenhum vestígio da intensidade bruta de um diplomado sem um tostão. Mesmo em meio à guerra, tinha a aparência robusta de um homem perfeitamente equilibrado entre a juventude e a maturidade, as conquistas passadas e a ambição futura. JungHo soube que ele abrira uma oficina de automóveis e estava expandindo o negócio, mesmo quando o país inteiro parecia um barquinho de papel em um furacão. Ainda assim, não era tão bem-sucedido a ponto de conseguir não implorar a YoungGu por comida, JungHo pensou com alguma satisfação. Percebeu que aquele era seu momento de vingança, uma vingança casual que acontece apenas uma vez na vida. Era por volta das três da tarde, um momento intermediário do dia, e folhas mortas farfalhavam na areia onde o cão costumava se deitar ao sol. JungHo absorveu esses detalhes inconscientemente para que mais tarde pudesse recordar o momento preciso em que sentiu a felicidade de humilhar alguém que o humilhara tão profundamente no passado. Seus ouvidos tamborilavam e todas as suas veias cantarolavam, da ponta dos dedos das mãos à ponta dos dedos dos pés. Era uma das sensações mais agradáveis que já tinha experimentado.

– Você conhece aquele cara? – perguntou YoungGu.

– É uma longa história, mas ele é um verdadeiro – JungHo procurou a palavra exata – covarde. Sim, é isso que ele é – disse, satisfeito porque nem mesmo MyungBo poderia dizer que ele não estava sendo justo.

– Vou mandá-lo sair agora mesmo. Ou espancá-lo até a morte, o que você preferir.

Enquanto essas palavras deixavam os lábios de YoungGu, cinco ou seis de seus subordinados surgiram automaticamente atrás deles, estralando os dedos e o pescoço.

– Não, eu mesmo cuido dele – respondeu JungHo, caminhando até a fila com os punhos cerrados.

A multidão silenciou como por instinto e dirigiu a atenção aos dois homens. O reconhecimento de JungHo não foi correspondido; em um gesto de leve suspeita, HanChol estreitou aqueles olhos idiotas de que as mulheres gostavam tanto.

– Você é o Sr. Kim HanChol? – perguntou JungHo, sem se curvar ou estender a mão. – Eu sou Nam JungHo. Você talvez não me conheça, mas nós dois conhecemos Jade Ahn.

O rosto de HanChol se transformou ao ouvir o nome de Jade, como se fosse um antídoto que transformava a arrogância em tristeza.

– Já ouvi falar de você. Jade dizia que você era um de seus maiores amigos – respondeu ele, baixando o olhar.

– Dizia mesmo? – JungHo perguntou, mais para si mesmo. Ele corou um pouco ao imaginar o que os dois falavam sobre ele, mas deixou isso de lado. – Ela também me falou sobre você, Sr. Kim HanChol. Você não foi um bom amigo para ela.

JungHo viu com satisfação que o rosto do inimigo empalideceu e perdeu a serenidade egocêntrica. Então essa era sua fraqueza – a necessidade de *parecer* ter razão. HanChol era o tipo de homem que convenceria a si mesmo de que sempre fez o melhor que pôde. JungHo sabia que aquela expressão de tristeza era apenas uma maneira de proteger a própria autoestima. A melhor vingança contra HanChol seria sacudir sua presunção, e isso não aconteceria com alguns socos apenas.

– Gente como você não merece respirar o mesmo ar que ela. Nunca mais apareça na frente dela, está me ouvindo? – rosnou JungHo, se aproximando de seu rival e quase não conseguindo resistir à vontade de cuspir no chão.

HanChol não tinha se mexido um só centímetro, como um lagarto que pressente um predador e decide se fingir de morto até que o perigo passe. Ele não parecia tão elegante agora, apenas um covarde, exatamente como JungHo intuíra. Se Jade soubesse!

– Rapazes, certifiquem-se de que o Sr. Kim HanChol consiga tudo aquilo de que precisa – disse, virando-se. YoungGu imediatamente ficou alerta e mandou os subordinados atrás de comida. – E não aceitem pagamento.

Ele sabia mesmo sem olhar que HanChol, com suas regras cansativas de nobreza, estava humilhado por ter de aceitar a generosidade de alguém que claramente o desprezava. E, independentemente do que acontecera no passado, no fim ele, JungHo, era quem encontraria Jade naquela noite. Ela precisava *dele*. O prazer da vingança era tão grande que se sentiu como uma estrela furiosa, perfeitamente alinhada em uma constelação.

JungHo conseguiu trocar três das batatas de YoungGu por um melão amarelo a caminho da casa de Jade. Ele mal tinha batido quando ela apareceu e abriu o portão. Aceitou o saco de linho pesado com as duas mãos, abriu e soltou um suspiro.

– Cevada, batatas, anchovas... E o que é isso? Um melão *chameh*![45] Parece que estou vendo uma miragem. JungHo, o que eu faria sem você? – disse ela, fazendo-o entrar.

– Eu só queria poder fazer mais. Como está tia Dani? – perguntou ele, tirando o chapéu fedora.

– Ainda está lutando contra a febre. Acho que é o choque das batidas, e esse tempo úmido também não está ajudando. Ela não come bem há meses e perdeu muito peso. – Jade corou.

Ela também estava esquelética, e havia sombras crepusculares sob as maçãs de seu rosto, que ele não tinha visto antes.

– Levaram alguma coisa?

A polícia vinha fazendo batidas na casa das pessoas para pegar não apenas arroz e joias, mas também vasos de metal, panelas, ferros de passar, caldeiras, atiçadores de fogo, e coisas do tipo. Sem discriminação, tudo era derretido e transformado em artilharia, navios e aviões.

– Quase. No jardim, cavei um buraco sob a cerejeira e enterrei algumas de nossas joias mais caras. Mas de que serve um colar de diamantes ou um pente de ouro, quando o arroz está meio misturado com areia e não temos nada para comer?

– Jade, não conte nem para mim onde fica seu esconderijo secreto! Tome cuidado com os vizinhos e os amigos. Só você e a tia Dani podem saber – JungHo a repreendeu, e um sorriso doce aqueceu seu rosto.

– Mas, JungHo, você *é* minha família. Está trazendo arroz bom há meses. Confio em você.

Ela deu um sorriso, e pequenas rugas apareceram sob seus olhos. Isso fez com que aparentasse a idade que tinha, 33, e mais de vinte anos tinham se passado desde a primeira vez que ele a vira. E ainda assim ele a achava bonita agora em seu declínio, talvez até mais do que quando era uma jovem cortesã em pleno florescer. Até as sombras de seu rosto o atraíam.

– Aguentem. Isso não vai durar para sempre. O Japão subestimou muito o quanto a China é grande. O mundo virou as costas para eles depois do que aconteceu em Nanquim. Estupro, incêndio, matança de mulheres grávidas... O que fizeram conosco, agora eles fazem com os chineses. Nosso Exército da Independência e as tropas chinesas já uniram forças na Manchúria. Meu mentor disse que o Japão não tem como vencer essa guerra – disse ele. Jade assentiu com firmeza, como se isso fosse ajudar a previsão a acontecer. – Na verdade, foi isso que eu vim dizer a você. – Ele segurou o chapéu pela aba e o girou. O ar estava pesado, como uma quarta dose de bebida. O segundo ponteiro do relógio irrompia o silêncio ao ritmo das batidas de seu coração. – Fui escolhido para ir a Xangai em uma missão – disse, quase como uma reflexão tardia. Mas era difícil, muito mais difícil do que tinha imaginado, fingir indiferença.

Entre as muitas coisas que nunca aprendeu a fazer, desapegar era a mais difícil. Mas estava decidido a fazer o que sempre fez: agir primeiro e pensar depois. Para criar coragem, levou os calcanhares das mãos ao rosto e pressionou os olhos por alguns minutos.

– Vou passar muitos meses longe – disse.

Os dois ouviram com mais clareza o que ele *não* estava dizendo, que provavelmente não voltaria. Uma compreensão mútua tomou conta deles. O tique-taque do relógio desacelerou e caiu no esquecimento, e JungHo sentiu que ficar ali sentados, juntos, tristes, era a compensação justa por todos os anos de espera. O dia estava quente e úmido, e a morte pairava nos cantos escuros do cômodo como sombras roxas de um sol longo de verão.

– Eu passei anos esperando que meu mentor me confiasse uma missão – disse ele, com um sorriso fraco. – Mas agora que a hora chegou, me sinto um pouco... um pouco triste.

– Ah, JungHo, estou tão preocupada com você – disse Jade, limpando os olhos discretamente com um dedo. Estava determinada a parecer corajosa, então JungHo fingiu não perceber. – Você tem sido meu único amigo nos últimos anos, com Luna na América e Lotus desaparecida... Não sei o que vou fazer quando você se for. – Ela soltou um suspiro, então correu até a cozinha, gritando: – Vai pelo menos ficar para o jantar? Vou preparar alguma coisa.

JungHo ficou na sala enquanto Jade se ocupava preparando a cevada que ele tinha trazido. Dani estava dormindo, então ela deixou uma tigela de mingau ao lado de seu catre antes de preparar a mesa para ela e JungHo. Os soldados tinham levado as tigelas, colheres e hashis de bronze polido, então Jade teve de se virar com tigelas de madeira e utensílios que nem mesmo as criadas usavam antes da guerra. Vendo-a mexer nos pratos, JungHo imaginou que eram casados e que aquela era apenas uma das refeições corriqueiras em sua vida cotidiana. A fantasia era tão agradável que ele não pôde deixar de dizer em voz alta:

– Jade, é como se você fosse minha esposa preparando meu jantar.

No instante em que ouviu essas palavras, ele ficou morrendo de medo de afastá-la. Mas, surpreendentemente, ela sorriu.

– É difícil ser solteiro. Um homem precisa de um toque feminino. – Ela estreitou os olhos, empurrando uma tigela de kimchi de rabanete para mais perto dele. – Coma.

Eles mastigaram devagar para prolongar o jantar leve, conversando sobre a guerra e a doença de Dani.

– Um de nossos camaradas é médico. Antes de ir, vou passar em sua clínica e pedir a ele que faça uma visita à tia Dani – disse ele, largando a colher.

– Eu só lhe causo problemas e peço ajuda. – Jade franziu as sobrancelhas. – Nunca fiz nada por você.

– Nunca foi necessário que você fizesse algo por mim – disse ele, com um sorriso tímido.

Essa era a verdade. Em algum momento indistinguível, anos antes, JungHo abrira mão da ideia de que ela podia amá-lo como ele a amava. Aconteceu sem que percebesse, e provavelmente foi melhor assim. Ele tomara todas as decisões importantes de sua vida com base em um desejo que já tinha desaparecido, mas era impossível voltar. E de que adiantaria negar o passado? Em algum lugar dentro dele brilhava a intuição de que isso acontecia com todas as pessoas em graus variados, e isso o ajudava a aceitar a perda em paz. Mas o que ela disse em seguida destruiu essa paz com a força de uma tempestade de verão.

– Você gostaria de passar a noite aqui? – perguntou ela.

Ela acordou com os braços firmes de JungHo envolvendo seu corpo. Mesmo no sono profundo, ele não parecia querer soltá-la. Havia o traço de um sorriso em seus lábios.

Se fosse HanChol, ela teria acariciado seu cabelo e lhe dado um beijo enquanto ele dormia. Com JungHo, sentiu apenas o desejo profundo de estar sozinha novamente. Não se arrependia de tê-lo convidado a passar a noite. Era justo que ela lhe desse o que significava tanto para ele, e que lhe custava tão pouco. Ainda assim, se sentia tão pouco à vontade em seus braços que todo seu esforço para ficar quieta foi em vão.

– Você já está acordada – sussurrou JungHo com os olhos semicerrados.

– Fique dormindo, vou preparar o café da manhã. – Ela começou a se levantar, mas ele a puxou de volta.

– Prefiro abraçá-la um pouco mais. E quero conversar com você.

Ela se sentiu ainda menos à vontade agora que o quarto estava ficando mais claro e ela ainda estava nua ao lado dele, mas ficou.

– Jade, você sabe como me sinto – começou ele, os olhos agora bem abertos. – Te amo há muito tempo. Mais do que você imagina. Você se lembra do dia em que participou de um desfile, toda fantasiada? Foi a primeira vez que eu te vi. E ali mesmo, por mais jovem que eu fosse, senti que minha vida ia mudar.

Jade se lembrava do desfile, mas é claro que não se lembrava de ter visto JungHo entre as centenas de pessoas.

– Depois que Dani me mandou ficar longe e nós perdemos o contato, eu costumava procurar você em todos os lugares. Quando você ia ao cinema com a Lotus, meus olhos a encontravam na multidão como se o sol estivesse brilhando só sobre você. – O rosto de JungHo estava coberto pela luz imaginada de tantos anos antes.

– Que bizarro! Considerando todas as pessoas que vemos em Seul.

– Eu sei... – JungHo sorriu. – Eu apenas localizava a garota mais bela, e logo percebia que era a mesma de antes. – Ele colocou as mãos em seu rosto, com carinho, e ela tentou curtir o momento. – Sabe, minha cor favorita é azul – disse ele, com um olhar distante, como se estivesse tentando recuperar uma lembrança perdida. – Sempre amei olhar para o céu, desde pequeno. Então coisas azuis simplesmente chamam minha atenção... seja uma gravata ou o vestido de uma mulher. Eu segui percebendo você, amando você, porque você é o meu azul. – Ele olhou para ela com timidez, como se estivesse aliviado e orgulhoso por ter compartilhado aquela ideia com ela.

Jade ficou comovida, mas também incomodada com o fato impronunciável de que *ele* não era seu azul. Havia apenas um homem que era seu azul, e ele não a amava mais e não queria mais nada com ela. Ela desejou com todo o coração que JungHo parasse de falar.

– Você é a razão de tudo que eu fiz na vida – disse ele, virando para o lado direito para ficar de frente para ela. – Jade, ouça com atenção. Vou dizer a meu mentor que não posso ir. Antes eu não tinha motivo para não ir... Mas agora quero ficar aqui e ter uma vida com você. – Ele entrelaçou a mão na dela e a apertou.

O coração de Jade começou a acelerar e seu rosto formigou com uma onda que a dominou.

– Mas você já prometeu a ele. Como pode voltar atrás? – perguntou ela, se afastando imperceptivelmente.

JungHo arregalou os olhos e disse com uma voz ávida, cujo objetivo era tranquilizá-la:

– O camarada Lee é a pessoa mais humana e compreensiva que conheço. Nunca impediu ninguém de ir embora, qualquer que fosse o motivo. Nunca agiu como se fosse meu proprietário.

Ela respirou devagar, se esforçando para conter a crueldade de suas palavras. Mas, quando relaxou, elas deixaram seus lábios como cães de caça.

– Mas a missão é maior que qualquer um de nós.

Jade não teve tempo de pensar sobre suas palavras antes que elas escapassem, então de início pareceram meros sons sem sentido. Mas percebeu todo o horror que havia nelas quando o rosto amoroso de JungHo virou pedra. Ele não estava apenas imóvel e frio – o que ela achava encantador nele, o que era clara e exclusivamente JungHo desde que eram crianças, se extinguiu de uma vez com aquelas palavras.

– Depois de tudo o que fiz por você – disse ele, com dificuldade.

Jade viu a vida deles juntos passar diante de seus olhos: JungHo gritando que ela pulasse da árvore para que ele a pegasse; saindo correndo de sua casa para encontrar uma parteira para Luna; segurando sua mão na noite em que a guerra começou; parado no portão com sacos de comida quando toda esperança parecia perdida, a ponto de às vezes parecer que tudo o que ela precisava fazer para que ele surgisse era olhar para a porta. Ele também via memórias em sua mente, ela percebeu – e quanto mais via, mais ele se desesperava.

– E eu teria feito ainda mais, desistido de tudo, para mantê-la em segurança. – Seus olhos escuros e em chamas a obrigaram a fazer um esforço para não estremecer.

– Não foi isso que eu quis dizer. É claro que eu quero que você fique – disse Jade, tão baixinho que até mesmo ela teve dificuldade em acreditar no que dizia.

Ele não disse nada; parecia ter finalmente percebido que tinha passado a vida amando alguém tão indigna. Ele levantou e se vestiu em silêncio, o rosto contorcido de ódio. Então, logo antes de chegar à porta, se virou.

O que aconteceu na sequência fez com que ela visse pela primeira vez quem ele era de verdade – alguém que ela apenas imaginava por sua ocupação misteriosa. JungHo se jogou contra ela. Assustada demais para gritar, ela aninhou a cabeça nos braços e se encolheu, mas o corpo dele passou por ela. Ele caiu no catre, atacando-o como um louco. Quando o catre pareceu morto o bastante, ele pegou o objeto mais próximo – um espelho de mão – e atirou contra a parede, onde ele explodiu em pedaços. Ignorando os cacos de vidro reluzentes que caíam sobre eles, ele enterrou a cabeça no edredom e gritou – um monossílabo agudo, um uivo bestial. Esgotado, ficou prostrado ali, ofegante, as costas subindo e descendo com a respiração.

Jade se sentiu soluçando, porque o corpo dele parecia tão familiar e ao mesmo tempo tão estranho. Era como se algo invisível que os unia desde a infância tivesse se rompido, e ela não conseguisse mais alcançá-lo embora estivessem a um braço de distância. Ela queria encontrar um jeito de acalmá-lo, de fazê-lo entender o quanto ele *era* importante para ela. Mas antes que pudesse dizer alguma coisa, ele ficou de joelhos e, com a cabeça ainda baixa, exalou profundamente. Não havia mais vestígio algum da raiva violenta nele, apenas estrelas salpicadas de vidro em sua roupa e seu cabelo. Mais alguns minutos se passaram em silêncio. Quando ele finalmente levantou a cabeça, ela viu que sua expressão estava fria e determinada. Apenas seus olhos estavam excepcionalmente reluzentes e cheios como neve derretida.

Ele se levantou e colocou o chapéu como alguém indo embora do enterro de um conhecido distante – com uma sobriedade seca e um ar de conclusão.

– Eu te disse uma vez que ninguém ligaria se eu morresse. Lembra que falou que *você* ligaria? – Sem esperar que ela respondesse, ele abaixou o chapéu e saiu de sua casa pela última vez.

Em julho, o General de Brigada Yamada voltou para casa de licença da campanha na China. Sua esposa, Mineko, o recebeu com frieza. Embora tivesse iniciado o casamento com inocência e boa-fé, foi ficando decepcionada, depois cansada, depois com raiva de sua ausência absoluta. Mal ficou comovida ao vê-lo tão envelhecido. Agora havia vincos profundos em sua testa, outrora elegante. Ele tinha perdido dois dedos da mão direita, que mantinha envolta em uma luva mesmo no calor sufocante. Talvez ela tivesse sentido pena de um estranho ferido em batalha, mas não do marido, que dedicara a vida inteira à guerra e à conquista.

Na manhã que se seguiu à sua chegada, Mineko se sentou para beber chá com o marido e pediu o divórcio. Estava grávida de três meses, explicou. Se ele tivesse a decência de deixá-la livre, se casaria com o amante e voltaria para o Japão.

Yamada não disse nada, não porque não estivesse com raiva ou indignado, mas porque tinha perdido o desejo de falar. Ficou olhando para Mineko, que estava com um vestido rosa semelhante ao que tinha usado em seu primeiro encontro. Então percebeu que fazia dezesseis anos que estavam casados e no fundo ainda eram estranhos. Não tinham nada a dizer um ao outro, até aquele momento.

– Vou ter de conversar com seu irmão sobre isso – respondeu Yamada, colocando um fim na discussão.

Uma hora mais tarde, estava sentado na recepção de Ito Atsuo. Não era a mesma onde observara as porcelanas e a pele de tigre, tantos anos antes. Ito tinha construído uma mansão *Beaux Arts* no sopé da Montanha do Sul, que diziam ser uma das casas mais belas de toda a Coreia. A decoração do cômodo era em estilo francês, com poltronas estilo Luís XVI e cortinas douradas e, embora houvesse alguns céladons na cornija da lareira, a pele de tigre não estava em lugar algum.

– Genzo, há quantos anos não nos vemos? Quando você chegou e quanto tempo vai ficar? – Ito entrou a passos largos, mal parecia ter envelhecido desde seu último encontro.

– Quase oito anos. Você está exatamente igual – disse Yamada, apertando a mão de Ito.

– É mesmo? Ainda assim, não tem sido fácil para mim. Sente, sente... Vamos conversar sobre você primeiro. Soube sobre sua mão, herói de guerra!

Yamada sentou-se na poltrona baixa e alisou as coxas, sorrindo constrangido.

– Imagina. Muitos perderam a vida. Filhos de fazendeiros, açougueiros e herdeiros de famílias antigas e respeitáveis. Alguns verdadeiramente destemidos, outros apenas tentando sobreviver. Mas no fim todos morreram gritando. A morte é um grande equalizador.

– Mas você certamente estava no meio da ação. Não jogando cartas ou bebendo no acampamento!

– Não perdi dois dedos porque sou corajoso... Foi apenas um acaso.

– Talvez tenha razão. Ainda assim, fez um sacrifício, como todo homem deve fazer. Até mesmo eu doei todo o ferro e o ouro extraídos de minhas minas nos últimos seis meses. Como pode imaginar, foi uma perda terrível. Mas como um súdito obediente de Sua Majestade, o Imperador, fico feliz por cumprir meu papel. E, é claro, vou ser recompensado por minha lealdade quando a guerra acabar. A Indochina tem muito mais minas que a Coreia, e a Birmânia está repleta de rubis. E em um ano vamos arrancar a Índia das garras da Grã-Bretanha. Vou ser mais rico que um rajá!

Ito sorriu triunfante, mas o cunhado permaneceu em silêncio. O criado perspicaz aproveitou a calmaria para se colocar entre eles e servir o café e os biscoitos.

– Café é mais raro que ouro hoje em dia. Beba, meu amigo – disse Ito.

– Não vai acontecer – resmungou Yamada, ignorando a xícara fumegante sobre o pires. – A guerra. Não temos como vencer.

– Do que está falando? Você estava na China. Conquistamos aquela fera gigante... o grande dragão, desdentado e decadente. Tomamos a Indochina da França, e...

– Você fala assim porque sabe apenas o que os jornais são autorizados a publicar. Não viu o que eu vi nas linhas de frente. Não temos petróleo, ferro, borracha ou comida suficiente para seguir com essa guerra. Somos nós contra a Grã-Bretanha e a França, e se a América se envolver...Eles têm centenas de aviões e navios para cada um dos nossos, e milhares de soldados para cada um dos nossos, você compreende isso?

– A Alemanha e a Itália vão lutar ao nosso lado se a América se envolver.

– A Alemanha está ocupada lutando contra a Rússia, e a Itália não é nada sem a Alemanha... Tudo bem se não acreditar em mim.

– Se você não fosse meu cunhado, eu ia pensar que anda com ideias sacrílegas na cabeça, Genzo. Isso é impróprio para um general do Exército Imperial de Sua Majestade – avisou Ito.

– Que seja. Não sou mais seu cunhado, então mande me prender se quiser. – Yamada balançou a cabeça, com ambiguidade, mais desdenhoso que triste. – Mineko pediu o divórcio. Está grávida e quer se casar com o pai da criança e voltar para o Japão.

Desta vez foi Ito quem balançou a cabeça. Ele largou a xícara e recostou-se na poltrona como um médico prestes a anunciar um fato infeliz, mas essencial.

– Você não pode se divorciar dela. Sinto muito, não é ideal, mas precisa pensar em nossas famílias. Podemos providenciar que um parente distante adote a criança, se quiser.

– Infelizmente não depende mais de você, Atsuo. Já decidi me divorciar dela, nem que seja a última coisa que eu faça antes de voltar para a guerra – retrucou Yamada. Ele se sentiu tão estranhamente animado ao dizer isso em voz alta que quase teve vontade de repetir. – Sabe, Atsuo, nunca me senti livre. Mas, na juventude, achava que a contenção era algo bom, benéfico. Via o mundo como um sistema estabelecido por pessoas inteligentes e importantes, e eu ia ser uma delas. Mas agora sei o quanto fui tolo. Esse sistema nada mais é do que aquilo que traz destruição.

Ito nunca ouvira Yamada falar assim, e quase ficou com medo que ele começasse a agir com violência. Mas Yamada se levantou calmamente no instante seguinte, ajeitou a bainha do paletó do uniforme e estendeu a mão.

– Provavelmente não vamos mais nos encontrar, então adeus.

– Genzo, é claro que vamos. Só porque Mineko... – Contra sua vontade, Ito começou a ficar bastante triste. – Se fosse qualquer outra pessoa eu não me importaria, mas não quero que rompamos assim.

Yamada sorriu, e foi um sorriso despreocupado e genuíno que Ito nunca tinha visto no amigo.

– Está tudo bem, Atsuo. Estou em transferência para a China. Não sei quando vou voltar... Mas fique bem até nos encontrarmos novamente.

22
Animais de zoológico
1941

Embora Jade fizesse tudo o que podia para que Dani se curasse, ela piorou com o passar do verão. Sem contar à mais velha, Jade já tinha desenterrado e vendido a maioria das joias que estavam enterradas embaixo da cerejeira para comprar remédios e comida. Alguns médicos a visitaram sem que a febre e a tuberculose melhorassem. Entre os punhados de berloques que restavam, Jade resolveu ficar apenas com o colar de diamantes. O pente de ouro foi suficiente para convencer um médico que estudara no Ocidente a fazer uma visita.

– Há feridas em suas costas – Jade sussurrou enquanto ajudava a virar Dani para o outro lado.

– Sim. Típico do último estágio de sífilis[46] – pronunciou o médico, ajeitando os óculos. – Deve ter sido um período longo de latência. É provável que tenha contraído quando ainda era uma cortesã ativa... A sífilis também causa infertilidade. Ela nunca engravidou, certo?

Jade olhou com medo para o rosto suado de Dani; seus olhos estavam fechados, sua mente em delírios febris.

– Os outros médicos não falaram de sífilis – protestou Jade em voz baixa.

– A doença pode parecer muitas outras coisas, até o fim, quando as feridas aparecem. Tenha o cuidado de não tocar nelas, são muito contagiosas. Quanto ao prognóstico, é difícil dizer quanto tempo ela ainda tem. Amanhã vou enviar meu criado com um pouco de arsênico para aliviar os sintomas.

Depois que o médico foi embora, Jade foi até a cozinha preparar o que fosse possível para o jantar. Na despensa havia apenas uma xícara de cevada e algumas algas secas que ela poderia temperar com meio dedal de azeite e vinagre. Sem pensar, pegou a faca e a tábua, e percebeu que não havia nada que precisasse ser cortado. Ainda assim, segurou o cabo da faca com a mão ossuda, lutando contra as lágrimas que embaçavam seus olhos. Lembrou-se de quando cortou a mão, anos atrás, em uma noite quente de verão. Se a faca cortasse alguns centímetros acima da cicatriz, todas as suas tristezas chegariam ao fim.

Ela largou a faca e preparou o mingau simples de cevada.

Quando voltou, Dani estava com um humor calmo, cada vez mais raro.

– Como foi que você conseguiu preparar mais um jantar? – perguntou Dani quando Jade colocou a bandeja ao seu lado.

– Ainda tínhamos um pouco de cevada da última visita de JungHo – Jade mentiu; fazia muito tempo que aqueles suprimentos tinham acabado, e a cevada vinha do mercado clandestino. – E não se preocupe com a forma como consigo a comida. Só se preocupe em melhorar.

– Sou um fardo para você – disse Dani. Ela tentava engolir o mingau que Jade levava à sua boca sem pingar. Mas até mesmo o controle dos músculos faciais demandava um esforço tremendo, e uma gota reluzente deslizou pela lateral de sua boca. – Sou como uma velha senil – disse Dani, com um sorriso doloroso.

– Você nunca vai ser uma velha senil – respondeu Jade. – Sempre será bela. Nenhuma de nós, nem mesmo Luna, se compara a você.

– Você só está sendo gentil. Mas mais que gentil... – Dani piscou fundo, e uma lágrima escapou de seus olhos ainda encantadores. – Você se lembra? Em Pyongyang, quando minha irmã Silver pediu que eu ficasse com você, e recusei em princípio. Essa garota não tem personalidade, tão sem graça e entediante, eu disse. Mas ela garantiu que você era boa. Ela tinha razão; eu, não.

– Eu aceitava o que quer que Lotus sugerisse. Ela era cheia de vida. Eu era tímida – disse Jade.

– Mas, em retrospectiva, você é a mais forte de nós... Mesmo depois que eu morrer, e depois que a guerra tiver acabado, você vai sobreviver... e espero que encontre um homem bom e tenha uma vida tranquila.

– Você não vai morrer! Por que está dizendo essas coisas? – protestou Jade, mas sem conseguir evitar que as lágrimas caíssem.

– Eu ouvi o médico... não estava dormindo – sussurrou Dani com a voz fraca, se esforçando para virar o rosto.

Jade se apressou em baixar sua cabeça no travesseiro.

– Shh, você precisa descansar. Não se canse dizendo essas coisas inúteis.

– Não finja que não é verdade, porque eu não tenho tempo a perder. Me escute com atenção, Jade. Só duas coisas... – Ela fechou os olhos. – Primeiro, quero que você fique com meu colar de diamantes. Não importa o que aconteça, fique com ele. Não venda agora... use apenas quando não houver alternativa. É claro, esta casa inteira e tudo que há dentro dela vão ser seus quando eu me for. Mas aquele colar é mais valioso que todo o restante junto, lembre-se disso. Segundo, eu gostaria de ver duas pessoas antes de morrer. São os únicos dois homens de quem gostei de verdade na vida. Você me ajuda a trazê-los até aqui? Acho que não consigo mais nem escrever uma carta.

No dia seguinte, Jade escreveu e enviou duas cartas: uma para a casa de Lee MyungBo, a outra para a editora de Kim SungSoo.

MyungBo voltou tarde para casa naquela semana depois de encontrar os camaradas da Coalizão. Ela reunia grupos de todos os pontos do espectro político sob a bandeira da independência: os anarquistas, os comunistas, os nacionalistas, os cristãos, os budistas e os cheondoístas. Ele era um dos líderes dos comunistas, mas, entre eles, havia aqueles que viam a luta principalmente entre a burguesia e o proletariado, os ricos e os pobres, e não entre o Japão e a Coreia, como MyungBo sempre acreditou. O credo anarquista era de que qualquer ordem social era destrutiva e opressiva. Os nacionalistas eram os conservadores, e alguns confiavam mais na América que na Coreia em si. Eles também se opunham aos comunistas quase com a mesma frequência com que lutavam contra os japoneses. Alguns dos cristãos eram pacifistas, embora poucos tivessem ficado contentes ao matar generais e governadores japoneses antes de apontar a arma contra a própria cabeça. Todos os grupos acreditavam que o Japão mandaria todos os homens coreanos às minas e todas as mulheres coreanas aos bordéis militares antes de admitir a derrota; suas opiniões divergiam no que dizia respeito ao que fazer para implodir o Japão antes que chegasse a esse ponto.

Ao voltar para casa, MyungBo descobriu que havia uma carta de Dani, e que a esposa a tinha recebido em mãos do carteiro. A carta estava fechada em cima de sua escrivaninha, mas ele corou até as orelhas ao pensar que a esposa, uma mulher perfeitamente inteligente, teria percebido a letra feminina elegante no envelope. A esposa era uma dama à moda antiga, que aprendera que o ciúme de uma mulher era um crime mais grave que a promiscuidade de um homem. Se ele tivesse trazido uma segunda esposa para o lar, como tantos homens de sua estatura, ela teria aceitado sem objeções. Ainda assim, MyungBo nunca a traía, nem em segredo. Irritava-o o fato de ter sido fiel durante todos aqueles anos e acabar implicado em algo repugnante e que não era digno de sua natureza. Mas o fato de ter sentido uma paixão verdadeira por Dani não estava esquecido. Ele logo abriu e leu a carta, que fora ditada para Jade, e não fazia menção alguma a qualquer doença grave. Não demorou a decidir ignorá-la.

Ao contrário de MyungBo, SungSoo leu a carta de Dani com um sentimento caloroso. Por mais sisudo que fosse – a vida não tinha exatamente endurecido seu exterior, mas o selado, como uma superfície reluzente e sem poros –, SungSoo às vezes ainda pensava em si mesmo na juventude e caía em devaneios de uma inocência perdida. Memórias agradáveis e com aroma de primavera o inundaram ao ver a carta de Dani. Não pôde deixar de reconhecer que alguns dos momentos formativos de sua vida a envolviam. Na verdade, sempre que escrevia um conto ou romance, alguns traços de Dani acabavam registrados nas páginas. Ela era a tinta de seus pensamentos. Extraordinária em todos os sentidos.

Mas a ideia de vê-la novamente não atraiu SungSoo de imediato. Dani tinha 56 anos. Ele agora buscava a companhia de cortesãs mais jovens que a própria filha. Se visse Dani de novo, não teria qualquer desejo de reacender o relacionamento. Rejeitá-la, ia ferir não apenas os sentimentos dela, mas os seus também. Estava relutante em ver sua beleza arrebatadora enfraquecida e seu encanto quebrado. Então respondeu que guardava apenas as lembranças mais carinhosas e desejava apenas o melhor para ela, mas que fazia muito tempo que suas vidas tinham seguido caminhos diversos. É claro, se ela estivesse com dificuldades financeiras, tentaria ajudá-la o máximo possível. Tudo isso foi escrito com a maior elegância e cortesia, e depois ele releu a própria carta com a satisfação característica dos escritores que se orgulham do próprio trabalho, mesmo das correspondências.

– **Por favor, espere aqui** – um assistente jovem disse a Jade, gesticulando para a cadeira que ficava do lado de fora do escritório. A oficina era um espaço enorme cheio de carros, caminhões militares, pilhas de pneus, partes e técnicos se movimentando ritmadamente entre a miscelânea. Na lateral, dois oficiais japoneses deixavam seus blindados, explicando alguma coisa a um mecânico. Havia uma pequena seção separada por uma parede em um canto que servia de escritório; ao lado da porta, algumas cadeiras serviam como uma espécie de sala de espera. Jade sentou-se com cuidado e ficou observando, hipnotizada pela velocidade em que os funcionários de HanChol trabalhavam. Havia pelo menos trinta deles – a maioria jovens, mas alguns com cabelos grisalhos.

Cerca de dez minutos tinham se passado quando a porta foi aberta e Jade se levantou. Uma mulher saiu do escritório, seguida do próprio HanChol. Jade se conteve e não chamou o nome dele; ficou apenas enraizada no lugar, com um desejo repentino de que pudesse desaparecer. Mas o rosto de Han-Chol se iluminou ao reconhecê-la.

– Jade! – disse em voz baixa, enquanto a mulher ao seu lado olhava para ela com curiosidade.

– Como tem passado? – perguntou Jade, e a jovem limpou a garganta.

– Srta. Jade, esta é a Srta. SeoHee, filha de SungSoo *seonsaengnim*. Srta. SeoHee, a Srta. Jade é uma velha amiga.

Embora um pouco mais baixa que Jade, a jovem tinha uma figura graciosa, com pernas esguias como hastes sob a saia marrom. Seu nariz era imperfeito, mas os olhos grandes e bem abertos davam a impressão de uma beleza jovial.

– Parece que a conheço... – disse SeoHee. – Você é a atriz daquele filme *Um dia de sorte*! Eu vi no cinema quando estava na escola.

Jade fez uma breve reverência ao ser reconhecida. Não participava de nenhum filme desde 1936, mas muitas pessoas ainda se lembravam dela. Os únicos filmes sendo produzidos eram os de propaganda. Os dias passados em sets de filmagem e cafés estavam tão distantes que às vezes parecia que ela tinha sonhado aquilo tudo.

– É um prazer conhecê-la – disse Jade, e SeoHee riu.

– Sua voz é muito diferente do que eu imaginava. Só vi seus filmes mudos... Bem, como vocês dois se conheceram?

– Quando eu era estudante, ganhava a vida como condutor de riquixá. A Srta. Jade era uma de minhas melhores clientes – respondeu HanChol. – Vamos ter de colocar a conversa em dia.

– É claro. Já vou indo então. Foi um prazer conhecê-la, Srta. Jade – disse SeoHee, olhando para ela confiante, com aqueles olhos que eram piscinas negras reluzentes, antes de ir embora.

Respirando fundo, HanChol abriu a porta do escritório, e os dois entraram. Uma lâmpada nua pendia do teto, lançando uma luz alaranjada sobre a mesa de madeira empilhada de livros-razão. HanChol sentou-se atrás da mesa e abriu as mãos, a palma para baixo, sobre os papéis.

– Como tem passado? – disse finalmente. – Quanto tempo...

– Sete anos – respondeu Jade. Ela sempre teve noção, no fundo de seus pensamentos, de quanto tempo tinha se passado desde a última vez que o vira. – Ouvi falar de suas empresas, são o assunto da cidade. Fiquei feliz por saber que estava indo tão bem. Não disse que você seria bem-sucedido?

– Não é nada de mais. Estou apenas começando – disse HanChol, sorrindo.

– Nem sabia como os carros funcionavam, agora olhe só para você. Esta oficina, tantos empregados todos trabalhando para você. Eu jamais seria capaz de entender algo tão complicado.

– Não é tão difícil entender os carros quando estudamos cada parte. Por isso gosto deles, pela simplicidade. Aritmética, contabilidade, são questões simples. É ter de lidar com as pessoas que complica as coisas. – Ele exibia um sorriso cansado, que a fazia lembrar os velhos tempos quando ele não tinha nada.

– Você não mudou nada. Está igual – disse Jade.

Na verdade, HanChol tinha envelhecido. Linhas sutis bifurcavam em sua testa; os picos e vales de seu rosto estavam mais pronunciados, deixando seus belos traços em alto-relevo. Ele adquirira uma aparência mais distinta ao envelhecer, como costuma acontecer com os homens entre o auge da juventude e a meia-idade. Não usava gravata, e o colarinho solto revelava o topo de seu peito forte.

– Você também não mudou – respondeu HanChol. – Mas, por que veio até aqui hoje? Precisa de comida ou dinheiro? Porque, se for isso, vou fazer tudo o que puder para ajudar...

– Não, não é por isso que estou aqui – protestou Jade, pensando que preferia morrer de fome a pedir comida a HanChol. Ela ficou arrasada ao ouvi-lo dizer aquilo em voz alta. – Estou aqui porque minha tia Dani está muito doente. Ela está morrendo.

– Ah, sinto muito. – HanChol soltou o ar, balançando a cabeça. – Sei que foi ela quem a criou.

– Antes que seja tarde demais, ela quer encontrar alguém que foi muito importante no passado. Kim SungSoo *seonsaengnim*...

Quando as notícias dos negócios prósperos de HanChol chegaram aos ouvidos de Jade, ela soube que Kim SungSoo fora seu primeiro empregador e benfeitor. Depois de revolucionar a editora como gerente, HanChol abrira a oficina com um investimento inicial de SungSoo. Quando Dani contou-lhe sobre SungSoo, Jade finalmente se deu conta de que o mentor de HanChol era um dos grandes amores de Dani.

– Já enviei uma carta ditada pela tia Dani. E ele respondeu dizendo que, se ela precisa de dinheiro, vai tentar ajudar, mas que não quer encontrá-la pessoalmente.

– Que pena. Ele não é má pessoa, sabe...

– Compreendo. Provavelmente, ele não sabe a paz que isso traria a ela, o quanto seria importante para uma mulher em seu leito de morte. Por isso recorri a você. Você lhe é próximo... poderia falar com ele?

O primeiro impulso de HanChol foi dizer não, mas a expressão de Jade, de uma tristeza iluminada, o fez se conter. O rosto dela tinha afinado, e sua pele de marfim, brilhando com o suor, estava mais próxima dos ossos. Havia um cansaço novo em sua aparência, e quando ela ergueu o queixo, orgulhosa, ele viu as linhas horizontais sutis que deslizavam por seu pescoço sensível. Se tivesse de descrever sua aparência, ele teria dito: é como a canção que sua mãe cantava. Ou uma carta ainda fechada de alguém que você amou há muito tempo, encontrada no fundo de uma gaveta. Ou uma velha árvore que, de repente, ganha vida na primavera, os galhos pretos cobertos de flores, como se dissesse *eu, eu, eu*. Mas o que o comovia não eram apenas os resquícios do passado. O que estava vendo agora que não via antes? Era algo misterioso e próximo de seu eu verdadeiro. Ele não podia negar que ainda a achava atraente, inebriante até. Os lábios nus tinham a cor das unhas de garotinhas pintadas com pétalas de não-me-toques.

– Não posso prometer nada. Ele tem opiniões firmes e não é meu lugar dizer-lhe o que deve fazer – falou. – Mas vou tentar.

– Obrigada. Muito obrigada. – Ela suspirou aliviada. – Bem, não vou mais atrapalhar seu trabalho.

– Vou acompanhá-la.

Sem falar, atravessaram a oficina até a entrada. HanChol tinha a intenção de caminhar só um pouco com ela e voltar para dentro, mas o crepúsculo reluzente o obrigou a ficar. O céu vermelho-sangue e as longas sombras roxas dificultaram a despedida.

– Como vai para casa? É longe daqui.

– Não é muito. E o tempo está agradável. Não está mais tão quente e úmido.

– Quero ver que chegou em segurança – disse ele, passando a mão em suas costas por um instante, de forma protetora.

Jade ficou aliviada ao descobrir que algo familiar tinha voltado ao ar crepuscular entre eles. Ainda a amava? Ela não ousava dizer. Ela ainda o amava? Nunca tinha deixado de amar. A resposta era Sempre.

Eles começaram a caminhar em direção ao sul, ao longo do Palácio Chang-Gyeong, os galhos preto-esverdeados das árvores se debruçando sobre o muro.

– Isso me lembra de quando eu era jovem. Meu amigo JungHo me levou para ver o Gigante, o elefante. Nós subimos em uma árvore para ver de graça, e fomos perseguidos por um guarda. – Jade sorriu. – Você já entrou?

HanChol nunca tinha entrado.

– Eles têm tantos animais... leões, uma hipopótama e seu filhote em uma piscina, camelos, zebras e elefantes. Animais coreanos também. Ursos e tigres.

– Nunca vi nenhum desses animais, só em fotografias. Nem mesmo os coreanos. Não há mais muitos ursos e tigres na natureza.

– Eu sei. E ouvi dizer que eles não têm quase nada com que alimentar os animais desde o início da guerra. Coitadinhos... sem saber o que está acontecendo, esperando em suas jaulas, se perguntando se alguém vai ajudá-los – disse ela, virando-se de frente para ele. – Por que ninguém os ajuda?

– Alguém vai ajudar, Jade. Os tratadores... eles vão encontrar comida para os animais. Se concentre em cuidar de si mesma e da tia Dani.

HanChol cutucou de leve sua cintura, reconhecendo a curva sob a camisa de musseline. Assim que ficaram de frente um para o outro, não puderam mais fingir indiferença. Ele a envolveu em seus braços e apertou seu corpo ossudo com toda a força. Uma felicidade familiar os percorreu, e de repente o mundo pareceu menos assustador.

– Se eu morrer, lembre-se de mim, por favor? – pediu Jade, o rosto encostado no dele.

– Você não vai morrer. Vou garantir que fique bem. Venha, vamos para casa.

Estas últimas três palavras – entre as mais doces que se pode ouvir da pessoa amada. Não havia luzes acesas na casa quando eles chegaram, de mãos dadas. Sem ir dar uma olhada em Dani, Jade levou HanChol até seu quarto. Ficou surpresa com a urgência dos dois, com o quanto queriam sentir um ao outro depois de tantos anos de ausência. Mas quando estavam completamente nus, HanChol parou de tocá-la apenas para poder olhar para seu corpo inteiro. Ela não estava tímida, porque sabia que ele só veria beleza nela, mesmo agora que as costelas e a pélvis salientes exibiam sombras azul-escuro como a lua em suas cavidades. Ele tocou suavemente os ossos afiados acima de seus seios, antes de entrelaçar as mãos com as dela e beijar seus lábios.

Era a noite mais profunda quando terminaram e ficaram deitados nos braços um do outro.

– Senti tanto sua falta – disse ela então.

– Também senti sua falta. – Ele a beijou mais uma vez.

– E agora? O que fazemos?

– Como assim? – perguntou HanChol, franzindo as sobrancelhas.

– Eu faço você feliz e você me faz feliz. Sabendo que a vida é tão curta, por que perdemos tempo assim?

– Ah, Jade. – HanChol sussurrou, e Jade sentiu seu abraço afrouxar. – Vou me casar em duas semanas – disse ele.

O coração de Jade começou a martelar, descontrolado.

– Como assim? Com quem?

– Com a Srta. SeoHee.

– Ela é praticamente uma criança! E você me conta isso quando ainda estamos nus deitados na minha cama?

– Ela tem 23 anos, e já passou da idade em que a maioria das garotas como ela se casam. E sinto muito se a ofendi... – disse ele.

Jade levantou o corpo, se afastando.

– Mas eu não planejava vê-la hoje e vir até a sua casa, não é? Foi você quem apareceu sem avisar. E, sim, eu me senti atraído por você e tomei uma atitude. Foi errado da minha parte? Talvez com SeoHee, embora, considerando o todo, não ache que isso tenha importância. Mas não menti para você. Se tivesse me perguntado antes, eu teria respondido a mesma coisa, não teríamos passado a noite juntos e teria sido o fim.

– O fim? O fim! – Jade estava sentada, o cabelo preto envolvendo seus ombros magros. A facilidade com que ele pronunciou aquelas palavras pareceu rasgá-la por dentro. – Você gosta dessa garota? Gosta de seu rosto jovem e belo? Ou é pelo dinheiro? Prefere ela a mim por causa do pai rico... – Ela enrolou um pedaço do edredom e apertou, e as veias saltaram em suas mãos murchas.

– Não. Por favor, não faça isso – disse HanChol em voz baixa.

– Eu te amei e sofri por você todos os dias, todos esses anos. Você sabe que é verdade porque consegue sentir esse calor e essa luz constantes dentro do seu coração, aonde quer que vá. Mas vou me esforçar ao máximo para deixar de amá-lo. Um dia vai perceber que o sol não brilha mais dentro de você, e vai saber que não penso mais em você. – Ela se levantou e juntou as roupas surradas. Vestindo a camisa, se virou. – Quando eu voltar, você não vai mais estar no meu quarto. E só mais uma coisa... para cada pedacinho de amor que você me deu, também me causou a mesma quantidade de sofrimento. Então eu não tenho mais nada, em todos os sentidos da palavra. Por favor, saia da minha casa – disse, e saiu do quarto.

Jade caminhou rapidamente até o jardim e se sentou olhando as ervas daninhas por um tempo. Quando voltou, o catre estava vazio, mas ainda amassado no formato do corpo de HanChol. Ela se deitou sem tirar a roupa e logo adormeceu, como se seu corpo soubesse que era a única coisa que podia ajudá-la.

Cerca de uma hora depois, logo antes do nascer do sol, Jade acordou e imediatamente foi até o quarto da tia. Dani não respondeu quando Jade chamou seu nome e se sentou ao lado dela.

– Acorde um pouquinho e beba água. O calor finalmente foi embora e é uma bela manhã...

Algo no modo como suas palavras se espalharam sem serem ouvidas fez Jade pensar nas sementes brancas dos plátanos. No verão, quando o sol brilhava de um determinado jeito, as partículas fofas brilhavam como estrelas no ar, cada uma traçando um caminho totalmente diferente, embora o vento soprasse em uma única direção. Certo dia, Jade ficou observando-as durante muito tempo para ver se caíam no chão; e não caíram, continuaram flutuando entre a terra e o céu. E foi pelo modo como suas palavras ficaram pendendo no ar como sementes que ela soube que a tia tinha morrido.

23
O começo do fim
1944

Depois que a reunião matinal do Governo Provisório terminou, JungHo desceu a escada e saiu para o pátio. Enquanto piscava algumas vezes à luz clara, um dos camaradas o alcançou.

– Irmão JungHo, vai jogar tênis conosco?

O camarada era filho de uma família acadêmica, o fim de uma longa linhagem de eruditos e ministros de barba branca. Ao contrário de seus progenitores, ele era mais do tipo físico, um atleta de destaque nos tempos da escola. Tinha só 22 anos e estava sempre querendo fazer alguma coisa, o que estava de acordo com a instrução de que passassem bastante tempo se exercitando. Às vezes, parecia até ficar decepcionado por ter de dormir à noite. Aos 38, JungHo invejava e idolatrava aquela energia toda.

– Não posso hoje. Preciso mandar arrumar as solas dos meus sapatos – disse JungHo com um sorriso.

– Fica para a próxima então. – O jovem jogador de tênis fez uma reverência e saiu correndo do pátio.

JungHo foi atrás dele um pouco mais devagar. O Governo Provisório ficava em um prédio escuro de três andares, acessível por um beco; fora do pátio e na via principal, a luz e os sons incansáveis da Concessão Francesa o dominaram. JungHo teve a impressão de que os prédios de tijolos estavam mais vermelhos, e os plátanos ao longo da avenida, mais verdes. As mulheres de membros compridos e quadril esguio passeavam com vestidos *cheongsam*[47] colados, dizendo coisas incompreensíveis em um xanganês gutural. Havia uma espécie de música em seus passos, e o ar tinha aroma de óleo de cozinha e chá. Apesar das bandeiras japonesas tremulando ameaçadoras nos prédios, as pessoas ali pareciam muito menos aflitas. MyungBo dissera que os chineses estavam acostumados com a guerra e as mudanças dinásticas, muito mais que os coreanos. Eles se preocupavam menos com a que mestre serviam, explicara. Pelo menos dentro dos limites da Concessão Francesa, o impacto da ocupação japonesa era menos evidente que no restante da cidade.

O sapateiro ficava a alguns quarteirões para o leste, em um beco ainda mais escuro e sombrio que a rua deles. O proprietário chinês cumprimentou JungHo em coreano e levou seus sapatos para os fundos, para trocar a sola. JungHo ficou sentado em uma cadeira, esperando, calçando apenas as meias; aquele era o único par de sapatos que trouxera para Xangai. Jogava até tênis com eles.

Depois de um tempo, o sapateiro trouxe os sapatos de volta, com sola nova e engraxados.

– Parecem novos – disse JungHo, amarrando os sapatos.

– *Ya ya*. Até a próxima. – O proprietário sorriu e fez uma reverência. JungHo retribuiu.

JungHo deixou que seus pés o levassem até o cais, pensando naquelas palavras, *até a próxima*. Ocorreu-lhe que provavelmente nunca mais precisaria trocas as solas dos sapatos. A camisa, a calça, o chapéu – tudo o que tinha, era tudo de que precisava. Mas quão doces tinham sido aquelas palavras, *até a próxima*, sabendo que não haveria uma próxima? E o quanto ele olhava para o rosto das pessoas com mais compaixão e perdão? A raiva ardente que sentia em Seul tinha desaparecido, e tudo o que restava era a sensação de ser livre.

Passou pelos carros estacionados no cais e caminhou sozinho, observando as gaivotas flutuando como habilidosas marinheiras do céu. Todos os dias ele vinha até aqui, e todos os dias via algo diferente na cor do céu, no canto dos pássaros, no modo como a luz reluzia sobre o Oceano Pacífico. Era de uma beleza dolorosa ver o quanto o mundo se renovava a cada dia, e ele só desejava poder ter percebido isso um pouco mais cedo.

JungHo tinha ido a Xangai com outros três homens. Um deles matou um general japonês em uma estação de trem e depois foi torturado até a morte na prisão. Outro entrou em uma delegacia e jogou uma bomba escondida em uma lancheira, e foi morto no ato, quando a bomba não explodiu. Em janeiro, o terceiro camarada – o jovem jogador de tênis – se disfarçou de cozinheiro em um banquete militar, abriu fogo no salão e gritou "Independência da

Coreia *manseh*!" no telhado antes de ser cercado por dezenas de soldados, e ter o corpo todo perfurado por balas. JungHo não viu isso, pois eles se dedicavam estritamente às próprias missões; ouviu da boca de outros que liam os jornais chineses. JungHo tentou imaginar o camarada na morte, mas só conseguia vê-lo sorrindo sem fôlego depois de ter marcado o ponto da partida.

Agora era sua vez.

Sua missão era assassinar o vice-governador-geral em sua parada em Harbin, a 1600 quilômetros de Xangai. O governador estava em visita a Manchukuo, um estado fantoche supostamente governado, no papel, pelo imperador da China, mas que na verdade era uma colônia japonesa. Engolir um território tão grande estava se mostrando uma tarefa espinhosa: os chineses Han e os manchus étnicos tinham formado um exército de guerrilha em Harbin, e os coreanos atacavam a área havia décadas.

A segurança, no entanto, parecia impenetrável. Nas semanas que antecediam à chegada do governador, havia soldados japoneses em todos os lugares importantes, de praças, banco e correios, a grandes lojas e restaurantes populares. JungHo deveria atirar no governador enquanto ele fazia um discurso diante de milhares de pessoas e centenas de oficiais. Não havia dúvida quanto à sobrevivência de JungHo; a única questão era se seria bem-sucedido em sua missão antes de ser morto. JungHo estaria acompanhado de um atirador reserva, para o caso de errar, que se juntara ao grupo recentemente. Ele tinha 26 anos e falava devagar e com uma gagueira forte. JungHo nunca o vira acertar o alvo durante os treinos de tiro.

Na noite anterior à missão, JungHo levou seu reserva em uma caminhada.

– Está co-co-congelando lá fora – o homem mais jovem disse em voz baixa.

– Vai ajudar a clarear nossa mente, Camarada Cho. Melhor que ficar sentado naquela salinha abafada – respondeu JungHo, envolvendo Cho em um dos braços, encorajando-o.

Eles atravessaram o centro da cidade e foram até a pequena clareira perto do Rio Songhua, um lugar popular entre amantes que queriam se esconder de olhares indiscretos. No entanto, não havia ninguém ali. Os dentes de Cho batiam enquanto tentava recolher o pescoço na gola do casaco, como uma tartaruga. JungHo também estava tremendo, mas o frio incrível em Harbin o lembrava de sua infância em PyongAhn. O frio o revigorava e acalmava a inquietação de ficar enfiado em uma sala superaquecida. Mesmo tantos anos depois, não gostava de ficar muito tempo em lugares fechados.

– Agora consigo respirar. Estava ficando ansioso por amanhã – disse Jung-Ho. Cho não respondeu, só ficou ali, lançando nuvens brancas na escuridão. – Lembre-se, você não precisa fazer nada se tudo sair conforme planejamos. E se eu conseguir, e eles me levarem, não tente me ajudar nem nada do tipo. Entendeu? – JungHo lançou um olhar penetrante para Cho, e ele assentiu. – Você é um sujeito quieto – disse JungHo, melancólico. Sentia falta da proximidade calorosa, muscular, familiar que tinha com os subordinados que o chamavam de Chefe. Não sentia isso com ninguém em Xangai ou Harbin, não como um dia sentira com seus irmãos de sangue, YoungGu e Dojô. – Você tem uma família para quem voltar?

– N-n-n-não.

– E uma namorada? Não tem uma garota te esperando?

Cho balançou a cabeça. Ele parecia mesmo simplório ou quieto demais para ter alguém que se importasse com ele, e JungHo soltou um suspiro.

Quando JungHo era criança e seu pai ainda estava vivo, aconteceu um casamento estranho em sua aldeia. Era como um casamento normal, mas foi realizado à noite, à luz de tochas. Como sempre, todos foram convidados, e ele também se juntou às demais crianças acompanhando o cavalo do noivo até a casa da noiva... Mas não havia nenhum noivo de túnica azul e chapéu de crina de cavalo na sela. Ele tinha morrido cinco anos antes de varíola. Para acalmar seu espírito, os pais do noivo procuraram a família de uma virgem que tinha falecido recentemente e fizeram o pedido. Na casa da noiva, a família e os vizinhos murmuravam ao redor da mesa carregada de comida e vinho. Todos agiam como se estivessem vendo os noivos-fantasma, elogiando a beleza dela e provocando-o por estar nervoso. Ouvir seus sussurros fez JungHo se sentir como se pudesse ver a garota corando de prazer e o jovem tentando não rir com as provocações dos companheiros. Quando a cerimônia chegou ao fim, o casal foi levado ao leito matrimonial; e os aldeões juraram que assim que a porta foi fechada, todas as tochas do pátio se apagaram. Entenderam com isso que os fantasmas realmente tinham gostado um do outro e que finalmente poderiam descansar, pois uma alma que nunca se casou não pode passar para o outro mundo.

Ninguém faria um casamento-fantasma pela alma de JungHo, no entanto. Ele começou a se perguntar como Jade estava e se conteve imediatamente. Tantas coisas tinham acontecido na China, que tivera poucas oportunidades de ruminar, e isso tinha sido bom para sua recuperação. Disse a si mesmo em termos inequívocos que a odiava, e que nunca mais queria vê-la, nesta vida ou na próxima. O vento rugiu em seu ouvido, concordando.

– Venha, vamos voltar agora – disse JungHo, mas Cho balançou a cabeça, obstinado, enraizado no chão congelado.

– Minha família foi qu-qu-queimada depois da Marcha. É p-p-por isso que estou a-aqui – disse Cho, em uma explosão discursiva que vinha compondo em sua mente havia algum tempo.

JungHo olhou para ele, e sentiu pena por ter pensado que Cho era simplório. Ou talvez ele *fosse* simples, mas chamá-lo assim não era exatamente honroso. MyungBo diria isso.

– Amanhã você terá sua vingança. Depois vai voltar para casa, vai se casar com uma bela garota e ter muitos filhos. Agora vamos fazer a melhor refeição de nossas vidas – disse JungHo, dando tapinhas nas costas do jovem camarada. À distância, a torre do relógio bateu as dez horas, e JungHo se agarrou ao halo enevoado do som a cada batida.

O sol se levantou sem insistência; era visitante no Norte e, como tal, sempre se apressava para seu verdadeiro lar no Sul. Sob o céu monocromático, centenas de bandeiras brancas exibindo pontos vermelhos se cruzavam entre os prédios. JungHo estava entre os milhares de espectadores que preenchiam a extensão da Rua Central como árvores congeladas em uma floresta de bétulas. O lugar estava silencioso, exceto pela banda militar que tocava uma marcha no palco, ao lado da tribuna onde o governador discursaria. JungHo encontrou o rosto pálido de Cho a uns trinta metros à sua direita, e deu um aceno discreto.

A banda finalizou a música e a energia da multidão se direcionou para o lado direito do palco. JungHo podia sentir seu cabelo arrepiando sob o chapéu fedora, e seu coração batia tão forte que ele tinha certeza de que estava fazendo a pistola no bolso interno chacoalhar. Mas seus colegas já tinham finalizado suas missões e demonstrado a ele o que fazer. Ele também se mataria antes que o pegassem. Sua única preocupação era errar, e sua morte ter sido em vão.

Enquanto as imagens do fim iminente rodopiavam em sua mente, um pássaro – uma espécie de garça – entrou em seu campo de visão voando por cima dos prédios. Obscuro e fugaz, como os presságios de morte que vira e a que resistira no passado; mas soube, como por instinto, que era, de fato, uma força contrária. Lembrou-se do pai, o famoso atirador que acertava uma codorna a cem metros de distância. O pai de seu pai um dia matou um tigre com nada mais que um arco e uma flecha. O mesmo dom de caçador corria por suas veias tão claramente quanto seu nome era Nam JungHo. A cigarreira, também no bolso interno, descansava logo acima de seu coração.

Um velho coberto de medalhas subiu ao palco, cercado por sua comitiva. Obviamente era o governador, a julgar pela marca de nascença arroxeada na bochecha esquerda. JungHo tinha estudado as fotografias com atenção, pois os japoneses às vezes usavam dublês de oficiais importantes em aparições públicas. Um muro de oficiais cercava o governador quase completamente conforme ele avançava para a tribuna. O único jeito de conseguir uma boa mira era ficar diretamente à frente da tribuna e, para isso, JungHo teria de avançar em meio à multidão, atraindo atenção para si mesmo. Ao ver os guardas examinando a multidão prontos para atirar, JungHo ficou enraizado no lugar.

O governador terminou o discurso e foi aplaudido. JungHo esperava por uma abertura enquanto o governador estivesse deixando o palco, mas o muro de oficiais manteve a formação ao redor do líder e começou a se afastar. Ele estava ficando sem tempo, eles deixariam o palco ilesos.

JungHo sacou a pistola, mirou e atirou.

Um oficial caiu com um grito, e o muro foi rompido. Outros que estavam no palco se jogaram no chão como por instinto, e um dos guardas tentou proteger o governador com o próprio corpo. JungHo mirou no guarda e atirou; a bala entrou direto em sua testa e ele foi tombado como uma árvore. As pessoas gritavam ao redor de JungHo, empurrando umas às outras para se afastar do perigo, mas com tantos corpos juntos ninguém sabia exatamente de onde os tiros vinham.

Ouviram mais um tiro, e não foi da arma de JungHo. Ninguém caiu no palco desta vez. Ele olhou para a direita e avistou Cho, segurando a pistola com as duas mãos e tremendo muito. Outro guarda arrastava o governador pelo braço, tirando-o do palco. JungHo atirou mais uma vez e viu o velho cair com a mão no peito.

– Vá, Cho, vá! – gritou JungHo para a direita.

As pessoas ao redor tinham se jogado no chão e ele perdera a cobertura. Correu sem olhar para trás para ver se estava sendo seguido. Ouvia tiros, gritos... Mais alto que tudo aquilo, alguém gritou "C-coreia *manseh*!", seguido de mais um tiro. JungHo parou de repente e virou a cabeça em direção ao som. E lá estava – o sussurro surdo em seu ouvido, incitando-o a fugir. Ele obedeceu, mudando de direção e correndo para a direita. Logo estava cercado por centenas de espectadores por todos os lados.

Próximo ao limite da multidão, havia um espaço aberto de cerca de vinte metros em frente à entrada de uma loja de departamentos. Enquanto hesitava, JungHo sentiu uma mão em seu cotovelo. Em um piscar de olhos, apontou a pistola para o homem atrás dele. O homem de olhos verdes disse alguma coisa em sua língua vibrante, tirando o chapéu de pele e colocando-o no peito de JungHo. Um russo. JungHo se abaixou entre as pessoas e tirou o fedora. Jogou o chapéu no chão, enfiou a pistola no bolso interno e colocou o chapéu de pele. Resistiu à vontade de correr e atravessou a rua vazia calmamente. A cerca de cinquenta metros de distância, viu um bando de soldados correndo em direção à multidão, gritando ordens. Quando empurrou as portas giratórias de vidro e entrou na loja, soube que tinha conseguido. Saiu pela entrada dos fundos para uma rua lateral e desabou na escadaria de pedra gelada.

– Sinto muito, Cho, sinto muito – repetiu para si mesmo, engasgando com o choro seco e rouco, como se até suas lágrimas estivessem congeladas.

Era uma noite amena no início do verão quando JungHo voltou para Seul. Estava mais magro do que nunca, o paletó frouxo nos ombros. O Grande Portão Sul continuava em seu lugar, mas todo o restante tinha mudado. Mais bandeiras japonesas pendiam de cada prédio e cada mastro, mas as ruas estavam estranhamente desertas e não havia carros ou caminhões à vista. JungHo sabia que não havia mais combustível em lugar algum na cidade. O Japão direcionava todos os seus recursos para a luta contra os Estados Unidos no Pacífico, e fervia raízes de pinheiro e pinhas como combustível. O líquido viscoso grudava no motor como caramelo após algumas horas. Como estratégia para economizar gasolina, pilotos de caça lançavam seus aviões contra navios de guerra americanos em vez de voltar para a base. O rumor era de que, em selvas verde-escuras e ilhas insidiosas, as tropas japonesas lutavam até o último homem com lanças afiadas de bambu. À noite, os animais da floresta banqueteavam-se de sua carne.

Ele tinha uma hora e meia de caminhada da estação até o casarão de MyungBo. Passava das oito e meia, e ainda havia um véu de crepúsculo cinzento deixado pelo sol no horizonte a oeste. JungHo não tinha comido nada o dia todo e, apesar de sua capacidade de suportar grande sofrimento físico, sentia os últimos resquícios de força sendo drenados de seu corpo.

Decidiu fazer uma pausa e se encostou em uma árvore de ginkgo. Tudo estava calmo, não ventava, mas o ar estava fresco e frio. A lua quase cheia se erguia no céu opalino. Era uma noite especialmente clara e bela sobre uma cidade sem luz. Por hábito, JungHo tocou a cigarreira de prata no bolso interno. O ato deu-lhe uma sensação de conforto, como sempre. Mas naquele momento ele ouviu uma voz chamando atrás de si.

– Levante as mãos devagar e se afaste da árvore.

JungHo tirou a mão de dentro do paletó e caminhou de lado, saindo da sombra da árvore.

– Sem movimentos repentinos. Não tente nada estúpido – disse a voz, se aproximando dele por trás.

JungHo não tinha uma arma. Se tivesse, teria saltado para trás em direção à árvore e atirado no interlocutor, então fugido pela rede de becos estreitos intocada até mesmo pela luz do luar. Mas tudo o que tinha era uma faca escondida na cintura, e que seria inútil contra um homem atrás dele com uma arma. Ouvia dois pares de pés se aproximando; um deles finalmente o alcançou e prendeu seus braços atrás das costas com rispidez antes de algemá-lo. Então, o oficial que ostentava um bigode fino e curvado entrou em seu campo de visão.

– Por que tudo isso? – perguntou JungHo, e imediatamente se arrependeu de sua fraqueza. Sua pretensão era manter um silêncio inflexível.

– Fugindo no meio da noite... Evitando o recrutamento, não é?

O primeiro oficial falou em japonês, mas, observando suas características, JungHo achou que ele fosse coreano. O outro oficial, que tinha algemado JungHo, não aparentava ter mais que dezesseis anos e parecia estar com medo do próprio prisioneiro. JungHo manteve a boca fechada desta vez.

Os três caminharam naquela quase escuridão até a Delegacia de Jongno. Chegaram às onze, tiraram as algemas de JungHo e o jogaram em uma cela cheia de homens dormindo de lado. Ninguém disse uma palavra a JungHo exceto para reclamar da falta de espaço. Ele se esgueirou até o único espaço vazio que restava, ao lado de um penico transbordando. A única postura possível de manter, era sentado com a coluna reta abraçando os joelhos em frente ao peito, e nessa posição ele passou a noite e a maior parte da manhã seguinte.

Ao meio-dia, alguns de seus companheiros de cela começaram a ser retirados, um a um, até que JungHo conseguiu se sentar com as pernas esticadas à sua frente. Sua cabeça estava latejando e sua garganta queimava como se tivesse engolido um punhado de areia. JungHo tentou se lembrar de todas as outras vezes na vida em que passou ainda mais tempo sem comida ou água, ou sem se deitar, mas era bem mais jovem. No passado, também tinha a convicção de que precisava viver mais, finalizar alguma coisa. Agora, no entanto, sentia que já tinha visto o bastante – do que quer que fosse. Colocar um fim ao próprio sofrimento não parecia uma má escolha.

Quando seus pensamentos se voltaram para a faca escondida em sua cintura, um oficial veio e o levou para o interrogatório. Mas, em vez da cela solitária que JungHo tinha imaginado, foi levado para um pátio grande onde três oficiais do exército estavam sentados a uma mesa comprida. Os prisioneiros formavam uma fila diante deles, e depois eram levados para o outro lado do pátio. Quando JungHo chegou à mesa, o general condecorado no centro olhou para ele com uma expressão que era quase de tédio.

– Nome e data de nascimento – disse o general, apontando para um pedaço de papel com uma mão em que faltavam os dois últimos dedos. JungHo registrou seu nome e data de nascimento, carimbou o polegar com tinta vermelha e foi se juntar aos demais.

O sol fez seu arco no céu e as sombras no pátio avançaram com ele. Os homens queimavam sob os raios que pareciam lanças, sem ousar ir até a sombra. A garganta de JungHo tinha gosto de cinzas, mas ele fechou os olhos e se manteve vazio de qualquer pensamento, principalmente aqueles que envolviam água. Quando a luz já estava vermelho-sangue, havia centenas de homens no pátio, em pé e em silêncio.

Os três oficiais se levantaram e caminharam até os homens. O general, com a expressão sombria de quem está meramente cumprindo formalidades, deu um passo à frente e falou em um japonês afiado e curto.

– Vocês foram abençoados com a oportunidade de defender nosso império das garras do Imperialismo Ocidental. Alguns de vocês lutarão no Pacífico contra a América arrogante, e outros vão lutar na Manchúria contra a Rússia odiosa. Não importa o que aconteça, morrer por Sua Majestade, o Imperador, é a maior glória que pode ser alcançada por seus humildes súditos, uma honra pela qual devem se sentir gratos.

O general deu um passo atrás e deixou que seus adjuntos assumissem; eles latiram ordens, dizendo aos homens que se despissem, ficando apenas com as roupas íntimas. Ao redor de JungHo, os homens tiraram as roupas rapidamente, dobrando-as em um montinho a seus pés. A maioria deles, que não entendia japonês, simplesmente seguiu o que os outros faziam com uma expressão confusa e questionadora. Não entendiam plenamente que iam ser enviados para a selva ou para as estepes, para lutar com nada mais que lanças de bambu, e seus olhos absurdamente refletiam partes iguais de medo e esperança. Apenas JungHo ficou parado com o paletó e a calça encharcados de suor. Ele na verdade sentia o coração leve, percebendo que aquilo tudo logo chegaria ao fim, e que talvez até conseguisse matar alguns oficiais de alta patente antes de cortar a própria garganta.

– Você aí, seu filho da puta! – um dos oficiais percebeu que JungHo estava vestido e gritou com ele. – Um passo à frente!

JungHo ficou no lugar, mas os homens ao seu redor se afastaram dele, criando um círculo de espaço livre. O oficial sacou a arma e apontou-a para a cabeça de JungHo.

– Tire toda a roupa imediatamente, ou vou explodir sua cabeça como um melão – disse o oficial.

JungHo decidiu tirar o paletó e atrair o oficial. Quando tirou o paletó dos ombros, algo pequeno e reluzente caiu do bolso interno – a cigarreira de prata. Por reflexo, JungHo se abaixou para pegá-la, e o oficial caminhou em sua direção, a arma ainda apontada para sua cabeça.

– Seu filho da puta idiota! Deixe isso aí! – gritou o oficial, com raiva.

JungHo ainda assim pegou a cigarreira, como se não tivesse entendido ou não se importasse. No momento em que fechou a mão ao redor da cigarreira, o oficial pisou em seu pulso com força.

– Seu porco sujo e fedorento! – gritou o oficial.

As veias saltavam do punho de JungHo que segurava a cigarreira; mas, após alguns segundos, ele soltou. O oficial saiu de cima de seu pulso e chutou a cigarreira para trás, com um sorriso de desprezo. Em seu momento de satisfação, abaixou a arma. Sua voz também estava rouca de sede, e gotas gordas de suor escorriam sob seu visor e caíam na poeira. Depois de limpar a testa, deu um chute no estômago de JungHo, exatamente como os animais que brincam com a comida antes de comer. JungHo se abaixou e sentiu a faca em sua cintura.

– Pare! – uma voz gritou à distância. – Deixe-o em paz. – Era o general. Ele caminhava na direção deles com algo que emitia um brilho vermelho sob os últimos raios do sol: a cigarreira. – Onde encontrou isto? – perguntou, segurando a cigarreira em frente ao rosto, perto o suficiente para que JungHo o matasse com facilidade.

– Meu pai me deu – JungHo se viu responder.

– Seu pai? – repetiu o general, franzindo o cenho e parecendo pensar profundamente. – De onde você é? E qual é o nome do seu pai?

– Sou da província de PyongAhn. O nome de meu pai era Nam KyungSoo.

O general virou a cigarreira na mão em que faltavam os dois últimos dedos. O homem estava completamente vulnerável, mas quando JungHo procurou o cabo da faca com o polegar, o general levantou a cabeça e fixou o olhar nele.

– Eu dei isto ao seu pai... Nos conhecemos por acaso nas montanhas, há quase trinta anos. Ele salvou minha vida. Eu disse a ele que poderia mostrar isto a qualquer um se tivesse problemas. Mal sabia eu que seria mostrado a mim mesmo – disse. – Jamais pensei que veria isto novamente.

JungHo não entendeu nada exceto o fato de que, de alguma forma, aquele homem conhecera seu pai e até lhe dera uma lembrança – a mesma herança que ele mesmo valorizou durante toda a vida. Todos os pensamentos de matar aquele homem desapareceram.

– Meu primeiro instinto foi de que tivesse roubado isto de alguma maneira, mas você está me dizendo a verdade.

– Por que você acreditaria em mim? – perguntou JungHo, confuso.

– Porque é igualzinho ao seu pai – disse o oficial, passando o dedo pela gravura. – Veja aqui. Meu nome... Yamada Genzo.

Yamada virou-se para o adjunto, que de repente ficara manso.

– Eu mesmo cuido deste homem. Leve os outros para o acampamento – disse. – Tente não matar a todos antes que cheguem ao *front*. Precisamos de corpos.

Os adjuntos assentiram e começaram a reunir os homens, e Yamada fez um gesto para JungHo.

– Venha comigo – disse, levando-o para um corredor, depois uma salinha com uma janela que dava para as ruas.

Na sala, Yamada apontou para uma cadeira encostada na parede. Serviu um copo de água de uma jarra e entregou a JungHo.

– Beba – disse, e sentou-se atrás de uma mesa.

JungHo se jogou na cadeira e, ao mesmo tempo, bebeu a água em um gole só. Ele mesmo encheu o copo mais uma vez e bebeu enquanto Yamada se ocupava em escrever alguma coisa.

– Como conheceu meu pai? – perguntou JungHo depois de terminar o terceiro copo.

– Estávamos caçando e nos perdemos. Encontrei seu pai na floresta. Ele estava fraco demais para descer sozinho, mas dei-lhe minha comida e ele se recuperou. Mais tarde, quando estávamos descendo... Um tigre tentou nos atacar, mas seu pai o afastou de alguma forma. Ele não tinha nada... nenhuma arma, só as próprias mãos. Ainda não entendo como ele fez aquilo. – Yamada ergueu os olhos do papel e balançou a cabeça. – Ele era um homem pequeno, como você.

– Ele nos contou a história do tigre algumas vezes, mas nunca falou nada sobre ter encontrado soldados... – JungHo se perguntou se o pai tinha deixado essa parte da história de fora porque tinha vergonha de ter sido ajudado por japoneses, ainda que por coincidência. – Então foi por isso que deu a cigarreira para ele? – perguntou JungHo.

– Pode-se dizer que sim. – Yamada soltou um suspiro. – Agora, ouça com muita atenção. Escrevi uma carta dizendo que seu portador está em uma missão especial atribuída pelo General Yamada Genzo, comandante do Quinto Exército. Leve isso e vá para um lugar seguro. Se qualquer militar o interrogar ou tentar prendê-lo, mostre a carta e irão liberá-lo. É muito importante que não seja pego de novo, entendeu? Se o mandarem para longe, você não vai voltar. Os alemães já se renderam há muito tempo, estamos sozinhos contra a América no Sul, e a Rússia está vindo do norte. A guerra vai acabar logo, mas não antes de perdermos cada uma das tropas de nosso exército. Isso já foi decidido.

Yamada colocou seu selo vermelho no final da carta, inseriu-a em um envelope e entregou-a a JungHo com a cigarreira.

– Fique com a cigarreira – disse JungHo.

– Não, é sua – respondeu Yamada, com o vestígio mais discreto de um sorriso.

Por um instante ele pareceu mais completo, como alguém que se lembra de um acontecimento engraçado da infância; então a luz em seu rosto se apagou e ele retomou o ar seco de costume.

– Agora você precisa ir. Boa sorte.

Yamada abriu a porta e saiu do caminho. JungHo levantou-se aos tropeços e deixou o escritório, sem saber onde era a saída do prédio, mas curvando-se como um animal em direção ao ar fresco e à liberdade.

Jade sentou-se atordoada, olhando para o jardim, se perguntando como apenas as árvores seguiam vivendo, indiferentes a tudo. Tinha finalmente vendido todas as joias, roupas, móveis e roupas de cama, e não tinha mais nada na casa que tivesse qualquer valor, a não ser o colar de diamantes. Ainda estava enterrado sob a cerejeira *aengdu*, que dava a única comida que alimentou Jade durante um mês no início do verão. Chegou um momento de fome em que até respirar era exaustivo. Em todos os lugares, pessoas que antes estavam perfeitamente bem agora morriam de fome em silêncio, envergonhadas demais para chamar atenção para a sua calamidade. Jade também pensou em simplesmente se deitar e nunca mais levantar, mas uma energia oculta tirou-a do estupor. Ela ouvia uma voz em sua cabeça que dizia "Quero viver". O fato de ouvir coisas não a inquietou, pois já tinha passado do ponto da surpresa. Só a fazia lembrar o que JungHo dissera certa vez sobre ter uma escolha clara entre se agarrar à vida ou deixá-la ir. Ele tinha recusado a morte todas as vezes.

Ela voltou para o quarto e vestiu uma camisa e uma saia gastas, com mãos trêmulas. O esforço de se vestir a fez tombar várias vezes, se agarrando à parede para se firmar. Mas prendeu o cabelo – que voltara a crescer – em um coque, colocou um chapéu azul na cabeça e saiu para as ruas.

Caminhou pela avenida em Jongno, procurando uma placa de recrutamento nas vitrines das lojas. Não havia panfletos nas fachadas, e não teve coragem de entrar e perguntar se havia vagas. Depois de cerca de uma hora de busca, jurou que entraria na loja seguinte, que era a de uma costureira feminina de luxo. O sino tocou quando abriu a porta, e a bela proprietária a recebeu com um sorriso suave.

– Bem-vinda. Como posso ajudá-la hoje?

Jade tentou dizer por que tinha entrado, mas descobriu que não conseguiria. Estava claro que a proprietária não precisava de ajuda na pequena loja; e já parecia irritada por aquela mulher sem um tostão estar tomando seu tempo.

– Estou bem, obrigada – resmungou Jade, indo em direção à porta.

Quase correndo para fora da loja, esbarrou em um homem por acidente. Abaixou a cabeça em um pedido de desculpa. Mas, em vez de seguir adiante, o homem segurou seu pulso e sorriu para ela.

– Nunca imaginei que voltaríamos a nos encontrar – disse ele.

Era Ito Atsuo. À exceção de alguns fios grisalhos nas têmporas, ele não tinha mudado muito desde a juventude, continuava charmoso, elegante e ágil em seu terno branco de linho. Jade não conseguiu dizer nada e sentiu que ia cair no choro se tentasse. Em vez disso, ela reuniu todas as suas forças para manter o olhar penetrante.

– Não precisa chorar de felicidade por me encontrar – disse Ito, alegre, percebendo o quanto ela estava magra e ossuda. Mechas de cabelo escapavam de seu coque e caíam em seu pescoço. Apenas a casca da mulher que um dia tinha sido. – Bem, o que estava fazendo? Está indo para algum lugar?

Jade balançou a cabeça.

– Ótimo. Venha comigo, eu estava indo jantar.

Era uma noite úmida de verão. O crepúsculo nublado cobria o mundo com uma névoa cinzenta. Eles foram até um restaurante japonês perto dali, onde as janelas estavam embaçadas pelo vapor. Jade ficou sentada em silêncio enquanto Ito pedia comida mais que suficiente para quatro pessoas. Ela não entendia como o restaurante ainda tinha o que servir, embora pessoas como Ito obviamente não tivessem nenhuma dificuldade em seguir exatamente como antes. Sentada na frente dele, Jade comeu com gosto sua berinjela grelhada, sem disfarçar ou se constranger. Por mais que comesse, sentia que poderia comer mais. Apenas o início de uma náusea a forçou a desacelerar, com relutância; estava morrendo de medo de vomitar aquela comida preciosa.

– Sabe, já se passaram vinte anos desde a primeira vez que nos encontramos. Você tinha dezessete anos – disse ele, dando mordidinhas no peixe seco. Mantinha o cotovelo alto, esticando o ombro do paletó sob medida, emanando uma indiferença principesca à comida, embora comesse com prazer.

– Eu era uma criança. Não sabia de nada – respondeu ela, largando os hashis.

– É verdade. Uma garotinha obstinada e arrogante. Você achava que era mais esperta do que realmente era. Como a maioria das garotinhas bonitas.

Ele deu um sorriso torto, e Jade corou.

– Mas você era uma lutadora. Por isso era diferente. Você me mordeu uma vez, lembra? Mas a vida te ensinou muitas coisas desde então, imagino.

– Perdi todas as pessoas que já amei ou que eram importantes para mim. – A voz de Jade estava falhando. – Não tenho mais nada por que lutar.

– Ah. Isso não importa. A gente luta até morrer... esse é o significado de tudo. – Ito bebeu um gole do saquê. – A guerra está indo muito mal. Para falar a verdade, não imaginei que isso fosse acontecer, mas vamos perder. Os americanos quase nos aniquilaram no Pacífico. Mas o exército japonês vai continuar lutando até que o último soldado morra.

– E você? Não está com medo?

– Com medo. Não. Por quê? Todo homem tem que morrer em algum momento. Eu matei o suficiente para saber que um dia vai chegar a minha vez. Mas morrer antes da hora é coisa de homens pequenos. Eu tenho um plano. – Ele se aproximou e baixou o tom de voz. – Quando o Japão perder a guerra, a Coreia vai ficar independente. E isso quer dizer que vão acontecer coisas terríveis com os japoneses que vivem aqui. Vou voltar antes que isso aconteça. – Ele se serviu de mais saquê.

– Você vai voltar para Tóquio? E suas minas?

– Não, Nagasaki, de onde minha família é. Temos uma linda mansão na encosta de uma montanha, de frente para o mar. Não volto desde a morte do meu pai e já passou da hora. E o governo tomou minhas minas há muito tempo para pagar a guerra. Felizmente, eu já tinha investido a maior parte do meu dinheiro em arte e porcelanas Goryeo. Adquiri mais de cem peças, cada uma vale pelo menos dez mil wons, mas algumas valem muito, muito mais. Valem mais que os minérios hoje em dia, que, de qualquer forma, estão acabando. Então é isso que vou levar comigo.

Ele se recostou no assento, olhando para Jade satisfeito e vendo, não ela, mas a coleção imaculada e o plano igualmente imaculado. Então, como se tivesse se lembrado de repente de algo que tinha esquecido, olhou para o relógio de ouro.

– São nove e quinze. Preciso ir – disse, chamando o garçom e instruindo-o a empacotar o restante dos pratos ainda intocados sobre a mesa. – Estou indo para o Zoológico do Palácio ChangGyeong. Fica perto da sua casa... posso deixá-la lá.

– Para o zoológico? Por quê? E tão tarde – perguntou ela, segurando com cuidado o pacote de comida nos braços.

– Eu conto no carro – respondeu Ito.

O motorista, com luvas brancas imaculadas, esperava no banco da frente, e Ito abriu a porta para Jade antes de entrar do outro lado.

– Onde ainda consegue combustível? Nem os militares conseguem hoje em dia – Jade se perguntou em voz alta.

Ito riu.

– Para algumas coisas, você ainda é uma criança – disse, acariciando seu braço de um jeito brincalhão. – Sei que não gosta de mim, nem confia em mim, mas em nome do tempo, esse tempo todo que nos conhecemos, me escute. Está bem?

– Está bem.

– Não confie em ninguém, não sofra sem necessidade, veja a verdade por trás do que as pessoas dizem e sempre encontre uma maneira de sobreviver. Esse é meu conselho.

– Por que preciso sobreviver? – perguntou Jade. – Sinto que não há sentido nisso. O mundo está desmoronando, está virando um lugar mais cruel e escuro a cada dia, e não tenho ninguém. – Ela fez um gesto indicando a cena sufocante do outro lado da janela, desprovida de postes de iluminação, música ou luar, o silêncio rompido apenas pelo farfalhar de folhas úmidas.

– Você dá muita importância aos outros – respondeu Ito.

Os dois ficaram em silêncio por um tempo, um sem querer se curvar ao outro.

– Então, o que você vai fazer no zoológico? – perguntou ela.

Nos últimos anos, muitos animais tinham morrido de fome. Os animais baratos, como coelhos, cães e cavalos Jejudo, foram dados aos leões e tigres, e seus cercados derretidos e transformados em artilharia. Algumas vezes, Jade levou uma batata, uma maçã ou meio repolho para dar ao elefante solitário, ou aos ursos da meia-lua, um casal de irmãos. Com medo de se aproximar demais, ela jogava a comida na jaula e observava enquanto eles devoravam os vegetais medíocres. Achava que olhavam para ela com olhos surpreendentemente humanos. Cientes, suplicantes, esperançosos.

– Ah. Eu não queria contar no restaurante para que ninguém ouvisse e se assustasse – Ito disse com a voz calma e firme. – Tóquio deu ordens para que nos preparemos para um ataque aéreo dos americanos contra Seul no futuro próximo. Então os tratadores vão eliminar todos os animais grandes e perigosos esta noite, para evitar que fiquem soltos.

– Mas os pobrezinhos não fizeram nada de errado. Você está indo para lá para vê-los serem mortos? – Jade foi tomada pela raiva, que voltou com força renovada agora que ela estava alimentada e satisfeita.

– Ver, sim, mas principalmente para recolher o que for valioso depois. Estou particularmente interessado em uma pele de tigre, duas peles de urso e marfim. O tigre, principalmente. Não temos animais ferozes assim no Japão, e somos um país muito maior. Como essas feras enormes prosperaram nesta terra tão pequena é incompreensível. Eu adoraria caçá-los na natureza... mas quase certamente devem estar extintos.

Jade lembrou-se das noites em sua aldeia. A escuridão ressoava com os brados dos animais famintos, e em algumas manhãs nevosas ela acordava e via pegadas em volta da cabana. Mas nunca teve medo de animais selvagens, eram os humanos que a aterrorizavam com sua selvageria.

– Por que gosta tanto da morte e de matar? – Jade estreitou os olhos; se não estivesse tão atordoada pelo cansaço físico e espiritual, teria caído no choro.

– Ah, não. Eu não sinto nenhum prazer em ver uma fera magnífica ser envenenada dentro de uma jaula. Parece... injusto. Deselegante. Mas se ela tem de morrer, pelo menos posso ficar com sua pele. O zoológico disse que vai usar o dinheiro para alimentar o que resta dos animais.

O carro parou em frente ao casarão de Jade. Apesar de seu velho ódio por Ito e das notícias sobre o zoológico, se sentiu obrigada a agradecer pela comida. Ele deu de ombros.

– Não me agradeça, e lembre-se do meu conselho. Vou embora sexta-feira, então esta é a última vez que nos vemos... Foda-se a guerra, e foda-se a solidão. Fique viva.

Jade esperava que ele se impusesse sobre ela, mas ele ficou sentado ali, sorrindo friamente. Ela percebeu que não a queria, assim como não sentia prazer em envenenar um tigre enjaulado. Não era questão de princípio, mas de preferência. Curvou a cabeça para esconder o rubor de constrangimento.

No dia seguinte, Jade recebeu um pacote do motorista de Ito. Dentro, havia um envelope com notas limpas – mil wons – e um pequeno vaso céladon, apenas um pouco maior que o cumprimento de sua mão, com garças dançantes sobre um belo tom de jade.

24

Arandos

1945

No dia 6 de agosto, o mundo inteiro mudaria com a descoberta de que o homem pode incendiar a superfície da terra como o fogo do sol. Mas Yamada Genzo não sabia disso em julho, quando voltou à Manchúria para se preparar para o inevitável. As tropas estavam nas piores condições, mal vestidas, mal calçadas e mal alimentadas. Receberam uma quantidade de munições que duraria um dia de batalha, nada mais. No entanto, soltos no gramado em um dia de verão, eles ainda brincavam uns com os outros, trocando cigarros, lavando as roupas, entrando no lago gelado e jogando água como crianças. Aqui na pacífica floresta boreal, os soldados não eram dados ao tipo de depravação que Yamada vira em campanhas anteriores. Essas tropas não eram naturalmente mais inocentes que qualquer outra, nem seus soldados anteriores eram naturalmente bestiais. As tropas anteriores também teriam gravado o nome de pessoas amadas no tronco das árvores, se estivessem ali. A atual, dadas as circunstâncias do passado, também cortaria a garganta das mulheres estando ainda dentro delas. Em Nanquim, Yamada viu um tenente fazer exatamente isso e continuar trepando no corpo ainda quente. Depois de terminar, virou-se para Yamada e disse, quase envergonhado:

– É melhor.

Yamada pensou em matar o tenente ali mesmo, mas isso seria traição. Estupro e assassinato dos inimigos do Império eram uma parte natural da guerra.

Observando a tropa alegre, o General Yamada se perguntou se eles não sabiam que o fim se aproximava, ou sabiam, mas não se importavam.

Às oito horas do dia 6 de agosto, Yamada tomou o café da manhã em frente à própria barraca. Ficava claro das cinco até quase meia-noite, mas o sol era mais suave no norte. Essa luz mais suave reluzia na superfície verde da grama e, à distância, os picos das montanhas Khingan pairavam azuis. Não havia nada que indicasse que algo tremendo tinha acontecido – a morte de uma cidade inteira por uma única bomba. Apenas no fim da tarde eles receberam a mensagem sobre Hiroshima por rádio, e Yamada ainda não conseguia conceber o que tinha acontecido. Como era possível, aquelas flores roxo-claras balançando ao vento, as tartarugas nadando preguiçosas no lago, as árvores espalhando seus galhos e se esforçando para crescer o máximo possível durante o verão ameno – e, ao mesmo tempo, uma luz branca ofuscante, carne carbonizada e derretida, pessoas sem rosto em uma cidade de cinzas? Aquele mundo não fazia nenhum sentido, e agir como se fizesse era o maior dos crimes. Ainda assim, a decisão de se preparar para o ataque russo iminente foi tomada na reunião dos comandantes, como se nada tivesse mudado.

– Sentido! – o General Yamada sussurrou para si mesmo à mesa, sentado entre os comandantes de regimento e chefes de estado-maior.

Os demais olharam para ele com preocupação ou suspeita, e ele baixou os olhos para um pontinho preto na mesa. Era uma formiga, em sua missão eterna de conseguir e estocar comida rapidamente; ele manteve os olhos fixos nela até o fim da reunião.

Nos dias que se seguiram, os regimentos passaram o tempo consertando os equipamentos e escrevendo cartas, para serem enviadas quando voltassem a se mobilizar e passassem por uma cidade. Previa-se que os russos esperariam até o outono para avançar com seus exércitos, para reabastecer as tropas desgastadas pela guerra na Europa. Mas no dia 9 de agosto, o acampamento de Yamada recebeu uma mensagem do Japão: mais uma bomba atômica devastara Nagasaki; e outra da frente ocidental: a Rússia tinha declarado guerra ao Japão às vinte e três horas do dia 8 de agosto. Os tanques começaram a chegar à meia-noite, exatamente três meses depois da rendição alemã.

O exército de Yamada estava programado para marchar para noroeste e se juntar ao Quarto Exército. Os soldados, que demonstraram alegria ingênua enquanto estavam acampados, exibiam um ar solene quando a manhã se transformou em uma tarde de mel. Um silêncio assombroso os envolvia. Era o tipo de silêncio que lembrava os verões da infância, o canto dos pássaros, mães quando ainda eram jovens e belas, e folhas balançando e tremulando ao vento. Em meio a essa sonolência, um leve tremor sobre a terra escura foi sentido por Yamada. Os soldados trocavam olhares conforme o barulho ia aumentando, mas continuaram a marchar.

Yamada deu o comando de alto. Estavam voltados para o noroeste, e à direita estavam os ângulos suaves e escuros das montanhas Khingan, inclinando-se suavemente em direção às nuvens. Da esquerda, o tremor se intensificou e se transformou em um estrondo. Sobre a grama verde e macia, agora avistavam os tanques e a artilharia do exército russo.

Estavam presos entre os russos e a montanha. Não havia escolha a não ser enfrentá-los. Os comandantes e oficiais correram para colocar as tropas em formação. Yamada olhou para os soldados levando seus rifles gastos, tentando não demonstrar medo. Muitos deles, tinha certeza, estavam pensando nas cartas que levavam perto do coração, que jamais chegariam às suas famílias. Cabia a ele despertar sua coragem, como pudesse.

– Bravos filhos do império, agora é a hora de mostrar de que são feitos. Pela honra, pela pátria-mãe, pelo Imperador!

Ele gritou as palavras que achou apropriadas, e os soldados irromperam em um grito ensurdecedor, erguendo o punho sobre a cabeça. Porém o que importava não eram as palavras escolhidas, mas o fato de ele tê-las pronunciado para encorajá-los, e de eles conhecerem e aceitarem aquela intenção.

Os russos responderam com o próprio grito de guerra, que chegou a eles fraco no início, e depois se tornou uma maré de som. Logo os exércitos estavam ao alcance dos tiros um do outro, o que ambos os lados pareciam perceber ao mesmo tempo. De repente, o chão ao lado de Yamada explodiu com o primeiro disparo da artilharia. Os russos também foram varridos em fumaça, mas continuaram avançando.

– Mantenham a posição! Mantenham! – gritou Yamada, e os comandantes e oficiais repetiram sua ordem.

Alguns soldados e até mesmo alguns oficiais foram ao chão. Os que estavam nas imediações sufocaram o desejo de cuidar dos feridos e mantiveram suas posições estoicamente. Ambos os lados trocavam disparos e lançavam granadas. Mais explosões, mais homens engolidos pelas chamas.

A maré virou mais rápido do que mesmo um general experiente como Yamada poderia ter previsto. Os russos tinham armas muito superiores; o exército de Yamada não tinha um tanque ou uma metralhadora sequer. Mesmo no emaranhado do campo de batalha, ficou claro para Yamada que seu exército estava sendo massacrado. A grama antes tão macia e fofa logo ficou coberta de corpos e fumaça. Por toda parte ao redor dele, os mortos e os moribundos jaziam em pilhas de carne e sangue. Os tiros estavam diminuindo, ficando mais espaçados; e a certa distância ele viu algumas de suas tropas e oficiais de joelhos, as mãos levantadas sobre a cabeça. Ainda estava sozinho, envolto em fumaça, mas era apenas questão de tempo até que os russos o capturassem ou o matassem. Nesse caso, a única opção para um general do Exército Imperial Japonês era dar fim à própria vida. Em vez disso, Yamada ficou surpreso ao se virar e fugir com toda a força em direção à floresta nas montanhas. Um minuto depois, uma rajada súbita de vento levou a fumaça que tinha se instalado no campo. Sem virar para trás, Yamada ouviu a gritaria em russo. Correu até sentir que seus pulmões iam estourar, e os gritos viraram disparos.

Bang! Bang! O som atravessou o campo, e ele quase sentiu as balas perfurando suas costas. Sabia que eles tinham errado só porque ele corria desenfreadamente. As moitas à beira da floresta estavam a cerca de cinquenta metros de distância, e quarenta, e trinta...

BANG! BANG! BANG! Ele ouviu os últimos três tiros, mais altos que antes, certo de que pelo menos uma bala o atingira pouco antes de alcançar a floresta. Pensou, "então é essa a sensação de morrer...".

Estava claro, pela brancura pesada do céu e pela umidade do vento, que nevaria.

Yamada estava agachado em sua caverna, um nicho triangular formado por uma pedra plana embaixo de duas pedras apoiadas uma na outra. Era alto o bastante para que ele se sentasse dentro com as costas eretas, e comprido o bastante para que se deitasse completamente esticado. Sentou-se de frente para a árvore de galhos nus e o chão da floresta coberto de folhas amarelas e castanho-avermelhadas. Logo, aquela camada macia desapareceria; nas últimas semanas já tinham acontecido rajadas leves. Até então, a neve derretia em um dia depois de cair. Mas, se começasse a ficar mais tempo, Yamada não poderia sair para procurar frutas e cogumelos.

Ele já estava tão magro que conseguia fechar o polegar e o dedinho em volta do cotovelo. O uniforme pendia sobre seu corpo como se estivesse em um cabide. Até então, evitara que ele congelasse, mas a cada dia e a cada noite esfriava mais na floresta. Mesmo nessa baixa altitude, o inverno chegaria mais rápido tão ao norte. Na verdade, já estava presente. Os pássaros tinham ido embora havia tempos, e os roedores e as lebres também estavam quietos.

Yamada rastejou para fora da caverna e ficou em pé, trêmulo, sobre o chão esponjoso. Embora quisesse ficar e conservar sua força, a fome ainda era a maior força dentro dele. Perto do riacho havia uma clareira cheia de arbustos de arandos, cercados por um anel de bétulas brancas. Ele mancou até o riacho, tremendo de frio incontrolavelmente. No caminho, a neve começou a cair devagar, como se alguém tivesse virado um saleiro gigante no céu. Era uma neve seca, fina, pulverosa.

No riacho, Yamada se ajoelhou em uma pedra com cuidado, fez uma concha com as mãos, e bebeu água. Havia pegadas por perto, na terra marrom; os animais da floresta também vinham beber ali. Yamada lembrou-se atordoado da época em que se agarraria à oportunidade de caçar aquelas feras. Agora parecia impossível que um dia tivesse sido forte o bastante para correr, caçar, matar. Gostava de caçar, não como pessoas como Hayashi ou até Ito, com prazer sexual, mas porque era o que tinha de fazer para se tornar um grande homem do mundo. Contemplava a ironia de que agora era um ninguém do canto mais esquecido do mundo, que não era visto nem ouvido por ninguém. Ninguém sentiria sua falta, certamente não Mineko e talvez nem mesmo Ito Atsuo. Imaginou Ito no meio de homens ricos, segurando um copo de conhaque e dizendo:

– Meu velho amigo, o General Yamada Genzo, morreu na guerra. Foi um verdadeiro herói digno de Sua Majestade. Em memória dele!

E logo depois, mudando para o assunto que o interessasse no momento, fosse uma mulher ou uma obra de arte, ou uma mina de ouro. Seria a última vez que Ito falaria sobre Yamada. Ele sabia o tipo de pessoa que Ito era por dentro.

Parecia claro para Yamada que sua vida não era nada importante.

A neve fina como sal estava ficando mais grossa e intensa. Yamada se levantou e começou a mancar até a clareira. Ao pensar nos arandos, ficou com água na boca e suas entranhas se atiçaram, mas não tinha forças para ir mais rápido. Cada junta de seu corpo miserável doía, como se partes que não se encaixavam tivessem sido presas à força. A neve começou a ficar mais densa e cair em seus olhos, e tinha de parar a cada dez passos para limpá-los.

Ainda assim, acabou conseguindo chegar à clareira ao meio-dia. Mas, uma vez lá, Yamada ficou decepcionado ao descobrir que muitos dos frutos e até mesmo as folhas tinham desaparecido desde sua última visita. Cervos, alces e outros animais também tinham ido até a clareira atrás de comida. Yamada foi de arbusto em arbusto, analisando com cuidado cada galho. Em uma ou duas das plantas, algumas bagas murchas estavam escondidas sob uma camada de neve. Ele as colocou na boca, ávido, e a doçura azeda se espalhou a partir de sua língua e até irradiou um pouquinho de calor por seu corpo.

Ele comeu dois punhados de frutinhas em cerca de uma hora, e se virou para voltar à caverna. Mas deu apenas alguns passos antes de perceber que tudo parecia diferente sob um cobertor grosso de neve. Todas as pistas que tinha usado para encontrar o caminho pela floresta estavam enterradas. Deu vinte passos à frente e voltou dez, e repetiu esses círculos enquanto a neve continuava caindo. Não conseguia parar de tremer. Nunca tinha passado tanto frio durante tanto tempo na vida.

Agachou-se no chão, fraco demais para continuar andando. Nessa postura, não conseguiu resistir à tentação de se deitar. Então se esticou, o chão da floresta como cama, e a neve caía como cobertor sobre seu corpo. Era estranho finalmente se sentir aquecido e confortável nessa posição. Foi quando pensou naquela imagem, tantos anos antes, quando encontrou um homem deitado assim na neve, nas montanhas e a milhares de quilômetros dali. O homem cadavérico, impossivelmente magro e com roupas esfarrapadas. Ele não percebera então que sua vida mudaria por causa daquele momento, mas a inevitabilidade de tudo o que acontecera desde então tomou conta dele como ondas de consciência cristalina. Os acontecimentos eram ao mesmo tempo racionais e irracionais, desafiando a lógica e chegando ao destino correto de qualquer maneira. Até mesmo a pergunta mais difícil, Por quê, parecia se dissolver claramente no céu.

– Tudo faz sentido – sussurrou para si mesmo, ou talvez apenas tenha pensado.

Não estava mais claro se as palavras eram capazes de deixar sua garganta, ou se só flutuavam em sua mente. Não havia ninguém para ouvir se ele emitisse algum som. Não importava; Yamada finalmente estava em paz.

25
República
1945

Foi a luz colorida entrando pelo teto de vitrais que acordou JungHo. Ele estava em um esconderijo, uma capela abandonada que ainda não tinha sido demolida apenas por questão de negligência. Como supostamente estava vazia, JungHo tinha o cuidado de não fazer barulhos ou movimentos. Nunca saía, sobrevivendo apenas com a comida deixada uma vez por semana pelo criado de MyungBo.

Ele estava ao lado de uma janela de vidro claro, com rachaduras que pareciam teias de aranha ao redor do buraco feito por uma bala. O céu lá fora exibia aquele azul caloroso e enérgico de um dia quente de verão. Colocou um dedo no buraco, e a borda irregular cortou sua pele, tirando gotinhas de sangue. Respirou fundo; havia algo diferente no ar lá fora. Sua garganta se fechou de anseio. Como se estivesse hipnotizado, JungHo vestiu as roupas e saiu da capela.

As ruas, caiadas de branco pelo sol diretamente acima, estavam estranhamente vazias. JungHo caminhou sozinho alguns quarteirões antes de passar por dois trabalhadores – não cavando e ensacando areia, mas agachados no chão conversando.

– Com licença, que dia é hoje? – perguntou JungHo. Sua voz tremia com o esforço de curvar a língua, endurecida pelo desuso.

– Quinze de agosto – respondeu um dos homens.

JungHo assentiu; depois de passar tanto tempo sozinho, tinha perdido a conta exata dos dias no início do verão.

– Aconteceu alguma coisa? Onde estão todos? – perguntou JungHo, protegendo os olhos do sol com uma das mãos.

– Ora, estamos nos perguntando a mesma coisa, jovem. O encarregado não apareceu esta manhã e a maioria das pessoas foi para casa... – respondeu o homem, olhando para o dedo de JungHo que sangrava e se inclinando para trás, cauteloso.

JungHo acenou em agradecimento e seguiu em frente. Pela primeira vez desde que conseguia se lembrar, não havia oficiais, soldados ou policiais nas ruas.

Um jovem saiu de um beco à direita de JungHo, gritando a plenos pulmões e rompendo o silêncio inebriante.

– O Japão se rendeu! – Sua voz ressoou. – A Coreia é independente!

– O imperador japonês se rendeu! – Outra pessoa ecoou suas palavras, sem ser vista.

As palavras tiveram de penetrar na mente de JungHo por um instante antes que se desse conta de que tinha de ser verdade.

Como uma represa se rompendo com a última gota de chuva, as pessoas tomaram as ruas com uma velocidade de tirar o fôlego. JungHo logo estava cercado de centenas, então milhares, dezenas de milhares de pessoas, se abraçando, cantando, chorando e gritando *manseh*. Estranhos não eram mais estranhos, reconhecendo almas no rosto uns dos outros. Um sentimento envolvente de amor tão penetrante que chegava a doer atravessou o ser de JungHo. Por quem ou pelo quê era aquela paixão, não estava claro – talvez essa fosse a natureza do amor maior. Incapaz de reprimir esse sentimento, ele gritou. Nesse momento, chorando em êxtase, se deu conta de que nunca tinha conhecido a felicidade verdadeira. Sua garganta engasgou com o gosto salgado e seus olhos ficaram nublados de lágrimas, e se entregou voluntariamente à essa alegria desesperada, à essa liberdade.

O sol branco quente se aqueceu em um laranja ardente, e as estrelas surgiram como uma névoa sobre o calor da terra. As comemorações seguiram pela noite inteira conforme, um a um, presos políticos eram soltos das cadeias e prisões. Quando a multidão finalmente dispersou, JungHo foi até a casa de MyungBo, onde seu mentor o abraçou como a um filho. Ativistas de todas as áreas continuavam chegando e saindo até o sol nascer.

Pela manhã, o anúncio da rendição do imperador japonês já tinha alcançado até as províncias mais remotas, e o país inteiro sabia claramente que era independente. As comemorações e os gritos nas ruas eram ensurdecedores, e era impossível simplesmente ficar em casa e não se juntar a eles. JungHo saiu da casa de MyungBo sem medo pela primeira vez em vinte anos. Ele não era um mendigo ou um homem procurado – apenas um homem como qualquer outro. Todos os ramos da sociedade, de direitistas, esquerdistas, cavalheiros, estudantes a açougueiros e prostitutas se divertiam livremente como iguais.

Na multidão, vestida com suas melhores roupas e hasteando bandeiras *taegukgi* caseiras, ele viu uma mulher e precisou olhar duas vezes. Ela parecia abatida, inchada, envelhecida – muito mais velha até que JungHo –, mas ainda assim algo em seu rosto lembrava a aprendiz de cortesã de dez anos de idade que ele conhecera um dia. Era Lotus.

– **JungHo! Você voltou! – gritou Jade**, abrindo bem o portão e dando saltinhos de alegria. – Meu Deus, me deixe olhar para você. Achei que nunca mais o veria!

Jade ainda estava com a mão estendida quando percebeu seu olhar frio. O sorriso dela desapareceu e deu lugar ao desânimo. Por um instante, acreditou que ele tinha vindo para perdoá-la e comemorar a independência. O motivo do desentendimento não existia mais; ele nunca mais teria que arriscar a vida, e ela não teria que dar sua opinião a respeito. Mas, com o silêncio de JungHo, ela percebeu que nunca mais seriam amigos. Seu rosto queimava, e ela se deu conta do quanto estava sem graça. Seu cabelo estava sem brilho e bastante grisalho, e suas mãos cheias de veias saltadas. Talvez pudesse conquistar JungHo se estivesse um pouco menos abatida.

– Só vim para levá-la até Lotus – disse ele, finalmente. – Pegue seu casaco.

Ele levou Jade a um lugar miserável em YongSan, onde bordéis malcheirosos haviam se espalhado como feridas na encosta de uma colina. Lá, entre mulheres seminuas xingando umas às outras e lavando as roupas de baixo, Lotus estava sentada apática com o cabelo comprido e despenteado, murmurando uma canção dos anos vinte. Quando ela viu Jade, as duas caíram no choro e correram para se abraçar.

Jade tentou levar Lotus para casa naquele momento, mas a madame gorda com anéis em todos os dedos surgiu na frente delas.

– Nem pensar. Ela deve cinco anos de alojamento, alimentação e roupas. E definitivamente não pagou o suficiente. Olhe para ela... só um cão dormiria com uma cadela tão feia.

A madame lançou um olhar odioso para Lotus, que se encolheu ao lado de Jade.

– Se disser mais uma palavra, vou matar você – disse JungHo, não em tom ameaçador, apenas simples e profissional, como nos velhos tempos. – A não ser que queira morrer hoje, cale a boca e saia da frente.

– Não, não, JungHo. – Jade pegou-o pelo braço. – Não precisa fazer isso. Então, quanto ela deve?

– Ah, veja, eu a acolhi quando as coisas estavam de mal a pior, e a mantive alimentada e viva durante a guerra – a madame disse com um tom servil, de repente. – E ela comeu muito bem. Teria morrido de fome sem mim...

– Eu perguntei: quanto ela deve? – repetiu Jade, friamente.

– Quinhentos wons – disse a madame, com o olhar esperançoso e cheio da ganância de um vendedor prestes a enrolar um idiota. No campo, ela compraria com facilidade uma virgem de quinze anos por apenas cem wons. – Veja, isso pode parecer muito, mas mantê-la foi absurdamente caro, e sua dívida acumulou juros. Talvez você possa pagar duzentos e cinquenta agora, e o restante com juros...

– Aqui, tome quinhentos wons – disse Jade, tirando notas da bolsa.

Era metade do dinheiro que Ito tinha lhe dado. O queixo da madame caiu de surpresa, então sua boca se retorceu de raiva por ter exigido um valor tão baixo. De camisa e saia de linho surradas, Jade não parecia uma mulher rica.

– Venha, Lotus, vamos embora.

Jade abraçou a amiga e JungHo as seguiu, protetor, mas não sem lançar um último olhar mortal para a madame.

Quando JungHo se despediu em frente à casa delas, Jade teve dificuldade de dizer alguma coisa à amiga. Lotus também não parecia pronta para conversar. Jade ajudou-a a tomar um banho, sem dizer muito mais que:

– Está boa ou coloco mais água quente?

Depois de ter se vestido, Lotus rompeu o silêncio.

– Onde está a tia Dani?

Jade respirou fundo. Alguém pensar que Dani ainda estava ali fez com que a sentisse, na verdade, estranhamente viva. Talvez a gente só morra mesmo quando ninguém mais acreditar que estamos vivos. Talvez não contar a Lotus fosse um jeito de manter Dani neste mundo por mais um tempinho.

– Ela passou um tempo muito doente. Ela faleceu... faz quase quatro anos – respondeu Jade, os olhos acolhedores e o nariz decidido.

Ela se levantou em silêncio e pegou o relicário no guarda-roupa. Lotus começou a chorar, em silêncio de início, e logo como uma criança, arfando e estremecendo.

– Eu achava que ela era invencível. Como pode ter morrido? Como? – repetia Lotus, acariciando o relicário de madeira com uma das mãos e limpando o rosto vermelho com a outra. Quando as lágrimas irromperam, pareceu incapaz de se conter, e Jade sabia que ela estava chorando não só por Dani, mas por tudo o que tinha acontecido. Chorava com abandono, com determinação. Chorava como uma mulher que precisava se dissolver para ser refeita.

Mas mesmo com aquelas lágrimas renovadas, Jade sentiu o coração leve como não sentia havia anos. Naquela noite, elas dormiram no mesmo quarto, como quando eram garotinhas, e Lotus contou a Jade tudo o que tinha acontecido desde a última vez que a vira. A única coisa boa da guerra, disse, foi que, sem ópio no mercado, fora obrigada a ficar limpa. Quase morreu no processo, mas não fumava mais.

Nos dias que se seguiram, Jade percebeu que Lotus mal suportava o peso das roupas e parecia cansada a qualquer hora do dia. Mas, aos poucos, ela foi se recuperando. Cantava canções – não as de sua carreira brilhante, ainda que breve, mas as que tinham decorado para serem aprovadas no primeiro ano da escola de cortesãs.

– Gosto de inícios, Jade. Você se lembra do início da nossa vida juntas? – disse, e Jade estendeu a mão e acariciou seu ombro. – Foi uma época maravilhosa, mas tudo o que queríamos era crescer o mais rápido possível.

Logo após a volta de Lotus, mais notícias boas chegaram na forma de uma carta de Luna. As correspondências entre a Coreia e a América tinham cessado durante a guerra, e Jade não tinha notícias dela desde sua partida.

Luna vivera em Washington, D.C., e Nova York durante os primeiros anos de casamento. Então ficou grávida, e logo depois a família se mudou para São Francisco. O nome de seu filho era John Junior e já estava com oito anos. Os americanos ficavam maravilhados por ele ter herdado exatamente metade de Curtice e metade de Luna: tinha a figura grande e o nariz proeminente do pai e a pele leitosa e os olhos pretos e suaves da mãe. Hesook era enfermeira, estava casada com um oficial da marinha que fora seu paciente no hospital militar.

Jade e Lotus riram da foto de família anexada à carta, e ficaram maravilhadas ao ver que a pequena Hesook tinha se tornado uma bela mulher.

Ela parecia uma cópia exata de Luna quando tinha a idade dela, mas menos triste e mais determinada.

Depois de todas as notícias sobre a família, Luna escreveu:

> *Minha amada Jade, durante esses anos de guerra, passei tantas noites sem dormir preocupada com você, minha mãe, tia Dani e Lotus. Saber que minha família está sofrendo aí enquanto estou segura na América tem sido minha maior tristeza. Conversei com meu marido e ele concorda comigo. Felizmente, ele, mais que ninguém, consegue trazer pessoas para cá, e disse que por enquanto podemos conseguir um visto americano para uma pessoa da minha família. Sei que minha mãe não vai querer vir. Deixar Pyongyang e viver em uma terra estrangeira – logo após seu país ter reconquistado a independência com que ela sonhou a vida inteira – seria impensável. Mas tia Dani sempre quis viver fora. E, embora seja apenas uma tia, ela foi uma segunda mãe para mim.*

Jade parou de ler em voz alta e trocou olhares sombrios com Lotus.

– Como a vida é engraçada, a titia poderia ter ido para a América se tivesse vivido um pouquinho mais – murmurou Jade.

– Bom, ela não está mais aqui. Mas eu estou – disse Lotus, ansiosa. – Posso reconstruir minha vida lá. Estou cansada deste país miserável!

Jade se deu conta da frequência com que Lotus culpava as circunstâncias do país por tudo o que acontecera em sua vida. Desde que voltara ao casarão, mostrava um interesse ávido pelos infortúnios de outras pessoas – não que fosse cruel, mas se sentia inocentada da própria impotência. Ao descobrir que a pintora bela e adúltera do Café Buzina dos Mares tinha se suicidado nos últimos dias da guerra, Lotus até pareceu imensamente aliviada. Agora, a carta de Luna oferecia uma chance de fugir do país que causara a sua ruína e começar de novo do outro lado do mundo.

Jade se perguntou como Lotus ainda podia ter esperança depois de tudo o que tinha passado. Ela mesma nunca teria coragem de deixar tudo para trás – ou de acreditar que algo melhor a aguardava. Essa era a força de Lotus, e não dela. Jade se contentava em não buscar nada de novo em sua vida. Tivera desgostos demais.

Nove meses depois, Lotus deixou Incheon em um navio a vapor, com todos os seus pertences compactados em um baú de madeira, que era pesado demais para que carregasse sozinha. A bagagem pesada estava cheia de itens de primeira necessidade, comida, roupas novas que ganhara de Jade, alguns objetos sentimentais e muita esperança – mas, de alguma forma, ao chegar à sua nova casa, se daria conta de que tinha esquecido o essencial, artigos de toalete e roupas de cama. A maioria dos casacos, vestidos e chapéus novos, encomendados depois de muito planejamento, seriam inadequados no novo país – pesados demais, leves demais ou simplesmente fora de moda. Definhariam intocados e, ao serem tirados do sótão anos depois, fariam seu coração se contorcer de dor. Mas elas não sabiam disso agora. Olhando para a pequena figura de Lotus acenando com alegria do convés, Jade acreditou que apenas coisas boas a aguardavam – uma grande paz, como o nome do oceano que ela estava prestes a atravessar. Através das ondas quebrando e dos gritos das gaivotas, ainda ouvia um leve vestígio da risada de Lotus. Apesar de tudo o que tinha acontecido entre elas, Jade sentia que reconheceria aquele corpo sutil em qualquer lugar, e que sua mente se encheria da palavra *amizade*. Conforme o mar se abria entre as duas, elas foram de acenar apenas com as mãos a balançar o braço bem acima da cabeça. *Estou vendo você, ainda estou vendo você.* Jade pensou: "quando amamos alguém de verdade, dizemos adeus sem nunca ir embora". Nenhuma das duas parou de acenar até que a outra virasse um pontinho e desaparecesse no horizonte.

— **Então, quem sabe me dizer** quais são as quatro emoções? – Jade olhou para as bailarinas de dez anos em sua turma. Várias mãos se ergueram no ar.

— Mija. – Jade apontou para a garota no fundo.

— Alegria, raiva, tristeza e prazer – respondeu Mija, os olhos brilhando.

Jade sorriu, foi até o quadro e marcou um ponto para o grupo de Mija. As garotas deram risadinhas.

— Sim, essas são as quatro emoções clássicas que a arte, incluindo a dança tradicional, expressa.

— Mas, professora! E o amor? – perguntou Mija.

— O amor? – Jade pensou um pouco. Para ela, o amor era tudo na dança. Mas o que sentia de verdade era doloroso demais para uma conversa com garotas de dez anos. Em vez disso, disse: – Será que alguém às vezes sente raiva ou tristeza por causa do amor? Será que sente alegria e prazer por causa do amor?

E as crianças soltavam "ah" e "oh", entusiasmadas. A admiração que sentiam pela professora não tinha limites. As alunas eram o que ela mais gostava em dar aulas na Escola Feminina de Artes Goryeo. Eram o motivo pelo qual ela tinha ficado em Seul quando metade das pessoas parecia estar indo para o norte.

Quando o Japão se rendeu, os americanos que subiam no Pacífico e os soviéticos que desciam da Manchúria finalmente se encontraram na pequena península e traçaram uma linha apressada no Paralelo 38. Os coreanos queriam que seu país se mantivesse um só, como nos últimos 1.300 anos; seu desejo foi ignorado, e a península foi dividida em Norte e Sul.

Durante toda a sua vida, Jade nunca se preocupou muito com política; deixava isso para pessoas como Dani e JungHo. (Os dois eram naturalmente combativos e obcecados por justiça – e mais parecidos do que poderiam imaginar.) Mas até Jade via que essa divisão Norte-Sul ia levar a um caos espantoso. Fazia muito tempo que Seul abrigava nacionalistas, comunistas, anarquistas, cristãos de todas as denominações, budistas e cheondoístas, muitos dos quais deixaram suas diferenças de lado e colaboraram para o mesmo objetivo da independência. Após alcançá-la, no entanto, alguns deles perceberam que estavam do lado errado da linha. Vários artistas que Jade conhecia dos anos de jazz foram embora para o Norte. No início, era fácil atravessar a fronteira, como ir de Seul a Incheon. Com o tempo a fronteira foi fechada e postos de guarda foram instalados, e pessoas passaram a desaparecer sem contar a vizinhos e amigos, atravessando o campo enevoado em uma noite sem lua.

Jade não tinha mais amigos em Seul. Não tinha notícias de JungHo desde que ele a levara até Lotus. Meses mais tarde, descobriu pelas fofocas da cidade que ele tinha se casado com uma garota de dezessete anos, filha do proprietário de um restaurante de sucesso chamado Choi YoungGu, que, aparentemente também era amigo de infância de JungHo. Jade sentiu um frio no estômago ao ouvir a notícia, odiou tudo o que ouviu.

A garota é 25 anos mais nova que ele. Mas isso não é da minha conta, estou feliz por ele ter encontrado alguém, disse a si mesma.

Sem Lotus, Luna, JungHo e Dani, a única família que ela tinha era Silver, que ainda vivia em Pyongyang com seu criado fiel. Jade imaginava que a mãe adotiva devia ter uns sessenta anos, mas que Stoney devia ser pelo menos dez anos mais velho. Logo ele morreria e Jade seria a única pessoa que poderia cuidar de Silver na velhice. Ainda assim, a casa onde ela crescera ficava em Seul, e com ela todas as lembranças que construíra. Tinha um emprego na Escola de Artes Goryeo, fundada pelo novo governo, e gostava do trabalho. Havia postos de guarda e de controle, mas nenhuma cerca de arame farpado se estendia do Mar do Leste ao Mar do Oeste. Se Silver ficasse doente, ela poderia ir até Pyongyang para vê-la. Jade decidiu ficar em Seul por enquanto.

Quando garoto, lendo os clássicos de Confúcio e Mêncio, HanChol aprendera que a vida era uma estrada. Ande em linha reta, siga o caminho do cavalheiro, uma jornada de mil quilômetros começa com um passo, diziam. Mas agora sabia que a vida na verdade era uma roda. Ela podia levá-lo longe, se fosse esperto. Se fosse tolo ou apenas desafortunado, ela o esmagaria. Entre esses dois extremos, a maioria das pessoas se dedicava apenas a empurrar a roda. Mesmo que considerassem alívio ou prazer, como comer, ou dormir, ou transar, ou ter filhos, nada mais era que empurrar a roda adiante sem ter consciência disso. Elas só paravam quando morriam.

HanChol certa vez sonhara com seu velho riquixá, as rodas enormes girando cada vez mais rápido. Seu coração batia forte porque tinha de correr para manter as rodas em movimento. Mas, além disso, as rodas estavam em seu encalço, e ele tinha de correr para não ser esmagado. Então entrou em uma caverna no sopé de uma montanha e as rodas desapareceram. Um pássaro apareceu ao seu lado e ele soube que era um guia amigável. Seguiu o pássaro pelo túnel subterrâneo escuro como breu e, ao sair do outro lado, se viu em um vale inundado por uma luz límpida. Acordou se sentindo ainda banhado pela luz dourada, abençoado por um poder desconhecido.

Às vezes, quando algo extraordinário acontecia, a roda caía de lado e girava para determinar o destino de todos. Ao final da guerra, ela desacelerou e acabou parando, mostrando quem venceria e quem perderia.

Sentado no tribunal lotado esperando pelo sogro, HanChol refletia sobre as vitórias e as derrotas de sua própria vida. Logo antes da guerra, se tornara proprietário da maior oficina do país. Mesmo após o início da guerra, se beneficiou do afluxo de caminhões militares que precisavam de conserto. Mas apenas um ano mais tarde os japoneses confiscaram sua oficina da noite para o dia, e derreteram todo o metal que encontraram lá dentro. Nos últimos espasmos da guerra, HanChol não tinha o que esperar a não ser viver da riqueza e do privilégio aparentemente intocáveis do sogro. Estava constrangido e envergonhado por ser tão dependente, mas SeoHee sempre garantiu que nada deixaria seu pai mais feliz que ver seus filhos sãos e salvos. Ele, HanChol, também era um filho, e não um genro.

Quando a guerra acabou e a Coreia foi libertada, HanChol imediatamente se lançou à tarefa de reconstruir sua oficina. Estava determinado a não pedir a ajuda do sogro – e, surpreendentemente, a ajuda veio de onde ele menos esperava. Dos familiares de Andong, ouviu a notícia de que o primo de seu pai tinha morrido sem herdeiros ou irmãos mais novos. Ele, HanChol, era o familiar vivo mais próximo da linhagem próspera que comandava uma propriedade de quase dez mil *suk*[48] de arroz por ano. Tudo o que HanChol precisava fazer para reivindicá-la era ser adotado formalmente pela viúva do primo. Com a benção da própria mãe, HanChol virou filho de uma mulher que nunca tinha visto antes, e usou essa nova renda para reconstruir sua empresa. Tinha ambições ainda maiores que antes. Não apenas consertaria carros, mas também encontraria uma maneira de produzi-los do zero. Agora que tinha sobrevivido à guerra e ficado mais forte, HanChol estava ainda mais convencido de suas habilidades. No geral, tentou permanecer humilde e meticuloso como sempre, mas os olhos negros reluzentes emoldurados pelas sobrancelhas enérgicas e erguidas delatavam sua nova autoconfiança.

O sogro, no entanto, encontrara uma espécie diferente de mudança com o fim da guerra, pensou HanChol ao ver Kim SungSoo entrar no tribunal entre dois policiais. SungSoo vestia um de seus ternos finos de lã no lugar do *hanbok* branco que os demais réus preferiam. Ele parecia distinto e orgulhoso com a cabeça cheia de cabelos brancos prateados. As pessoas sussurravam e estalavam a língua em reprovação, mas SungSoo não parecia se importar nem um pouco.

– Todos em pé para receber o Meritíssimo Juiz ____ – anunciou alguém, invisível atrás de fileiras de cabeças pretas e cinzentas.

O juiz era um idoso de aparência nada excepcional; vestia uma túnica preta, o que chocou alguns camponeses ignorantes que estavam na plateia por se parecer demais com roupas de luto. Levantando-se e voltando a se sentar com a multidão, HanChol percebeu que não estava nada nervoso pelo sogro, e repreendeu a si mesmo com uma pontada de culpa.

O juiz chamou o promotor, um homem de terno risca de giz escuro. As acusações contra Kim SungSoo eram extensas e graves: o réu era um colaborador de longa data dos japoneses, cujo tio fora condecorado conde pelo abominável Governador-Geral Ito Hirobumi. O pai de Kim evitara que sua propriedade fosse confiscada conspirando com os japoneses. O próprio Kim não era melhor que isso, amigo íntimo do chefe de polícia da delegacia de Jongno, de militares japoneses e afins. Forneceu fundos para o exército japonês até o dia da rendição. Esse era o único motivo pelo qual tinha sobrevivido à guerra ileso. O promotor falava com emoção genuína, sacudindo o pulso na direção do réu – cuja cabeça estava erguida orgulhosamente –, e a plateia passou a estalar a língua ainda mais alto.

– Esses desgraçados devem ser todos mortos por esquartejamento – disse uma voz rouca e rústica em algum lugar, alto para que todos pudessem ouvir. As pessoas ao redor murmuraram, em concordância.

Era claro que o tribunal estava contra Kim SungSoo. Mas HanChol, ainda assim, não temia pelo sogro, avô de seus três filhos (SeoHee estava em casa, a gravidez do quarto avançada) e o homem que o tirara da pobreza abjeta.

O juiz chamou o advogado de Kim SungSoo, um homem gorducho e pálido, que usava óculos grossos e gravata-borboleta roxa. Ele olhou para a plateia com desprezo antes de começar.

– Meritíssimo, seria fácil ceder aos piores instintos da humanidade quando acabamos de ser libertados de nossas algemas, mas não seria justo. Ouvimos sobre os crimes dos familiares de Kim SungSoo, e, sim, seu tio era certamente um traidor. Mas ele morreu há muitos anos. É justo punir um homem pelos pecados de seu tio? À exceção do fato de Kim SungSoo ter um relacionamento sociável com policiais e gendarmes, nada foi provado em relação à sua culpa ou traição. Kim precisou fingir que gostava daqueles homens para se preservar e, se punirmos todos os homens que se davam bem com os japoneses, quem vai ficar vivo neste país? Ao contrário do que dizem as acusações, Kim SungSoo é na verdade um patriota que trabalhou incansavelmente pela independência de nosso país. Sua amizade aparente com os japoneses era apenas para evitar suspeitas – declarou o advogado, balançando-se para a frente e para trás em seus sapatos de couro engraxados.

A plateia murmurava irritada.

— Que cachorro! — gritou um homem no fundo; não ficou claro se estava se referindo ao réu ou ao advogado.

— Objeção, Meritíssimo — interrompeu o promotor, mas o juiz levantou a mão direita e o advogado continuou, sorrindo.

— Eu tenho as provas das atividades patriotas do réu — disse, indo até sua mesa. Quando voltou a se virar, tinha algo retangular e escuro nas mãos. À primeira vista, parecia uma caixinha que as mulheres usariam para guardar joias. — Este é o bloco de madeira que Kim SungSoo usou para fazer dez mil bandeiras coreanas para o dia primeiro de março. Nos últimos trinta anos, ele manteve o objeto em um esconderijo no porão de sua editora.

O advogado levantou o bloco de madeira acima da cabeça e mostrou primeiro ao juiz, depois aos jurados e finalmente à plateia. Os círculos no centro ainda estavam manchados de vermelho-escuro e azul. Um silêncio se impôs.

— Se fosse pego, teria sido preso ou executado. Quem de vocês arriscou a própria vida tão bravamente por este país? — continuou o advogado, virulento, embora já soubesse que ia vencer. Tinha tanta certeza, aliás, que começou a pensar no jantar. A maré tinha virado.

Em menos de uma hora, Kim SungSoo foi declarado um homem livre e inocente, e HanChol ficou feliz por poder voltar à sua vida normal.

MyungBo acreditava no *inyeon* — o fio humano — e que as conexões e os encontros entre as pessoas eram predestinados. Os melhores e mais importantes *inyeons* eram entre marido e mulher, e pais e filhos. Esses laços não se rompem mesmo diante do impensável, e ele sabia disso havia muito tempo. O que estava começando a entender era que um *inyeon* detestável também podia durar anos. Sentia um desprezo de décadas em relação a direitistas pró-americanos, que exibiam uma admiração servil por aquele país, adotando nomes em inglês e falando com uma nostalgia que cheirava a tabaco sobre os dias passados em Princeton ou Georgetown. Antes da guerra, alguns chegaram a apelar aos Estados Unidos que governassem a Coreia como seu protetorado, o que MyungBo considerava impossível de perdoar.

Assim que seu sonho de independência se tornou realidade, percebeu com um leve pavor que todos os seus rivais políticos tinham sido nomeados para o governo da nova República. Mas MyungBo ainda acreditava que não havia o que temer. Apesar de toda a sua inteligência, MyungBo era incapaz de compreender as espécies distintas da humanidade, cujo traço definidor é o desejo pelo poder.

Mesmo ao acordar certa noite com as batidas terríveis em seu portão, os golpes de punhos tão incongruentes contra a calma sedosa da lua branca, não pôde acreditar que, depois de tudo o que havia passado, morreria nas mãos de seus compatriotas. Garantiu à esposa chorosa que não tinha feito nada de errado. Como agiu com tanta gentileza e confiança, os policiais hesitaram em algemá-lo, e esperaram com a cabeça baixa enquanto ele vestia o terno e se despedia da família.

– Claramente houve um engano. Em um ou dois dias no máximo estarei de volta. Cuide bem da sua mãe enquanto eu estiver fora.

Ele sorriu para o filho, e saiu pelo portão mancando com cuidado. Proibiu a família e os criados de acompanhá-lo, então eles ficaram no pátio observando sua silhueta ser engolida pela escuridão. Ao ter certeza de que estava fora do alcance de sua visão, ele colocou as mãos para trás e sentiu o metal frio envolver seus punhos. Respirou o ar da noite e ficou surpreso ao descobrir uma pontada aguda e breve de euforia. Era a mesma sensação de estar acordado naquela hora entre a noite mais profunda e o início da manhã. Lembrou-se de quando tinha dezesseis anos, mais ou menos, e ficava acordado a noite toda para ler um livro, mais desperto e vivo que durante o dia. Estava certo, à época, de que tinha a vida toda pela frente, e o aroma fresco e defumado das quatro da manhã o preenchia de uma felicidade sem sentido. Agora era um homem aleijado com cabelos brancos como a neve – e os anos tinham se passado em um piscar de olhos. O significado da velhice era que toda a felicidade da vida agora estava em olhar para trás, e não para a frente. Mas ele tinha desempenhado seu papel, tinha vivido por algo maior que ele mesmo.

O sol nasceu na nova República enquanto ele era trancado na cela do terceiro andar. A janela não era tão alta, e ele podia ver os telhados de telhas e as árvores de galhos nus reluzindo à luz alaranjada, e os pássaros cantando e deslizando pelo céu. Isso, a quietude eterna da manhã, trouxe-lhe uma alegria e uma tristeza insuportáveis. Lágrimas caíram em seu rosto varrido pelo tempo. A morte era um preço tão pequeno a pagar pela vida.

Quarta parte
1964

26

Ampulheta

1964

Na casa de Kim HanChol, todos os dias começavam com um café da manhã em família às seis. Era quando ele se sentava à cabeceira da mesa de jantar, enquanto a esposa servia as tigelas individuais de arroz, sopa, espinafre escaldado e temperado, broto de samambaia, rabanete com gengibre, cavala cozida em molho de soja, rocambole de ovos, refogado de kimchi e outros. As duas filhas ajudavam a mãe a colocar a mesa, dispondo nela colheres de prata, hashis e xícaras de chá de cevada. Os três filhos se sentavam próximo do pai, em um silêncio respeitoso, e esperavam que as mulheres se sentassem. Ninguém começava a comer antes que ele dissesse, com uma benevolência firme:

– *Ja, meokja* – pronto, vamos comer.

Após o café da manhã, a criada limpava a mesa enquanto a esposa pegava seu casaco e sua pasta. Ele a chamava só de *yeobo*.[49] Ao falar com os outros, referia-se a ela como "minha esposa" ou "a mãe dos meus filhos", e quase nunca se lembrava de seu nome, SeoHee. Estavam casados havia 23 anos e era impossível pensar nela como a garota de dezesseis anos e cabelo brilhoso que era quando se conheceram. Embaixo do avental limpo, seus seios estavam caídos e sua barriga se contraía desconfortável contra a saia. Apenas as panturrilhas esguias e retas e os tornozelos minúsculos mantinham sua feminilidade. Ela sabia disso e usava saias na altura dos joelhos mesmo nos dias mais frios de inverno.

– *Yeobo*, volte cedo para casa – disse ela enquanto ele usava uma calçadeira para calçar os sapatos. Era sua despedida de sempre, e não queria dizer que ele precisava mesmo voltar cedo para casa.

– Eu sei, *yeobo* – respondeu ele, como sempre, envolvendo-a em um abraço breve antes de sair.

O caminho de cascalho que saía da porta da frente da casa estava levemente coberto de gelo. Algo lhe foi evocado quando seus pés esmagaram o gelo, mas HanChol não conseguia definir o que, exatamente. Estava bem escuro às 6h30 e foi com cuidado até o carro. O para-brisa também estava coberto de gelo; HanChol o limpou com as mãos enluvadas e sentou-se no banco do condutor.

Ele podia muito bem pagar por um motorista, é claro. Quando a Guerra da Coreia terminou, assinou vários contratos para reconstruir bairros inteiros em Seul. Isso levou a mais contratos até mesmo em outras cidades – o país inteiro precisava ser reerguido. Então seu sogro faleceu, deixando sua vasta fortuna a HanChol. Em pouco mais de dez anos após o fim da guerra, HanChol tornou-se uma das pessoas mais ricas do sul. Mas ainda preferia dirigir ele mesmo. Não queria se tornar um daqueles homens preguiçosos que tanto desprezava quando era condutor de riquixá, tantos anos antes.

Seu carro era o único na estrada para Incheon, uma linha cinza-escura entre mares cinza-claros de campos de cevada em repouso. A lua ainda estava estampada no céu ocidental quando ele chegou à fábrica. O assistente encontrou-o à entrada, o paletó largo e a calça de sarja faziam-no parecer um espantalho. Eles revisaram a agenda do dia de HanChol; havia uma entrevista com o repórter de uma revista às duas da tarde e um jantar com um tenente--general, que era um homem de confiança do Presidente Park.[50]

– Você fez reserva? – perguntou HanChol, tirando as luvas e enfiando-as nos bolsos. Dentro da fábrica, já havia dezenas de trabalhadores se movimentando com eficiência nas linhas de produção.

– Sim, às vinte e uma horas, no MyungWol – respondeu o assistente, com cortesia, mas sem excesso de entusiasmo. HanChol gostava disso no jovem assistente; gostava de ver dignidade e força de caráter em seus subordinados.

– Ótimo, ótimo. – HanChol assentiu.

O MyungWol fora reconstruído após a Guerra da Coreia em estilo ocidental. Em vez de sentar-se em um piso de pedra aquecido, coberto por papel encerado dourado, os clientes agora descansavam em cadeiras italianas com ornamentos esculpidos, sob lustres de cristal. As cortesãs de coques trançados e saias de seda volumosas também tinham sido dispensadas. Agora as mulheres, chamadas de recepcionistas, usavam vestidos justos e decotados e o cabelo enrolado sobre a cabeça.

– O que aconteceu com os eixos de manivela? Deviam ter chegado segunda-feira. – HanChol caminhava pelo chão da fábrica, o assistente seguia atrás dele, dedicado.

– Recebemos o carregamento ontem à noite – respondeu o assistente, e eles percorreram em silêncio o restante do caminho até a estação de trabalho onde ele seria informado sobre o último protótipo.

HanChol apenas franziu a testa para sinalizar seu descontentamento – seus fornecedores eram muito propensos a atrasos. No passado, teria estourado com o assistente e pensado em punir o fornecedor com pedidos reduzidos. Mas hoje em dia era muito menos dado à impaciência decorrente de tais atrasos. Aprendera que, se algo estava destinado a acontecer, aconteceria, independentemente das circunstâncias, mais cedo ou mais tarde. O contrário também era verdade, uma verdade assustadora. Isso o fazia agir com generosidade com as pessoas que não *aconteciam* na mesma escala que ele, por mais que tentassem. Pessoas como seus fornecedores, funcionários, seu assistente discreto e diligente. Aliás, a maioria das pessoas que conhecia estava nessa categoria, à exceção de suas conexões militares e políticas.

Na estação de trabalho, seus engenheiros aguardavam para mostrar a ele os últimos ajustes do motor e, ao ver os pistões e cilindros de ferro reluzente, perfeitamente formados e sincronizados, descansando em um silêncio imaculado e uma energia contida, HanChol teve a nítida impressão de que estava olhando dentro do próprio coração.

Jade dormira apenas algumas horas naquela noite fria de dezembro. Quando o céu começou a clarear, se enrolou em um suéter grosso e ficou na varanda, esperando o nascer do sol.

No dia anterior, suas colegas da escola estavam fofocando na sala dos professores sobre as últimas prisões. Jade geralmente ficava de fora dessas conversas. As outras eram mulheres bem-nascidas que tinham estudado piano e balé na Inglaterra, na França e na América. Jade sabia que às vezes elas misturavam frases estrangeiras para que ela não entendesse o que estavam falando.

– Cinco políticos, acusados de comunismo e espionagem. Um foi acusado até mesmo de ser enviado por Kim Il-Sung para assassinar o presidente... – A professora de piano arqueou as sobrancelhas, dobrando um jornal. Desde que um espião norte-coreano cruzara a fronteira e fora até a Casa Azul alguns anos antes, até mesmo políticos de longa data vinham sendo expostos como impostores e agentes secretos. – Mas duvido que seja verdade. Quantas pessoas precisam ser presas antes que isso pare? – concluiu ela, baixinho.

– Você não devia dizer isso – sussurrou a professora de balé, olhando ansiosamente para Jade por sobre o ombro. – Seja como for, um deles era definitivamente membro do Partido Comunista no período colonial... esse tal de JungHo.

– O que você disse? – Jade deixou escapar do canto em que estava, e a professora de piano entregou-lhe o jornal.

– Você o conhece? – perguntou a professora de balé, cruzando os braços sob o peito e fingindo ternura.

– Não, na verdade não – respondeu Jade.

Ela deu só uma olhada no jornal e o largou. Mas todo o vigor se esvaiu de seu corpo, e ela reuniu toda sua força de vontade na tentativa de parecer normal o restante do dia.

Assim que chegou em casa, tirou a roupa e deitou-se embaixo das cobertas. Não tinha notícias de JungHo desde que trouxeram Lotus para a casa juntos. Na época, agradeceu e convidou-o para jantar, e ele recusou com uma educação fria. Depois disso, nunca mais apareceu para ver como ela estava. Ficara claro que não queria mais nada com Jade. Ainda assim, fora seu amigo mais fiel durante anos. Salvara sua vida mais de uma vez, e de diversas maneiras.

Jade só conhecia uma maneira de salvar JungHo agora. Teria de pedir à pessoa mais poderosa que ainda estava ligada a ela – teria de conversar com *ele*. Enquanto o sol aquecia o pátio gelado, ela foi se lembrando do dia em que disse a ele que acreditara em seu sucesso antes de qualquer outra pessoa. Odiou a si mesma por ter sido tão ingênua e bem-intencionada; odiou a vida por provar que ela estava certa.

Por volta do meio-dia, HanChol voltou ao escritório em Seul e fez um almoço rápido. Perguntou ao assistente sobre o itinerário de suas próximas viagens a Hong Kong, Bangkok e Londres. Então chegou a hora de revisar documentos bancários. Enquanto conferia os extratos com o livro-razão, seu assessor enfiou a cabeça pela porta e anunciou que a repórter tinha chegado.

HanChol levantou a cabeça e ficou levemente surpreso ao ver que era uma mulher. Ela tinha o cabelo curto e volumoso, e seus pequenos lábios estavam pintados de um bege bem claro. Vestia um suéter de gola rolê e uma calça larga vermelha.

– Por favor, sente-se.

HanChol fez um gesto indicando o sofá, e afundou na poltrona em frente a uma mesinha de centro com tampo de vidro. A repórter sentou-se, com as pernas cruzadas, e apoiou o bloquinho no colo.

– Então, Presidente Kim, é uma honra conhecê-lo pessoalmente – disse ela, corando levemente ao redor do nariz um pouco pontudo. – Estudei suas empresas nas aulas de economia na faculdade.

– Isso faz com que eu me sinta velho. – HanChol sorriu.

– Ah, não, não foi isso que eu quis dizer. – A repórter arregalou os olhos. – Estou ansiosa para saber como você fez isso acontecer em tão pouco tempo. Erguer-se da destruição da Guerra da Coreia e se tornar ainda mais bem-sucedido... E criar a primeira fábrica de automóveis do país... Sempre soube que era isso que queria fazer?

– Sim, eu diria que sim. – HanChol inclinou a cabeça, pensativo. – Quando era adolescente, trabalhava como condutor de riquixá para pagar os estudos. Depois fui trabalhar em uma oficina de bicicletas aos vinte e poucos anos. Mesmo naquela época, eu sabia que era capaz de entender como os carros funcionavam e como montar um. Ninguém teria acreditado em mim. Mas a vida dá um jeito de fazer com que dê certo, se você acreditar em si mesmo.

– Isso é incrível! – exclamou a repórter. – Então é questão de visão, de confiança.

HanChol assentiu, tirando o cabelo da testa. Ainda tinha bastante cabelo, apenas estava mais branco que preto.

– Minha próxima pergunta é: como ter confiança? Parece que algumas pessoas simplesmente nascem com uma autoestima mais aguçada, não é? Você sempre teve certeza de suas habilidades?

– Ah, a confiança não é algo com que se nasce. Se você é confiante desde o início, quer dizer que é um tolo – disse HanChol lentamente, organizando os pensamentos. – Existem apenas duas coisas no mundo que dão confiança de verdade. Uma delas é superar as dificuldades por conta própria, a outra é estar profundamente apaixonado. Quando você experimenta as duas, conquista confiança para o resto da vida.

HanChol definitivamente não era um homem sentimental, mas ainda assim não pôde deixar de sentir um pouco de saudade do passado. Do lado de fora da janela, um vendaval frio e seco açoitava os prédios novos, aqueles cilindros e cubos de concreto e aço. As árvores marrons e esguias dançavam, e homens e mulheres tiravam o chapéu e fechavam o casaco com mais força, inclinando o corpo para a frente ao caminhar contra o vento.

A repórter continuou fazendo perguntas sobre o início, sobre como tinha aberto a própria oficina no período colonial, sobre o casamento e a vida em família, o primeiro contato com o exército americano após a Segunda Guerra Mundial, sobre todas as suas empresas terem sido consumidas durante a Guerra da Coreia, sobre como ele as reconstruíra do zero, e quais eram seus planos, agora que tinha realizado todos os sonhos da juventude.

– Meus planos? Não tenho nenhum, exceto convidá-la para jantar amanhã – respondeu HanChol. – Me encontre no Hotel Silla às sete.

A repórter corou, mas deu-lhe seu telefone antes de sair do escritório, a calça de cintura alta subindo pela bunda firme e em formato de coração. Quando a porta se fechou, HanChol ficou tentado a se masturbar, mas soltou um suspiro e começou a revisar o acordo de empréstimo para a construção de uma nova fábrica em Songdo.

Uma batida à porta; era o assistente.

– Com licença, uma senhora está aqui para vê-lo sem hora marcada. Tentei recusar, mas ela diz que vocês se conhecem há muito tempo.

HanChol tirou os olhos dos documentos. Não tinha muito tempo para receber familiares distantes e aproveitadores. Mas, se fosse uma tia distante, a mandaria embora com algum dinheiro.

– Mande-a entrar – disse com um suspiro.

Um instante depois, a porta se abriu mais uma vez e seu coração começou a bater forte ao reconhecer aquela forma familiar. O cabelo preso em um coque era de um cinza ardósia, e a testa estreita tinha vincos profundos. Os lábios, um dia tão maduros e voluptuosos, agora eram finos e murchos. Mas os olhos ainda eram os mesmos, com seu brilho peculiar, e a silhueta, com sua postura ereta, continuava tão graciosa quanto antes. Ele teve dificuldade de respirar.

– Jade – disse com a voz suave.

Sem saber o que fazer, foi até ela e segurou sua mão. Ela, por sua vez, o analisava em silêncio. Seus braços, ombros e peito estavam mais finos, e sua barriga mais redonda e macia. O cabelo tinha recuado uns dois centímetros, e sua pele exibia o bronzeado lamacento dos homens velhos. Mas aquilo de que ela mais gostava nele, seu sorriso, continuava o mesmo.

– Peço desculpas por chegar invadindo assim. – Sua voz tremia.

– Como foi que você me encontrou?

– Na lista telefônica. – Ela deixou as mãos dele caírem e abaixou o queixo, como se estivesse envergonhada.

– Ei, ei... estou muito feliz por você ter vindo. Por favor, sente-se – disse HanChol, e ordenou ao assistente que trouxesse café.

Conversaram calmamente sobre o clima e o frio daquele inverno até o assistente reaparecer com duas xícaras de café quente e um prato de rocambole de creme.

– Então, como tem passado? – perguntou HanChol.

– Bem, do meu jeito. Desde a independência estou dando aulas na Escola Feminina de Artes Goryeo. É bom, embora a cada ano que passa menos garotas escolham se especializar em dança tradicional. Mas sou grata pelo emprego.

– E no que diz respeito a casamento... família?

Jade balançou a cabeça, constrangida. Aquela era uma humilhação que ela não tinha previsto.

– Não me importo por nunca ter me casado. Mas gostaria de ter tido a oportunidade de ter filhos – disse simples e honestamente.

HanChol sentiu pena dela e não soube o que poderia dizer sem que parecesse desagradável. Respondeu:

– Sim, compreendo.

– E você? Leio sobre você o tempo todo em jornais e revistas. Já o vi até na televisão! Parece que tudo saiu da melhor maneira possível.

– Tive altos e baixos como qualquer um, mas as coisas acabaram bem para mim.

– E filhos?

– Tenho três rapazes e duas moças. O mais velho está no terceiro ano da faculdade, e o mais novo tem só doze anos.

Jade sorriu.

– Como alguém poderia não ter inveja da sua vida? Eu sempre disse que seria o homem mais bem-sucedido de Seul, e você foi além da minha previsão.

– Jade...

HanChol bebeu um golinho de café.

– Sabe, eu devo muito a você.

Agora foi Jade quem bebeu um gole de café, na verdade para esconder que seus olhos de repente se encheram de lágrimas.

– Sim, eu sei – resmungou ela, com a voz irregular se escondendo atrás da xícara.

HanChol estendeu a mão e tocou seu braço com gentileza. Ela largou a xícara no pires e secou o canto dos olhos com o dedo, com cuidado para não borrar a maquiagem.

– Sinto muito pelo tanto que a magoei – disse ele.

– Naquela noite em que você esteve lá em casa pela última vez – começou Jade, a voz tremendo –, a tia Dani faleceu. Eu quase morri de culpa, mas havia a guerra, então talvez eu estivesse apenas morrendo de fome. Não sei exatamente como sobrevivi àquilo.

HanChol recolheu a mão e olhou para o próprio colo em silêncio.

– Sinto muito, muito mesmo – disse finalmente. – Eu gostaria que houvesse alguma coisa que eu pudesse fazer para implorar por seu perdão... – Sem levantar o olhar, ele sentiu que agora ela estava chorando abertamente pelo som de sua respiração.

– Tem uma coisa que você pode fazer por mim – ela deu um jeito de dizer entre soluços.

– Qualquer coisa.

– Você se lembra do Sr. Nam JungHo? Ele me ajudou muito quando éramos jovens. Quando eu precisava de qualquer coisa, ele sempre estava lá – disse Jade.

HanChol se lembrava do homem, baixo, esguio, um pouco selvagem e grosseiro. Em uma ocasião, durante a guerra, JungHo ofereceu a ele comida de graça, com grosseria, diante de todos os seus comparsas, só para mostrar quem mandava ali. Mas HanChol não o odiava, nem mesmo o desprezava; nunca tinha pensado muito nele.

– Antes da morte da tia Dani, JungHo me levava sacos de arroz quando ninguém tinha nada para comer, e me ajudou a encontrar Lotus quando ela desapareceu. Ele foi preso – continuou Jade.

– Sob quais acusações? – perguntou HanChol, embora talvez pudesse adivinhar a resposta.

– Espionagem, atividade comunista. Ele foi membro do Partido Comunista há muito tempo, mas duvido que seja espião do Norte. Você sabe que a questão não é aquilo em que ele acredita ou o que faz... É só uma desculpa para se livrar de qualquer oposição. Eu sei que JungHo é inocente. Nunca conheci um homem com um coração tão bom. Você tem contatos no regime... não pode falar em seu favor?

– O que você está pedindo... é muito difícil. Mesmo que eu fale em favor dele, não há garantias de que dê certo. O Presidente Park tem um jeito muito próprio de fazer as coisas. Você entende isso, não é?

– Eu sei que vai ser difícil. Só estou pedindo que tente – respondeu Jade.

– Tudo bem, prometo que vou tentar.

Quando Jade se levantou para ir embora, HanChol se levantou com ela. "Não vá embora... fique comigo", ele quis dizer; as palavras quase ficaram presas em sua garganta.

– Espero que nos encontremos de novo – foi o que falou. – Um dia eu disse que nunca sentiria por ninguém o que senti por você... E isso acabou se provando verdade.

– Ah, HanChol, eu também. – Ela estendeu a mão e apertou a dele uma última vez. Uma lágrima quente rolou e caiu em seu pulso como um respingo. – Eu também, mil vezes.

Na cadeia, JungHo estava tendo sonhos especialmente vívidos. Em um deles, caminhava nas montanhas quando um tigre se aproximou e se ajoelhou. Ele montava no tigre e o animal avançava saltando sobre as colinas azuis, quase voando, envolto em nuvens. Em outro, atravessava um belo deserto, sem calor. A areia era fina como farinha e de um cor-de-rosa como o do pôr do sol, e o céu era de um turquesa-claro. Ele procurava alguma coisa... um poço. Então, de repente, como sempre acontece nos sonhos, o objeto de sua busca mudava para Jade. Sem aviso, a areia começava a cair do céu como chuva. Era indolor, nada entrava em seus olhos ou nariz, mas ele se dava conta de que seria enterrado se não acelerasse. Corria leve em meio à tempestade de areia quando acordou, encharcado de suor.

Na manhã seguinte, acordou e comeu uma tigela de mingau turvo que fora passado por debaixo da porta. Havia um bloquinho e um lápis entre as poucas coisas que ele podia ter na cela, então começou a treinar a escrita. Embora tivesse feito campanha e sido eleito como representante de seu distrito, JungHo ainda tinha problemas com as letras. MyungBo um dia disse que escrevera para o filho da cadeia; JungHo tinha dois filhos, e queria poder dizer alguma coisa para eles também. Até então, só tinha conseguido encher uma página inteira com os caracteres blocados do próprio nome. Então ouviu passos no corredor e o deslizar da vigia.

– Você tem visita – anunciou o guarda.

– *Yeobo*? – JungHo começou a dizer. Ainda não tinha recebido visita da esposa, mas imaginava que ela estivesse ocupada com as crianças.

– Vire-se e junte as mãos.

JungHo virou-se e uniu os punhos atrás das costas, e sentiu as algemas se fecharem ao redor deles. Foi levado pelo corredor até uma sala vazia, onde tiraram as algemas. Havia uma mesa de madeira e duas cadeiras no meio da sala. JungHo se sentou, cruzou os braços sobre a mesa e abaixou bem a cabeça. Estava dominado pelo cansaço e não era tão jovem a ponto de manter a cabeça erguida por orgulho.

– JungHo – alguém chamou.

Ele olhou para cima, incrédulo. Seus olhos focaram e absorveram a figura de Jade, absolutamente familiar e estranha ao mesmo tempo.

– Jade – deu um jeito de dizer, ainda se recuperando da tontura. – É mesmo você?

Jade assentiu, sentou-se diante dele e segurou sua mão.

– Como você está?

– Senti sua falta. É tão bom ver você – disse ele, tremendo. Tinha tanto para dizer a ela, mas agora sua mente era um branco e tudo o que conseguiu fazer foi apertar sua mão.

– É bom ver você também. Sempre me arrependi do que disse antes de você ir para Xangai. Por favor, me perdoe – disse Jade, olhando em seus olhos.

Ela sempre fora assim, sincera e gentil, ele se lembrou com uma onda de carinho.

– Não, foi culpa minha. Não devia ter pressionado você. – JungHo teve vontade de ser direto com ela porque eles não tinham mesmo muito tempo.

– Sabe, você foi meu amigo mais fiel e a melhor pessoa que conheci em minha vida inteira. – Jade tentou parecer animada em vez de triste. – Fui pedir a HanChol que fale em seu favor. Ele é muito bem relacionado com o regime e os militares. Vai fazer tudo o que puder por mim.

– Obrigado... significa tanto para mim você querer me ajudar. Eu só não sei se é possível... – Ele fez uma pausa. Jade começou a protestar, mas ele balançou a cabeça e continuou: – Ontem à noite sonhei que estava atravessando um deserto. Era um lugar bonito com areia fina e rosada e um céu azul-claro. Então a areia começou a cair de cima, como chuva. Primeiro chegou até meus tornozelos, depois meus joelhos...

Jade olhou para seu rosto com os olhos escuros, ainda adoráveis.

– Eu estava tentando sair correndo quando acordei. E mais tarde, ainda pela manhã, percebi que estava dentro de uma ampulheta. – JungHo sorriu, e muitas linhas apareceram na pele solta de seu rosto, coberto de pelos grisalhos.

– JungHo... – Jade começou a dizer, mas ele balançou a cabeça.

– Dadas as probabilidades, eu devia ter morrido há muito tempo. Não tenho medo de nada que possa vir a acontecer... A única questão é que eu queria ter feito algumas coisas de outro jeito. Só agora que estou próximo do fim, consigo ver tudo com tanta clareza. – JungHo cobriu com as duas mãos as de Jade, menores.

– Como assim?

– Eu nunca te contei a história sobre o meu pai e o tigre, não é? – Jade balançou a cabeça. – É uma história surpreendente que meu pai me contou antes de morrer. Quando era criança, não sabia se acreditava ou não, mas muitos anos depois conheci alguém que confirmou que o relato do meu pai era verdadeiro. Isso aconteceu há cerca de cinquenta anos na província de PyongAhn. Foi no meio do inverno e não tínhamos nada para comer, então meu pai foi caçar nas montanhas com um arco e flecha. Ele esperava pegar uns coelhos, ou um veado, mas percebeu o que pareciam ser pegadas de um leopardo. Então seguiu as pegadas até as montanhas mais profundas, e acabou em um penhasco. Lá ele ficou frente a frente com o animal... mas era um filhote de tigre, e não um leopardo. Se tivesse atirado e matado o filhote, teríamos o bastante para comer durante pelo menos um ano. Mas ele simplesmente deu as costas e começou a descer a montanha. Começou a nevar, e estava prestes a morrer de fome. Finalmente, caiu, pensando que não se levantaria. Estava quase morrendo congelado quando um oficial japonês o encontrou e o reanimou... esse oficial foi que corroborou a próxima parte da história, quando o conheci por acaso décadas mais tarde. Ele descreveu meu pai com perfeição e disse que eu me parecia com ele. Enquanto meu pai e o oficial desciam a montanha, perceberam que um tigre os seguia. Um tigre gigante, a julgar pelas pegadas. De repente, o tigre saltou do nada, pronto para atacar. Mas meu pai o afastou apenas gritando... o tigre o viu, virou as costas e correu de volta para a floresta. Um tigre como aquele podia ter matado meu pai com um salto.

– Por que o tigre não quis machucar seu pai?

– Meu pai sempre achou que o tigre fosse minha mãe, renascida.

JungHo olhou nos olhos de Jade, única parte dela que parecia a mesma de quando os dois eram jovens. Ele sofreu ao descobrir que, mesmo dentro da ampulheta, havia algo intocado pelo tempo.

– Não sei se isso é verdade... era o que ele acreditava; que ela o amava tanto que mesmo em outra vida quis protegê-lo. Porque, Jade, tudo é *inyeon* neste mundo. É verdade o que dizem, até mesmo tocar a bainha do casaco de alguém na rua é *inyeon*. Mas o *inyeon* mais importante de todos é aquele que existe entre marido e mulher. É disso que me arrependo... de não ter ficado com você. – JungHo deu um sorriso triste.

Considerando tudo o que os dois sabiam, e tendo experimentado a vida juntos e separados, ele não tinha mais medo de deixá-la constrangida por dar a declaração mais verdadeira de sua vida.

– Sinto muito... também me arrependo – disse Jade, enxugando o nariz irritado.

– Se eu voltasse em outra vida, a encontraria e me casaria com você. Mesmo que eu não volte, e fique preso em algum lugar na luz eterna... no paraíso ou no inferno... vou flutuar por aí, procurando você. – JungHo riu baixinho.

– Se me perguntar mais uma vez, vou dizer sim. Prometo – disse ela. Gotas de lágrimas se transformavam em riachos em seu rosto.

– Espere. – JungHo soltou as mãos dela e começou a mexer nos bolsos da calça. – Quero te dar uma coisa.

Ele estendeu a mão com algo pequeno. Era um anel de prata, do tipo *garakji*, arredondado.

– Como você conseguiu ficar com isso aqui? – sussurrou Jade.

– Escondido na minha faixa.

– Parece exatamente o anel que minha mãe adotiva usava, em Pyongyang. Desde então, nunca mais vi um anel como esse. Onde você conseguiu?

– Meu pai me deu antes de morrer. Deve ter sido da minha mãe... Ele a amava muito. Me dê sua mão.

JungHo colocou o anel no dedo de Jade, que um dia fora magro e agora era nodoso.

– É lindo. Obrigada – disse ela, entre soluços. – Sabe, este é o único anel que ganhei na vida. Sempre quis um exatamente assim.

– Queria ter dado esse anel para você muito antes. Se pudesse voltar no tempo, te daria todas as joias do mundo... – disse ele, desviando o olhar para não chorar, para não a sobrecarregar com suas lágrimas.

27

A caminhada

1964

Na manhã seguinte, JungHo foi acordado pelo guarda, que o algemou e o levou até uma porta protegida por soldados dos dois lados. Era uma sala úmida com paredes de concreto, e na frente havia uma plataforma elevada onde um homem de uniforme militar escrevia algo em um bloquinho. Era um desses homens comuns, de feições simples cuja aparência melhora substancialmente com a adição de um acessório de cabeça que, no caso dele, era um quepe com estampa camuflada. À sua direita, havia um secretário na frente de uma máquina de escrever; à esquerda, uma cadeira de madeira vazia. No centro da sala havia um banquinho, que projetava várias sombras fracas produzidas pelas lâmpadas nuas penduradas nos dois lados da sala. JungHo se sentou e olhou impassível para seu interlocutor.

– Nam JungHo, o senhor está aqui sob acusações de traição, espionagem, conluio com o inimigo e crenças antipatrióticas. Como se declara? – perguntou o homem camuflado.

– Inocente – respondeu JungHo com a voz rouca.

– Ouça, Nam JungHo. Li no relatório que nasceu na província de PyongAhn. Assim como eu... não sei se você percebe pelo meu sotaque – continuou o homem, batendo a caneta no bloquinho várias vezes para dar ênfase. – Também li que tem dois filhos. Um de catorze anos, e o mais novo de apenas dez. Idade maravilhosa. Também tenho filhos. Então seja muito cuidadoso com sua resposta... Não gosto de separar uma família, mas tenho um dever para com o país, e o caso é totalmente contrário ao senhor. Se o senhor se declarar culpado, vai ser sentenciado a vinte e cinco anos. Mas, caso se comporte na prisão, renuncie às suas crenças antipatrióticas e prove que se corrigiu, conseguirá liberdade condicional. O senhor pode ser um homem livre em, digamos, dez anos no máximo. Se for da vontade do Presidente, pode ser até que saia depois de cinco anos. Seu filho mais novo ainda terá quinze anos. O senhor vai poder criar sua família. – O homem camuflado parecia estar explicando pacientemente a uma criança. JungHo olhou para seu rosto. – Se negar as acusações, não posso garantir tal leniência. Talvez nunca mais veja sua família. Por que cometer tamanha tolice?

– Nunca tive contato com ninguém na Coreia do Norte.

– Nam JungHo, o senhor tem um histórico extenso e conhecido de atividades comunistas e antipatrióticas durante toda a sua vida. Era seguidor de Lee MyungBo, ex-líder do Partido Comunista Goryeo. Quer acabar como ele?

– Renunciei a todos os laços com ele em 1948, quando ele foi a julgamento. Fui absolvido de tudo isso. – JungHo fechou os olhos ao ouvir o nome de MyungBo. Em sua mente, o rosto gentil do mentor surgiu como um farol e desapareceu, deixando-o sozinho na escuridão da vergonha.

– Não é tão simples assim, Nam JungHo. O senhor não era apenas um seguidor... pelo que parece, era quase um filho adotivo. Ele ensinou-o a ler e escrever. O senhor viveu durante anos na casa de hóspedes dele.

JungHo olhou para os joelhos, sem entender como o homem camuflado podia saber tanto de uma história tão antiga. Nem mesmo sua esposa sabia o quanto ele era próximo de MyungBo.

– Tragam a testemunha – o interlocutor disse ao secretário, que parou de datilografar e abriu uma porta lateral. Uma luz forte entrou, dispersando o padrão formado pelas duas lâmpadas nuas que havia na sala. JungHo viu uma sombra nova no formato de uma criatura humana aparecer contra a parede, atrás do interlocutor, antes de a porta se fechar e a sombra desaparecer na escuridão.

Um velho magro tinha entrado e estava sentado na cadeira de madeira vazia. JungHo distinguia apenas o tronco esguio e os olhos estreitos no formato de vírgulas deitadas. Então percebeu, com um terror distante como se fosse um sonho, que era seu velho amigo Dojô.

– Hwang InSoo, também conhecido como Dojô, quando o senhor conheceu o réu? – perguntou o interlocutor.

– Eu tinha doze anos... Então em 1918 – respondeu Dojô, sem olhar para JungHo.

– O réu viveu nas ruas, mendigando e roubando, até ter idade suficiente para usar sua gangue e tirar dinheiro de lojas da vizinhança, correto?

– Correto.

– O que aconteceu depois disso?

Dojô limpou a garganta, indiferente.

– Ele conheceu Lee MyungBo e se tornou um de seus comparsas vermelhos.

– *Você* me levou para conhecê-lo – interrompeu JungHo, incrédulo, mas Dojô evitou seu olhar, resoluto.

– Isso é verdade? O senhor deixou essa parte de fora de seu depoimento anterior.

O interlocutor franziu o cenho em desaprovação.

– Não, foi JungHo quem me levou. Eu o segui, isso é verdade... mas por que eu o levaria a algum lugar? Ele era o chefe, esse era seu título – disse Dojô calmamente.

– E o que aconteceu depois?

– JungHo logo se tornou o favorito de MyungBo, seu braço direito. Eles iam a muitas reuniões juntos... Meu coração não estava naquilo, então me afastei. Mas JungHo foi absorvido pelo Partido Comunista. Ele fazia tudo o que MyungBo pedia, e passou uns anos em Xangai. Perdemos contato nessa época.

– Quando ele esteve em Xangai?

– Foi por volta de 1941... Não sei ao certo quando voltou, ele não avisou.

– É possível, então, que ele tenha estabelecido contato com o Partido Comunista Chinês à época? Os chineses que invadiram a Coreia do Sul ao lado de Kim Il-Sung menos de dez anos depois? – O interlocutor ergueu o tom de voz com o entusiasmo de um apresentador de televisão.

– Sim – afirmou a testemunha.

– Por que está fazendo isso, Dojô? – exclamou JungHo. Ao ouvir o apelido, Dojô finalmente olhou para o velho amigo.

– Eu faço o que preciso fazer. – Ele soltou aquelas palavras tão rápido e em voz tão baixa que elas saíram quase ininteligíveis para JungHo.

O interlocutor agiu como se não tivesse ouvido.

– Nam JungHo, fizemos uma busca em sua casa e temos provas de sua atividade antipatriótica após ter voltado de Xangai em 1945. – O interlocutor abriu uma pasta e tirou uma folha de papel amarela. Desdobrou o papel com cuidado e começou a ler em japonês. – O portador deste documento,

Nam JungHo, está em missão especial em nome do General Yamada Genzo, Comandante do Quinto Exército. Não impeçam sua missão e concedam-lhe passagem. *Tenno heika banzai.* Assinado, Yamada Genzo, __ de junho de 1945.

O interlocutor tinha uma pronúncia muito boa, o que sugeria que fora treinado na academia militar japonesa; a queda parabólica de suas frases deixavam claro o quanto ele gostava de ler naquela língua.

– E isto, uma recordação de Yamada, pelo que parece. – Ele tinha algo pequeno e retangular na mão. Com o tempo, fora ficando de um cinza-escuro, mas sem dúvida era a cigarreira de prata.

Jade estava indo para casa depois do último dia de aula. Teria um mês e meio de férias de inverno e estava dominada por um sentimento de alívio e de possibilidades. Permitiu-se relembrar o encontro com HanChol como uma escritora que mergulha a caneta na tinta – com um prazer habitual.

À época, não tivera a oportunidade de debruçar-se sobre seus sentimentos. Como sempre acontece com eventos significativos, os sentimentos se desenvolveram plenamente e assumiram novas cores e aromas quando reviveu a cena em sua cabeça. Agora via que não sentira raiva dele em sua presença, nem no que dizia respeito à morte de Dani. Ficou mais surpresa ao descobrir que queria encontrá-lo novamente, conversar com ele sobre os caminhos diferentes que tinham seguido. Era difícil acreditar que um dia haviam percorrido o mesmo caminho, a ponto de ela imaginar que um dia talvez se casassem.

Ela virou a esquina e entrou em uma avenida em Jongno. Queria parar no Buzina dos Mares para tomar um café, como às vezes fazia sozinha. O café agora era um lugar tranquilo que só tocava músicas de antes da Guerra da Coreia. Os assentos de couro vermelho estavam rachados e descascando, o suporte de guarda-chuvas ficava cheio de bengalas e os clientes antigos murmuravam em tons acalorados sobre uma arte que tinha saído de moda havia cerca de vinte anos. Tinham o hábito de brigar por histórias mal lembradas ou esnobadas, mas logo esqueciam ou fingiam esquecer. Restavam tão poucos após duas guerras e lutas incontáveis entre elas que não era fácil colocar um fim em relacionamentos até mesmo com inimigos.

O poeta-proprietário ainda estava lá e, embora sua cabeça agora estivesse grisalha, ele era a coisa que menos tinha mudado dos dias de juventude de Jade. Usava os mesmos óculos redondos e uma camisa branca bem passada, e nunca percebia o envelhecimento da clientela, ou sua estrela se apagando. Nunca se casou ou teve filhos, e as pessoas já não espalhavam boatos quanto ao porquê. Até seu relacionamento com Jade nunca se aprofundou em uma amizade, e ela estava satisfeita assim. Quando ela entrava, ele sempre iniciava uma conversa amigável que durava um minuto e a deixava sozinha.

Jade foi despertada de seu devaneio por uma multidão espalhada pelos dois lados da avenida. Ficou irritada; queria caminhar em paz e tranquilidade até o café. Quando abriu caminho em direção a uma rua lateral, as pessoas começaram a gritar e xingar.

– Desgraçados! Filhos da puta! – berravam.

Jade se virou e viu uma fila de uns dez homens, os pulsos presos e amarrados um no outro como corvinas secas. Cada um deles trazia um cartaz pendurado no pescoço. Eu sou um ladrão e mereço punição dizia um deles. Eu dormi com a mulher do meu pai dizia outro. Não satisfeitas em vaiar, algumas pessoas começaram a pegar pedras e jogar nos homens.

Jade quase gritou ao ver JungHo em meio à fila. Seu cartaz, em uma caligrafia tremida e infantil, dizia: Sou um gângster & um comunista & mereço morrer.

– Não! Não! – gritou Jade, empurrando as ondas de estranhos alegres.

As pessoas rosnavam para ela de todos os lados, mas ela conseguiu ir até a frente e acompanhar a fila de homens.

– JungHo!

De alguma forma, em meio aos gritos da multidão, JungHo a ouviu e encontrou seu olhar. Um dos lados de seu rosto já estava roxo e inchado, e as pedras ainda passavam voando por ele. Uma delas o atingiu nas costas, e alguns jovens que estavam perto de Jade irromperam em gritos de alegria.

– Parem, seus cães ferozes! – Jade empurrou o jovem que gritava mais alto.

– Que porra é essa, sua velha? – resmungou ele, não muito alto, e desapareceu na multidão com os amigos.

Jade voltou a encontrar os olhos de JungHo. Ele acenou para ela muito discretamente – *não faça nada*. Então sorriu, para que ela soubesse que ele estava bem.

Naquele momento, ele se lembrou do desfile de cortesãs, tantos anos antes. Foi quase naquele mesmo lugar que ele se apaixonou pela bela jovem que jogara uma flor em seu rosto – a primeira vez que viu Jade. Ele teve a sensação delirante de que tinha passado todo aquele tempo caminhando por aquela rua; e que durante todo aquele tempo ela estava lá para encontrá-lo. Quis olhar para Jade mais uma vez, mas achou que isso podia provocá-la a fazer algo perigoso e heroico. Teve de desviar o olhar, embora lhe doesse não poder dizer a ela: eu te amo. Puxaram a corda, mais uma pedra acertou sua orelha e os gritos da multidão foram sumindo. Ele voltou a caminhar, um passo de cada vez, para onde quer que a estrada terminasse.

Epílogo
A mulher do mar
1965

Após a execução, não consegui ficar em Seul. Pedi demissão da escola, voltei para casa e juntei minhas coisas. Dei quase tudo aos vizinhos e a algumas de minhas alunas. Então fui até o jardim e desenterrei o colar de diamantes e o vaso céladon. Embrulhados em seda e escondidos em duas caixas, pareciam os mesmos da última vez que os vira. Só eu tinha mudado.

Peguei o trem para Busan, observando a paisagem mudar pela janela. Quando desci do trem, o sol estava se pondo no porto e um bando de gaivotas pousou de forma barulhenta perto dos meus pés. Então ouvi os navios tocarem a buzina, como contava o poeta. Senti que consegui respirar pela primeira vez desde aquele dia. Mas ainda não estava longe o bastante de Seul, e na manhã seguinte peguei um navio para Jejudo.

Tudo em Jejudo é diferente do continente, a começar pelo mar. É de um turquesa-claro ao lado de uma praia de areia, e vai se tornando verde-esmeralda e azul-safira mais longe da costa. Em alguns lugares onde a rocha vulcânica forma um penhasco repentino, as ondas índigo parecem refletir o céu noturno, mesmo quando o dia está ensolarado e claro. No meio do inverno, as árvores de camélia, com suas folhas verdes brilhantes, estavam cheias de flores, e quando o vento soprava, as flores vermelhas caíam nos penhascos negros ou rolavam até o mar. O ar tinha cheiro de sal e tangerinas maduras.

Hesoon costumava dizer que Jejudo é o lugar mais bonito do mundo. Não vi muito do mundo para saber, mas talvez ela estivesse certa.

Encontrei uma cabana vazia à beira-mar. Havia muitas casas abandonadas em Jejudo após a instabilidade e o cólera dos anos 1940 e 1950. Ninguém na aldeia ficou feliz ao me ver, mas também ninguém me mandou embora.

O povo da ilha desconfia das pessoas do continente. Ninguém falava coreano padrão, e eu não entendia quando sussurravam e riam da minha cara.

A primeira coisa que fiz foi espalhar as cinzas. Se tivesse como encontrar a família de Hesoon, teria tentado – mas eu era uma criança quando nos conhecemos, e nem sabia seu sobrenome. Levei as cinzas até o topo de um penhasco perto da minha casa e o vento carregou-as até o mar.

– Você gosta daqui? Não é lindo, tia Dani? Está feliz por estar de volta, Hesoon? – Ninguém respondeu, só o uivo do vento.

Do penhasco, eu podia olhar para baixo e ver uma enseada onde as mulheres do mar se trocavam e descansavam entre um mergulho e outro. Depois de vários dias de hesitação, finalmente desci. Só a descida já fez minha cabeça girar e minhas pernas tremerem.

– Eu gostaria de aprender a mergulhar – falei para as mulheres, sem saber se alguma delas entenderia.

Elas conversaram entre si em seu dialeto, riram um pouco, e voltaram a se secar perto do fogo. Uma delas amamentava um bebê, e outra compartilhava tangerinas com as companheiras. Pareciam achar que uma hora eu iria embora. Dei as costas, consternada pela ideia de subir de novo até o topo.

– O que alguém do continente está fazendo aqui?

Ouvi uma voz atrás de mim e me virei. Ela vestia uma calça de mergulho de linho preto, mas sob a camisa branca dava para ver que estava bem grávida. Falava no dialeto Jeolla,[51] pesado e ritmado.

– Queria me tornar uma mulher do mar – respondi.

Ela riu com vontade.

– Nunca ouvi nada parecido. Tia, não é algo que possa aprender na sua idade. As pessoas se afogam nestas águas. Se cuide, Tia.

Eu tinha dinheiro mais que suficiente, após ter vendido a casa em Seul. Não tinha nada para fazer a não ser caminhar o dia todo. Certa manhã, caminhei em direção à Montanha Halla, coberta de neve, visível a partir do meu lado da ilha. Achei que fosse bem mais perto, mas depois de caminhar muitas horas, ainda estava distante. Por fim, tive de admitir que estava perdida, e que era tolice tentar chegar lá sem instruções. De algum jeito, consegui voltar ao caminho que levava à aldeia, que reconheci por umas árvores e uns arbustos familiares. Foi quando ouvi os gemidos e gritos, vindos de uma cabana cercada nas proximidades.

Entrei correndo e encontrei uma mulher em trabalho de parto. Era a mesma mulher do mar que me mandara voltar para casa. Não havia ninguém na vizinhança; todos os homens estavam no mar em seus barcos, e todas as mulheres estavam mergulhando.

Tentei me lembrar do que a parteira fizera com Luna. Se tivesse sido um parto difícil, tenho certeza de que eu não teria conseguido ajudar. Mas a mulher era jovem e saudável, e o bebê também. Eu só tive mesmo que cortar o cordão umbilical, dar um nó, dar banho no bebê e colocá-lo nos braços da mãe.

Ficar observando o mar faz a gente pensar. Passei dias inteiros na praia, os joelhos dobrados em frente ao peito, relembrando. Algumas vezes, no início, chorei pensando em JungHo, no último sorriso que me deu enquanto era apedrejado e exposto. Porém, quanto mais eu olhava para as ondas azuis infinitas, mais minha mente se voltava às lembranças felizes. Na verdade, era difícil lembrar em detalhes todas as coisas terríveis que tinham acontecido, exceto por algumas imagens.

Lembrei que, quando HanChol e eu rompemos, não chorei na cama antes de dormir. Mas chorei tanto em meus sonhos naquela noite, que acordei assustada, e percebi que meus olhos estavam molhados. Ainda assim, não consigo me lembrar do que dissemos um ao outro naquela última noite – ou de como exatamente ele partiu meu coração. O que ainda consigo ver com clareza são apenas as partes belas. Valsar com a tia Dani, Luna e Lotus. A primeira vez que subi no palco do Teatro Joseon. Beijar HanChol sob o luar. O jeito como ele olhava para mim. Ser acariciada por ele. Tenho que admitir – e é vergonhoso, mesmo na idade em que me encontro – que foi HanChol quem me proporcionou as maiores lembranças.

Me sinto triste e culpada por isso, por JungHo.

– Por que você fica aí sentada o dia inteiro olhando o mar, Tia? Não tem ninguém de quem cuidar?

Era Jindo *daek*[52] com suas roupas de mergulho. Como ela era de Jindo, no continente, todos a chamavam de Jindo *daek* ou mãe de CholSoo, depois do bebê.

– Onde está CholSoo, Jindo *daek*? – perguntei.

– Eu o deixei em uma pedra, lá na enseada. – Ela olhou para trás por sobre o ombro.

– Como? Deixou um bebê de um mês em uma pedra à beira-mar? – Levantei de um salto.

– Tia, é o que nós, mulheres do mar, fazemos. Se ele não estiver por perto, como vou dar o peito quando estiver com fome? – Ela revirou os olhos.

– Estou sempre na praia, por que não me deixa cuidar dele?

– E não foi por isso que vim até aqui?

Ela sorriu, já me levando para a enseada. CholSoo choramingava como um gatinho dentro de uma pedra em formato de tigela, a cerca de um metro do chão. A mãe logo abriu a camisa e deu-lhe o peito, e percebi um hematoma grande em seu ombro. Perguntei o que tinha acontecido.

– Ah, não foi nada. As ondas estavam muito fortes – respondeu ela.

Os dias ficaram mais longos e CholSoo passou de vermelho-vivo a um bege-claro. Era um bebê muito alegre. Eu ficava sentada sozinha na enseada com CholSoo, nós dois protegidos dos respingos do mar, do vento e do sol. As outras mulheres voltavam de vez em quando para esvaziar os sacos de abalone e comer um pouco antes de voltar para o mar. Elas se dividiam por categorias e só podiam mergulhar em suas áreas designadas. A mãe de Chol-Soo só ia até as águas rasas da costa, e quando voltava seu saco estava muito mais leve que os das outras.

Certa noite eu não estava conseguindo dormir. Era o barulho das ondas quebrando. Assim que o céu começou a clarear, fui dar uma caminhada. O sol estava logo abaixo do mar e o mundo estava banhado em laranja e rosa.

Meus pés me levaram até o penhasco, e ali, em meio à grama jovem e esvoaçante, estavam dois cavalos selvagens castanhos. Eles ficaram um tempão olhando para mim com olhos muito calmos.

– **Venha**, se quer mesmo mergulhar, vou lhe ensinar – disse Jindo *daek*, me jogando uma calça de mergulho e uma camisa branca de linho.

– E CholSoo? – perguntei.

– Ele vai ficar bem. Acabei de alimentá-lo e não vamos ficar muito tempo longe.

Vesti a roupa rapidamente e coloquei os óculos de mergulho na cabeça. Ela não me deu um saco, uma faca e uma boia porque eu não ia nem tentar mergulhar fundo ou pegar um abalone durante pelo menos alguns meses.

A água estava mais quente do que eu imaginava. E naquele dia só aprendi a flutuar na água sem afundar. Passei horas oscilando na água rasa turquesa, as ondas me levando de um lado para o outro, me balançando como eu balanço CholSoo para fazê-lo dormir.

Finalmente conquistei algum respeito na aldeia depois de comprar uma televisão em preto e branco do prefeito da cidade vizinha. Ninguém nunca tivera uma televisão na aldeia, e quase todas as noites as pessoas vinham à minha casa assistir ao noticiário – apesar de mal entenderem o que era dito. De vez em quando, a tela ficava estática e eu tinha que levantar e bater na lateral do aparelho para que voltasse a funcionar. Eles ficavam encantados até com isso. As mulheres começaram a me chamar de *halmang* de Seul – vovozinha de Seul.

Depois de meses boiando e nadando cachorrinho, finalmente deixaram que eu segurasse a respiração e descesse até o fundo do mar. Era só um pouco mais fundo que minha altura, mas o pânico tomou conta de mim e voltei à superfície, tossindo engasgada. Jindo *daek* me estendeu o braço para que eu pudesse me agarrar, e recuperar o fôlego. Não pude deixar de notar que seu braço estava coberto de hematomas. A cada dia os hematomas ficavam maiores.

– Não é nada – disse ela, antes mesmo que eu perguntasse.

– Você pode deixá-lo e vir morar comigo – ofereci.

– Tia, ele quebraria sua casa inteira e me arrastaria para fora pelos cabelos – respondeu ela.

Depois de um pouco de treino, comecei a coletar ouriços e ostras perto da costa. Em vez de ir até a enseada descansar com as outras mulheres, eu ficava no mar boiando. Na água, sentia o peso das pessoas que eu costumava ser cair para o fundo do mar. Não me sentia mais a mesma pessoa que carregava todas aquelas mágoas e arrependimentos.

Certa noite, o locutor de rosto rígido anunciou que o último tigre a ser capturado na natureza morrera no Zoológico do Palácio ChangGyeong. Fora encontrado ainda filhote, órfão, logo depois do fim da Guerra da Coreia. A maioria dos cientistas acreditava que o tigre siberiano estava oficialmente extinto na península da Coreia. Mas um cientista entrevistado disse que eles talvez ainda existissem na Zona Desmilitarizada, ou nas montanhas profundas da fronteira nordeste da Coreia do Norte.

Acordei ao som de um choramingo à minha porta e encontrei CholSoo em um cesto. Sua mãe não estava em lugar algum na aldeia, na enseada ou no mar. Ao meio-dia, a notícia de que ela tinha deixado o bebê comigo e fugido de volta para o continente já tinha se espalhado. O marido, capitão de um barco de pesca com um rosto vermelho, logo entrou em minha casa cambaleando, fedendo a álcool.

– Onde está aquela cadela? Vou quebrar o braço dela ao meio desta vez. E onde está meu filho?

– Jindo *daek* não está aqui, e não sei onde está. Mas parece que ela queria que eu cuidasse de CholSoo – respondi, o mais calma possível.

– Sua puta estúpida, devolva meu filho! – Ele mostrou os dentes.

– Tenho idade suficiente para ser sua mãe, cuidado com a língua – rebati. – Você por acaso sabe como cuidar de um bebê? Tudo bem, leve-o, se quer ver o próprio filho morrer de fome. Por causa da sua estupidez e teimosia, vai matar esse bebê inocente. Exatamente como batia na mãe do seu próprio filho. – Entrei no quarto e peguei CholSoo, envolto em panos. – Tome, leve-o, se faz ideia de como alimentá-lo e vesti-lo.

Assim que o homem se aproximou, o bebê começou a berrar. O pai estremeceu, e imaginei que ele batia na esposa sempre que ela não conseguia acalmar o bebê rapidamente.

– Não suporto esse choro... – Ele fez uma careta.

– Vá embora. Se quer o melhor para o seu filho, vá embora em paz.

Ele girou nos calcanhares e saiu pelo portão.

CholSoo era um bebê bonzinho. Havia quatro mulheres amamentando na aldeia e elas se revezavam para amamentá-lo uma vez por dia. Eu pagava generosamente pelo leite. Nas outras refeições, dava a CholSoo um mingau feito de arroz moído. Ele sempre sorria quando eu vinha pegá-lo, e o topo de sua cabeça cheirava a leite e pão. Quando ouvia sua respiração suave durante a noite, não me sentia mais sozinha. Não sentia mais a necessidade de caminhar antes do nascer do sol.

Era início do verão e as colinas e penhascos estavam cobertos de azaleias cor-de-rosa. Algo que também descobri, foi que em Jejudo os cosmos florescem até na primavera e no verão. A paisagem de flores silvestres e mar fazia meu coração doer. Era por isso que eu buscava a água.

Levei o bebê até a enseada e deixei-o na pedra em formato de tigela. As outras mulheres já estavam a centenas de metros da costa. Entrei sozinha na água rasa com minhas ferramentas.

A água estava tão clara que, da superfície, eu conseguia ver os peixinhos coloridos. Um peixe laranja com listras brancas, do tamanho do meu dedinho, mordiscou meu dedão e nadou para longe apressadamente.

Coloquei os óculos, respirei fundo e afundei. As pedras pareciam promissoras com seus corais, anêmonas-do-mar e estrelas-do-mar, mas eu não conseguia segurar a respiração por muito tempo. Mergulhei várias vezes antes de pegar um único ouriço. Talvez uma hora tivesse se passado, mas eu já estava sem fôlego e preocupada com o bebê.

Mergulhei uma última vez antes de voltar para a enseada. Foi quando vi um abalone preso a uma pedra, a alguns metros de mim. Resisti à vontade de subir para respirar e nadei em direção ao fundo. Passei a faca por baixo do abalone e tirei-o da pedra.

Minha cabeça irrompeu a superfície e respirei fundo, delirando ao ver o sol brilhar incandescente sobre o penhasco. Quando voltei à enseada, as outras mulheres já tinham ido embora com o pescado da manhã. As melhores mergulhadoras pegavam cerca de vinte abalones por dia, e eu tinha acabado de pegar o primeiro. CholSoo choramingou no berço, e eu o peguei e o balancei de um lado para o outro.

Depois de dar o mingau a CholSoo, sentei-me em uma pedra e segurei o abalone em uma das mãos. A concha estava coberta por uma camada fina de algas verdes e não parecia muito apetitoso. Mas tinha visto as mulheres do mar comendo abalone cru muitas vezes. Virei a parte nua para cima. Quando o tirei da concha, minha faca encontrou algo duro na carne viscosa. Redondo, cintilante. Era uma pérola, reluzindo rosa e cinza como uma lua matinal na palma da minha mão.

Fiquei olhando para ela por um bom tempo e soube que JungHo ainda cuidava de mim. Mesmo do outro lado. E eu também vou ser assim, sempre entre soltar e segurar firme, até restarem apenas as partes marinhas de mim.

A vida só é suportável porque o tempo nos faz esquecer tudo. Mas a vida vale a pena porque o amor nos faz lembrar de tudo.

Enfiei a pérola na sacola com minhas roupas e fui até a água. Flutuei leve nas ondas frias azuis, olhando para o céu sem nuvens. Pela primeira vez na vida não sentia nenhum desejo ou anseio. Eu finalmente era parte do mar.

Agradecimentos

Este livro não existiria sem Jody Kahn, da Brandt & Hochman, cuja integridade, inteligência e liderança literária me guiaram desde o início. Uma agente extraordinária e de excelência, Jody é um dos maiores *inyeons* da minha vida.

Depois de conhecer a melhor agente do mundo, de algum jeito dei a mesma sorte com Sara Birmingham como minha editora. Sua edição foi uma arte em si, e sua coragem de levar isso adiante me fez querer ser tão brilhante quanto ela. Minha gratidão profunda a Sara, assistente editorial incrível da TJ Calhoun, e à equipe dos sonhos da Ecco (principalmente Allison Saltzman pela capa mítica, Shelly Perron pela revisão inspiradora e Caitlin Mulrooney-Lyski pela defesa incansável). Elas fizerem deste livro o melhor que ele poderia ser.

Sou grata aos editores de jornais e revistas literárias que acreditaram em mim ao longo dos anos, principalmente Luke Neima, da *Granta*, que publicou meu primeiro conto, "Body Language", e mais tarde minha primeira tradução. Tive o orgulho de publicar um trecho deste livro na *Shenandoah*, graças ao apoio caloroso da incrível Beth Staples. Obrigada a todos da Bread Loaf Environmental Writers' Conference, da Regional Arts & Culture Commission e do Virginia C. Piper Writing Center, na Universidade Estadual do Arizona, especialmente Ashley Wilkins pela paciência e simpatia. Olivia Chen, Hilary Leathem e James Gruett leram versões e deram ideias perspicazes que transformaram o livro de um filhotinho em uma fera adulta. Minhas autoras de Princeton – principalmente Keija Parssinen, Alexis Schaitkin, Clare Beams, Eva Hagberg, Kate McQuade e Amanda Dennis –, recebi tanta sabedoria, alegria e amizade de nossas conversas.

Outros *inyeons* que tocaram minha vida e desempenharam um papel importante para que este livro virasse realidade: obrigada, Edgard Beckand, por me dar uma confiança eterna. Obrigada, Max Staedtler, por me dar determinação – eu não seria escritora se não fosse você. Obrigada, Arron Lloyd, por me dar otimismo. Eu não sabia na época, mas o dia em que fomos correr no Fort Tryon Park durante uma tempestade de neve foi um momento decisivo da minha vida. Mareza Larizadeh, sua amizade e mentoria são muito importantes para mim. Obrigada, Elise Anderson, pela lealdade, palavras certas e memórias – o fato de você ter as mesmas lembranças que eu é um dos milagres da vida. Renee Serell, minha amiga mais antiga: como os amigos deste livro, nossas vidas foram feitas para serem compartilhadas.

Minha gratidão e meu amor a Mary Hood Luttrell e ao restante da minha família na Peaceful Dumpling. Mary leu os primeiros capítulos do livro, e bastava uma mensagem de texto para que qualquer dilema literário fosse resolvido. O apoio e o amor de Crystal Chin, Lindsay Frederick, Iga Kazmierczak, Lauren Sacerdote, Imola Toth, Nea Pantry, Kat Kennedy, Lana Stafford, Ema Melanaphy e outros editores e leitores da Peaceful Dumpling me sustentaram enquanto eu escrevia este livro.

Sou grata à Wildlife Conservation Society Russia e ao Phoenix Fund pelas décadas de proteção aos tigres siberianos e leopardos-de-amur no Extremo Oriente Russo. Obrigada por permitirem que eu contribuísse com uma parte da renda deste livro para seus esforços de conservação. Eu também gostaria de agradecer a escritores e artistas do início do século XX; pesquisar suas obras foi essencial para trazer a época e o local para o presente.

O objetivo deste livro não é declarar o triunfo de uma ideologia ou de um país sobre os demais, mas refletir e defender nossa humanidade compartilhada. O sofrimento não conhece fronteiras, e todas as pessoas merecem e desejam a paz. Um dia, enquanto escrevia este livro, estava passando pelo Columbus Circle e vi ativistas japoneses erguendo cartazes contra as armas nucleares. Pareciam pertencer à geração seguinte à dos bombardeios, mas seu sorriso era gentil. Obrigada pelo grou de papel – símbolo da paz.

Minha mãe, Inja Kim, me agraciou com seu livro favorito sobre teoria literária (editado por Kim Hyun), discussões sobre linguística e literatura coreana e aulas de história – tanto do país quanto de nossa família. Suas histórias sobre seu pai, Kim TaeHee, os olhos castanho-dourados dele e as viagens misteriosas para Xangai durante o período colonial inspiraram este romance. Meu pai, Hackmoo Kim, mandou os livros de Portland para Nova York, e sempre comprou qualquer volume que considerava que eu pudesse achar minimamente inspirador ou interessante. Mas meus pais ajudaram a escrever este livro muito antes de eu saber que ia ser escritora, passando para mim seu amor pela arte e pela natureza, e me ensinando a viver como artista e como ser humano. Eles acreditaram em mim antes mesmo que eu acreditasse em mim mesma. Devo tudo a eles.

 E, finalmente, a David Shaw, o grande *inyeon* da minha vida. Nós nos conhecemos antes mesmo de nos conhecermos, e por isso eu sei que tudo que escrevi neste romance é verdade.

Notas da editora

Por Luis Girão

Mestre e doutor em Literatura e Crítica Literária pela
Pontifícia Universidade Católica de São Paulo (PUC-SP)
e pós-doutorando em Estudos Coreanos pela
Universidade de São Paulo (USP), atuando como
agente e tradutor de literatura coreana.

* O tigre é uma figura animal típica do folclore coreano, presente desde o mito de Dangun, o mito fundador da Coreia. Além disso, por um olhar budista, são vistos como divindades e guardiões espirituais das montanhas e picos das terras coreanas, enquanto também são apontados, por um olhar confucionista, como símbolos de virtude e benevolência, sendo majoritariamente representados pelo tigre-siberiano (hoje em perigo de extinção) e pelo tigre branco – este apontado como ápice da sabedoria. Por isso, nos contos folclóricos coreanos as histórias costumavam começar com "Quando os tigres fumavam cachimbo..." no lugar de "Era uma vez...".

1. Originalmente formada em 1413, a província de PyongAhn ficou conhecida como uma das oito unidades administrativas da Coreia durante a Dinastia Joseon (1392-1897), localizada a noroeste do país. Seu nome deriva de duas das principais cidades coreanas de seu tempo, Pyongyang e AhnJu, sendo dividida, entre 1895 e 1896, em Província de PyongAhn do Norte e Província de PyongAhn do Sul, ambas partes da Coreia do Norte hoje. Trata-se de uma localidade estratégica para trocas comerciais entre China e Coreia do Norte, atualmente conhecida como região de Kwanso – que é apontada como centro de profusão do protestantismo moderno na Coreia entre os séculos XIX e XX, sendo apelidada de "Jerusalém do Oriente" por conta da forte presença de tradições cristãs entre membros da classe média local.

2. O *makgeolli* é uma das bebidas alcoólicas coreanas mais antigas, também conhecida como licor do camponês. Feito a partir de uma mistura de arroz e água cozidos com *nuruk*, um fermento tradicional coreano, o *makgeolli* tem sabor adocicado e é comumente usado em rituais ancestrais e momentos de celebração.

3. Durante o período em que foi dominada como colônia do Japão (1910--1945), a Coreia serviu, dentre tantas outras coisas, de fonte majoritária de cereais e grãos, em especial o arroz, para os japoneses, fazendo com que pouquíssimas safras sobrassem para os coreanos. Estes, ao longo desse período, se alimentavam de cevada, milheto e outros grãos

importados. O arroz branco, em especial, era um luxo que poucas pessoas poderiam pagar, sendo servido em ocasiões como casamentos e funerais.

4. O conde Hasegawa Yoshimichi operou como segundo administrador-chefe do governo colonial japonês na Coreia entre 1916 e 1919. Foi substituído após receber duras críticas às sangrentas ações militares que coordenou em nome do Japão contra o Movimento do 1° de Março de 1919, conhecido como um dos primeiros protestos populares coreanos contra a ocupação japonesa e importante movimento pela independência coreana.

5. Josenjing é um termo japonês para se referir aos "coreanos", ou cidadãos da antiga Joseon, de maneira pejorativa durante a ocupação japonesa. Como no momento em que foi ocupada pelo Japão a Coreia se chamava o Grande Império Coreano, já não mais Joseon, o uso da expressão "pessoas de Joseon" era um modo de discriminar e rebaixar os coreanos colonizados. Hoje, o termo é visto como gíria proibida entre os cidadãos da Coreia do Sul.

6. Ainda que tenha adotado o calendário gregoriano em 1896, a Coreia mantém uma tradição de seguir o antigo calendário lunar para celebração de suas principais datas comemorativas, como *Seollal*, *Chuseok* e o aniversário de Buda. Dentro do calendário lunar, um ciclo completo da lua leva entre 29 e 30 dias. Sendo assim, "uma vez a cada lua" seria o mesmo que dizer "uma vez a cada mês".

7. O won é a moeda da Coreia, surgida como derivada do dólar de prata hispano-americano, amplamente utilizado no comércio internacional entre a Ásia e as Américas durante os séculos XVI e XIX. Ao longo da ocupação japonesa (1910-1945), o won foi substituído pelo yen coreano, valendo o mesmo que yen japonês. Com as correções de inflação, dois wons equivaleriam a mais ou menos sete reais hoje em dia.

8. "Tia" faz referência ao termo em coreano "*ajumeoni*", comumente usado para se dirigir com educação a mulheres casadas ou mais velhas, não necessariamente havendo elos familiares entre os interlocutores. A forma menos polida desse termo, "*ajumma*", é bastante popular.

9. *"Gibang"* é a casa em que as *gisaengs* viviam, aprendiam e trabalhavam. Eram casarões com diversos quartos, usados para dormir ou para o lazer dos visitantes. Havia espaços para performances de música, dança, teatro e poesia, todas observadas por clientes pagantes.

10. Historicamente, ir à escola era uma atividade exclusiva para meninos e homens de classes sociais elevadas. Lá, eram ensinados e preparados para fazer os famosos exames *Gwageo*, que testavam a capacidade de leitura e escrita, bem como conhecimentos gerais dos clássicos chineses. A democratização do ensino na Coreia começou no século XIX, com movimentos de modernização do ensino segundo práticas europeias, fortemente concentrados nas áreas urbanas. O ensino nos vilarejos era feito com grupos plurais de aprendizes, de idades distintas, com a figura de um mestre mais velho e letrado da região como professor. Durante a ocupação japonesa, ocorreu um massivo processo de apagamento da cultura coreana e do *Hangeul* nas escolas, ao ponto de a língua nativa dos coreanos ser quase que excluída dos currículos escolares e substituída pela obrigatoriedade de aprendizado da língua japonesa.

11. *Gayageum* se refere a um tipo de cítara coreana com doze cordas; é um dos mais conhecidos instrumentos musicais tradicionais da Coreia. Já *daegeum* é um tipo de flauta longa feita em bambu, tocada de modo transversal e cujas membranas vibrantes lhe conferem um timbre especial.

12. No final do século XIX, como resultado da Primeira Guerra Sino-Japonesa, as forças imperialistas e expansionistas do Japão derrotaram a China, que era mais numerosa, levando à anexação da Coreia e de Taiwan pelo Império Japonês. O Império Russo, por sua vez, tinha interesse pela Manchúria e pela Península de Liaodong, que também havia sido anexada pelos japoneses. Entre 1904 e 1905, ocorreu o conflito que ficou conhecido como Guerra Russo-Japonesa, pela disputa dos territórios da Manchúria (parte da China) e da Coreia. Muitos coreanos fugiram para a Rússia durante o período de anexação da Coreia pelo Japão, chegando a aproximadamente dez mil coreanos emigrados vivendo em Vladivostok por volta de 1911.

13. Referência ao mito de Dangun, também conhecido como o ponto inicial da mitologia coreana. Contando a história da fundação do primeiro reino

da Coreia, Gojoseon, o mito de Dangun tem seu registro histórico nas linhas do *SamgukYusa* ("Recordações dos três reinos"), um livro escrito durante a Dinastia Goryeo (918-1392) que registra a história, a cultura, a religião e o folclore de reinos antigos de Gojoseon (2333 a.C.-108 a.C.) a Silla Unificada (668-935).

14. *Inyeon* é uma conexão de destino entre duas pessoas por toda a vida. Trata-se de um tipo de relação vital que se estabelece entre dois sujeitos, seja de amor, família ou amizade, e que se manifesta nos encontros.

15. Construído entre 1396 e 1398, no início da Dinastia Joseon (1392-1897), o Portão Sungnyemun (Portão das Cerimônias Grandiosas) é um dos oito portões principais da fortaleza construída para proteger a capital de Joseon – atual Seul. É mais conhecido por seu outro nome, Namdaemun (Grande Portão Sul), por estar localizado ao sul da capital murada, que é defendido pelas autoridades coloniais japonesas e que, em 1907, o fecharam para construir uma linha de bonde elétrico nas proximidades.

16. *Hyung* é como meninos e rapazes se referem a figuras masculinas mais velhas, podendo ou não ser irmãos. Sendo um termo de respeito do mais novo com o mais velho, é comum nos tratamentos em família, na escola ou mesmo em ambientes de trabalho em que os envolvidos têm maior intimidade.

17. O período de domínio colonial japonês (1910-1945) foi extremamente opressivo com os coreanos e atingiu as mais diversas partes da nação, o que deu origem a vários movimentos de resistência. Entre 1918 e 1919, esses movimentos se tornaram nacionais, resultando naquele que ficou conhecido como o Movimento do 1º de Março. Dezenas de milhares de coreanos foram presos pela administração colonial japonesa por motivos políticos. Entre 1919 e 1920, unidades das forças organizadas pela independência coreana se envolveram em atividades de resistência na Manchúria, atravessando a fronteira sino-coreana e utilizando-se de táticas de guerrilha para lutar contra o exército japonês. Alguns foram para o Japão, onde grupos se agitaram clandestinamente.

18. Jongno é um dos 25 distritos de Seul, localizado ao norte do Rio Han, cujo nome veio de uma via localizada no centro da cidade há mais de 600 anos, a "rua do sino", onde a Dinastia Joseon estabeleceu sua capital.

19. Construído em meados do século XV pelo Rei Sejong para seu pai, Taejong, o Palácio ChangGyeong chamava-se originalmente Suganggung e fica localizado em Seul. Durante o período colonial japonês, os japoneses construíram um zoológico, um jardim botânico e um museu no local, passando a chamá-lo de "parque ChangGyeongWon".

20. Conhecida como a maior e mais populosa ilha da Coreia do Sul, a Ilha de Jeju foi submetida, no início do século XV, ao domínio centralizado da Dinastia Joseon. Uma proibição de viagem foi implementada por quase 200 anos e muitas revoltas dos moradores da Ilha de Jeju foram reprimidas. Atualmente, é conhecida por ser uma província independente.

21. Surgida numa sociedade confucionista centrada nos homens, a cultura das *Haenyeo*, ou mergulhadoras da Ilha de Jeju, foi inscrita em 2016 na Lista do Patrimônio Cultural Imaterial da Unesco, sendo uma prática de estrutura familiar semimatriarcal. Muitas das *haenyeo* substituíram os seus maridos como principal fonte de sustento de suas famílias, especialmente após a Coreia ter sido convertida em colônia japonesa e o mergulho ter se tornado uma atividade mais lucrativa.

22. MyungWol significa "lua brilhante" e foi o nome de *gisaeng* usado pela poeta Hwang Jini, que viveu na Dinastia Joseon, mencionada anteriormente.

23. *Goreum* se refere às fitas costuradas na altura do peito que amarram o *jeogori*, também conhecido como o casaquinho que compõe a parte superior do *hanbok* – a vestimenta tradicional coreana.

24. Um *jangdok* é um jarro de barro que fica alojado no Jangdokdae. Feitos de *Onggi*, ou barro coreano, os *jangdok* são amplamente utilizados como recipientes de armazenamento na Coreia. Por sua estrutura ser mais microporosa do que a porcelana, ele é altamente indicado para processos de fermentação, sendo bastante usado nos preparos de *gochujang* (pimenta fermentada), *doenjang* (pasta de feijão fermentado), kimchi (legumes temperados fermentados) e molho de soja.

25. O cheondoísmo é uma religião do caminho celestial, nativa da Coreia e que tem suas raízes numa rebelião camponesa de 1812, a Donghak. Fundada por Choe Je-U durante a Dinastia Joseon, trata-se de uma

crença panteísta que incorpora elementos do xamanismo coreano, além de ser posteriormente influenciada por elementos do cristianismo, budismo e taoísmo. Seu princípio está na ideia de que o criador é mais um conceito intangível do que um "Deus" *per se,* ou seja, eles se referem ao conceito de "Céu" onde as religiões monoteístas normalmente se referem a "Deus".

26. Conhecido postumamente como Imperador Gwangmu, Gojong (1852--1919) foi o 26º rei da Dinastia Joseon, aos doze anos de idade, e primeiro imperador da Coreia – foi ele quem declarou o país um império e a si próprio um imperador, em 1897. Contudo, o novo Império Coreano (Grande Império Han) era império apenas no nome, uma vez que, pouco depois, em 1905, foi reduzido a um protetorado após o Japão derrotar a Rússia; e, em 1910, transformado em colônia japonesa. Gojong foi forçado a abdicar de seu cargo como imperador em 1907.

27. Ocupando o sul da Manchúria (atual nordeste da China), a província marítima do sul da Rússia e as partes norte e central da península coreana, foi um dos Três Reinos da Coreia, juntamente com Baekje e Silla, por quase sete séculos (37 a.C.-668). Uma grande potência regional no Nordeste da Ásia, participou ativamente nas brigas pelo poderio de controle da península coreana e também conduziu relações exteriores com políticas associadas à China e ao Japão. Como resultado da influência chinesa, o budismo foi introduzido em 372 como um suporte ideológico para a burocracia centralizada recém-desenvolvida e, mais ou menos ao mesmo tempo, a educação confucionista começou a ser enfatizada como meio de manter a ordem social. A palavra Coreia, utilizada nos idiomas ocidentais, deriva de "Goryeo", que por sua vez vem de "Goguryeo".

28. A Declaração de Independência foi adotada pelos 33 representantes étnicos da Coreia reunidos em Taehwagwan, o restaurante localizado em Insa-dong, distrito de Jongno, Seul, em 1º de Março de 1919, após a Primeira Guerra Mundial, anunciando que os coreanos não tolerariam mais o domínio japonês. Reconhece o "despertar da consciência da humanidade" global para o mandato do "Céu" de que todas as pessoas têm o direito de viver com dignidade e liberdade, e que todas as nações devem coexistir pacificamente. Foi violentamente reprimido pelas

autoridades japonesas, além de funcionar como pedra angular de estabelecimento do Governo Provisório Coreano um mês depois.

29. *Manseh!* é uma expressão que significa "viva!" ou "vida longa!", sendo traduzido literalmente como "dez mil anos".

30. Estrutura construída em 1398, no quinto ano de reinado do Rei Taejo (1335-1408), de Joseon, o Portão Heunginjimun (Portão da Benevolência em Ascensão) é um dos quatro portões principais da fortaleza construída para proteger a capital de Joseon – atual Seul. É mais conhecido por seu outro nome, Dongdaemun (Grande Portão Leste), por estar localizado ao leste da capital murada, em Jongno.

31. "Garotas Modernas" se refere às mulheres que lideraram a cultura de consumo na capital da Coreia durante as décadas de 1920 e 1930, expressando suas identidades pelas roupas em estilo ocidental e por meio de seus hobbies, linguajar e modos de pensar. A educação moderna das mulheres, surgida com os movimentos nacionalistas atuantes a partir dos anos 1920, levou as mulheres a participarem da sociedade e ao surgimento da chamada "nova mulher".

32. As técnicas para trabalhar com céladon foram introduzidas pela primeira vez na China, e oleiros da Dinastia Goryeo (918-1392) estabeleceram um estilo nativo no século XII. A cor esverdeada, em tom de jade, do céladon era muito admirada, e a sua indústria surgiu e declinou à medida que a dinastia se desenvolveu.

33. Referência ao Rei Taejo (877-943), de Goryeo.

34. Após várias tentativas fracassadas, o partido comunista da Coreia foi fundado durante uma reunião secreta de quinze membros da Sociedade Terça-Feira em Seul, em 17 de abril de 1925. Pouco depois, o Governador-Geral da Coreia baniu os partidos comunistas sob a Lei de Preservação da Paz, o que levou o partido a operar de maneira clandestina. Os líderes do partido eram Kim YongBom e Pak HonYong.

35. A *Chunhyangjeon* é uma das histórias mais icônicas da Coreia. Embora seu autor e data de composição sejam desconhecidos, é muito provável que tenha se originado como uma obra de *pansori* – uma forma de contar histórias cantadas, fazendo uso de instrumentos musicais e

percussão. Mais tarde, a história foi adaptada para prosa, porém mantendo a mesma base. O enredo gira em torno de ChunHyang, filha de uma *gisaeng*, e MongRyong, filho de um nobre, cuja história de amor e de superação das barreiras hierárquicas geraram verdadeira comoção entre as classes mais baixas do período Joseon. O vilão é Byeon HakDo, o novo oficial da cidade de Namwon que tenta forçar ChunHyang a se tornar sua amante e conduz todos os tipos de crimes brutais, dado que sua personagem é uma forma de criticar a sociedade corrupta da época.

36. A *Shim-Chungjeon* é uma clássica história de *pansori* acerca da relação de uma garota chamada Shim-Chung e seu pai cego. Ela se joga no Mar Indang como sacrifício para que seu pai possa recuperar a visão, e esse ato altruísta de piedade filial faz com que ela ressuscite e se torne uma imperatriz, e que a cegueira de seu pai seja curada. Também de autoria desconhecida, esse clássico confucionista tem seus primeiros registros encontrados no século XVIII.

37. Era o centro da minoria étnica coreana da Rússia. O entre décadas de 1920 e 1930 testemunhou o auge da língua coreana entre os coreanos-russos no Extremo Oriente. Em 1926, o governo central aprovou a adoção do coreano como língua de administração no distrito de Pos'et Raion, em Ussuriiskii Krai, que foi criado sob a política de Korenizatsiya – uma das primeiras políticas da União Soviética para a integração de nacionalidades não russas nos governos de suas repúblicas soviéticas específicas. O Krai tinha 105 cidades coreanas (inteiras e mistas), onde os moradores usavam a língua coreana como língua oficial. Quase 200.000 coreanos étnicos viviam no Krai à época de sua deportação em 1938.

38. *Dae* se refere a algo grande, grandioso.

39. *Aigoo* é uma interjeição que pode significar "nossa!", "que coisa!", "céus!".

40. EuljiRo se refere a uma avenida em Seul com o nome de Eulji Mundeok, líder militar de Goguryeo que salvou a Coreia da invasão chinesa da Dinastia Sui, no século VI. Durante o período de domínio japonês, a avenida ficou conhecida como Kogane-Cho.

41. KaeSong é uma cidade histórica ao sul da Coreia do Norte, próxima ao Paralelo 38 N – linha imaginária que divide a Coreia em Norte e Sul.

42. *"Unni!"* é como meninas e moças se referem a figuras femininas mais velhas, podendo ou não ser irmãs. Sendo um termo de respeito da mais nova com a mais velha, é comum nos tratamentos em família, na escola ou mesmo em ambientes de trabalho em que as pessoas têm maior intimidade.

43. *Seonsaengnim* quer dizer "professor", "mestre".

44. Considerada o "Robin Hood coreano", a história de Hong GilDong foi escrita em 1612, durante a Dinastia Joseon, e narra a trajetória de seu protagonista desde o nascimento, na pele de filho ilegítimo de um nobre e sua concubina. Romance conhecido como a primeira obra em prosa escrita em *Hangeul*, por Heo Gyun (1569-1618).

45. *Chameh* é um melão de amarelo forte, também conhecido como melão coreano e/ou melão oriental; é um tipo de melão cultivado no leste da Ásia.

46. Na Coreia, o manejo sistemático de infecções sexualmente transmissíveis (IST), incluindo sífilis e gonorreia, só teve início após o fim da Guerra da Coreia, em 1954.

47. *Cheongsam*, também conhecido como *qipao*, sendo por vezes referido como vestido mandarim, é um vestido chinês usado por mulheres que se inspiravam na *qizhuang*, uma veste original do povo Manchu.

48. *Suk* é uma antiga unidade de medida coreana, sendo que 1 *suk* equivalia a mais ou menos 180 kg.

49. *Yeobo* é um termo íntimo usado entre casais, que significa "querido" ou "querida".

50. Ditador autoritário, o general do exército Park ChungHee foi presidente da Coreia do Sul de 1961 a 1979.

51. O dialeto Jeolla, também conhecido como coreano do sudoeste, é falado na região Jeolla da Coreia do Sul, incluindo a cidade de Gwangju.

52. *Daek* é um termo utilizado para dizer "moça ou mulher vinda de...". No caso, "Jindo *daek*" significa "mulher vinda da Ilha de Jindo"

Esta obra foi composta em PSFournier Std,
Manofa e OPTIBarMay-Heavy e impressa
em papel Pólen Natural 70 g/m² pela
Lis Gráfica e Editora